De neus van Mussolini

Van dezelfde auteur

Het geluk
Voor een zak met botten

Lluís-Anton Baulenas

De neus van Mussolini

Vertaald door Pieter Lamberts en Joan Garrit

SIGNATUUR

2011

Oorspronkelijke titel: El nas de Mussolini
Vertaald uit het Catalaans door Pieter Lamberts en Joan Garrit

Omslagontwerp: Wil Immink Design
Omslagfoto: Corbis
Typografie: Pre Press Media Groep, Zeist
Druk- en bindwerk: Koninklijke Wöhrmann, Zutphen

ISBN 978 90 5672 368 2
NUR 302

Deze vertaling kwam mede tot stand dankzij een subsidie van het Institut Ramon Llull.

Dit boek is gedrukt op papier dat het keurmerk van de Forest Stewardship Council (FSC) mag dragen. Bij dit papier is het zeker dat de productie niet tot bosvernietiging heeft geleid. Een flink deel van de grondstof is afkomstig uit bossen en plantages die worden beheerd volgens de regels van FSC. Van het andere deel van de grondstof is vastgesteld dat hiervoor geen houtkap in de laatste resten waardevol bos heeft plaatsgevonden. Daarom mag dit papier het FSC Mixed Sources label dragen. Voor dit boek is het FSC-gecertificeerde Munkenprint gebruikt. Dit papier is 100% chloor- en zwavelvrij gebleekt en wordt geleverd door Arctic Paper Munkedals AB, Zweden.

Voor Clara

We leven in een uitzonderlijke tijd. Een uitzonderlijke tijd, die enorme problemen opwerpt en tot denken aanspoort; die kritiek, ironie en diepgang wekt; die hartstochten aanwakkert, en die, vooral, vruchtbaar, zwanger is ...

ROSA LUXEMBURG (1906)

Proloog

Als ik opruk, volg me dan. Als ik terugwijk, dood me dan. Als ze me doden, wreek me dan.'

Benito Mussolini, die van de kale kop en de vlammende ogen, die van het zwarte hemd en de witte beenwindsels, richtte deze woorden kort na de aanslag tot zijn ministers.

Een paar uur eerder, op de Piazza del Campidoglio, omringd door een groep buitenlandse studenten die de fascistische hymne Giovanezza *aanhieven, zag hij een vrouw met verwilderde ogen op zich afkomen – ze kon hem ten slotte bijna aanraken. Ze was plotseling opgedoken in de menigte die hem toejuichte. Ze was niet jong, en ze ging donker gekleed. Ze haalde een kleine revolver uit haar jaszak, en zonder enige aarzeling loste ze met twee gestrekte armen gericht een schot op hem.*

Het leven, het plein, de zon, het insigne SPQR*, de Capitolijnse wolf, de katten van Rome – alles stokte een seconde lang. Ontsteld durfde de massa niet naar zijn heer en meester op te kijken. Hij stond echter nog overeind, met bebloed gezicht. Hij zwaaide met zijn hoofd alsof hij een lastige vlieg wilde verjagen, en stootte tegelijkertijd een dof geloei uit. Op dat moment zag iedereen dat de moordenares nog eens op hem wilde schieten, weer in het gezicht. De vrouw haalde de trekker over … maar de revolver haperde. De Duce brulde als een leeuw, en een uitzinnige menigte stortte zich op haar en begon haar te slaan, haar de haren uit te trekken en haar kleren te verscheuren. Drie agenten van zijn escorte baanden zich een weg door het gepeupel en sloegen de mensenmassa uiteen, net op tijd om te voorkomen dat ze gelyncht zou worden. Op zijn beurt was Mussolini – hij stond kaarsrecht en zat onder het bloed – zich ervan bewust dat hij geluk had gehad. Hij had* *zich op het laatste moment een fractie van een seconde bewogen. De kogel doorboorde niet zijn hoofd, maar schampte zijn neus. De wond was niet zozeer gevaarlijk als wel spectaculair. De alfaman van Italië – hij ging er prat op dat hij het 'verrotte kadaver van de vrijheid' het land uit had geveegd – was er met tienden van een seconde, een kwestie van millimeters, aan ontkomen om daadwerkelijk zelf een verrot kadaver te worden.*

Die avond zat hij met een gehechte neus de regeringsraad voor. Het verband, dat met pleisters op zijn plaats werd gehouden, was een soort kartonnen balletje, rood van bloed en jodium. De ministers durfden hem niet aan te kijken, want hij leek wel een clown. Ze kregen de slappe lach, die ze met bovenmenselijke inspanning probeerden te onderdrukken. Augusto Turati, de nieuwe secretaris-generaal van de Fascistische Partij, kon zijn lachen nauwelijks houden. Hij klemde zijn kaken zo hard opeen dat er ongemerkt dikke tranen over zijn wangen biggelden.

De Duce keek hem strak aan, stond op en liep op hem af. Verschrikt, alsof hij gehypnotiseerd was, bleef Turati maar naar die verheven maar geschonden neus kijken, die, gezwachteld en wel, steeds dichterbij kwam. Doodsbenauwd moest hij iets wegslikken. Mussolini bracht zijn gezicht vlak bij het zijne, zodat hun neuzen elkaar bijna raakten. Nu kon Turati zelfs de zure wondgeur ruiken en op het verband verschillende tinten geronnen bloed zien.

'Wel, Augusto, huil je van verdriet omdat je niet op de uitvaart van je Duce hebt kunnen zijn? Of vind je het soms grappig dat hij gewond is?'

Er hing een drukkende stilte in de zaal, als halfgesmolten boter. En Augusto Turati, een geweldenaar van achtendertig jaar, fascist ten voeten uit, een in de Eerste Wereldoorlog onderscheiden kapitein, bekend van zijn keiharde, drastische optreden in de lente van het jaar daarvoor tijdens de grote staking van de in opstand gekomen Lombardische metaalarbeiders, verdraaide doodsbang zijn ogen en knielde op de grond. Hij hief zijn armen op en begon te schreeuwen: 'Halleluja! Onze Heer heeft de Duce gered; Hij heeft Italië gered!'

Met stomheid geslagen brulde Mussolini: 'Genoeg! En u, Turati, pas op uw tellen!'

En meteen ging hij weer breeduit zitten. Door het geschreeuw was zijn wond gaan bloeden. Er vormde zich een plasje bloed op tafel naarmate er meer druppels van zijn neus vielen. Toen sprak hij de zin uit die het hart van alle Italianen moest veroveren, als er nog iemand was die zich nog niet door hem had laten betoveren: 'Heren, aan het werk. We moeten ons niet laten verontrusten noch anderen bang maken. We gaan door. Als ik opruk, volg me dan. Als ik terugwijk, dood me dan. Als ze me doden, wreek me dan.'

Een waar gejoel van bewondering van de ministers, vermengd met hun applaus, bekroonde dit plechtige moment.

Berta Panatis sloot de map met aantekeningen en krantenknipsels over de aanslag op Mussolini. Telkens als ze die doornam, raakte ze er meer van overtuigd dat je voor zoiets een vrouw moest hebben. In die tijd van aanslagen en samenzweringen bood een vrouw meer kans op succes. Naargelang de omstandigheden wist ze elke deur wagenwijd te openen. De meeste mannen waren zo buitensporig paternalistisch dat ze tegenover iedere enigszins slimme vrouw weerloos, ontwapend, hulpeloos stonden. Zelfs als die vrouw niet zo slim was of helemaal niet slim, zoals de gemankeerde moordenares van de Duce leek te zijn. Het was haar hoe dan ook bijna gelukt. Omdat ze een vrouw was, had ze onbelemmerd vlak bij de Italiaanse dictator kunnen komen. Ze had hem bij wijze van spreken kunnen omhelzen, hem een zoen kunnen geven en hem meteen voor zijn kop kunnen knallen.

Niemand zou ooit nog zo'n kans krijgen om de premier van een land te doden.

Omhelzen, kussen, executeren – precies dat was de opdracht die Berta Panatis had gekregen.

EERSTE DEEL

december 1923 – april 1924

Berta Panatis

Hoewel het pas zeven uur was, was het al donker. Ze droeg het haar heel kort, model pagekopje, en ze had een koude nek. In een tijdschrift had ze gelezen dat die haarstijl uit Parijs was overgewaaid. En dat de Parisiennes hem in feite van de Amerikaansen hadden gekopieerd. Volgens dat bericht was deze nieuwe trend opgekomen onder jonge sportvrouwen van goeden huize die zonder belemmeringen wilden kunnen tennissen. Perfect. Dat was precies wat ze wilde: overkomen als een meisje van goeden huize. Haar nieuwe look baarde opzien bij haar mannelijke collega's van de Hypotheekbank. Unaniem vonden ze het maar niks. Daarentegen bleef zij maar de voordelen roemen, vooral de nieuwe vrijheid om niet elke dag een uur lang haar lange haar te hoeven borstelen. Voor haar collega's, en voor vele anderen, was Berta een vlotte meid: modern, goed in haar vak, ambitieus en met grootse plannen – iemand die het leeuwendeel van haar salaris aan haar uiterlijk besteedde. Voor háár waren al die uitgaven een investering in haar eigen veiligheid.

Dat was essentieel, vooral nu er net een dictatuur was gevestigd.

Generaal Primo de Rivera wilde bewijzen dat hij niet zomaar wat zei. Als het nodig was het halve land op te sluiten, dan zou hij dat doen – in het begin tenminste. Als een chirurg stelde hij dat het door koudvuur aangetaste weefsel volledig uit het vaderland moest worden weggesneden, zodat dit kon regenereren, wat wilde zeggen: de corruptie van de oude politieke klasse bestrijden, zich van plaatselijke machthebbers ontdoen … maar ook van anarchisten, communisten en separatisten. Ze moest dus voorzorgsmaatregelen treffen. Vaste prik op bijeenkomsten en in gesprekken waren de massale, willekeurige huiszoekingen die de politie op bevel van de militaire gouverneur deed. Je moest meer dan ooit op je hoede zijn. En haar korte kapsel was efficiënter dan de beste camouflage.

Ze liep de Rambla af, sloeg de Carrer Sant Pau in en ze ging naar het opgegeven huisnummer. Nadat ze met de deurklopper het afgesproken teken had gegeven, ging de voordeur open en liep ze de trap op naar de bovenste verdieping. Op de overloop wachtte een onbekende vrouw haar in het donker op, met de deur open en een brandende kaars. Ze gebaarde haar te volgen. Berta liep zwijgend in het duister achter haar aan, haar ogen gericht op het flakkerende vlammetje van haar gids. Deze ging haar voor naar een slaapkamer, waar ze de dubbele deur van een inbouwkast opende. Daar gaf een luik bovenin toegang tot een soort zolder, waar je via een ladder kon komen, nadat je kleren opzij had geschoven. De toegang was goed gecamoufleerd en je kon hem, als je de kast opende, bij zwak licht niet zien als je er niet op lette. De vrouw wachtte tot ze de ladder beklommen had, en toen het meisje eenmaal boven was, trok ze hem weg en sloot ze de kastdeur weer. Onbekende armen hesen Berta naar binnen. Ze dook de duisternis in. Toen vlamde er plotseling een lucifer op en zag ze ineens drie gezichten en een hand die een kaars aanstak. De contouren van twee mannen en een vrouw tekenden zich af. Ze zaten in dat niet meer dan anderhalve meter hoge kamertje. Op de grond lagen matrassen, en als je knielde of zat had je plaats genoeg, zonder je te hoeven dubbelvouwen. Er waren ook een paar nachtkastjes zonder poten, die als bergkastjes of kluisjes dienstdeden. De ruimte beschikte over een minuscuul raampje, waardoor frisse lucht binnenkwam. Ondanks het koude jaargetijde stond dat open om de rookwalm in het kamertje enigszins te verdrijven.

Van de aanwezigen kende ze alleen Turu Vilanova, een kameraad. Hij was ongeveer dertig jaar, klein en dik, had een ongelooflijk lichte huid vol sproeten, en rood haar. Hij en de andere twee zaten met gevouwen benen. Om hen heen lagen papieren. Turu groette haar heel ernstig, en hij stelde de aanwezigen aan elkaar voor. Het waren de kameraden Pablo en Josefina, die speciaal uit Madrid waren overgekomen. Ze was nog geen minuut daar boven en ze voelde zich al opgesloten. De vrouw nam het woord. Ze had een zware stem, die niet bij haar schuilnaam paste. Door het licht was slechts de helft van haar gezicht te zien. Ze stak meteen van wal.

'Kameraad, we hebben een belangrijke missie voor je.'

'Wat voor een?'

'De dictator vermoorden.'

Verbijsterd keek het meisje haar vriend aan, maar die tuurde naar het plafond. De bewuste Pablo nam het stokje van de vrouw over. Hij bekeek Berta serieus, en zei bijna jaloers tegen haar: 'Een comité van kameraden heeft besloten Primo de Rivera uit de weg te ruimen, en heeft jou verkozen om het vonnis uit te voeren.'

Met moeite kon ze hem onderbreken: 'Maar de officiële partijlijn ziet af van directe actie. Het Tweede Congres heeft de tactiek van de individuele terreur als revolutionair strijdmiddel verworpen ...'

Ze keken elkaar glimlachend aan. Het meisje kende haar lesje. De man antwoordde zachtjes, op vriendelijke, enigszins opgewonden toon: 'Deze bijeenkomst is geheim, want de partij heeft er officieel niets mee van doen. Enkele militanten hebben besloten een gewapende cel op te richten, die losstaat van de organisatie ... We bestaan, maar we bestaan ook niet. En de partij weet het, maar weet het ook niet.'

'De verwerping van de individuele terreur door de partij,' onderbrak Josefina op gemaakt bureaucratische toon, 'heeft betrekking op het veroorzaken van onschuldige doden bij aanslagen in de openbare ruimte, wat het imago en de boodschap van de proletarische krachten alleen maar kan verslechteren ...' En terwijl ze haar hand beetpakte, zei ze: 'Dat willen wij ook niet ... We zijn voorstanders van selectieve terreur. Zo selectief zelfs dat die maar één persoon treft: Primo de Rivera. We hebben ons opgericht om hem te vermoorden. Als dat is gebeurd, verdwijnen we weer.'

'Is hij als doelwit echt zo interessant?' vroeg Berta.

De Madrilenen voelden zich ongemakkelijk. Ze waren gekomen om te bevelen, niet om te nuanceren.

'Iemand in de partij heeft besloten van wel, kameraad,' antwoordde Pablo scherp.

Maar jullie zijn de partij niet, dacht ze.

'Alle overwegingen die jij zou kunnen maken,' legde Turu haar geduldig in het Catalaans uit, zodat de anderen hem niet konden verstaan, 'heeft de partij al duizend keer gemaakt. Ze heeft voors en tegens afgewogen en een besluit genomen. Het is strategie. Ze heeft besloten dat Primo de Rivera hier en nu moet worden vermoord. Maar dat wil niet zeggen dat alle dictators vermoord moeten worden. Het kan zijn dat de revolutionaire belangen vereisen dat een bepaalde dictator wél moet worden vermoord, maar een andere niet,' verduidelijkte hij. Zijn zeer lichte huid leek te stralen. Hij krabde in zijn rode haar en zei: 'Op een bepaalde plek kan de moord op een hooggeplaatst persoon de chaos en instabiliteit veroorzaken die nodig zijn om revolutionaire algemene stakingen uit te roepen en te proberen burgerlijke regeringen omver te werpen. Op een andere plek is misschien het tegengestelde nodig.' Ongeduldig viel Pablo hem bijna in de rede.

'Primo weet dat het in Spanje bijna ritueel is om als staatshoofd te worden vermoord. Hij is wantrouwig, maar ondanks zijn suikerziekte leidt hij tegelijkertijd een behoorlijk losbandig leven. Dat weet in Madrid iedereen: hij is weduwnaar en hij is gek op vrouwen en feesten. Weliswaar altijd goed beschermd en bewaakt. De generaal geeft privéaudiënties aan dames van verschillende goede doelen en charitatieve comités. We vragen om een onderhoud onder vier ogen. We verzinnen wel een goed voorwendsel dat met je werk in de banksector te maken heeft. Als hij ziet dat het bankwezen zich laat vertegenwoordigen door een meisje dat zo jong en knap is als jij, verliest hij de wereld uit het oog.'

'Hoe dood ik hem?'

'Met een revolver.'

'Iemand zal het schot horen.'

'Ik ben machinebankwerker. Ik weet hoe ik geluiddempers moet maken. Jouw wapen krijgt er een. Bovendien zal iemand van ons die is geïnfiltreerd in kringen rond de generaal ervoor zorgen dat je na de aanslag kunt wegkomen.'

'Hoe lang kan ik erover nadenken?'

'Niet. Je moet nu antwoord geven,' kwam Josefina plotseling ietwat teleurgesteld tussenbeide. Ze was iemand die onmiddellijke, onvoorwaardelijke adhesiebetuigingen nodig had. Ze wachtte even voor ze verderging, alsof ze wilde nagaan of het meisje de euvele moed had nog meer te berde te brengen. Toen ze merkte dat Berta zweeg, bladerde ze in de stapel papier op haar matras, totdat ze vond wat ze zocht. Ze zette een bril op en begon te lezen op die ambtelijke toon van haar, alsof ze een redevoering hield: 'Florencio Vera Torres, vijfentwintig jaar, uit Murcia. Opgegroeid in een krot in L'Hospitalet. Hij werkte als arbeider bij gieterij Padrós, in de wijk Collblanc, tot hij gerekruteerd werd door de Vrije Vakbonden, wat hem tot een door de werkgevers betaalde huurling maakte. Dat is drie jaar geleden. We weten niet hoeveel kameraden hij heeft vermoord. Twee jaar geleden, op 12 april 1921, is hij uit de gevangenis van Reus ontsnapt, waar hij gevangenzat met een zekere Paulí Pallàs en een zekere Nicanor Costa, alle drie wegens moord aangeklaagd ... Het rapport gaat door. Weet je wie die Florencio Vera is?'

'Nee.'

'Een zoon van de arbeidersklasse die beroepsmoordenaar is geworden. Hij werkt voor de rijken en doodt onze mensen. Een kansarme die voortkomt uit het lompenproletariaat kiest voor klassenverraad. Raad eens voor hoeveel geld hij bereid was om je geliefde Josep Maria Foix te vermoorden: om niet ...'

Berta rilde. Josep Maria's naam overviel haar volkomen. Ze huiverde even toen ze aan haar geliefde moest denken.

'Voor Florencio Vera,' ging Pablo verder, 'was het leven van kameraad Foix geen stuiver waard. Daarom zullen we hem vermoorden. We stonden al op het punt dat in Reus te doen, maar hij wist te ontkomen. We doen het nu, wanneer de politie hem vrijlaat. En we maken hem inderdaad in koelen bloede af, hoezeer de officiële partijlijn directe actie ook afkeurt. Hij is een walgelijke worm, die niet verdient te leven; hij is veel erger dan de bazen die zijn judasloon betalen. Wil je iets zeggen?'

Ze luisterde nauwelijks. De Madrilenen hoefden niet bij wijze van emotionele chantage met de moord op Josep Maria aan te komen. Hijzelf had haar vaak genoeg gezegd dat consideratie met de vijanden van de revolutie slechts een restje burgerlijke moraal was; dezelfde moraal die net zo makkelijk duizenden mannen de dood in joeg, op slachtvelden of in ongezonde fabrieken ...

'Ik doe het,' zei ze zo kalm dat ze er zelf verbaasd van stond.

'Goed. Je moet de bank om verlof vragen,' benadrukte Pablo met welluidende stem. 'Volgens plan moet je Barcelona verlaten en een tijdje onderduiken. Maximale veiligheid. De verrassing moet compleet zijn.'

'Goed. Maar ik stel één voorwaarde ... Dat mijn vader met me meegaat.'

'Kameraad, maak je een grapje?'

'Denk je dat ik grapjes maak?'

'Ik denk dat je uit je nek kletst,' onderbrak de vrouw haar ongeduldig. 'Je weet donders goed dat taken die een grote verantwoordelijkheid met zich meebrengen niet mogen worden gedeeld met mensen die geen partijlid zijn.'

'Mijn vader is niet "mensen", hij is mijn vader. En ik sta voor hem in. Jullie hoeven je geen zorgen te maken.'

'Als hij geen partijlid wordt, en zich dus aan de partijdiscipline onderwerpt, is er niets aan te doen.'

'Ik laat hem niet alleen. Als het niet kan, gaat het gewoon niet door.'

'Wat ben jij eigenlijk voor revolutionaire?' vroeg Pablo minachtend.

'Een revolutionaire die niet perfect is. En die de taak die jullie haar hebben opgedragen niet honderd procent doeltreffend zou kunnen uitvoeren als ze zich zorgen moet maken.'

De wending die de hele zaak nam beviel de andere drie maar niets. Ze waren het niet gewend, vooral de Madrilenen niet.

'Als het jullie enigszins geruststelt,' zei ze verzoenend, 'hoeft hij er niets van te weten. Ik vertel hem absoluut niets ...'

'We zijn maar met weinigen,' onderbrak de vrouw haar, haar woede onderdrukkend. 'Veel kameraden zitten in de gevangenis. We hebben het niet voor het kiezen. Bovendien ben jij de aangewezen persoon. In andere omstandigheden was je er niet mee weggekomen. Maar ik zweer je dat we erop terugkomen, wanneer deze operatie achter de rug is. Ook als het goed afloopt, moet je voor een tuchtcommissie verschijnen.'

'Akkoord.'

Berta zelf stelde de schuilplaats voor: een boerderij in de Pyreneeën, waar haar oude begunstiger, cementfabrikant Plàcid Lladonosa, een landhuis had willen bouwen. Na zijn dood was het werk stopgezet, maar de al bestaande pachterswoning stond er nog. Vader en dochter Panatis kenden die plek, want ze waren daar ooit samen met Lladonosa geweest. De industrieel wilde dat Berta's vader, als ervaren steenhouwer, zijn mening gaf over de kwaliteit van het bouwmateriaal. Het pachtershuisje, de Bullóhoeve, bevond zich bij het dorpje Biribil, niet ver van de stad Ripoll, in het dal van de rivier de Urder, tussen de dalen van Camprodon en Ribes in. Toen de industrieel eenmaal dood was, verloren zijn erfgenamen, zijn vrouw en zoon, hun belangstelling voor het landgoed. Ze legden de bouwwerkzaamwerken stil en verkochten de Bullóhoeve tegen kostprijs aan de gemeente.

'Biribil is een afgelegen, onbekend dorp, maar het heeft goede verbindingen en telt een vaste kolonie zomergasten uit Barcelona. Ik weet zeker dat we er niet opvallen, aangezien ik Lladonosa's voormalige protegee ben. Om ons verblijf in de Bullóhoeve te rechtvaardigen zal ik de dorpelingen hetzelfde verhaal opdissen als de gemeente: ik bereid me voor op vergelijkende examens voor een baantje bij de overheid. En vanzelfsprekend vergezelt mijn vader me, een gehandicapte weduwnaar zonder werk. Als het nodig is laat ik de naam Lladonosa vallen. Het is de ideale plek van waaruit wij drieën kunnen wachten tot we het bevel krijgen om in actie te komen.'

'Wij drieën?' veerde Vilanova op. 'Wie nog meer?'

'Fagot.'

'Wie is Fagot?'

'Mijn parkiet. Of moet die soms ook een partijboekje hebben?'

'Val dood ...' Hij zei ook nog bij wijze van grap: 'Je bent een nieuw soort terrorist: de "terroriste-met-vader", net zoals Bella

Chelito het personage van de "cabaretière-met-moeder" populair heeft gemaakt.'

Niemand kon erom lachen. Josefina klopte hard op het luik, dat onmiddellijk omlaagklapte. Drie minuten later stond Berta weer in de Carrer Sant Pau; ze voelde een enorme knoop in haar maag. De straat was uitgestorven. Er viel geen zwerver te bekennen, noch een zwalkende zeeman die de eerste de beste kroeg die nog open was binnen wilde gaan. Buiten haar was er niemand. Door het vocht in de straat rook het er naar algen en graniet.

Hoe zou ze zich op het moment van de moord voelen? Daar dacht ze een poosje over na. Tot haar eigen verbazing luidde het antwoord dat ze zich opperbest zou voelen. Ze was bovendien niet van plan hem vóór het overhalen van de trekker genade te schenken. Dat mocht Onze-Lieve-Heer doen. Een van de stutten van Zijn goddelijke taak was de schaapjes van Zijn kudde vergeven. En de generaal was er een. Weliswaar was hij een van de grootste klootzakken, maar toch was hij een schaapje. En met goede vrienden in de hoogste kringen. Primo de Rivera was net terug van een reis naar Rome in gezelschap van de koning en koningin van Spanje. Ze waren ontvangen door het koninklijke paar van Italië, door Mussolini en door de paus. Ze hadden allemaal grondig elkaars kont gelikt, maar de wederzijdse kontlikkerij tussen hem en de heilige vader was pas echt walgelijk geweest. Ze zou ermee volstaan haar wapen op zijn borst leeg te schieten. En de serafijnen in de hemel zouden hem wel mee naar boven nemen – daar waren er wel heel wat voor nodig, want de generaal was behoorlijk dik.

Toen ze weer op de Rambla uitkwam, stond er ter hoogte van het Liceutheater veel politie. Ze schrok. Ze dacht aan een aanslag. Sinds het aantreden van Primo de Rivera hadden de knokploegen van de anarcho-syndicalistische vakbond CNT hun optreden sterk beperkt. Bijna iedereen zat in de gevangenis. Desondanks stond de vakbond nog steeds op voet van oorlog met de werkgevers. Ze liep naar het theater. Met haar uiterlijk van kokette kantoormedewerkster had ze niets te vrezen. Ze bleef even staan, maar besloot dat het beter was door te lopen, alsof er niets aan de hand was. Het stond er vol auto's en taxi's. Degenen die het begin van het operaseizoen bijwoonden druppelden binnen. Er was enige beroering. Ze vroeg een van de agenten wat er aan de hand was. Een vrachtauto had zo-even een kar aangereden, net op het moment dat de voerman zijn muilezel aan het inspannen was. De klap had de man opgetild en hem tegen een oude vrouw geslingerd die bij de deur van het Liceu bedelde. Noch de voerman noch het dier was gewond, maar de vrouw lag nog steeds buiten kennis onder het kapotte wiel. Ze kreunde hartverscheurend als het bloed dat uit haar mond gulpte haar niet verstikte. Er was niets aan te doen. De politie was gespannen, want ze wilde niet geloven dat het toeval was. De agent – hij nam haar vluchtig op – vroeg of ze zich wel goed voelde en maakte de weg vrij, zodat ze het Liceu kon binnengaan. Haar kameraden Josefina en Pablo zouden meteen zijn aangehouden. Maar vanwege haar uiterlijk en modieuze kapsel zou hij haar een heel eind naar huis hebben vergezeld als ze het hem had gevraagd. In de volle vestibule wachtten dames en heren ontdaan op hun beurt om naar binnen te mogen. Twee heren op leeftijd spraken opgewonden met elkaar. Uit hun uiterlijk en hun gesprekstoon maakte ze op dat het recentelijk rijk geworden winkeliers moesten zijn. Ze spraken beiden Spaans met een uitgesproken Catalaans accent. Ze bleken zeer ingenomen met de nieuwe politieke situatie. Ze verhieven hun stem enigszins om uit te komen boven het gejammer van de stervende oude vrouw. Ze hadden het over ontoelaatbare vakbondsdemagogie en de noodzaak van een efficiënte overheid, ook als dat een tijdelijk verlies van vrijheid betekende.

Ze kon niet meer. Ze merkte dat de politie zich op de stervende vrouw richtte. Ze haalde een paar keer diep adem, schoof met haar arm die twee kerels opzij en maakte dat ze thuiskwam. Ze kwam ineens om in het werk.

Albert Panatis

Hij sloot kasten, deuren en ramen. Vandaag kwamen de onderhuurders. Die mochten er drie maanden zitten, min of meer de tijd die ze volgens Berta weg zouden zijn. Zijn twee koffers had hij al eerder gepakt. Apart in een bundel zat het gereedschap dat hij als steenhouwer, zijn oude stiel, had gebruikt: een hamer en een beitel. Hij kon niet zonder. Veel was het niet. Een heel leven in twee koffers en een bundel.

Zijn leven lang had hij er blindelings op vertrouwd dat de samenleving anders kon worden ingericht. Hij was er al bij toen vakarbeiders het begrip 'vakbond' muntten. Als delegatielid was hij aanwezig bij de oprichting van Arbeiderssolidariteit. Hij was actief betrokken bij de mislukte algemene stakingen van de jaren 1901 en 1902. Hij had deelgenomen aan het Catalaanse Arbeiderscongres van 1908, en had zelfs zijn beroepservaring als steenhouwer ingebracht toen het nieuwe Vakbondshuis in Barcelona werd gebouwd, in de Carrer Nou de Sant Francesc. Toen Arbeiderssolidariteit in CNT veranderde, was hij een van de eersten die het partijboekje hadden aangevraagd. Hij had nog nooit een wapen aangeraakt. Hij was het type dat gelooft dat praten helpt. En als er geen oplossing was, kon je de situatie altijd nog door politieke en vakbondsmaatregelen naar je hand zetten. Daarna was alles misgegaan. In 1916 was het terrorisme tegen de werkgevers opgekomen. Jonge anarchisten begonnen bazen, directeuren, managers en stakingsbrekers te vermoorden. Op hun beurt kopieerden de werkgevers de methoden van hun tegenstanders. In feite overtrof de kopie van meet af aan het origineel naar omvang en wreedheid. Weinig later kwam aan het licht dat een paar revolverhelden van de vakbond – ze traden in principe belangeloos op – voor het doden geld begonnen te vragen. Dus was het een kwestie van tijd geweest tot ze voor de verleiding bezweken en voor meer geld overliepen. En zo waren er anarchisten die er van de ene op de andere dag op bevel van hun oude vijanden toe overgingen oude vrienden te vermoorden. Het was zo vreselijk dat zelfs de overheid de wet aan zijn laars begon te lappen en straffeloos aan het moorden sloeg. De totale nachtmerrie. En van het een kwam het ander. Door woede en onmacht vanwege de doden en het onrecht baanden zich binnen de vakbondswereld fanatisme en stompzinnigheid een weg. Leiders wierpen zich op als de nieuwe messias, maar hij vond ze net zulke profiteurs en strebers als die van de tegenpartij – bovendien idioten en misdadigers van het zuiverste water. Na een aanvaring met een van die commandanten hield hij het definitief voor gezien. Het was een man met een sluwe tronie en kleine, meedogenloze ogen, die nooit lachte. Albert Panatis had het lef gehad te beweren dat het hem nul komma nul revolutionair leek om de zetbaas van een ijzerhandel te vermoorden.

'Alles draait om strategie,' had de leider hem minachtend geantwoord, alsof hij het tegen een groentje had. 'Je gelooft erin of niet. Als je dat niet inziet, kun je maar beter je biezen pakken.'

Hij begreep dat hij met iemand sprak die meedogenloos en onverantwoordelijk was. Dus pakte hij zijn biezen.

Daarna kreeg hij het ongeval dat hem dwong te stoppen met werken. Een groot steenblok plette zijn rechterhand. Toen de artsen hem eenmaal een gipsverband hadden omgelegd, hadden ze gezegd dat hij nooit meer de oude zou worden. Ze hadden weliswaar zijn hand gered, maar die was verminkt en, bovenal, dood: een levenloos aanhangsel dat maar wat aan zijn pols bungelde; alleen in zijn vingertoppen had hij nog een beetje gevoel. Een vriend bij de vakbond maakte een orthopedische zwartleren handschoen voor hem, dik en bezet met verzilverde klinknagels. Die gaf zijn hand een beetje steun, de vingers enigszins gesloten in een heel natuurlijke houding, en hielp hem tegelijkertijd een beetje kracht te zetten. Dat was in januari 1919, en terwijl hij thuis leerde om zich met slechts één hand, de linker, door het leven te slaan, nam hij zich voor om alles langs zijn koude kleren af te laten glijden. Maar dat was onmogelijk. Hij was één brok onrust, een ouwe lul die er allemaal niets van snapte.

Hij vond werk als nachtwaker in het magazijn van de Spaanse Maatschappij voor Metaalconstructies (SMM). Hij kreeg een schijntje betaald, maar de zware tijden in aanmerking genomen was het beter dan niets. De SMM bouwde kranen en had de exclusieve rechten op de beroemde cementwagens van Smith, die handmatig én met een motor werden bediend. De maatschappij had een winkel annex magazijn aan de Plaça de Catalunya. Ze kenden hem van zijn werk in de steengroeve, en toen ze hoorden dat hij ontslagen was, namen ze hem meteen aan: hij was betrouwbaar, hij had ervaring in de branche en zijn onbruikbare hand vormde geen enkel beletsel. Hij was er van acht uur 's avonds tot acht uur 's ochtends, van maandag tot zaterdag.

Twee jaar later gebeurde er iets wat zijn leven zou gaan bepalen en wat voorkwam dat hij definitief met de vakbond brak. Hij redde de zoon van Plàcid Lladonosa het leven, een rijke industrieel die in die tijd miljoenen verdiende met de productie en distributie van cement – evenals de familie Güell. Hij haalde de jongen, die Placidet heette, onder de hoeven van een steigerend paard vandaan. Het dier was op hol geslagen nadat betogers brandende sigaretten op zijn lijf hadden uitgedrukt. Dat was op de Plaça d'Urquinaona gebeurd. Het wierp zijn berijder, een tamelijk onervaren agent, af en begon de Carrer Jonqueres af te rennen. Duizelig door de weidsheid van de Gran Via Laietana, de nieuwe boulevard, schoot het paard de smalle Carrer Sant Pere més Alt in, galoppeerde ongeveer honderd meter en draafde via de Carrer d'en Mònec naar de Carrer Sant Pere més Baix. Daar draaide het zich als een schicht om en liep verder tot aan de Carrer de les Beates, die het in rende nadat het op het plaveisel was uitgegleden bij zijn poging om in één ruk door de hoek om te slaan. Achtervolgd door zijn berijder en een paar van diens collega's gooide het dier kraampjes met zaden, uitgestalde haringen en fruit omver. De knecht van een glashandelaar die naar buiten kwam om het tot staan te brengen, verloor door een beet zijn halve hand. Het dier was gewoon niet te stuiten. Uit het niets schoot het vanuit de Carrer de les Beates het gelijknamige pleintje op, in een hoek van bijna negentig graden. Het paard, dat geen zicht had en nog doller werd door de kreten van de mensen, raakte vol een van de dienstmeisjes van de familie Lladonosa dat de kleine Placidet droeg, enig kind van de industrieel. Het meisje gilde, en zij en het kind smakten tegen de grond. Ze lag languit, stil, en bloedde uit neus, oren en mond. Verrast trappelde het dier een paar keer op haar, maar raakte niet het kind, dat niet ouder was dan zeven jaar en maar bleef brullen. Albert Panatis kwam toevallig langs, hoorde hem en liep op hem af. Hij kon niets beters bedenken dan zijn volle gewicht tegen het paard te gooien, dat nog steeds op het arme dienstmeisje trappelde. De bijna honderd kilo van de man knalde tegen de buik van het beest. Dat slipte op de plavuizen en ging weer onderuit. Het bleef een paar tellen als verdoofd liggen, met dolle ogen, die bijna uit hun kassen puilden, hinnikend en met schuim en speeksel om zijn bek. In een spastische beweging raakte het met zijn hoeven bijna het hoofd van de jongen. Meneer Panatis trok hem weg net op het moment dat, bezweet en hijgend, de agenten verschenen die het ontsnapte paard achtervolgden. Nadat ze het arme dier weer overeind hadden geholpen, verzorgden ze het dienstmeisje, dat de onbekende met de dode hand een heldenrol toedichtte voordat ze het bewustzijn verloor. Intussen had het kind hem al verteld hoe het heette en waar het woonde – heel dichtbij, in een van de nieuwe huizenblokken aan de Gran Via Laietana. Hijzelf droeg de jongen aan zijn ouders over. De industrieel Lladonosa was een man van vijfenzestig jaar die vitaliteit en daadkracht uitstraalde. Hij wilde beminnelijk overkomen, maar hij kon niet verbergen dat hij een kortaangebonden, moeilijk en nors man was. Nog geschrokken van het voorval en onder de indruk van het feitenrelaas vroeg hij Panatis: 'Hebt u kinderen?'

'Ja, een meisje van zestien jaar.'

'En wat hebt u haar te bieden?'

'Te bieden? Ik heb mijn leven lang steen gepolijst in de steengroeve in de Garraf. Ik heb een ongeluk gehad, waardoor ik mijn rechterhand niet meer kan gebruiken, en ze hebben me op de keien gegooid. Nu werk ik als bewaker voor een bouwfirma. Ik kan net rondkomen. Ik ben weduwnaar. Ik heb haar nauwelijks iets te bieden. Berta werkt en leert boekhouden.'

Toen in de vakbond bekend werd dat Panatis niet alleen het leven van het kind van een patroon had gered, maar het ook nog gezond en wel had teruggebracht, sloeg iedereen steil achterover. De wantrouwigsten maakten hem uit voor corrupt en verrader, de welwillendsten voor simpele ziel; ze vroegen zich af of het verlies van een hand vervroegd seniliteit kon veroorzaken. Kameraden begonnen hem te mijden, want ze schaamden zich voor hem. Een oude strijdmakker van Grafische Kunsten, hij heette Esteper, slingerde hem zonder er doekjes om te winden kwaadaardig recht in zijn gezicht: 'Je had dat kind echt niet onder het paard hoeven laten sterven, idioot, hoewel niemand het je kwalijk had genomen als je het niet had gered. Maar verdomme, Panatis, denk eens even na, het ligt zo voor de hand, je hoeft niet te hebben gestudeerd om het te snappen: nadat je die kleine klootzak had gered, had je hem moeten meenemen! We zijn geen beesten. We hadden hem echt niet in de oven gestopt om hem daarna op te eten! Er was nog tijd genoeg geweest om hem terug te brengen. Je bent net iemand die een winnend lot op de grond vindt en het, in plaats van die prijs te innen, in plaats van om zich heen te kijken en te constateren dat hij arme familie en vrienden heeft, het gul aan de organisatie teruggeeft, omdat het niet van hem is. Het was dé kans geweest om al het onheil, de martelingen en de doden die mensen als Lladonosa op hun geweten hebben, honderd procent te vergelden. En die kans heb je laten schieten.'

Zijn hoofd was er bijna van gaan tollen. Dat had hij niet verwacht. Hij had alleen maar een kind van een vreselijke dood gered en bij zijn familie teruggebracht. De kameraad van Grafische Kunsten keek hem opnieuw aan, nu eerder medelijdend; hij stak de sigaret die hij net had gerold aan, spuugde een draadje tabak op de grond en zei: 'Panatis, je hoofd is zo leeg als een notendop. Mensen als jij doen ons meer kwaad dan goed.

Wilde je dan soms niet die gekke moordenaar die onschuldige mensen vermoordt tegenhouden? Wilde je die moordenaar geen halt toeroepen, ook al was het door zijn zoon te ontvoeren? Zijn kind in onze handen had ons sterk gemaakt. Het zou als een bom zijn. Val dood, man. En kom vooral niet terug. Stik erin!'

Na dat akkefietje zag hij in dat zijn scrupules hem zouden beletten een waardevol element in de vakbondsstrijd te zijn. De traditionele moraal stuwde mensen naar het goede – het leven gaat boven de dood – en blokkeerde tegengestelde mechanismen bij mensen als hij die er zich niet in hadden geoefend een hufter te zijn. Hij hoopte maar dat de mening van de vakbond over zijn reddingsactie zijn dochter Berta niet ter ore kwam. Tevergeefs. Het meisje en haar vrienden, die al actief waren, hadden alle drie hetzelfde geconcludeerd: meneer Panatis had zich vergist. Desalniettemin zuiverden minder ervaren vakbondsleden hem van alle blaam, want ze geloofden dat hij het kind aan zijn vader had terugbezorgd omdat hij niet had geweten wie het was.

Plàcid Lladonosa nam twee besluiten: hij stuurde de kleine Placidet naar een internaat in Zwitserland – waar de kans om midden op straat een gewelddadige dood te sterven door toedoen van een paard kleiner leek – en hij nam Berta Panatis onder zijn hoede. Hij bood aan haar op zijn kosten in te schrijven op een privéschool, zodat ze speciale cursussen over handel, economie en vooral het bankwezen kon volgen. Hij stelde haar vader ook voor dat ze zou weggaan bij de London County Bank. Daar werkte ze als trainee bij een van de bijkantoren die deze Europese bank tijdens de Eerste Wereldoorlog in Barcelona had geopend. Hij zou haar een baantje bezorgen bij de Hypotheekbank, waarvan hij aandeelhouder was, en waar een van zijn beste vrienden werkte: bankier Planas.

'Ik vind het een bijdehante tante; ze is slim als een vos,' had Lladonosa hem verteld. En hij zei ook nog: 'Bij de bank kan ze veel beter carrière maken dan als administratief medewerkster in mijn cementfabriek ... Iemand als zij biedt het bankwezen vandaag de dag een uitgelezen kans een goede toekomst op te bouwen, gesteld dat ze altijd deugden als inzet, ijver en, vooral, diplomatie combineert ...'

Tot verbazing van de industrieel vroeg Albert Panatis een paar dagen bedenktijd. Hij wilde niet buiten zijn dochter om beslissen. Eenmaal thuis legde hij het haar voor. Het meisje liet hem niet eens uitpraten.

'Je accepteert de aalmoes van die ongelooflijke klootzak toch niet?' vroeg ze. Berta wist maar al te goed dat iedereen een direct verband zou leggen tussen de redding van Lladonosa junior en het aanvaarden van de bescherming van de industrieel.

'Denk erover na,' drong haar vader aan. 'Ik hoef niets te accepteren, maar jij.'

Uiteindelijk stemde het meisje erin toe van baan te veranderen, daartoe enigszins aangespoord door haar zin voor avontuur.

'Het is net alsof ik een spionne ben, vader, een soort mol. Het is een kans uit duizenden om te kunnen infiltreren in het hart van het kapitalisme. Hoe dieper ik doordring, hoe groter de knal die ik wil veroorzaken ...'

Hem deed het verdriet dat zijn kleine meid haar leven aan de klassenstrijd wilde wijden in plaats van zich aan de liefde en aan dansen over te geven. Hij ried haar aan voorzichtig te zijn. Als ze eenmaal een besluit had genomen, kon hij er nauwelijks meer iets aan doen. Berta was al op en top een vrouw.

Iemand van de vakbond martelde hem anoniem bijna een jaar lang door hem te herinneren aan ieder van de doden die door toedoen van de werkgevers waren gevallen. Hij kreeg brieven met een exacte beschrijving van de overledenen en hun gezinssituatie:

> *Hij laat een vrouw en drie kinderen na, die zo en zo en zo oud zijn. Zonder geldmiddelen. Ze raken meteen aan de bedelstaf. De vakbond zal ze zo lang mogelijk helpen.*

Ze eindigden allemaal met de zinsnede: door jouw schuld, klootzak. Meteen als de brieven kwamen, verscheurde hij ze, maar pas nadat hij de naam van de dode op een vel papier had geschreven. Dat raakte vrij snel vol. De gangsters in Barcelona doodden op elk uur van de dag, elke dag opnieuw. Hij las en herlas de lijst, die hij bijna vanbuiten kende: Manel Valero, Francesc Sabater, Juan Villanueva, Antoni Parra, Juli Peris, Ramon Gomar, Josep Pérez Espín, Agustí Flor, Francisco Bravo, Benito Mechano, Manel Fernàndez, Francesc Gil, Francesc Ròdenas, Ramon Lloveras, Agustí Subirats, Bonaventura Roca, Joan Sans, Felip Hilario, Josep Lastra. Enzovoorts. Het kruis dat hij te torsen had, woog steeds zwaarder. Hij geloofde niet dat hij het nog lang zou volhouden.

Paradoxaal genoeg redde uitgerekend Lladonosa hem. De industrieel stierf korte tijd later. En met zijn dood hielden de anonieme briefjes op. Hij verbrandde de lijst, maar hij voelde zich niet vrij, want het oordeel van Berta confronteerde hem dag in dag uit met zijn vergissing. Ze herinnerde hem eraan dat hij de tegenstander had kunnen ruïneren, maar ervoor had gekozen dat niet te doen. Hij las in haar ogen dat ze hem niet kon vergeven, en dat hij voor altijd de gevolgen zou moeten dragen. En als ze hem al ooit zou vergeven, vergeten zou ze het in elk geval nooit.

Begin 1924 vertelde zijn dochter hem dat ze voor een paar maanden naar de bergen moest, ver van Barcelona, om zich voor te bereiden op vergelijkende examens. De bank betaalde alle onkosten: de huur van het huis waar ze zou wonen, de verhuizing en haar levensonderhoud. Ze vroeg hem of hij alsjeblieft met haar wilde meegaan; ze wilde er niet helemaal in haar eentje zitten. Hij accepteerde maar wat graag. Hij wilde weg uit die akelige sfeer, veroorzaakt door die moordzuchtige, botte en snoeverige dictatuur, maar ook door zijn kameraden: de nieuwe, die hem bedreigden en hem voor uilskuiken en lafaard uitmaakten, en de oude, die hem maar een stommerik vonden omdat hij Lladonosa junior aan zijn vader had terugbezorgd.

Dus op naar de bergen, op zoek naar genezing van lijf en leden. Maar het bleef moeilijk: zijn oerzonde was onmogelijk te delgen. Zijn veroordeling kende geen verjaring. Het minste wat hij kon aanvaarden was de verbanning die zijn dochter voorstelde.

Hij zette de bundel met het gereedschap naast de twee koffers. Terwijl hij de deur afsloot, zag hij in hoe absurd het was hamer en beitel mee te nemen. Hij kon ze niet tegelijk hanteren – hij kwam een hand tekort. En in de bergen nog minder. Hij haalde zijn schouders op, pakte de bundel met zijn goede hand, en riep: 'Berta, de koffers!' Verdorie nog aan toe, het was wel zíjn gereedschap.

Carlota Monrós

Vader en dochter Panatis kwamen een paar maanden na het uitroepen van de dictatuur in Biribil aan. Het was op een van die winterse dagen waarop zelfs kluiten in de wegberm tot aan het middaguur bevroren waren. Ze kwamen met een taxi uit Barcelona. Dat soort gevallen was op de vingers van één hand te tellen, en dan had je nog vingers over. Dat verklaarde de opwinding waarmee ze werden ontvangen: een onmiskenbare opwinding, maar wel verholen, in overeenstemming met het karakter van de inwoners van Biribil. Niemand nam een taxi voor zo'n grote afstand. Rijke, een beetje poenerige Barcelonezen hadden een eigen auto. Anders nam je de trein tot Ripoll. En vandaar bereikte je per bus, met een plaatselijke taxi of zelfs in een sjees via Donibà de Mòjac en Dompol de toegang tot het rivierdal van de Urder, ingeklemd tussen die van de Fresser en de Ter. En binnen een uur of twee – afhankelijk van het transportmiddel – bereikte je ten slotte Biribil.

De auto stopte op het pleintje. Vader en dochter Panatis en de chauffeur stapten uit. Ze waren verkleumd. De mannen hielden hun handen in hun zakken en strekten hun benen; het meisje hield haar armen gevouwen voor haar borst. De nieuwsgierigheid van de op het plein aanwezige inwoners van Biribil en van haarzelf in het postagentschap zou groter zijn geweest als ze hadden geweten dat de grootste man een dode hand had. De mannen liepen naar sociëteit De Broederschap, en de vrouw kwam naar haar postkantoortje. De jonge vreemdelinge stapte binnen en liep direct naar de balie, terwijl ze Carlota Monrós tegelijkertijd uitdagend en verontschuldigend aankeek. Ze was slank, ze had kort haar en een zwanenhals. Ze kon niet goed met haar lengte uit de voeten, en aangezien ze met vastberaden tred liep, bewoog ze zich slungelig, zoals een puppy dat niet weet wat het met zijn poten aan moet. Vermoedelijk had ze een paar druppels zigeunerbloed, want haar huid was bronskleurig en ze had grote, zwarte, strakke ogen die je fixeerden. Het meisje babbelde met haar op zachte, langzame toon. Ze vertelde dat ze Berta Panatis heette en dat ze zich een paar maanden, drie, misschien wel vier, met haar vader in het dorp vestigde. Ze knoopte haar jas een stukje los en liet haar glimlachend een vogel zien. Het was een doodgewone parkiet. Die droeg ze bij zich om hem tegen de ijzige kou te beschermen. Het diertje keek om zich heen, monsterde Carlota en dook toen plotseling weer weg. De vreemdelinge profiteerde hiervan om haar te vertellen dat ze afgezien van de gewone post die ze zou kunnen krijgen een heel belangrijk spoedtelegram verwachtte.

'Als het komt,' antwoordde Carlota, 'breng ik het hoogstpersoonlijk naar het pension. Dat is in de prijs inbegrepen.'

Weifelend vertelde de vreemdelinge dat ze niet in een pension zou verblijven, maar in de Bullóhoeve.

'Weet u waar die is?'

'Jazeker. Hier weet iedereen waar alles is. Het is een boerderijtje vier, vijf kilometer hiervandaan. Het is niet ver, maar ik ben alleen en het reglement verbiedt me om buiten het dorp post te bestellen, of het nu om een brief gaat, een telegram of een pakje ...'

'Maakt u zich geen zorgen, we zijn van plan vaak te komen,' antwoordde het meisje haar, terwijl ze de vogel tegen haar borst drukte. 'Ik kom wel langs om ernaar te vragen ...'

'Oké.'

Het was Carlota om het even. In wezen deed ze in dit soort gevallen altijd hetzelfde: ze bewaarde de post tot de persoon in kwestie die kwam halen. Ze was de meer dan verstandige mening toegedaan dat in een uithoek als Biribil niets urgent was. Betrof het een droeve tijding, dan was het toch te laat. Was er iets goeds te melden, dan maakte het ook niet uit; wat op de ene maandag goed was, was dat ook nog de maandag daarop. Iedereen wist dat en hield er rekening mee. Maar een spoedtelegram was natuurlijk andere koek ...

Ze sloeg de vreemdelinge gade, die landerig tegen een van de schrijftafels tegen de muur in het kantoortje leunde. Ze stelde daar een telegram op om naar Barcelona te versturen. Ze zag alleen haar achterhoofd, dat naar de laatste mode was geknipt. Verderop, omlijst door grote vensters, verhief de altijd met sneeuw bedekte Monturder zich majestueus op de achtergrond en verhulde het licht van de ondergaande zon. Ze nam het telegram aan en controleerde het. Daartoe waren de postbeambten verplicht. Het moest over, want het was in het Catalaans en dat was verboden. Dat beviel het meisje niets, maar ze deed het toch. Met voorschriften viel niet te spotten.

Carlota vermoedde het al toen ze haar had zien binnenkomen. Daarvoor had ze niet eens de inhoud van het telegram hoeven zien. En toen ze dat wel had gezien, had ze het eigenlijk moeten weigeren. Niet alleen schrijfsels in het Catalaans waren verboden, ook geheime of gecodeerde berichten zonder transcriptie. HET BAL BEGINT. STOP. Wat was dat voor rare zin?

Ze had de inhoud van dat telegram niet hoeven weten.

De vreemdelinge keek haar even aan en probeerde aan het licht te wennen, met het beetje zon dat het plein belichtte. Ze keurde het agentschap, alsof ze er een rapport over moest schrijven. Er viel weinig te zien: aan de muur portretten van de koning en van de dictator, formulieren, tarieflijsten voor pakjes, instructies om postwissels te sturen of te ontvangen – een gloednieuwe service ... Terwijl Carlota het telegram afrekende dat Berta Panatis zojuist had verstuurd, stond deze op het punt haar iets te zeggen, maar ze bedacht zich. Ze liet de vogel zijn kopje uit haar jas steken, zodat het diertje een beetje lucht kreeg, en vouwde het reçu achtdubbel alvorens het in haar jaszak te stoppen. Het had er meer van weg dat ze het betalingsbewijs verstopte dan dat ze het wegborg.

'Kunnen we de Bullóhoeve met de taxi bereiken?' vroeg ze.

'Ja. Het is een vrij behoorlijke bosweg.'

'Vriendelijk bedankt. Tot gauw.'

Wat ging er door haar heen, dacht Carlota, terwijl ze toekeek hoe Berta Panatis met haar hand tegen het glas de buitendeur openduwde en er vuile vingers op achterliet. Berta Panatis ging op dezelfde breekbare manier weg waarop ze was binnengekomen, en liep naar de sociëteit. Na een paar minuten kwam de gemeentesecretaris daar ook heen en meteen daarop kwamen ze alle vier naar buiten – en de vogel. Ze stapten in de taxi en reden weg naar de Bullóhoeve.

Ze had het gevoel dat dit meisje het zo belangrijke telegram dat het verwachtte nooit zou ontvangen. Ze was er praktisch zeker van, want hoe graag Berta Panatis ook belangrijke zaken van buitenaf wilde ontvangen, het had er ook veel van weg dat zij en de buitenwereld langs elkaar heen leefden, in parallelle werelden. En dan kwam je godsonmogelijk samen.

Berta Panatis

Gewend als ze was aan de vochtige buurt in Barcelona waar ze vandaan kwamen, vond ze het huis vanaf de eerste dag machtig mooi en knus. Het was een rechthoekig gebouwtje met vier witte muren en een schuin dak. Binnen bevonden zich aan één kant de slaapkamers, die een derde van het oppervlak besloegen. De resterende ruimte namen de keuken en de eetkamer in, met in het midden een grote vurenhouten tafel, geflankeerd door twee banken. Daartegenover bevond zich de stookplaats. Aan de zijkant was een plek om te koken, met allerlei steelpannen en pannen van geëmailleerd aluminium op het fornuis of aan een ijzerdraad, verder een geblutste melkbus, een koffiemolen, lege potten ... Daarnaast bevonden zich twee kleine ruimten. De ene was een voorraadkamer met een vliegenkastje aan de muur waarin je eten kon bewaren. De andere had een tonnetjesplee. In een hoek, profiterend van het licht van een raam, stond een ronde tafel met een stoof; in een andere bevond zich een hoekkast voor serviesgoed en tafellinnen. De muren waren kaal, zonder schilderijen of frutsels, op een uiterst merkwaardige krantenadvertentie na die met punaises was vastgeprikt. Het was een hele pagina waarin de beroemde dokter Freire uit Lissabon, met zijn borstelige, puntige wenkbrauwen en zijn geitensik, uitlegde dat hij over de hele wereld beroemd was door zijn product dat pijn, maagzuur en diarree bestreed, dat maagdilatatie en maagzweren genas, en dat ervoor zorgde dat zieken weer eetlust kregen, hun voedsel beter verteerden en van hun buikaandoeningen herstelden. Ze besloot de advertentie te laten hangen. Als de vorige bewoner die had opgeprikt moest die er wel tevreden over zijn geweest. Hij zou haar vast en zeker geluk brengen. Het huis had geen stromend water, maar wel een put en – het belangrijkste – elektriciteit. Wat een luxe …

Noch zij noch haar vader had ooit in de bergen gewoond, maar daar zat ze nauwelijks over in. Ze zouden er maar kort blijven. Bovendien vond ze achter het huis een fiets in redelijke staat. Perfect. Ideaal om mee naar het dorp te gaan.

Toen ze eenmaal hun intrek hadden genomen, las ze de veiligheidsrichtlijnen door die de partij had opgesteld. Het waren instructies die ze strikt moest naleven. Wat haar vader betreft, hem moest ze er helemaal buiten laten; hij mocht de ware reden van hun verblijf in dat huis niet weten. Op haar beurt moest zij zich verre houden van kranten, hoezeer ze ook om informatie verlegen zat. De pers werd gecensureerd en het was voor haar maar beter in het ongewisse te blijven, omdat ze toch geen contact kon opnemen met kameraden die haar konden vertellen hoe de vork precies in de steel zat. Met de dorpelingen moest ze slechts zoveel omgaan als nodig was om geen argwaan te wekken. Zij waren Barcelonezen in goeden doen, die het zich konden veroorloven per taxi naar een bergdorp te gaan en daar een tijdje uit te rusten. Een andere belangrijke richtlijn was dat ze Biribil onder geen beding mocht verlaten. Het bevel om tot actie over te gaan kon elk moment komen. Slagen of falen hing af van slagvaardig optreden. Ten slotte was het haar ten strengste verboden met de organisatie contact op te nemen.

Ze hadden haar bovendien flink wat geld meegegeven, een reusachtige som – dat vond zij althans – zelfs te veel. Het was een zeer aanzienlijk bedrag, aangezien de partij een eventuele vlucht naar Frankrijk had ingecalculeerd, als het zou mislopen. Vanuit Biribil kon je makkelijk de grens oversteken. Berta had het precies uitgezocht. Vanaf de plek waar de Oquerra in de Urder stroomde volgde je dat beekje stroomopwaarts tot aan het gehucht Mugarri, en vandaar bereikte je Frankrijk in een ommezien via de Aldarspas. Als je verderging in het Urderdal zelf, kwam je in Les Saspietxes, het laatste dorp en tevens uitvalsbasis om naar de bron van die rivier te gaan; in de volksmond heette die sinds onheuglijke tijden, zonder dat iemand ook maar wist waarom, de Itúrries. Ook die lastigere route bracht je rechtstreeks naar Frankrijk. De bankbiljetten bewaarde ze in rolletjes, met een touwtje vastgebonden, in de dubbele bodem van de broodzak; altijd in het oog, met stokbroden erin. Ze verborg de revolver tussen het matras en de bedspiraal.

De dagen kropen voorbij: lange, saaie, rustige dagen. Af en toe wandelden vader en dochter naar Biribil. Ze leerden het dorp kennen. Het was piepklein, maar wilde graag vooruitkomen. Het had geen mooie, sierlijke romaanse brug als Camprodon en bezat evenmin de charme van Ribes, maar het was toekomstgericht. Het had de nodige basisvoorzieningen, inclusief een telefooncentrale annex postkantoortje, waar Carlota Monrós de scepter zwaaide. De hoofdstraten waren goed verlicht door elektrische lantaarnpalen, en de enige uitwerpselen die je er zag waren van een zwerfhond en van trekdieren, aangezien de overige ontlasting, die van de mensen, via de riolering rechtstreeks op de rivier werd geloosd.

Begin 1924 konden zelfs vreemdelingen die pas waren aangekomen, zoals vader en dochter Panatis, zien dat het fenomeen 'trekkers en dagjesmensen', en met name het bestaan van een kleine kolonie zomergasten, uiterlijk en karakter van dat dorp radicaal veranderde, zoals wanneer je een sok binnenstebuiten keert.

De dictatuur had er zich van lieverlede op discrete wijze genesteld, in het oog springende uitzonderingen daargelaten. Zo moest na de staatsgreep de gemeenteraad en bloc aftreden, en werden politieke partijen tot bijna niets gereduceerd. De officiele propaganda nam flink stelling tegen gemeentelijke corruptie en vriendjespolitiek. Sommigen in het dorp waren het daarmee eens, anderen niet. Zoals gewoonlijk. De zittende burgemeester en zijn wethouders werden willekeurig vervangen door anderen die de nieuwe situatie waren toegedaan. Een van hun eerste ambtelijke daden betrof het directe bevel vanuit Madrid om een tweewekelijks tijdschrift in Biribil te verbieden, omdat het regionalistisch en links was. De genoemde publicatie bestond niet eens – het was een vergissing – maar niemand in de nieuwe gemeenteraad durfde meneer de minister tegen te spreken.

Unaniem werd besloten om het ministerie te laten weten dat het bevel was uitgevoerd. Ze zouden het toch niet controleren.

Daarnaast waren vader en dochter Panatis eind januari – ze waren net aangekomen – getuige van een kleurrijke parade van de burgerwacht onder bevel van een luitenant-kolonel die speciaal uit Girona was overgekomen. Dat deed hij vanzelfsprekend in gezelschap van de plaatselijke commandant. Het betrof ongeveer dertig geüniformeerde, voldane figuren. De pastoor zegende de vlag en de militair hield een bloemrijke lofrede op de burgerwacht van Biribil. De toeschouwers klapten en eindigden met het gebruikelijke hoerageroep.

Een andere keer viel hun bezoek toevallig samen met een feestelijke plechtigheid. In zijn hoedanigheid als dorpsomroeper schreeuwde de gemeentesecretaris zich schor om zich verstaanbaar te maken. Hij riep om dat Biribils gemeenteraad op voorstel van de burgemeester unaniem had besloten om de naam Nieuweplein te vervangen door Directoriumplein, en de naam Hoofdstraat door Primo de Riverastraat, om zo, volgens hem althans, het reddende ingrijpen van het militaire bestuur te vereeuwigen. Op het plein – daar bevonden ze zich net – kwam een gedenksteen, die de inwoners door vrijwillige bijdragen moesten bekostigen. Vader en dochter Panatis waren de eersten die zo'n groot bedrag gaven dat meneer de gemeentesecretaris dat wel móést zien. Maar Berta merkte meteen dat openlijke steunbetuigingen aan de dictatuur heel zeldzaam waren, en dat de volgelingen van de dictator, nadat ze de macht onder elkaar hadden verdeeld, een kalm leven leidden in de plaatselijke afdeling van de enige toegestane partij: de Patriottische Unie. Als je maar niet opviel, kon je vrij onbekommerd je gang gaan.

Er was één plek waar Berta heel graag kwam. Die had ze toevallig ontdekt. Toen ze op een dag in haar eentje rondwandelde, liet ze het dorp achter zich en liep ze de grote weg verder af, naar Dompol, in de richting van Ripoll. Na een dik uur kwam ze uit bij het grenskruis dat de gemeentegrens markeerde. Het rees op bij het oude pad, op ongeveer vijf meter van de nieuwe weg. Ze vond het aardig omdat het passanten die het dorp bezochten welkom leek te heten, of, als ze het dorp verlieten, gedag leek te zeggen. Het was van smeedijzer en stak uit een kapiteel dat zo'n drie meter boven de grond uittorende dankzij een stenen zuiltje op een sokkel van drie treden. Het oorspronkelijke gotische kruis was ook van steen geweest, maar tijdens de revolutionaire troebelen van 1909 was het afgezaagd en gestolen. Daarvoor in de plaats was provisorisch dit smeedijzeren kruis gekomen. Vijftien jaar later was het er nog steeds.

Haar was bevolen het dorp niet te verlaten, en Berta was gedisciplineerd. Desalniettemin was er geen enkel beletsel om naar het grenskruis te lopen, de uiterste gemeentegrens, daar waar Biribil ophield. Nooit stak ze ook zelfs maar één centimeter die gemeentegrens over. Ze zorgde er zelfs voor dat niet eens haar schaduw, al naargelang het uur van de dag, het naburige dorp Dompol raakte.

Bij dat kruis deed ze niets speciaals. Ze zat op een van de treden van de sokkel en ze dacht na, las wat of bekeek het dal. Daar kwam ze tot rust en ze voelde dat ze zich geen zorgen hoefde te maken. Ze stond er niet alleen voor. Ze voelde met elke vezel in haar lijf dat de partij met al haar macht over haar waakte. Je had alleen maar een beetje geduld en discipline nodig. Daarvan had ze meer dan genoeg. En enthousiasme nog meer. Dat hielp haar moeilijke momenten te boven te komen. In haar binnenste streden angst en onzekerheid met plichtsbetrachting om voorrang. Ze snapte en accepteerde de noodzaak van terreur. In Barcelona was het dagelijkse kost. Ze hield er niet van, maar respecteerde het uit discipline. Het was net zoiets als oorlog voeren ... Maar het was één ding om iemand midden in de strijd te doden, in een schermutseling – wat ze ook nooit had gedaan – en iets heel anders om het koelbloedig te doen ...

Tijdens haar verblijf in de Bullóhoeve maakte ze weinig bergwandelingen. Daar hield ze niet van. Ze was liever in het huisje, waar ze kookte, meegenomen boeken las, in haar dagboek schreef, stiekem trainde ... en net deed alsof ze studeerde voor die geheimzinnige, loodzware staatsexamens.

Ze verbaasde zich over de hoeveelheid dingen die haar vader daarboven kon doen, ver van zijn gewone omgeving, met slechts één hand. Hij compenseerde zijn gebrek met geduld, vernuft en handigheid. Hij was gezet en kogelrond. Met zijn eerder vierkante dan ronde hoofd, zonder nek, en met zijn grote, expressieve ogen leek hij op een bergbeer in het klein.

Hij begon een schaakspel te maken. Met een klem zette hij het stuk hout vast op de eetkamertafel en met een mes dat hij geregeld sleep sneed hij het met zijn goede hand; eerst het schaakbord, daarna de stukken. 's Avonds speelde hij patience en las hij oude kranten.

Af en toe probeerde Berta zich de dag voor te stellen – en er zich zelfs letterlijk een beeld van te vormen – waarop ze de instructie kreeg in actie te komen. Volkomen onwetend zou haar vader haar tot Biribil vergezellen, hij zou haar op de bus zetten in de overtuiging dat zijn dochter examen ging doen … En zij zou zeggen: 'Wens me succes', zich er volledig van bewust dat ze elkaar misschien voor het laatst zagen. Tenminste, in de wereld van de levenden.

Albert Panatis

Het eerste wat hij deed toen hij voet zette in de Bullóhoeve, was de bundel met zijn hamer en beitel onder het nachtkastje in zijn slaapkamer zetten. Daarna pakte hij de grote koffer uit waar zijn overjas in zat. Die hield hij met zijn goede hand op en hij streek hem met zijn slechte hand glad. Meteen daarna hing hij hem heel zorgvuldig in de hangkast. Het was een van zijn waardevolste bezittingen: grijs en elegant. Hij was van meneer Fatjó Ponsirenes geweest, eigenaar van de steengroeve waar hij zijn leven lang had gewerkt. Hij had hem aan hem geschonken, samen met een lichtzijden bolhoed, op de dag dat hij hem had ontslagen. Misschien speelde een slecht geweten hem parten.

Albert Panatis had meneer Fatjó Ponsirenes zien opgroeien en diens vader, meneer Fatjó Palmerola, zien sterven. Hij had bijna dertig jaar bij de firma gewerkt. Hij was een van de beste steenhouwers en polijsters van Catalonië. Daarom dacht hij dat hij er ondanks dat ongeval toch kon blijven werken. Alles welbeschouwd, dacht hij, kun je ervaring overbrengen zonder letterlijk voor te doen hoe het moet. Maar zo was het niet. Op 1 januari 1919 zetten ze hem zonder pardon op straat, en, afgezien van de jas en de hoed, zonder enige schadeloosstelling.

Meneer Fatjó Ponsirenes was een dikkerd met een stevige stierennek. Hij liep graag in hemdsmouwen door zijn bedrijf terwijl hij zijn collectie gouden dasspelden showde, met aan de linkerkant een zilveren bloem. Hij liet hem weten dat hij zich met die cadeaus zelfs bevoorrecht mocht beschouwen. 'De jas is nog vrij nieuw, Panatis,' merkte hij tevreden op. En hij zei ook nog: 'Hij komt van Hunt Tailors in Londen, en is gekocht bij Maison Furest op de Passeig de Gràcia ...'

Misschien was hij niet zo genereus geweest als die situatie zich een maand later had voorgedaan, toen de grote staking bij nutsbedrijf La Canadenca uitbrak, waardoor Barcelona zonder water, gas en elektriciteit kwam te zitten. En daardoor zonder trams, kranten et cetera. De staking bij het bedrijf groeide in korte tijd uit tot een algemene staking, en de arbeiders van meneer Fatjó Ponsirenes' steengroeve deden ook mee. Hoe dan ook, Albert Panatis was er toen al niet meer.

Op de dag van zijn ontslag kwam hij met de jas aan en de hoed op thuis – echt een heertje. Hij was platzak, maar had wel die cadeaus van zijn baas; zelfs nu nog rook het kledingstuk naar de scheerolie van meneer Fatjó Ponsirenes. Hij nam Berta, toen een meisje van veertien jaar, mee om 'het' te vieren, hoewel hij vanwege de dood van zijn vrouw nog half in de rouw was. Hij verkocht de hoed in een pandjeshuis aan de Rambla. Het heette De Filantropische Instelling en het bevond zich in een stoffig, vuil kantoor op de eerste verdieping. Het had een balie met een soort spoorwegloket. De ruimte had ook wel iets weg van een wachtkamer. Aan de wand hing echter geen dienstregeling; wel stond er een vitrine die van het plafond tot de grond reikte en tjokvol spullen zat: sjaals, waaiers, boeken, horloges, borden en soepterrines, bestek, serviesgoed, schoenen. Hij bedacht dat daar weldra ook zijn schitterende zijden hoed te zien zou zijn. Voor hem stond een arbeider met pet die een lange onderbroek met loszittende knopen en rafelige zomen probeerde te verpanden. Hij vroeg er een peseta voor, maar de pandjesbaas wilde er niet eens een kwart peseta voor geven. Uiteindelijk kwamen ze tot een akkoord: dertig cent. Aangezien meneer Panatis niet over de prijs wilde onderhandelen en ook niet zo hard om geld verlegen zat als die arme sloeber van de lange onderbroek, kwam hij vrijwel meteen tot een vergelijk.

'Hoeveel wilt u ervoor hebben?' vroeg de pandjesbaas, met het karakteristieke zure gezicht van iemand die zojuist in zijn middagdutje is gestoord.

'Tien peseta,' antwoordde Albert Panatis, tersluiks naar Berta glimlachend.

'Onmogelijk. Ik geef er hooguit vier peseta voor.'

'Acht peseta en u doet goede zaken.'

'We kunnen u er niet meer dan zesenhalve peseta voor geven.'

'Afgesproken.'

Met het verkregen geld nam hij zijn dochter mee uit naar de Paral·lel. Ze gingen in Gran Cine Bohemia naar *De klauwen van de leeuw* kijken. Met sterretjes voor hun ogen kwamen ze eruit, dezelfde sterretjes die de weerkaatsing van de lantaarns in de plassen op straat maakte. Ze aten gepofte zoete aardappels, dronken een glaasje zoete wijn en liepen een hele poos tussen de mensen. De avond viel, en ze gingen in een café zitten. Hij werd melancholisch.

'Aan ditzelfde tafeltje,' zei hij tegen Berta, 'zaten je moeder en ik kort nadat jij geboren was. Dat herinner ik me nog als de dag van gisteren. Ze wilde een rustig tafeltje, waar je volgens haar "niets kon verstaan van wat er om je heen werd gezegd"...'

Ineens was er een explosie te horen, vrij dichtbij, als knalhard vuurwerk. De kroonluchters in het lokaal bewogen, het vensterglas trilde in zijn sponningen, het licht viel uit. De Paral·lel was in duisternis gehuld. Ze gingen terug naar huis in het licht van de maneschijn, te midden van een dichte drom stille mensen die ook tussen de schaduwen gleden. Niets angstwekkender dan een grote stad in het donker, dacht meneer Panatis. En hij pakte zijn dochter steviger vast, die zich op haar beurt van hem wilde losmaken, want ze was bijna veertien, dus praktisch al een vrouw, en ze stond op het punt te gaan werken. Af en toe passeerde er een auto, die voorzichtig over de straatstenen reed en de voetgangers bescheen met het blauwachtige schijnsel van zijn koplampen. Hij trok zijn overjas uit en droeg hem over zijn arm. Hij wilde voorkomen dat een van de revolverhelden van de Eenheidsvakbond hem voor een patroon aanzag en overuren ging maken. Het ergste was nog dat de mensen al niet meer schrokken. Het stopte niet, maar het werd ook niet erger. Barcelona was de bommen en pistolen beu, maar was er ook al aan gewend geraakt.

Nu was zijn vrouw nog steeds dood en zaten hij en Berta in de bergen. Het kon toch raar lopen in het leven! De overjas was ook al zijn vroegere grandeur kwijt. Toch had hij geen reden tot klagen. Berta beheerde het onderhoudsgeld dat de bank haar betaalde. Er was meer dan genoeg om van te kunnen rentenieren. Hij kon het zelfs beschouwen als de eerste betaalde vakantie van zijn leven. Wie zou dat gezegd hebben! Hij liet de kapper uit Dompol overkomen om zijn haar te laten knippen, zich te laten scheren en zijn gezicht te laten masseren. In Biribil gingen ze naar de film. Elke twee of drie weken kwam er uit Ripoll een bestelwagen met een projector en een rolprent. In de school werd een bioscoopzaal ingericht – vader en dochter Panatis misten geen enkele film. Ook verscheen hij met Berta op een carnavalsbal dat door sociëteit De Broederschap was georganiseerd en dat erg vermakelijk bleek. Hij ging er verkleed als steenhouwer heen, met zijn pet, zijn hamer en zijn beitel, en een steen die aan zijn dode hand hing.

Na zoveel jaren te hebben moeten afzien kon hij eindelijk een beetje vrijuit ademhalen! En paradoxaal genoeg was dat te danken aan de gulheid van een bank …

Hij raakte enigszins bevriend met Josep Caminal, de baas van de sociëteit. Ze waren even oud en hielden allebei van schaken. Door zijn houding, de snit van zijn baard, zijn blik en zijn gelaatsuitdrukking deed de man hem denken aan kruisridders die hij in boeken had gezien. Telkens als hij hem zag kreeg hij de indruk dat hij van het ene op het andere moment zou uitroepen: 'Op naar Jeruzalem om Moren te doden!' De komst van de dictatuur was Caminal slecht bekomen. Samen met zijn vrouw baatte hij de sociëteit uit. Dáár kwam het dorp bijeen, niet in Salon Guinart, dat alleen voor feesten open was en zich hoofdzakelijk richtte op de chiquere inwoners van Biribil en zomergasten uit Barcelona. De laatste tijd echter opende het ook vaak in het weekend, en met zijn luxe en zijn eigentijdse, moderne aanbod trok het niet alleen klanten uit de naburige dalen, maar snoepte ook vaste bezoekers van de sociëteit af.

Hij kon het meteen goed met Caminal vinden, omdat die niet-kerkelijke, linkse opvattingen had. De mensen die in het dorp de dienst uitmaakten, aanhangers van de dictatuur, hadden Caminal met rust gelaten op voorwaarde dat hij zijn mond zou houden. En hij, een verwoed aanhanger van de Radicale

Partij, had naar hen geluisterd. Hij zweeg. En wie ben ik, zei Albert Panatis tot zichzelf, om te wroeten in andermans motieven? Ik heb al genoeg aan mezelf.

Op een dag trof hij hem bleek als een doek achter zijn bar aan. De commandant van de burgerwacht, Segarra, dronk een cognacje, terwijl hij zijn pistool gericht hield op drie mensen die met gebogen hoofd op de grond zaten. Het waren heel jonge knapen. Een van hen was gewond; een zakdoek zat strak vastgebonden om zijn dij.

Segarra was een wettig vertegenwoordiger van de nieuwe autoriteiten en nam zijn rol zeer serieus. Op dat moment, met een cognacje in zijn hand, bleef hij maar verkondigen dat de burgerwacht een van de grote Catalaanse bijdragen was aan het nieuwe Spanje van Primo de Rivera: 'De generaal heeft publiekelijk vijftigduizend eerlijke, dappere Spanjaarden opgeroepen om deel uit te maken van de Grote Spaanse Burgerwacht. We zijn met veel meer ...' Dat zei hij heel trots, zonder de drie arme drommels die hij dwong te knielen uit het oog te verliezen ...

Van Caminal hoorde hij dat die kerel zich in Biribil actief met de handhaving van de openbare orde bemoeide, dat hij om de meest uiteenlopende redenen bewoners aangaf, dat hij de processies van de Goede Week escorteerde ... Er werd ook gezegd dat hij zijn positie misbruikte om op Frankrijk te smokkelen. De commandant dronk zijn cognacje in één teug op en schopte zijn gevangenen overeind. Hij voerde hen af, het pistool op hen gericht, terwijl de gewonde tussen de andere twee in hing. En intussen deden de vier of vijf vaste bezoekers van de bar er het zwijgen toe.

Toen de commandant eenmaal buiten was, vertelde een van de dorpelingen wat er gebeurd was – tenminste, volgens Segarra. De commandant had de pastoor geëscorteerd naar het textielcomplex bij de rivier. De pater droeg het viaticum, om dat sacrament aan een stervende toe te dienen. Segarra – plechtig in uniform, want hij bewaakte de heilige hostie – en de geestelijke liepen in stille processie door de straten van het fabrieksbuurtje. Toen ze de verbruikscoöperatie passeerden, droeg hij drie mensen die in de deuropening stonden, op hun pet af te nemen en een eerbiedig stilzwijgen in acht te nemen. Ze weigerden en bleven maar roken en kletsen. Segarra liet de pater achter in het huis van de stervende en ging met het pistool in de hand terug om verhaal te halen. Een van de knapen schrok zich dood en rende weg. Hij riep hem toe halt te houden, en aangezien de ander niet bleef staan, schoot hij hem in zijn been, zonder ook maar een seconde te twijfelen. De overige twee, die doodsbang waren, beval hij hem te halen. Hij bond zelf de wond af, arresteerde ze alle drie en nam ze mee.

'Wat gebeurt er met ze?' vroeg meneer Panatis.

De baas van de sociëteit haalde zijn schouders op. Ze waren bedrukt.

Als er niet veel te doen was, liet Caminal zijn vrouw achter de bar staan en ging met hem schaken. Berta vermaakte zich met carambolebiljart. Soms vroeg Albert Panatis hem midden in een schaakpartij, om hem af te leiden, of er nog interessant nieuws was. Hij trapte er telkens weer in. Hij wees naar de opengeslagen krant die op de bar achter hem lag en zei verbitterd: 'Nieuws, Panatis? We lijken wel ezels. Hier heb je een paar kranten. Doe je best. Waarom zou ik je zeggen wat ik vind? We kunnen alleen maar vermoedens opstellen op basis van leugenachtige koppen. Dus als je zin hebt, lees ze dan en leg me uit wat je ervan maakt. We vergelijken het met wat ik heb begrepen, we delen het door twee en we proberen daar de waarheid uit te distilleren.'

En ze discussieerden verder. Ze stopten alleen als er iemand de sociëteit binnenkwam – uit voorzorg deden ze het nooit als er een derde bij was – of als ze er genoeg van kregen. Meneer Panatis merkte dat zijn dochter ondanks zichzelf naar hen bleef luisteren terwijl ze met de keu in de hand de biljartballen bekeek. In tegenstelling tot hen vond zij er niks aan om vijftig keer een bericht te lezen en te herlezen om te proberen de eigenlijke bedoeling van de journalist te doorgronden. Caminal spotte met haar, en zij antwoordde dat ze nooit goed was geweest in raadsels of mysteries. 'Ik ben het zat. Weg met de kranten. Ik wil er niets van weten!'

Als vader en dochter alleen waren bespraken ze nooit nieuws, en gingen zelfs elke discussie over politiek uit de weg. Ze wisten wat ze aan elkaar hadden; als ze over politiek begonnen, was de kans heel groot dat ze slaande ruzie kregen.

Albert Panatis wist dat Berta lid was van de Communistische Federatie in Catalonië en de Balearen, onderdeel van de Communistische Partij van Spanje. Ze was samen met Joaquim Maurín toegetreden om de taak voort te zetten revolutionair syndicalisme met marxisme te combineren. Het meisje ging er helemaal voor. Ze probeerde zelfs haar vader voor haar ideeën te winnen. Ze koesterde zeker de vage hoop hem voor de partij warm te laten lopen als ze het hem goed uitlegde. Hij snoerde haar echter de mond: 'Ik heb gehoord dat je de laatste tijd bij de Volksuniversiteit gezien bent met die groep van Maurín. Een goede kerel. Koppig. Tegendraads. Maar hij probeert de cirkel vierkant te maken oftewel de CNT communistisch. Ik zie er het nut niet van in en geloof niet dat het hem zal lukken. Het zij zo. Ik respecteer het. En ik respecteer het als jij het denkt. Maar kom me nu niet aanzetten met de wonderbare broodvermenigvuldiging.'

Zijn dochter haalde haar schouders op en hield erover op.

Na een paar partijtjes schaak gingen ze, als het donker werd, terug naar de Bullóhoeve. Het was een dik uur lopen, enigszins bergop. Ze droegen een mandflesje wijn – een rode wijn uit de Empordà die alleen Josep Caminal had – en een stapel oude kranten, die hij graag mocht lezen of herlezen in de rust van hun huisje.

Zeker, leven als rentenier had wel iets, alles welbeschouwd. En bovendien, bedacht hij, zou Berta binnenkort examen moeten doen. Dan moesten ze alles inpakken en weer naar huis gaan.

Bij de gedachte alleen al kreeg hij de koude rillingen.

Laten we ervan genieten zolang het kan.

Carlota Monrós

Het raakte meteen algemeen bekend dat vader en dochter Panatis iets te maken hadden met de familie van cementfabrikant Lladonosa. Ze leken geen baan of inkomsten te hebben, maar zochten desondanks geen werk. Het had er alle schijn van dat vader en dochter de Bullóhoeve hadden betrokken om op de stenen bank bij de voordeur de dagen te zien verstrijken. Door die houding, gevoegd bij hun komst per taxi, vermoedde iedereen dat ze weliswaar geld hadden, maar ook niet veel meer dan dat. Niemand wist het fijne van wat ze deden. Er was geen touw aan vast te knopen. En dan die boerderij! Nog even los van het feit dat het niets bijzonders was, kon je er ook niets verbouwen wat geld opleverde, want de grond was vrij slecht.

In het dorp begonnen allerlei geruchten over de nieuwkomers de ronde te doen. Commandant Segarra vroeg het meneer Panatis recht op de man af toen ze elkaar op een dag in de sociëteit ontmoetten. Alle aanwezigen zwegen opeens om te kunnen luisteren. De man trok zijn orthopedische handschoen uit die zijn dode hand steun gaf, begon met zijn goede hand zijn vingers te krabben en vertelde dat zijn dochter moest studeren voor heel zware staatsexamens. 'En ík heb gezonde lucht nodig voor mijn slechte longen.'

Segarra was niet bepaald overtuigd; de andere gasten in de sociëteit ook niet. En dat werd nog minder toen Panatis bevestigde dat zijn dochter de protegee was geweest van die zo onfortuinlijk gestorven Lladonosa. Wie zulke beschermheren heeft, hoeft niet voor staatsexamens te studeren.

Niet weinigen veronderstelden dat hun geheimzinnige komst te maken had met het bestaan van een schat die de industrieel er voor zijn dood vermoedelijk had begraven. Deze opvatting was de eigenaresse van de kruidenierswinkel toegedaan, een forse vrouw die haar wijsheid aan haar lichaamsomvang leek te ontlenen. Ze baseerde haar mening op een onweerlegbaar feit: toen het meisje pas was aangekomen, had ze niet alleen wat basisproducten gekocht, maar ook een flesje zilverpoets.

'Welke metalen om te poetsen zijn er in dat boerderijtje van niks?' vroeg ze, om zich heen kijkend terwijl ze haar onderkin vooruitstak, alsof ze wilde zeggen: Iemand met zo'n onderkin kan zich niet vergissen. 'Of hebben ze soms voor die paar maanden dat ze hier zijn al hun zilverwerk meegenomen?'

Anderen, de vrouw van de schoenmaker bijvoorbeeld, verkondigden dat achter hun geheim een groot drama schuilging. Als je naar dat mooie, gedecideerde meisje keek, kon dat maar één ding betekenen. Het was ongetwijfeld een eerzame familie, die om de schande te ontlopen had besloten zich op te sluiten in afwachting der gebeurtenissen. En het hoeft geen betoog dat de moeder dat niet had kunnen verdragen en gestorven was. Toch was er iemand in Biribil die écht wist wat die merkwaardige familie in het dorp deed: Carlota Monrós.

Het was voor haar zo klaar als een klontje. Vader en dochter Panatis waren naar Biribil gekomen om te wachten. Ze was er vast van overtuigd dat zijzelf enigszins helderziend was geworden na zoveel jaren andermans brieven en telegrammen te hebben gelezen. Ze wist altijd meteen waarvoor mensen haar kantoor binnenkwamen: een telegram sturen of brieven in ontvangst nemen – met goed nieuws of niet – notariële bescheiden versturen voor een erfenis, of een bankwissel ontvangen ... Ze had ook meteen door of ze binnenkwamen om de tijd te doden of om er te wachten op de bus naar Ripoll – warm in de winter, koel in de zomer. Ze hechtte er verder geen waarde aan. Ze vond het stom om zich te laten voorstaan op een vaardigheid die eigenlijk het resultaat was van de opeenhoping van tijd en ervaring. Het was iets natuurlijks, iets alledaags, een spiegel van de banaliteit. Het was het flikkerende schijnsel van een kaars die kort, zwak, de benepen duisternis van haar leven bescheen. Of zo voelde zij het tenminste. Ook een worstfabrikant wist na dertig jaar wel met één oogopslag of het vlees dat hij kreeg goede of minder goede worsten opleverde. Evenals de hotelconciërge, de barman van een cocktailbar en de biechtvader had Carlota geleerd de ware motieven van mensen te doorgronden. Ze hoefde hen slechts te zien binnenkomen. En als bij toverslag, gedurende een tiende van een seconde, wentelde de tijd om zijn as, zoals een draaideur, en opende een ruimte die het haar mogelijk maakte een parallelle wereld te betreden. Die binnen te gaan en daar te spioneren. Een parallelle wereld die ook van haar was, los van tijd en ruimte. Een ander leven waar zij niet was, dat buiten haar om vorm kreeg. Als ze die betrad, wist ze niet alleen waarom mensen naar haar postkantoortje kwamen, maar hoorde ze ook woorden die niemand haar had gezegd of voelde ze handen die haar nooit hadden gestreeld en waarvan ze niet wist van wie die waren …

Op sommige avonden had ze bij het sluiten van het postagentschap het desolate gevoel midden op het perron van een oud, onttakeld en verlaten station te staan, vol van de echo's van overdag, wat in feite zijn bestaan rechtvaardigde. Als ze later weer tot rust was gekomen en dat gevoel probeerde uit te leggen aan haar minnaar Joaquim Xernac, wilde die er nooit iets van weten. Hij was een serieuze man, puissant rijk, een van de machtigsten in de streek. Hij kreeg de kriebels van die bizarre uiteenzettingen van Carlota. Vooral als ze dat midden onder het liefdesspel deed. Haar maakte het niet uit. Ze wist hoe ze hem tot luisteren kon dwingen. Ze wist überhaupt hoe ze mannen naar zich kon doen luisteren. Sinds haar twaalfde was ze er altijd snel achter gekomen als een man iets van haar wilde.

Joaquim Xernac hoefde ze, om precies te zijn, alleen maar stevig bij zijn balzak beet te pakken, daar hard aan te trekken en hem nog eens te vragen of hij écht niet wilde luisteren naar wat ze hem te zeggen had. Door het dolle heen van geilheid en pijn antwoordde hij dat ze hem wat dan ook kon vertellen, als ze hem maar bleef vasthouden. Dat deed ze, en als ze een pauze inlaste, trok ze eens flink aan Xernacs scrotum. Bij dat soort gelegenheden fluisterde ze in zijn oor: 'Op een dag trek ik de kloten van je lijf, Quim.'

En meneer Xernac, zakenman, lid van een pionierende familie uit de Empordà, die bijna honderd jaar geleden vanwege de kurknijverheid naar Extremadura was geëmigreerd, jankte als een hondje en smeekte om genade, van zijn stuk gebracht en in de war door het feit dat een woord als 'kloten', dat hem bovendien verdierlijkte, gebruikt werd in samenhang met een ander woord zoals 'Quim', dat hem menselijk maakte. Was hij eenmaal klaargekomen, dan werd hij heel boos; hij schaamde zich en bezwoer schreeuwend dat het de laatste keer was. Maar gek van verlangen wilde hij altijd weer opnieuw. En zij vernederde hem maar wat graag. Af en toe had ze het zelfs aangedurfd het stiekem publiekelijk te doen, tijdens een processie, een optocht, een openbare receptie ...

In het begin minachtte ze Xernac om het feit dat die het zo nodig had. Later wende ze eraan. Als je aan een hond gehecht kon raken, waarom dan ook niet een beetje aan een minnaar?

Berta Panatis

Haar belangrijkste en enige taak was oplettend en waakzaam te blijven. Ze oefende zo vaak ze kon – uiteraard stiekem – en zonder kogels te verspillen. Ze benutte de lange uren waarin haar vader in de sociëteit in Biribil schaakte. Haar was verzekerd dat revolvers geen mechanische defecten kenden. Bovendien was alles zo gepland dat ze op het moment zelf haar doelwit dicht genoeg kon naderen om van nabij een schot te lossen. De Spaanse dictator was een vrouwengek. Het kon niet misgaan. Dus was het niet echt nodig om schietoefeningen te houden of goed te kunnen mikken … Maar het gedwongen nietsdoen werkte haar op de zenuwen. Dan sloot ze zich in haar slaapkamer op en haalde ze in de schemering de revolver onder het matras tevoorschijn, ze pakte hem uit en speelde oorlogje, zoals kinderen dat deden. Ze monteerde het wapen en demonteerde het weer, ze deed alsof ze er patronen in stopte, ontgrendelde de veiligheidspal, richtte en schoot. Haar doelwit was het bedkussen. Ze deed net of dat Primo de Rivera was. Op een dag trok ze het kussen zelfs een oud colbertje van haar vader aan en deed er een blauw lint omheen, bij wijze van eresjerp. Ze drukte de revolver in wat de zachte onderbuik van de generaal moest voorstellen en vuurde. Haar ontsnapte een paar keer: 'Pang! Pang!', geschreeuwd met evenveel woede als wrok, waar ze zich eigenlijk diep voor schaamde.

Ze moest aan haar tienerjaren denken, nog niet zo lang geleden, toen ze begon te dromen over revolutie en een andere toekomst. Met een paar kameraden van de Volksuniversiteit vormde ze een geheim genootschap van revolutionaire jongens en meisjes. Ze kwamen bijeen op romantische, afgelegen plekken, zoals de hellingbossen op de Montjuïc – waardoor ze zich moesten verstoppen voor soldaten die wachtliepen – vervallen huizen of verscholen dakterrassen. Ze waren allemaal tussen de dertien en vijftien jaar. Wild als ze waren bespraken ze hartstochtelijk hoe ze zichzelf zouden noemen. Ze besloten zichzelf 'Kopje Kleiner' te dopen. Bij maneschijn of het licht van een kaarsstompje dachten ze na over ernstige kwesties, zoals waarom de arbeiders, als ze er zo beroerd aan toe waren, niet in opstand kwamen, zoals Marx en Engels hadden voorspeld. Door de overwinning van de bolsjewieken in Rusland en de vooruitgang van de Duitse revolutionairen hadden ze het idee dat de zaak eindelijk een goede wending nam. Berta behoorde tot diegenen die minder prietpraat en meer actie bepleitten. En hoewel ze geen volwassenen waren, konden ze vast en zeker wel iets doen. Ongebonden, vol geestdrift, organiseerden ze verschillende acties om de algemene chaos te helpen vergroten die aan het eind van de jaren tien in Barcelona heerste. 's Nachts slopen ze kerken binnen en deden een plens urine in de wijwaterbak of onthoofdden heiligenbeelden. Als het licht begon te worden schilderden ze met een verfkwast op muren tekeningen van opgehangen nette burgers met hun tong uit hun mond; je kon zien dat het nette burgers waren, want ze droegen hoge hoeden. Ze doodden katten, wachtten een paar dagen, en als ze begonnen te stinken bonden ze woedende leuzen vol klassenhaat aan het karkas van de arme dieren; de kadavers gooiden ze dan tussen een groep kapitalisten die tot in de puntjes verzorgd Hotel Ritz wilden binnengaan. Of ze drongen een luxe winkel binnen, hun hoofd met een papieren zak bedekt, en gooiden een dode kat op de toonbank. Meteen daarop bootsten ze met hun hand een pistool na. Ze richtten op het hoofd van de eigenaar, die verstijfd van schrik was, en riepen: 'Pang! Pang!' Meer dan eens was er een dame flauwgevallen omdat ze dacht dat ze een echt wapen had gezien. Daarna stoven ze in alle richtingen uiteen. Ze waren nooit betrapt.

Met de intensiteit van een tiener minachtte en haatte Berta de autoriteiten evenzeer als ze de rijken verfoeide. Vanbinnen knaagde een hevig verlangen dat ze niet kon definiëren aan haar: om de wereld in te trekken en wie en wat dan ook uit te dagen. Tegelijkertijd was ze zo fatalistisch en gedreven dat ze zich daardoor onkwetsbaar voelde. Dit gevoel legde ze uit aan haar kameraden van Kopje Kleiner, die het niet begrepen. En ze zei: 'Ik ben als een schildpad die door blijft lopen, ook al krijgt hij slagen op zijn schild.'

Die schildpad liep maar door. En nu had ze een heel specifieke missie. Daarom omarmde ze het kussen dat de generaal moest voorstellen stevig en riep ze, net als vroeger in de tijd van Kopje Kleiner: 'Pang! Pang!'

Uit voorzorg nam ze haar revolver nooit mee naar buiten. Er liepen daar meer mensen rond dan je zou denken. De bosweg vanaf Biribil liep rakelings langs het huis. Maar er waren ook talloze bospaden. In korte tijd waren er bij de Bullóhoeve plotseling allerlei mensen opgedoken: houthakkers, herders, boeren, wandelende dorpelingen, nieuwsgierige kinderen ... Meestal zeiden ze gedag en vervolgden ze hun weg. Pure nieuwsgierigheid, zonder enig belang, maar je moest wel voorzichtig te werk gaan. Op een ochtend botste ze bijna tegen dat ongure element van een burgerwachtcommandant, die Segarra, een gespierde man van rond de dertig, met vlijmscherpe trekken als die van een indiaan. Hij nam zijn hoed af, groette haar, glimlachte vals en verdween tussen de bomen. Ze stond als verstijfd. Hij was tot pal aan de deur gekomen, en ze had het niet eens gemerkt. Een andere keer was het Biribils pastoor. Die hoorde ze wél komen, doordat de knalpot van de bakfiets die hij bestuurde af en toe knalde. Daarmee reed hij door de vier of vijf parochies die hij bediende. Hij was eerder groot dan dik, ongeveer zestig, en lenig. Hij droeg een overjas, een sjaal, een alpino en handschoenen. Het was dezelfde pater als die van het voorval waarbij Segarra en de vakbondslui in het textielcomplex betrokken waren. Volgens Caminal had hij zich op geen enkel moment bekommerd om het lot van de gewonde of diens vrienden. De man kwam zich voorstellen en, en passant, vragen waarom vader en dochter Panatis niet naar de mis kwamen. Door een ruime donatie – paradoxaal genoeg uit het partijfonds – en een goed excuus – de vermeende ziekte van haar vader – kregen ze voor een paar zondagen dispensatie.

Met zoveel drukte moest de revolver dus goed verborgen blijven. Bovendien was het niet zomaar een wapen; het betrof een massief zilveren Smith & Wesson met paarlemoeren kolf, iets voor verzamelaars en peperduur. Op het moment dat ze naar Biribil vertrokken, was dat het enige wapen in zijn soort waar de partij over beschikte: heel klein, met korte loop, ideaal om in een handtas te stoppen. Ze hadden het buitgemaakt tijdens een inbraak in een chic landhuis in de buitenwijken van Madrid. Aan weerskanten van de kolf hadden initialen gestaan, die nu waren weggevijld om identificatie te voorkomen. Ook de kogels waren van zilver. Slechts zes stuks, precies genoeg om de trommel te vullen. Ze zou hem helemaal leegschieten op de borst van Primo de Rivera. Meer dan zes waren er niet nodig.

Als ze naar het grenskruis ging, fantaseerde ze vaak over de verschillende manieren waarop de aanslag zich zou kunnen voltrekken. Soms stelde ze zich voor dat ze Primo de Rivera op suggestieve manier om vuur zou vragen, en als hij dan op haar af kwam, diepte ze geen sigaret maar de revolver uit haar handtas op en doodde ze hem. Andere keren vroeg ze hem liefjes, na een schaamteloze flirt, of hij op een verguld schoteltje wat druiven voor haar wilde halen – waarom eigenlijk druiven? – en zou ze hem verraderlijk in zijn rug schieten, zonder enige wroeging; hij was immers een worm. Er was ook een korte versie, die haar voorkeur had: meteen ter zake komen, want dan vermeed je lichamelijke intimiteit. Ze ging zijn kantoor binnen en net op het moment dat ze alleen waren, op het moment dat de dictator naar haar toe liep om haar hand te kussen, trof hij verborgen onder een zakdoek een revolver aan die recht in zijn gezicht een kogel afvuurde. Primo zou haar hoe dan ook in elk geval voor hij zou sterven recht aankijken en een verrast en verschrikt gezicht trekken; zijn ogen zouden breken en hij zou boven op haar vallen, als een dood gewicht. En haar zou het volkomen koud laten …

Ze maakte het wapen vaak schoon, soms vanbuiten, soms vanbinnen. Het moest altijd tiptop zijn. Ze haalde de doek en het flesje zilverpoets uit de hoekkast en ging bij de vogelkooi zitten. Ze wreef de revolver op tot hij blonk. Fagot de parkiet bekeek het vanuit zijn deurtje. Ten slotte maakte hij een sprongetje, verliet zijn kooi en hipte naar het wapen. Hij bleef erbij staan, alsof hij het bekeek. Hij kon zich bijna in de loop spiegelen.

'Weg! Waag het eens je snavel erin te stoppen!' zei het meisje tegen hem.

De parkiet kwetterde plotseling heel vrolijk.

'Afgelopen! Je kooi in,' mopperde Berta. 'Parkieten hebben niks met wapens te maken!'

De vogel gaf zich niet gewonnen. Hij bleef haar opnemen, onverschillig, beledigd. Dan liet ze hem zitten en bracht de revolver weer naar haar slaapkamer. Ze wikkelde er weer de blauwfluwelen doek omheen, en verborg hem onder haar matras. Ze had het gevoel dat ze diezelfde handeling al ontelbare keren had herhaald.

Het bezorgde haar geen slecht geweten Primo de Rivera te doden. Integendeel. Ze hadden er in de partij al talloze keren over gepraat. En hoewel ze zich had gedistantieerd van de CNT en de terreur, kon ze alleen met minachting denken aan de doden van de tegenpartij. Als iemand van de werkgevers sneuvelde, hoorde ze haar kameraden vragen: 'Wie heeft het gedaan?'

En ze stond er zelf verbaasd van dat ze rustig dacht: wat maakt het uit? Het was een vijand van de arbeidersklasse …

Tijdens die dagen van wachten herinnerde ze zich: mensen doden elkaar niet, ideeën wel. Ook: je laat je niet voor mensen doden, wel voor ideeën. Hetgeen impliceert, gesteld dat het geval zich voordoet, dat je ook je beul niet haat.

Ze was geen moordenares, maar eenvoudigweg de uitvoerder. Ze bereidde zich erop voor om de Spaanse dictator te liquideren, en alles waar hij voor stond. Maar alleen hem en niemand anders, nooit. Behalve, rectificeerde ze zichzelf, als ze er opdracht toe kreeg.

Carlota Monrós

Als er in het postagentschap niets te doen was, kwam ze vaak achter haar loket vandaan, liep ze naar het raam en keek de straat in. Zo kon ze kijken zonder zelf gezien te worden. Wat zich voor haar op de voorgrond ontvouwde was heel gewoontjes: een pleintje dat was ontstaan toen de entree van het dorp werd aangepakt. Toen ze elf jaar geleden naar Biribil kwam, waren daar alleen het postkantoortje en de straatweg. Nu was het niet zozeer een weg als wel de verlenging van de hoofdstraat, die breder werd en plaats bood aan een plein, met pension Bones Aigües, de halte voor de bus naar Ripoll, sociëteit De Broederschap, een kruidenierswinkel en allerlei woningen. Maar als ze opkeek had ze een prachtig uitzicht op de Monturder, de berg die het dal beheerste en voortdurend de aandacht van de dorpsbewoners trok.

In die maanden zag ze Berta Panatis vaak. Ze fietste met een ernstig gezicht het dorp in, haar tas schuin over de borst. Ze kwam altijd bij het postagentschap vragen of haar telegram al was gekomen. Carlota herinnerde zich dan dat andere telegram, het eerste, dat het meisje op de dag van haar aankomst had verstuurd: HET BAL BEGINT. STOP. Ziehier de macht van het woord. Drie woorden om precies te zijn, als je het lidwoord meetelde. Drie woorden elk met zijn eigen betekenis. Maar daarachter school een hele wereld. Welk bal bedoelde ze? Mensen die een telegram opstellen om te laten weten dat ze gezond en wel zijn aangekomen, doen dat duidelijker en eenvoudiger: GOED AANGEKOMEN. STOP. IK SCHRIJF GAUW. STOP. Of: WE ZIJN AL THUIS. STOP.

Ze glimlachte. Zij had dat telegram verstuurd en nu zou ze dolgraag het antwoord in handen hebben …

Als vader en dochter samen naar het dorp kwamen, zag ze hen op hun gemak het plein op lopen, warm gekleed, maar toch door en door koud. Ze liepen niet te koop met macht of geld, maar ze ontzegden zichzelf ook niets. Berta at bijvoorbeeld regelmatig alleen in de sociëteit. Vanuit het postagentschap zag ze haar naar het etablissement lopen, langzaam, maar onverschrokken, met die karakteristieke tred die het midden hield tussen schaamte en verwaandheid. Zij ging er ook zo nu en dan tussen de middag eten en dan troffen ze elkaar. Ze groetten elkaar hartelijk, maar ieder zat aan zijn eigen tafeltje. Ontwijkend keek Berta Panatis naar buiten en zocht door het raam wat zijzelf ook vaak door het venster van het postagentschap zocht: het silhouet van de Monturder, die het allemaal koud liet: vroeger, nu en straks. Ze maakte jacht op de lusteloosheid van minuten en seconden om voor even te ontsnappen aan de omstandigheid dat ze slaaf was van een vervloekt telegram dat maar niet kwam. Carlota keek toe hoe ze, gezeten aan een van de tafeltjes met rood-wit geblokt tafelkleed, als een kind lusteloos in een stuk aardappelomelet prikte, of hoe ze op haar beurt wachtte om te biljarten. Andere keren trof ze haar aan op de grote zitbank die Josep Caminal in de sociëteit had neergezet, speciaal om er rustig van goede cognac of koffie te kunnen genieten. Het meisje zat er futloos en apathisch bij. Ze zat op een ongebruikelijke, peinzende manier op die zitbank, aangezien ze in tegenstelling tot de andere klanten geen belangstelling had voor de kranten of tijdschriften die ernaast op een tafeltje lagen. Daarom bekeken de mensen haar in het begin stiekem. Dat wist ze en ze dwong zichzelf te blijven glimlachen, tussen beleefd en weemoedig, maar ze hield zich bewust afzijdig van de drukte in de sociëteit, met zijn komen en gaan, het dartsspel, de galmende stemmen, en de lucht die dik was van de rook en van de parfums van de vrouwen die er op zondag na de mis met hun echtgenoten binnenkwamen om rode vermout met spuitwater te drinken. Na korte tijd bekeek iedereen haar ongegeneerd. Zoals Carlota, die dacht dat het meisje zich zo gedroeg – onverzettelijk in haar verveling, gemaakt hartelijk – om speculaties over het leven van haar en haar vader de kop in te drukken.

Iedereen moest maar denken dat ze gewoon een paar bezoekers waren. Akkoord, het was raar om uitgerekend in de drie slechtste maanden van het jaar naar Biribil te komen om uit te rusten of te studeren of wat dan ook, maar ze hoefden zich geen zorgen te maken; zoals ze waren gekomen, gingen ze ook weer ...

Carlota verborg een glimlach. Haar hadden ze ook zo behandeld. Voor de inwoners van Biribil was Berta Panatis 'die vreemdelinge' – maar zij ook! Jaren geleden, toen ze zich in Biribil vestigde, merkte ze meteen dat één ding nooit zou veranderen, hoe ze ook haar best deed: het feit dat ze vreemdelinge was – alsof het een stilzwijgende gemeentelijke bepaling was, bleef je in dat dorp tot in het derde geslacht vreemdeling. Door de jaren heen was haar inburgering weinig verbeterd, maar ook niet verslechterd. Alleen met onverschilligheid konden de inwoners van Biribil Carlota de ostentatieve onafhankelijkheid en durf betaald zetten die ze altijd had behouden, een houding die de mannen verleidde en de vrouwen enorm irriteerde – heimelijk waren ze altijd een grote wrok tegen haar blijven koesteren. Tot in haar merg voelde ze dat iedereen haar voor een bemoeial en verklikker hield en haar daarom minachtte, zonder echt te weten of dat wel waar was. Ze voelden aan dat zij alles over hen wist, terwijl zij bijna niets over haar wisten. En dat konden ze niet uitstaan. Er waren ook mensen die haar verachtten omdat ze vanwege haar verhouding met Joaquim Xernac onaantastbaar was. Het was dus niet zo vreemd dat Carlota in Biribil geen vrienden had en dat ze vreemdelingen aardig vond en graag met hen omging – pure overlevingsdrang. Het was een soort impulsieve solidariteit. Daarom moest ze wel vanaf het begin een zekere genegenheid voor Berta Panatis voelen. Het meisje was voor korte tijd gekomen. Binnenkort zou ze dat beroemde telegram ontvangen en weggaan. En zou zijzelf, dacht Carlota, voor altijd in Biribil blijven?

Ze was er in 1912 gekomen vanuit Alfalac, een oeroud dorp midden in Catalonië, beroemd om zijn markt, zijn meelindustrie en zijn mijnen, die slechte kwaliteit steenkool leverden. Toen was ze een mager, stakerig meisje geweest, met schitterende ogen, uitstekende jukbeenderen en golvend kastanjebruin haar. Ze was negentien jaar en had een kersverse echtgenoot, die Ignasi Borull heette, een gestudeerd man met een positieve instelling. Hij droeg een dikke, donkere snor die over zijn bovenlip heen krulde; hij had honingzoete ogen en een vrijmoedige glimlach die de hele wereld leek te kunnen omvatten. Hij was drieëntwintig jaar ouder dan zij, en dik, heel dik.

Ze had een hekel aan Alfalac en als ze op Ignasi verliefd was geworden, was dat omdat die liefde een vlucht naar een betere wereld beloofde. Ze schaamde zich er niet voor dat toe te geven. Belangeloze liefde bestond niet. Ze was op Ignasi Borull verliefd geworden omdat die haar had verzekerd haar uit Alfalac weg te halen. Zo simpel was het. Anders had ze hem nog niet zien staan. Liefde als tijdverdrijf? Misschien kwam dat onder mensen met geld voor, maar bij de armen was dat een andere zaak en moest je je kop erbij houden, methodisch te werk gaan. Voor de rijken was het leven goed, voor de armen was het hard en bitter. Je moest een tussenweg vinden. Ze had gezien hoe haar ouders hun hele leven hadden gezwoegd in de kolenmijnen van het dorp: hij had de mijngang uitgegraven, met blauwe huid en lippen vanwege ademhalingsproblemen; zij had, zoals zoveel vrouwen, buiten onder een afdak steenkool gesorteerd. Hun hele leven lang zag hun huid zwart van het ingegroeide vuil. Je moest maken dat je daar wegkwam.

Na een vrijage van een jaar trouwde ze met Ignasi. En voor ze er erg in had zat ze in een trein naar het dorpje Biribil, waar niemand haar kende. Ze zou de echtgenote zijn van de postagent van het nieuwe postagentschap …

Ignasi was drie jaar later overleden. Hij was moddervet geworden. Op het laatst had hij op een besnord wijnvat geleken. Slechts met moeite kon hij achter de balie van het postkantoortje gaan zitten. 's Zomers zweette hij veel en stopte hij zich vol met witte worst. Hij kreeg een acute hartaanval. Hij was pas tweeënveertig jaar. De burgemeester van het dorp had Carlota meer uit gemakzucht dan iets anders gevraagd tijdelijk de plaats van haar overleden echtgenoot in te nemen. Ze zei ja, want ze kon toch nergens anders heen. Voor haar bestond Alfalac niet;

bovendien wilde ze dicht bij het gebeente van Ignasi zijn, een man die evenveel van haar had gehouden als van witte worst.

Ze was boven het postkantoortje blijven wonen. Een halfjaar na de dood van haar echtgenoot was ze stiekem een verhouding met Joaquim Xernac begonnen. Zij was een jonge, knappe weduwe, hij een man op leeftijd, zwijgzaam en heel machtig, goed gebouwd, met een groot hoofd dat stevig op zijn schouders stond, die haar het leven heel wat makkelijker kon maken. In Biribil was iedereen bang voor hem en dat wond haar op. Iedereen had het over hun verhouding, maar dat liet haar eigenlijk koud. Beiden waren discreet, waardoor ze de schijn ophielden, en dat was het belangrijkste. Al snel kreeg Joaquim Xernac het voor elkaar dat ze postagent van Biribil werd. Daarna verstreken de jaren. Aangezien ze geen porto hoefde te betalen, liet ze zich allerlei spullen toesturen: reukwater, kleding, accessoires. Af en toe ging ze naar Ripoll, waar Xernac woonde. Ze kocht avonturenromans, lunchte in het beste restaurant, nam deel aan de vergaderingen van de liefdadigheidsinstelling van plaatselijke dames waar ze lid van was en ging 's avonds naar het huis van haar minnaar.

Door de sociale schijnheiligheid leek het of de prijs die ze voor haar vrijheid betaalde hoog was, heel hoog. Maar diep in haar hart vond Carlota dat niet zo erg. Ze dacht aan het beroerde leven van haar ouders. Een leven dat haar broers en zussen waarschijnlijk uiteindelijk ook waren gaan leiden. Toen ze hen voor het laatst had gezien – ze vertrok naar Biribil – stond de jongste van negen jaar op het punt als sjouwer de mijn in te gaan. En haar vader kon al bijna niet meer ademhalen. Misschien was hij wel dood. Ze wist het niet. Ze wilde het ook niet weten. Ze hoefden bij haar nu niet met gewetenswroeging aan te komen.

Die afwijkende manier van denken hielp haar enorm in het leven vooruit te komen. Ze was anderen altijd een straatlengte voor. Vooral in relaties met mannen, wier gemoedsrust afhankelijk was van zoiets lichamelijks als seks. Dat vond ze maar raar, en daardoor voelde ze zich zeker. Net zoals ze toen ze klein was lak had aan lijfstraffen van de meester of haar ouders. Het was maar een klap. Als je een pak rammel kreeg, jankte je en huilde je, maar vanbinnen kon je denken wat je wilde. Het leven was maar toneel. Alles was toneel ... behalve de liesstreek van Xernac. Als ze vrijden, greep ze zijn kloten beet als iemand die een geldbuidel pakt en trok flink. Ze had er zelfs een keer een touwtje omheen gebonden, heel strak, alsof het een zak was. Xernac sloot zijn ogen en zij gaf een flinke ruk. De man begon te kreunen van pijn, maar zij stopte niet. Ze dacht: ik heb Xernac flink bij zijn kloten! Toen zijn testikels blauw begonnen te worden en haar minnaar naar adem snakte, liet ze los. Het was een relatie waar ze beiden baat bij hadden en die al meer dan twaalf jaar duurde. Hij stelde Carlota ruimschoots schadeloos – afhankelijk van het moment met geld, financieel advies of in natura – voor haar trouw en haar vertrouwen. In ruil daarvoor moest zij altijd klaarstaan. Voor hem, natuurlijk. En aan niemand anders denken.

Kort na de Eerste Wereldoorlog waren ze samen naar Parijs gegaan. Van dat verblijf kwam ze terug met twee jurken van de ontwerper Paul Poiret en de gewoonte om elke dag parfum op te doen. En in de overtuiging dat in de hoofdstad van de beschaafde wereld een liefdesrelatie als de hare doodgewoon was.

Mettertijd merkte ze dat ze van macht hield. Ook al was het op die manier. En aan de zijde van Joaquim Xernac was ze daar dichtbij.

Berta Panatis

Ze keek graag stiekem naar haar vader als die, aan tafel gezeten, met zijn mes een van de vier lopers van zijn schaakspel bewerkte. Hij wilde ze de vorm van een kleine piramide geven. Dat was het maximaal haalbare. Als je maar één hand kon gebruiken was dat al heel wat. In de drie maanden die ze inmiddels in de Bullóhoeve woonden, was hij onnoemelijk veel fijner gaan werken. Met dezelfde toewijding waarmee hij jaren geleden steen had gepolijst, schuurde hij nu met schuurpapier de schaakstukken. Het was niet te geloven hoe handig hij met zijn slechte hand zijn goede wist te gebruiken.

Het was een koude avond in de vroege lente. Net als op andere dagen verstelde ze vóór het avondeten kleren terwijl ze er tegelijkertijd op lette dat het fornuis bleef branden, zodat het eten gaar werd. Ze stond op om het vuur een beetje aan te wakkeren met de strooien waaier. Het viel haar op dat haar vader al een hele poos stil was.

'Voel je je niet lekker?' vroeg ze hem ongerust.

Zonder op te kijken van het stukje hout dat hij op de tafelrand had vastgeklemd begon hij te praten op een neutrale toon die ze nog nooit bij hem had gehoord: 'Ik moest aan je moeder denken.'

'Je mist haar zeker?'

'Ja. Je weet dat ze nooit heeft leren lezen en schrijven. In het begin,' zei hij, ontroerd door de herinnering, 'drong ik er bij haar op aan de speciale lessen voor arbeidersgezinnen te volgen die aan de Volksuniversiteit werden gegeven. Op een keer kwam ze geschokt thuis. Ze had iemand horen beweren: "God is boerenbedrog, verzonnen door de rijken zodat de armen hun ketenen niet alleen niet opmerken, maar ook nog blij zijn dat ze die dragen.'"

Berta glimlachte en kon zich haar moeder levendig voor de geest halen, met haar Bijbelteksten altijd paraat. Vooral de tekst op het devotieprentje met de drie verzoekingen van Christus: toen de duivel hem bespotte en hem uitdaagde om stenen in broden te veranderen, of onbevreesd van een berg af te springen, want als hij God was zouden engelen uit de hemel afdalen om hem te redden; en de derde verzoeking, die haar moeder het mooiste vond, die van *Tibi Dabo:* 'Ik zal je alle rijkdommen en macht van de wereld geven als je voor me neervalt en me aanbidt ...' Ze vertelde het zoals je een sprookje vertelt. Het echte leven was een ander sprookje, een gruwelsprookje.

'Ze was heel vroom, en na dat voorval,' zei haar vader, 'had het arme mens het helemaal gehad met de Volksuniversiteit. Ze bleef nog liever analfabeet ... Dat milieu bracht haar van haar stuk. Niet omdat het atheïstisch was of arbeidersgezind, maar omdat het een wereld van fantasten was. Door haar boerenafkomst was ze heel aards. Haar hele leven was ze van mening dat mijn socialistische ideeën niet alleen antichristelijk waren, maar ook dwaas. Maar omdat ze van me hield, vertrouwde ze me altijd volkomen.'

'Waarom vertel je me dat?'

'Omdat ik wil dat jij me ook dingen vertelt.'

'Dat doe ik ...'

'Dat is niet waar,' antwoordde hij.

En geïrriteerd ramde hij het mes in het stuk hout. Meteen daarop stak hij zijn goede hand in zijn broekzak. Hij haalde er iets uit wat in een fluwelen doek was gewikkeld en legde het in één beweging op tafel, met hetzelfde gebaar en dezelfde snelheid waarmee hij de dubbele zes neerlegde als ze domino speelden. Berta stond paf. Ze herkende het pakje en wat erin zat. Het was duidelijk dat je niet met iemand kon samenleven zonder dat, vroeg of laat, al je privézaken boven water kwamen.

'Zit je nu ook al stiekem in mijn spullen te rommelen?' vroeg ze.

'Ik ben blijkbaar niet de enige die stiekem doet. Ik heb het je

... hebt het niet gemerkt.'
... We wonen hier heel afgelegen.'
... e loer. Wat eng ...'
... de revolver van tafel en nam het
... verstopte het op dezelfde plek als
... eetkamer. Ze ging zitten en streek
... jl ze vermoeid zei: 'Luister, ik ver-
... a moet je zelf maar weten wat je
... k ben hier niet om voor een staats-

... edetailleerd uit hoe de vork in de
... Haar uitleg overdonderde haar va-

... geen moment geloofd,' zei de man
... an boos. 'Maar ik dacht dat het om
... niet. Iets wat met je werk bij de
... een enorme zwendel ...' Hij pakte
... aam het stuk hout te bewerken, dat
... 'Waarom niet? Je bent slim. En je
... ankiers, dat is zo duidelijk als wat.
... e van haver tot gort. Verleden jaar,
... b je ze nog op spectaculaire wijze
geholpen. Je hebt fraude voorkomen. Je werd bedolven onder de felicitaties. Je stond in het tijdschrift *Grafisch Nieuws*. Daarom zei ik bij mezelf: zoals ze hen heeft geholpen, kan ze hen ook naaien. Ze wil hun vertrouwen winnen; en als ze het het minst verwachten, legt ze hun de duimschroeven aan. Een dezer dagen zal Berta me verrassen en zeggen: "Het is zover, in Zwitserland wachten ettelijke miljoenen peseta's op ons ..." En moet je nu eens kijken ...'

Ze zwegen een paar minuten. Aangezien haar vader zijn mond niet opendeed, fluisterde ze uiteindelijk onrustig, terwijl ze naar de grond keek: 'Ga je me verdomme nog vertellen wat je denkt of niet?'

'Het kwetst me dat mijn dochter me bij zo'n belangrijke zaak heeft betrokken en me erbuiten heeft gehouden, alsof ik een ouwe zak ben ...' En opkijkend en haar fixerend, zei hij ook nog:

'Jouw dood zal nergens toe dienen.'

Toen ze dat hoorde, leefde ze plotseling op en zei: 'We zijn niet uit op míjn dood, maar op die van Primo de Rivera!'

'Staatsmannen en koningen lopen veel minder risico dan de propaganda wil doen geloven. Ze worden maximaal bewaakt, Berta. Ik zou het eerder begrijpen als je me zou toevertrouwen dat je deel uitmaakt van een cel die opdracht heeft de dictator te gijzelen. Of van een clandestiene groep die aanslagen voorbereidt. Met het risico van martelingen, gevangenis en zelfs een mogelijke doodstraf als je zou worden gepakt. Maar jij hebt het over een eenmansactie die bijna gelijkstaat aan zelfmoord.'

'Natuurlijk bestaat er een risico, maar alles wordt voorbereid op een manier die het meeste kans op succes biedt en, vooral, kans om te ontsnappen.' Ze zag dat haar vader haar onmogelijk kon begrijpen; daarom voegde ze er droogjes aan toe: 'Jij wilde dat ik je de waarheid vertelde, en dat heb ik gedaan! Klaar!'

Ze kon gewoon voelen dat de man zijn hersens afpijnigde om argumenten te zoeken. En zolang hij ze niet vond, praatte hij maar door, verlamd van angst. De woorden kwamen makkelijk en vloeiend. Hij kon niet helder denken; daarom praatte en praatte hij maar: 'Je vermoordt iemand in koelen bloede, Berta.'

'De politieke aanslag is het enige redmiddel van de onderdrukten. Bovendien zijn het geen mensen die je doodt.'

'En wat maak je dan dood – dieren?'

'Nee, begrippen. Het is allemaal veel makkelijker als je niet een concreet iemand voor je hebt, maar een begrip. Je doodt iemand die veel mensen doodt. Je telt op en je trekt af en de rekening klopt. Het is revolutionaire logica, vader. Je ruimt een moordzuchtige klootzak uit de weg en redt zo een hoop fatsoenlijke mensen.'

'Dat zijn theorieën.'

'Als ik slaag, is het geen theorie, basta. Waar ik eigenlijk van baal is dat je een preek tegen me afsteekt omdat ik je dochter ben. Je bent gewoon niet in staat je de gedachte, het idee – die vervelende executie – concreet voor te stellen, omdat het je dochter is die haar leven riskeert. Genoeg gezwetst, papa. Je maakt je zorgen over me, basta. Dat is geen schande. Maar ik vraag je wel je een beetje te vermannen. Ik heb mijn handen al vol aan mezelf. Uiteindelijk zet ík mijn leven op het spel. Je weet nu alles – als je weg wilt gaan …' zei het meisje heel serieus.

Haar vader keek haar aan, nam zijn pet af, krabde op zijn hoofd, zette zijn pet weer op en antwoordde: 'Ik laat je niet alleen. Doe wat je moet doen. En ik smeek je – en ik smeek nooit iemand om iets – gezond en wel terug te komen, of je nou slaagt of niet. En als je niet schiet omdat je op het laatste moment de moed verliest, ben ik de laatste om te zeggen dat je een lafaard bent. Ik zal het je niet verwijten. Ik wacht hoe dan ook op je, hier of waar dan ook. Alles is gezegd. En vanaf nu moet je me niet meer bedriegen of iets verbergen … Beloof je me dat?'

'Ik beloof het. En jij blijft van de revolver af. Begrepen?'

'Begrepen.'

Ze spraken er niet meer over. Ze waren stil, terneergeslagen en bezorgd.

Hij sneed verder aan de loper die hij met de klem gevangen hield en zij haalde de parkiet uit zijn kooi. Ze kuste hem op zijn snavel en zette hem op haar hoofd. Die woordenwisseling had haar van haar stuk gebracht.

Ze had het zichzelf altijd al graag moeilijk gemaakt en hield ervan tegen de stroom in te zwemmen. In de partij was dat haar al snel duidelijk geworden. Vanwege de dictatuur en haar repressie zochten ze nieuwe mensen, jonge, en zoals in haar geval onbesmette, om in de frontlinie te vechten. Ze zochten jongeren die risico's durfden te nemen en moed hadden, maar ze zochten vooral gedisciplineerde jongeren. Dat vertelde een vrouw met de schuilnaam Franka haar. Ze was fors, maar had een klein hoofd, fijne wenkbrauwen en een wijkende kin. Ze deed haar denken aan een non die haar als kind had lesgegeven.

'Voor jou, kameraad,' had Franka gezegd, 'is de tijd van folders rondstrooien en tijdschriften uitdelen bij het uitgaan van de voetbalvelden voorbij. De arrestaties zijn begonnen. Stakingen zijn onze kracht, ze aanstichten is onze plicht. Het eenheidsfront van arbeiders is ons doel. Daarom is absolute gehoorzaamheid vereist, aan elk van onze bevelen. Ben je het daarmee eens?'

'Ja.'

'Discipline is alles. Trouw aan de partij gaat zelfs boven trouw aan de arbeidersklasse. Snap je dat?'

'Ja.'

Dat was gelogen. Ze snapte het niet. Naar haar idee waren beide vormen van trouw volkomen identiek. Maar ze vroeg haar niet om opheldering. Ze dacht dat ze het na verloop van tijd wel zou gaan begrijpen.

Voor haar was toetreding tot de partij een soort extatische toestand die haar overviel en die allerlei voordelen had. Zo leidde die haar af van de herinnering aan de dood van Josep Maria Foix. De partij had haar nodig, en zij wijdde zich er met hart en ziel aan. Daarna kreeg ze de opdracht een aanslag te plegen op Primo de Rivera. En meteen daarna de bergen in, om zich te verstoppen en af te wachten. Nu, in de Bullóhoeve, voelde ze die verantwoordelijkheid nog steeds als de zoetst denkbare verplichting. Door deel uit te maken van de machinerie die begon in een verloren huisje in de Pyreneeën en eindigde op duizenden kilometers afstand – in Moskou? – was het net of ze vrij van zonden was. Bovendien hielp het haar wraakgevoelens te verzachten.

Ze moest de laatste tijd vaak aan Josep Maria denken. En niet uit nostalgie. Of niet alleen daarom, maar juist vanuit verantwoordelijkheidsgevoel. Ze was het hem verschuldigd. Juist dankzij hem begreep ze waarom zoveel kameraden het over een oorlog hadden. Wat zou ze voor een slechte revolutionaire zijn als ze dat niet begreep? Als alles welbeschouwd oorlog was, was zij soldaat. En soldaten gehoorzamen bevelen.

Op de vroege ochtend dat ze bij hem waakte, zeiden ze haar dat ze alle kracht en alle woede van haar verdriet moest bewaren, want die had ze binnenkort nodig. En dat deed ze. Die voelde ze nu, en die hielp haar onversaagd vol te houden.

Die vroege ochtend, nog geen jaar geleden, overviel haar de bedrieglijke geur van een berg verwelkende bloemen toen ze de woning binnenkwam. Hij lag op zijn bed en leek te glimlachen. Zijn vader, die naast hem stond, keek naar hem alsof hij naar zeegolven keek die keer op keer tegen de rotsen spatten. Hij snapte niet waarom zijn zoon vóór hem had moeten doodgaan. Zijn moeder, werd gezegd, had hem even werktuiglijk aangekleed als toen hij klein was. Er werd gezegd dat ze, helemaal kapot, gemompeld had, alsof ze alleen was geweest: 'Nu de ene mouw, nu de andere, heel goed. Nu knopen we je hemd dicht ... Nu je sokken; we pakken sokken die makkelijk zijn aan te trekken, eens kijken ... Heel goed!' Toen Berta kwam, zat de vrouw uitgeput in een stoel te slapen terwijl haar hoofd op haar borst hing en haar handen in haar schoot waren gevouwen.

Er waren kameraden die zachtjes praatten en rookten. Er hing wraakzucht in de lucht. Maar Josep Maria leek onthecht. Hij was een intelligente jongen, dacht ze, terwijl ze zijn dode gezicht bekeek. En knap. De dood vermoordt niet, is ook leven, want die hele nachtelijke vertoning van schaduwen en gemompel verandert de levenden uiteindelijk, haalt een spons over hun gezicht, maakt ze heel schoon, vergeeft hen. Met twee vingers van haar rechterhand streelde ze zijn koude wang. De dood neem de pose van mensen mee, hun manier van zijn, hun ogen en handen, maar hij neemt niet hun geest mee. Dat kan hij niet, want die is niet van hem, maar van mij, zei ze bij zichzelf. En ze snapte ineens wat de dood haar schonk.

Hetzelfde geschenk dat ze had meegenomen naar de Bullóhoeve.

Ze deed de parkiet weer in zijn kooi. Ze zaten al lang genoeg in dit huis, midden in dat bos, midden in het niets. Eigenlijk voelde ze zich veel rustiger nu ze haar vader de waarheid had opgebiecht. Het sein voor de executie kon nu elk moment komen, heel waarschijnlijk van de ene op de andere dag. En dan zouden de discussies meteen ophouden. En het gepieker. Er zou alleen actie zijn, pure actie: de vinger aan de trekker, het schot, de dictator op de grond, met zijn gezicht als een opengebarsten worst.

Het ongeduld vrat aan haar. Ze wilde dat die onrust voorgoed stopte. Ze stond strak, klaar voor het grote moment.

TWEEDE DEEL

Bijna zes jaar later
oktober 1929 – december 1929

Albert Panatis

Hij besloot zijn overjas niet aan te trekken voor het geval hij die wilde verkopen. Hij trok zijn zelfgemaakte borstrok aan, die uit twee aan elkaar genaaide kussenslopen bestond. Als hij er zijn hoofd door stak, vielen de panden elk aan een kant van zijn lichaam, voor en achter, als een poncho. Meestal deed hij er krantenpapier in – dat was ideaal om warm te blijven. Eerst streek hij het papier met een strijkijzer heel zorgvuldig glad. Wanneer dat was gebeurd, legde hij de pagina's op elkaar. Als hij de stapel dik genoeg vond, bond hij de pagina's met een touwtje aan elkaar vast en stopte ze voorzichtig in de kussenslopen. Hij nam wel uitsluitend gelezen pagina's. Hij leed liever kou dan dat hij een ongelezen krantenpagina gebruikte. Zaten de slopen eenmaal vol kranten, dan trok hij ze op zijn blote lijf aan. Daaroverheen dan een onderhemd, een overhemd en een trui. Vervolgens wurmde hij zich in zijn oude fluwelen colbertje. Ook in zijn schoenen deed hij krantenpapier, dat hij eerst op maat had geknipt. Wanneer hij zijn schoeisel eenmaal aan had, wikkelde hij er repen van oude jutezakken omheen, die hij in de houtopslag had gevonden. Daarna zette hij zijn pet met oorkleppen op, deed zijn handschoenen aan en bond sneeuwrackets onder, die hij had gemaakt van resten ijzergaas van een oud konijnenhok. Hij zag er heel apart uit.

Met zijn getaande huid, zijn lange, volle baard, die alle kanten op stond, en zijn lange, verknipte haren – Berta probeerde ze elke drie maanden met de vleesschaar te kortwieken – leek hij volgens haar wel een holbewoner, een holenmens. Ze zei dat ze zich goed kon voorstellen hoe hij gazellehuiden aan elkaar naaide met primitieve benen naalden en draad, gemaakt van dierendarm. Hij hoorde het aan, en bleef krantenpagina's strijken.

Hij ging het huis uit met hamer en beitel aan zijn riem. Nadat hij de voordeur had geopend ruimde hij met een kleine schop in zijn goede hand eerst de sneeuw weg die zich bij de ingang ophoopte. Het viel wel mee; de sneeuw kwam maar tot zijn middel. Het was al vaker voorgekomen dat ze hartje winter een tunnel hadden moeten graven in sneeuw die tot het dak reikte en de deur blokkeerde. Hij bleef staan om naar het bos te luisteren. Als je zo lang midden in de bergen woonde, had je tijd genoeg om het te leren kennen. In tegenstelling tot zijn dochter had hij er min of meer kunnen aarden. Hij had geleerd ook in die nieuwe omgeving zijn steenhouwersgereedschap te gebruiken. Met zijn slechte hand wist hij de beitel net zo lang vast te houden tot hij er met de hamer in zijn goede hand een slag op kon geven. Zo spleet hij boomstronken, versplinterde takken, sloopte hij deuren en verpletterde, als het moest, muizenkoppen. Alles welbeschouwd zagen zijn handen er ongeveer uit als die van de houthakkers of boeren uit de omgeving – zijn goede hand tenminste, want die was inmiddels twee keer zo groot als de slechte. Hij was graag buiten als de zon een beetje warmte gaf. Meestal kwam hij terug met een neus en oren die blauw zagen van de kou en had hij brandhout, een paar kastanjes of een handvol noten van een wilde hazelaar bij zich, die hij vroeger nog niet eens aan een varken zou hebben gegeven. Eenmaal schoongemaakt ging alles de pan in, bij de aardappels en winterpeen, om samen te koken met een knoflookteentje en een handvol rijst. Meer hadden ze niet.

Hij bond zijn sneeuwrackets stevig onder en liep door de sneeuw naar een bergbeek in de buurt van het huis. Die stortte zich omlaag en als het oppervlak bevroor, was het ijs zo kristalhelder dat je eronder de bergbeek wild en onstuimig kon zien stromen. 's Nachts was het gehuil van de wind te horen, en kreten en gekerm van dieren die hij tot op heden niet kon thuisbrengen. Sinds een paar jaar vond hij 's morgens vroeg uitwerpselen voor hun huisdeur. Elke dag opnieuw. Altijd dezelfde. Altijd op dezelfde plek. Een keer dacht hij er een soort wilde kat te zien. Misschien was het een vos. In elk geval kwam hoe dan ook bij het krieken van de dag een dier voor hun huisdeur zijn behoefte doen. Misschien om hun te laten weten dat hij hen onderhand beu was.

Toen hun geld op begon te raken, stelde Josep Caminal – hij was van boerenafkomst – voor een moestuin aan te leggen. Hij had er zelf ook een, voor eigen gebruik en voor de klanten van zijn sociëteit. Op een stuk vloeipapier tekende hij een ontwerp en hij legde meteen de basisregels uit die moesten garanderen dat de moestuin ook iets opbracht: een goede plek zoeken, de juiste manier om de grond plantklaar te maken, de beste jaargetijden om te planten en te oogsten et cetera. Op de achterkant van het vel papier noteerde hij welke zaden Albert Panatis moest kopen om mee te beginnen.

'Je kunt het bij Sanç proberen, de kruidenier,' zei hij.

'Denk je dat ik ze op de pof kan krijgen?'

'Zeg maar dat hij het op mijn rekening moet zetten. Ik krijg het wel een keer terug.'

Hij ging er meteen de volgende dag heen. Hoestend en proestend kwam hij binnen. Sanç, een graatmagere man met een enorme gok en een dikke snor, ging de zaden afwegen en inpakken. Een paar klanten die stil in een hoek zaten durfden niets te zeggen. Toen hij wegging, vroeg de winkelier langs zijn neus weg: 'U wilt een moestuin aanleggen, meneer Panatis?'

'We proberen het in elk geval.'

'Succes. U weet dat hij weinig zal opbrengen als u hem niet voor de zomer aanlegt ...'

'Bedankt.'

Hij stopte het pakje in zijn weitas, ging zonder iets te zeggen weg en begon aan de terugweg naar de Bullóhoeve. Vanaf de straat kon hij horen hoe de vrouwen en de kruidenier het over hem hadden met een andere klant, die net was binnengekomen.

Hij volgde de aanwijzingen van Caminal nauwgezet op, maar de moestuin kwam nooit helemaal van de grond, zoals de betweters in het dorp hem al hadden voorspeld. En nu voelde hij zich jammer genoeg niet zo lekker, en kon hij hem niet onderhouden. Met de eerste kou was bijna alles wat hij had doodgegaan. In huis bewaarde hij wat aardappels en een paar kolen. Dat was het wel. Hij moest tot de lente wachten om de aarde om te woelen en opnieuw te poten.

Hij was net bij de kastanjeboom aangekomen, toen hij merkte dat hij de blikken koekjestrommel was vergeten. Hij ging terug naar huis om hem te halen. Daarin bewaarde hij de enige gezinsfoto's die hij had. Het waren er drie: zijn vrouw en hij op hun trouwdag, met hun beider naam erop; zij tweeën met de kleine Berta, toen die een paar maanden oud was; hij als soldaat op Cuba – het had weinig gescheeld of hij had er moeten vechten; de foto was gericht aan zijn toekomstige echtgenote. Hij bewaarde ook een paar knipsels van het tijdschrift *Grafisch Nieuws* die over Berta gingen. Ze dateerden van medio 1923, toen ze een paar dagen beroemd was geweest omdat ze de eigenaren van de Hypotheekbank had geholpen een zwendel aan het licht te brengen. Hij was er maar wat trots op. Weinig ouders konden bogen op tijdschriftfoto's van hun kind ...

Hij ging weer met het trommeltje in de hand naar buiten. Niet dat hij die foto's elke dag bekeek – verre van zelfs. Eigenlijk bekeek hij ze maar hoogstzelden. Ze hielden hem simpelweg gezelschap, waren voor hem wat een knuffeldier voor een kind is. Hij voelde zich oud en de laatste tijd ziekelijk – slechts met moeite kon hij een radijsje uit de grond trekken. Hij was al bijna een jaar niet meer in het dorp geweest ... Hij voelde zich alleen en verward.

De lucht betrok weer. Warm aangekleed en het blikken trommeltje met zijn herinneringen erin stevig in zijn handen geklemd slenterde hij naar de kastanjeboom. Daar bleef hij staan. De boom was reusachtig, zeker vijftien meter. De kastanjes waren al rijp. Ze vielen in groepjes van drie op de grond. Die aten ze al dagenlang. Berta wist ze op talloze manieren klaar te maken. Hij ging aan de slag. Hij moest opschieten, anders kwamen de dieren en namen ze mee. Aan zijn dode hand hing de stoffen zak waar hij ze in stopte. Ineens hoorde hij het gesnuif van een varken. Hij keek op en zag op ongeveer drie meter afstand een everzwijn met moordzuchtige oogjes, dat hem kolossaal voorkwam. Achter het dier scharrelden vier of vijf biggen. Hij zag vaak everzwijnen in de omgeving. Ze liepen 's nachts zelfs brutaal om de Bullóhoeve heen. Maar hij had er nog nooit een pal voor zich gehad, op gezichtsafstand. Het dier wierp hem een blik toe die nauwelijks twijfel liet bestaan over zijn bedoelingen. Hij durfde niet eens overeind te komen. Op handen en voeten kroop hij achteruit, van de kastanjeboom weg, nu eens de ene en dan weer de andere arm verzettend. Toen hij ver genoeg was, draaide hij hijgend zijn hoofd om. Zijn gezicht zat onder de schrammen en in de handschoen voor zijn dode hand zat een scheur. Hij ging zitten en keek toe hoe het moederdier in zijn zak schuimde en de kastanjes opvrat die hij daarin bewaarde. Een golf van blinde woede, schaamte en onzekerheid steeg van zijn maag op naar zijn keel. Hij stond op en liep terug naar de kastanjeboom. Hij maakte de koordjes van zijn orthopedische handschoen los, trok die uit en gooide hem kwaad op de grond. Het zwijn stopte met vreten, draaide zich om en ging tegenover hem staan. De biggen verstopten zich automatisch achter hun moeder, die hem opnieuw aankeek, alsof ze hem wilde vragen: 'Wat doe je nou, stom mensenkind? Zelfmoordneigingen?' Maar in plaats van dat hij van de gelegenheid gebruikmaakte om te vluchten, liep hij zelfverzekerd door. Hij pakte de hamer van zijn riem en tilde die dreigend boven zijn hoofd. Hij brulde vreselijk, angstaanjagend, en schreeuwde: 'Die rotkastanjes zijn van mij, stinkende zeug!'

Het moederzwijn aarzelde even. Met de hamer in de lucht bleef hij hees herhalen: 'Ze zijn verdomme van mij! Van mij!'

Hij gooide de hamer in haar richting, maar deze passeerde haar op een meter afstand en het dier bleef onverschrokken staan, roerloos.

'Ze zijn van mij! Snap je dat, vuile, diefachtige zeug? Van mij!'

Toen probeerde hij in zijn handen te klappen, maar door de zenuwen en vanwege zijn dode hand kreeg hij zijn handpalmen niet op elkaar. Bij die vertoning nam het everzwijn maar het zekere voor het onzekere, draaide zich om en nam haar biggen mee naar een veiliger plek.

Hij werd langzaam maar zeker gek van de honger. In de bergen kun je niet verhongeren, dacht hij. Je vindt altijd wel iets om te eten, maar je hebt wel doorlopend een hongergevoel. Je sterft er niet van uitputting door voedselgebrek. In Barcelona wel. In de grote stad kon een bedelaar er het leven bij inschieten. Daarna kwam eenvoudigweg de dodenwagen langs en laadde hem op. Net als hondenpoep. En hup, de groeve in. In de bergen niet. Daar voltrok dat proces zich veel langzamer. Hij had het bij Berta gezien. Hij zag het bij zichzelf. Je ging langzaam maar zeker achteruit. Van moment tot moment verlegde de honger je grenzen. Een bord hete soep was meer waard dan iemands leven.

Jaren geleden, toen hij nog als nachtwaker werkte, trof hij op een avond dat hij door de steegjes van de Sant Perebuurt liep een pauper op de grond aan. Hij leunde tegen de muur, letterlijk uitgehongerd. Je zag het meteen. Vanuit de bakkerij naast hem drong een verrukkelijke geur van versgebakken brood zijn neusgaten binnen. Die arme donder had overduidelijk geen cent te makken, maar toch klopte hij op de deur, en de bakker kwam naar buiten. Die gaf hem een paar broodkorsten van de vorige dag, een beschimmeld stuk cakerol met crème, en trakteerde hem op een slok cognac. Hij was vermoedelijk de enige fatsoenlijke kerel in een straat vol klootzakken. De pauper schrokte het eten op en goot het vingerhoedje cognac naar binnen.

Toen hij er uren later na het werk weer langsliep, werd het al licht. Hij rook een onverdraaglijke stank van braaksel en vuiligheid. Een politieagent rammelde die arme kerel af en sommeerde hem op te staan. De man van onbestemde leeftijd lag op zijn buik en incasseerde de slagen alsof hij een zak meel was – hij verroerde zich niet. De politieman schopte tegen zijn buik en draaide hem op zijn rug. ‘Hij is dood, we moeten de dodenwagen roepen,’ zei hij op eenzelfde toon als hij voor een rioolrat zou hebben gebruikt. Was hij gestorven omdat het zijn beurt was of had de bakker met zijn valse goedgeefsheid hem indirect gedood? In de bergen was het anders …

Hij trok zijn speciale handschoen weer aan en raapte de kastanjes op. Hij hing de hamer aan zijn riem, stak het trommeltje met de foto's onder zijn arm en ging terug naar huis. Het was koud, en hij was heel erg geschrokken. Hij trilde nog na. Hij voelde nattigheid. Van de doorstane schrik had hij in zijn broek geplast.

Hij kon niet meer.

Berta Panatis

Boven het Urderdal schitterde de zon door afwezigheid. Het was een grijze, ijskoude dag in de late herfst. De hemel was met laaghangende, loodkleurige wolken bedekt; er hing sneeuw in de lucht. Afgezien van die weersvoorspelling, die ieder kind van vijf had kunnen doen, durfde ze eerlijk gezegd nauwelijks iets over haar toekomst te zeggen. Het tegendeel was eerder het geval. Ze hoorde haar vader buiten aan het werk. Hij was vroeg in de ochtend kastanjes gaan rapen. Die lagen nu ingekeept te weken. Ze zou ze 's avonds hoogstwaarschijnlijk poffen. Op dat moment gaf hij een hamerslag. Dankzij hem was het huis al die tijd niet boven hun hoofden ingestort. Hij gebruikte alles: balken, roestige spijkers, gebroken dakpannen, karton ... Hij had zelfs in hun oven van modder bakstenen gebakken. Nu zette hij een houtplaat in een van de vensters. Het glas was kapot en de koude lucht die naar binnen stroomde veranderde het pachtboerderijtje in een ijskast. Het was mooi om te zien hoe haar vader zich beter dan zij wist aan te passen aan hun leefomstandigheden, die de laatste tijd nogal ongunstig waren. Hij werkte stilletjes. Vroeger had hij aan één stuk door gefloten. Nu niet meer. Hij sprak zelfs niet eens. Of toch, hij praatte in zichzelf. Met haar wisselde hij in de loop van de dag met pijn en moeite een paar zinnen.

Het meisje opende de deur en sleepte de koffer naar buiten. Gelukkig was die leeg, anders had ze hem niet kunnen sjouwen. Ze smoorde het piepen van de deur om niet de aandacht te trekken. Ze bleef even staan, maar toen ze zag dat haar vader bezig was, liep ze zonder iets te zeggen door. Het was ook eigenlijk maar beter zo. Ze had geen zin om hem uit te leggen waar ze heen ging en waarom.

Bijna zes jaar. Het ene na het andere. Zes jaren die niet in één enkele vlaag waren weggeblazen of waren omgevlogen. Integendeel, ze had er dag na dag op gekauwd. Ze had de jaren met haar speeksel bevochtigd, ze had ze papperig gemaakt en ze daarna met tegenzin doorgeslikt. En telkens als ze daaraan dacht, keek ze verbijsterd: het bevel om generaal Primo de Rivera te doden kwam maar niet.

Het organiseren van de aanslag mocht niet langer dan drie of vier maanden duren. De ervaring had geleerd dat hij moest worden afgelast als de voorbereiding meer tijd vergde. Dan werd de kans om in handen van de politie te vallen te groot. Dat was tenminste wat ze in de partij te horen had gekregen. Ze had het geloofd. En met dat idee in haar achterhoofd was ze met haar vader naar de Bullóhoeve vertrokken.

Maar ze wachtte al zes jaar. Zes jaar op zo'n bevel wachten is heel lang – te lang.

En het vreemdste was niet dat de aanslag voortdurend werd uitgesteld, maar dat ze helemaal niets hoorde. Dat was veel erger dan het telkens maar moeten wachten, veel erger dan het verglijden van de tijd. De wereld van politieke strijd leek onderhand net zo veraf als de planeet Venus. Van eigen en sociale beroering, van de grote slijtageslag van de dagelijkse strijd in Barcelona was ze overgegaan naar de spanning van het wachten en, langzaam maar zeker, naar de rusteloosheid van het nietsdoen. En van het nietsdoen naar inkapseling van haar vitaliteit. Puur om te overleven.

Haar was geleerd dat de belangrijkste deugd van een communist discipline is. En gehoorzaam als ze was hield ze stug vol zonder dat ze wist wat er gebeurde. Ze begreep maar niet waarom er in al die tijd niemand contact met haar had opgenomen. Ze had er geen verklaring voor, maar ze kon zich er tegelijkertijd wel iets bij voorstellen. In het begin van de dictatuur, toen ze naar Biribil waren gegaan, waren partijleden bij bosjes opgepakt. Het was heel en heel erg geweest. Het was goed mogelijk dat de operatie tegen de dictator was afgelast. Het leek zelfs redelijk. Maar in dat geval had iemand het haar toch moeten laten weten. Het kon gewoonweg niet dat ze haar hadden laten stikken … Zes jaar stilte weegt zwaar. Het is geen opeenstapeling van stiltes, maar één, massief, compact blok.

Ze ging op pad, de bergen in. Ze wilde proberen of ze boer Perarnau de koffer kon verkopen. Van alle koffers die ze mee naar Biribil hadden genomen, was het de grootste en mooiste, met een metalen slot, sleutel en hoekbeschermers. Hij was moeilijk te dragen over het bergpad dat naar de boerderij van de buren leidde. Hij sloeg telkens tegen haar benen. Ze moest een paar keer uitrusten en dan ging ze op de koffer zitten. De laatste tijd was ze gauw moe. Ze wist de weg. In andere tijden had ze hem bijna op een holletje afgelegd. Bij boer Perarnau werd heel lekker brood gebakken, en dat hadden ze vaker gekocht. Ze deed er ruim drie kwartier over voor ze bij de boerderij was. Verlegen bleef ze even op de deel staan, tussen honden, katten en kippen. Ze rook de stank van de varkens in hun stal. Boer Perarnau hield ook een koe en een kalf. Een hele wereld op zich. Meteen verschenen Magí Perarnau en zijn vrouw Caterina, beiden nog jong, en hun twee kinderen, een jongen en een meisje, en het erwtje dat in de buik van de vrouw groeide. Het liep tegen de winter. Ze hadden minder te doen. Tot aan de lente hielden de dieren hun winterslaap, en zij ook. Ze kon zich dat gezin gemakkelijk voorstellen als ze op mooie dagen op pad waren in de rust van de bergen. Ze begroette hen. Boer Perarnau, een grote, magere, ondoorgrondelijke man, nodigde haar uit binnen te komen. In de grote kamer bevond zich de oude matriarch, die niet zozeer stil was als wel stommetje speelde, en die haar dagen zittend doorbracht op de roetzwarte houten bank bij de stookplaats, met de tang in haar hand en een poes op schoot. Ze gingen aan tafel zitten en tot verbazing van Magí Perarnau weigerde Berta vriendelijk doch beslist de plakjes worst en de slok wijn uit de tuitfles. Dat was de gebruikelijke gift van brood en drank aan gasten – en zij was uitgehongerd. Maar koppig had ze zich voorgenomen dat als ze dan toch moest zien te overleven dat op háár voorwaarden moest, niet op andermans voorwaarden, die van de wereld. Ze vroeg naar de laatste oogsten en de dieren voor ze te berde bracht waarvoor ze werkelijk was gekomen. Ze moest aan geld zien te komen voor haar vader gek zou worden. En ze moest zich laten bedotten, voor zoete koek slikken wat die mensen tegen haar zeiden. Terwijl Magí Perarnau zijn vieze handen afveegde, liet hij haar glimlachend weten dat ze geen koffer nodig hadden. En gesteld dat ze er wel een wilden, dan konden ze hem toch niet betalen. Maar aangezien ze de moeite had genomen de koffer naar hun boerderij te slepen, konden ze haar hooguit een beetje proviand aanbieden: gekonfijt varkensvlees, een paar tomaten, een handvol rijst, wat eieren, aardappelen en een brood van een kilo. Zonder ook maar een moment te aarzelen nam het meisje het aanbod aan ...

Met een vaag onrustig gevoel nam ze afscheid van boer Perarnau en zijn gezin. Hij liet haar glimlachend uit, met een van de kinderen aan zijn arm en de koffer op de grond. Zijn zwangere vrouw stond naast hem, hield het andere kind aan haar hand vast en keek naar haar. Ze waren arm, en hun leven was net als de natuur om hen heen; je had te eten, meer niet. Ze kon zich hen slapend voorstellen: het witte lijf van Magí, al iets minder krachtig, want hij liep tegen de veertig, maar pezig als dat van een kat, met zijn lange katoenen onderbroek aan, die schoon maar vergeeld was; opgerold naast hem lag Caterina, nog altijd slank en met rondingen onder haar nachthemd. Vijftien jaar geleden was ze fijntjes en delicaat geweest, maar nu had ze rimpels tussen haar borsten en eelt op haar handen. En ze had een uitgerekte schoot, die telkens weer opzwol tot hij zo strak stond als een trommelvel. Magí Perarnau was als zijn vader en zijn vaders vader. En zo tot aan het begin der tijden. Ze had hem regelmatig voor de Bullóhoeve ontmoet, terwijl hij met een stok in zijn hand de geiten hoedde die de weg overstaken. Gewoonlijk ging ze naar buiten om hem gedag te zeggen, en dan zwaaide hij haar nurks met zijn vrije hand toe. Evenals zijn vader en zijn vaders vader kende hij de streek van haver tot gort. En hij had natuurlijk meteen doorgehad dat zij slechts een stadse nieuwkomer was, en dat ze weer zou weggaan zoals ze gekomen was. En dat ze niets goeds bracht, maar misschien ook niets slechts. Het bewijs, vandaag, was te zielig voor woorden: niet in staat om te overleven wilde ze hem een koffer verkopen. Uitgerekend aan hem, die praktisch nooit van huis was geweest! Ongetwijfeld was er ooit eerder iemand uit de stad gekomen – driehonderd jaar geleden. En ter plekke had hij waarschijnlijk de betovergrootvader van Perarnau ontmoet, die vanzelfsprekend ook geiten hoedde. En die precies dezelfde denkbeelden had gehad. Ze vroeg zich af of er ooit weleens iets tot daarboven doordrong. Had de dictatuur boerderij Perarnau weten te vinden? En zou de revolutie op tijd komen om ze hun verloren dromen terug te bezorgen? Voor ze naar Biribil was vertrokken had ze iets heel schokkends gehoord: in de Sovjet-Unie accepteerden veel boeren de collectivisatie niet en moesten in het gareel worden gebracht. Niet in staat om verder te kijken dan hun eigen stukje grond, hun eigen land, hun egoïstische, domme gebrek aan solidariteit, moesten ze worden gedwongen om de voordelen van de nieuwe socialistische maatschappij te zien.

Ze liep op haar dooie akkertje terug naar de Bullóhoeve, want ze wilde geen energie verspillen. Halverwege ging ze op een vochtige, bemoste kei zitten. Ze bekeek het dichte bos voor haar: een compacte massa donkere bomen. Na al die jaren in de bergen was ze er nog steeds niet aan gewend. Ze ging eronder gebukt. Ze vervloekte het uur waarop ze die plek had gekozen om zich te verbergen! Ze begon een lied te neuriën om haar angst te verdrijven, om haar honger te vergeten, maar het lukte niet. Het was net of het bos haar wilde opslokken. Ze stond op, pakte de bundel levensmiddelen, en maakte dat ze thuiskwam.

Het absurdste van het hele geval, het bizarste, was wel dat ze uiteindelijk in de misère waren beland. Ze waren zo arm als kerkratten. Ze stonden bij iedereen in het krijt. Ze dwaalden al maanden uitgehongerd door de bergen. De inwoners van Biribil meden hen, en als ze hen op straat tegenkwamen, haalden ze hun neus op, alsof zij of haar vader stonk.

Helemaal in het begin hadden ze onbekommerd kunnen beschikken over het potje dat de organisatie ter beschikking had gesteld. Maar aangezien er daarna geen contact meer was geweest, begon ze na een paar maanden het geld te rantsoeneren. Eerst een beetje, uit voorzorg. Later uit noodzaak, zo goed als ze kon. Terwijl ze op een teken van buiten wachtte, wist ze het er meer dan een jaar mee te redden. Ze dankte God op haar blote knieën dat de gemeente Biribil een uitzonderlijk lage huur berekende, want die redeneerde dat een bewoond huis niet verviel. Het leven in de bergen kostte niet veel. Je kon met weinig toe, maar de huur moest je betalen. De dubbele bodem van de broodzak, die zoveel rolletjes bankbiljetten had bewaard, raakte onverbiddelijk leger, tot hij nog slechts een anekdote was. Ze zongen het een poosje uit dankzij het geld dat haar vader als sjouwer bij de kolenverkoopster verdiende, of in de zagerij. Tot hij daarmee moest stoppen, want hij hield het gewoon niet vol. Hij was oud. Ze kwamen nog een tijdje rond door elke spaarcent van Berta twee keer om te draaien. Toen alles echt op was, moest ze het ontvangen bevel – zo min mogelijk opvallen – wel overtreden, en begon ze af en toe werk in het dorp aan te nemen. Het was niet gemakkelijk om er werk te vinden. Josep Caminal nam haar aan om in de weekends of op een feestdag in de sociëteit te helpen. Drie zomers geleden had Berta er behoorlijk wat dagen op rij gewerkt. Maar dat duurde niet lang. De zaak leverde onvoldoende op voor nog een inkomen. Caminal bleef haar af en toe oproepen, in ruil voor eten en fooien. Tot ook dat stopte. Maar twee jaar geleden wist hij haar toch maar mooi een gelegenheidsbaantje bij vakantiegangers te bezorgen: bijles geven aan hun kinderen. Anderhalf jaar geleden had ze voor de gemeente gewerkt, eerst als assistent van de gemeentelijke boekhouding, later als archiefmedewerkster. Ze hadden haar zelfs af en toe als typiste ingehuurd. Ze tikte aktes uit in ruil voor de huur van de Bullóhoeve.

Maar nu, hartje herfst 1929, was het alweer maanden geleden dat er een cent was binnengekomen, en haar vader was ziek. Te veel winters in de bergen hadden hem chronische bronchitis bezorgd. Er waren dagen dat hij koortsig en hoestend het bed moest houden.

De laatste huren hadden ze betaald door alles van enige waarde zwaar onder de prijs te verkopen: kleding, persoonlijke spullen …

Om geen uitleg te hoeven geven, bezocht ze het dorp nog

maar zelden. De laatste tijd ging ze alleen nog maar om levensmiddelen te kopen – vaak dankzij de goedgeefsheid van Josep Caminal – dan wel om in het postkantoor te vragen of er misschien een telegram van haar kameraden was gekomen. Ook kwam ze er simpelweg doorheen als ze naar het grenskruis ging, dat altijd haar lievelingsplek was gebleven.

De dorpelingen vroegen haar al jaren niet meer hoe lang ze dachten te blijven, en ook niet of zij nog haar zogenaamde examens aan het voorbereiden was. In Biribil zouden ze hen nu wel voor ongevaarlijke gekken verslijten. En bijna voor zelfmoordenaars. Het had er veel van weg dat ze hadden besloten stukje bij beetje dood te gaan. Als op een dag iemand naar het dorp zou komen, en zou zeggen dat hij hen dood had aangetroffen, door welke oorzaak dan ook, zou niemand dat gek vinden – ze hadden het al lang zien aankomen en gingen door met waar ze mee bezig waren.

Dagenlang al aten ze 's middags en 's avonds soep van kool en aardappels. Ze stond meestal scheel van de honger op en ze ging even hongerig ook weer slapen.

Hun situatie was dus niet iets om jaloers op te zijn, maar eerlijk gezegd was er in de Bullóhoeve van de dictatuur nauwelijks iets te merken geweest. Dat was wat dictaturen kenmerkte: als je je rustig hield, als je je mond hield, als je je ogen sloot, ging alles zijn gangetje. En vader en dochter Panatis waren al die jaren op bewonderenswaardige wijze hun gang gegaan, er even van afgezien dat ze niet naar de mis gingen. In het begin, toen ze nog renteniers zonder bezigheden leken, werden ze zelfs door de kolonie zomergasten uitgenodigd om aan het sociale leven deel te nemen. Maar dat was snel afgelopen toen iemand ontdekte dat hij slechts een voormalig steenhouwer was en zij een oud-bankmedewerkster.

Intussen had Primo de Rivera alle crises overleefd die winter na winter op zijn pad kwamen. Ze wist het van haar vader, die haar min of meer op de hoogte hield van de belangrijkste gebeurtenissen. Vooral als de krantenberichten suggereerden dat er een staatsgreep op stapel stond of dat de politieke situatie instabiel werd.

'Tot nu heeft die klootzak geluk gehad. Met hulp van de Fransen heeft hij in Marokko de overwinning behaald, en hij heeft een invasie, die van Macià, zien mislukken, en drie staatsgrepen tegen hem, in 1926, in 1928 en de laatste, van bijna een jaar geleden, in januari 1929. En moet je nagaan: er is slechts sprake van één directe aanval op zijn persoon, en die was een lachertje. In juli 1926 heeft een anarchist in Barcelona geprobeerd hem neer te steken. Hij had geen schrammetje. Het zal wel een reden hebben ...'

Hoe het ook zij, het kon haar niet schelen – niemand deed een beroep op haar of gaf haar een teken.

Het was zo'n vreemde gewaarwording ... Naarmate de tijd verstreek dook de missie steeds minder vaak in hun gesprekken op, en werd vervangen door dringender zaken. Ze noemden de missie zelfs nooit. Mettertijd had ze de indruk dat ze vroeger wél over de aard van de kwestie hadden gepraat waardoor zij beiden hoog in de bergen zaten te wachten. Dat was wel zeker. Maar het geheugen had er een soort sluier overheen gelegd. Het kostte moeite erop terug te komen. Tot het punt werd bereikt waarop er, afhankelijk van het moment, weken voorbijgingen zonder dat ze zich herinnerden waarvoor ze eigenlijk in Biribil zaten. En ze had eerlijk gezegd de indruk dat het haar vader allemaal al niet meer kon schelen. De oude woorden, bespiegelingen over noodzaak of onnut van de moord op een dictator, klonken hol, gevaarlijk zinloos, zelfs voor haar.

En vanaf een bepaald moment begonnen diezelfde woorden te vervagen, aan hun lot overgelaten, in dezelfde bundel gestopt waarin ze boven op de kast, rottend, de opeenhoping van dagen, maanden en jaren hadden achtergelaten, die een pas op de plaats maakten.

En zij – ze had zichzelf nooit wat dan ook vergeven – vergaf zichzelf nog minder die lakse momenten waarop haar geweten verzwakte.

De weg terug van boer Perarnau was net zo vermoeiend als de weg erheen. Zo zonder koffer voelde ze zich niet lichter. Toen ze bij de Bullóhoeve aankwam, hoorde ze een geluid tussen de bomen. Ze bleef staan. Ze had weer eens de indruk dat iemand haar bespioneerde. Om haar heen was alleen de stilte van het bos, de verraderlijkste van alle stiltes.

Ze was nerveus. De laatste tijd was ze regelmatig bang geweest haar zelfbeheersing te verliezen. Als dat haar overkwam, ging ze niet de bergen in om op adem te komen, maar deed ze het tegenovergestelde: ze ging naar het dorp en dan nog verder, naar het grenskruis. Ze liep liever dan dat ze fietste, zoals op de eerste dag, toen ze dat hele stuk te voet had afgelegd. Ze kwam er halverwege de ochtend aan. Ze ging zitten en raakte langzaam maar zeker dat verstikkende gevoel kwijt alsof een ijzeren hand naar haar longen klauwde en die uit haar lichaam probeerde te trekken. Dan werd ze rustig en kon ze zich helder en duidelijk alle woorden en lessen van het verleden voor de geest halen. En ze overtuigde zichzelf ervan dat iedereen in de donkerste, wanhopigste uren zijn moreel kon hooghouden, als je maar niet uit het oog verloor dat je voor een waardige zaak streed. En meteen wist ze weer waarom ze daar op dat moment was. Al die kameraden in de gevangenis die nog liever hun tong met een tang lieten uitrukken dan dat ze doorsloegen verdienden een extra inspanning. Ze had mensen gekend die tien jaar in de gevangenis hadden gezeten en onmenselijk hadden geleden. Hoe kon zij dan twijfelen?! Wat waren haar zes jaar in vrijheid vergeleken met het offer van al die mensen? Ze voelde zich solidair met hen en geloofde dat zij allen samen uiteindelijk lichaam en ziel gaven voor de zaak. Ze bewezen dat de bewering van de bazen loos was dat revolutionairen eigenlijk alleen maar uit waren op tastbare voordelen, niet op ethische. Als het verlangen naar actie simpelweg het gevolg was van een zucht naar materieel gewin zou de verwoede strijd van veel kameraden – soms met de dood tot gevolg – elke zin ontberen.

Ze had het al die jaren niet willen geloven, en had zich zo beschermd – ze kon en mocht gewoonweg niet denken dat haar mensen haar hadden laten stikken. Die houding versterkte in elk geval haar weerstandsvermogen en hielp haar de spanning van de wanhoop de baas te blijven; en zo voelde ze zich verbonden met de normen en waarden uit de begintijd, toen ze zich in dat dorp had gevestigd in afwachting van een spoedtelegram.

Op dit ogenblik snapte haar vader al totaal niets meer van hun realiteit. In zes jaar tijd had hij allerlei gemoedstoestanden gekend. Maar hij was zijn dochter altijd blijven vertrouwen. Hij had dan ook weinig keus. Waar kon hij heen als hij haar aan haar lot overliet? Als armoedzaaier terug naar Barcelona? Ze wist nog dat hij volkomen de kluts kwijt was en van streek was geweest, toen er na een jaar nog niets was gebeurd. Hij had de ene verkoudheid na de andere, hij verveelde zich en miste de stad. Maar de man begreep totaal niet wat zij en haar kameraden bij de hand hadden. Waarom duurde het zo lang? En als hij het haar vroeg, verergerde dat de zaak nog. 'Ik heb geen idee, vader. Oké?' antwoordde ze hem dan, geïrriteerd. 'Ik zou het ook wel willen weten.'

'Vraag het dan!'

'Dat kan om veiligheidsredenen niet. Alleen als het heel dringend is mag ik contact opnemen. Ik weet zeker dat er een goede reden is. Ik ga hier in elk geval niet weg, maar als jij wilt oprotten, moet je dat vooral doen!'

Maar hij was niet weggegaan. Hij was zelfs op een onbegrijpelijke, absurde manier vijf jaar lang niet van haar zijde geweken. Maar hij was weggekwijnd – zijn levensreserves raakten op, tot er bijna niets meer van over was. Ze vielen in zijn handen uiteen, nadat hij met een soort praktische fataliteit die onzekere situatie had geaccepteerd. Hij was zich ervan bewust dat samenleven met haar was als samenleven met een ter dood veroordeelde die eeuwig in de dodencel zit, die voor onbepaalde tijd doodsangsten uitstaat. De rechtsmiddelen van de advocaat stellen de voltrekking van het vonnis uit, en er ontstaat een soort abnormale normaliteit van routineuze uitzonderlijkheid. De ter dood veroordeelde bestaat, maar niemand heeft het erover. Zeker is echter dat het wachten ondraaglijk is, de zenuwen kapotmaakt.

Toen ze thuiskwam, was haar vader er niet. Ze borg de levensmiddelen die ze van boer Perarnau had gekregen weg. Meteen daarna schroefde ze langzaam het deksel van de pot met vogelzaad voor Fagot los. Ze zag dat hij bijna leeg was. Als haar vader en zij al sinds maanden de buikriem hadden moeten aanhalen, gold dat helemaal voor Fagot. Hij was immers maar een parkiet. Ze pakte een handvol hazelnoten uit de aardewerken kom waarin ze die bewaarde en sloeg er een paar stuk met de hamer. Toen ze de hazelnoten had gepeld, sneed ze die met het mes in stukjes, deed ze in de pot en schudde flink om maximaal van de restjes te profiteren. Ze liep naar de kooi, opende het deurtje en leegde de pot in het aardewerken voederbakje. Fagot was rustig. Hij verroerde zich pas als hij het warm kreeg. Met haar vinger leegde ze de pot tot en met de laatste kruimel, en ze hoopte maar dat Fagot niet uitgerekend nu dood zou gaan, nadat het haar zoveel moeite had gekost ervoor te zorgen dat hij al die tijd boven in de bergen in leven was gebleven.

Het idee vatte bij haar post dat al haar angsten, plakkerig, de ene na de andere, noch uiteen waren gevallen, noch waren weggegaan. Ze was alleen op dat gore stukje wereld, van God en iedereen verlaten, en niemand liet iets van zich horen. Ze was verbijsterd, zoals iemand die midden op straat een bui verduurt en erop wacht tot iemand hem onderdak biedt, maar bang is dat ze hem voorbijlopen en niet vinden als hij in een portiek gaat schuilen.

Ze stelde zichzelf de vraag wat er zou gebeuren op de dag waarop ze niets meer hadden om te verkopen; die dag was niet ver meer.

Plotseling werd de hemel aardedonker en in de verte onweerde het. In hun boerenstulp leek het wel avond. Op het dak begonnen dikke regendruppels te vallen, als steentjes. Elektriciteit was eigenlijk bij de huur inbegrepen, maar toen een jaar geleden, ook tijdens een onweer, de levering was onderbroken, had de gemeente Biribil vanwege de huurachterstand van vader en dochter Panatis besloten om de averij niet te herstellen. Ze hadden geen elektrisch licht.

Ze stak de petroleumlamp aan, ging op een stoel staan en zette de lamp op de hoekkast. Op die manier wachten, hoopvol gestemd maar tegelijk met knagende twijfel, was vreselijk. Het was niets weten en tegelijk iets weten. Het was het vermoeden van onderaardse rivieren, van telefoongesprekken die een overtuiging uitdroegen die de boel deed wankelen, van schuilplaatsen waar waanzin en vormloze wezens op de loer lagen ... Het was als het vastgrijpen van roodgloeiend ijzer of van een zilveren kabel die knapte als je hem greep om niet te vallen – je viel altijd met dat stuk zilverdraad in je hand, maar de grond bereikte je nooit. Het was als op een zonovergoten dag proberen een brug van zachte, weke gelatine over te steken die smelt en die niet garandeert dat je veilig en wel de overkant bereikt.

Ze wachtte al meer dan tweeduizend dagen in stilte. En ze stierf nog liever van de honger dan dat ze onder ogen zag dat haar kameraden haar hadden laten stikken en zich haar al niet meer herinnerden ...

Maar het verstrijken van de tijd en de onzekerheid waren verwoestender dan de ergste epidemie.

Carlota Monrós

De positie waarin vader en dochter Panatis verkeerden bezorgde hun steeds meer ongemak. Ze zaten gevangen in een vreemde, uitzichtloze situatie: ze konden niet in Biribil blijven – en dus aansluiting zoeken – maar ze konden ook niet weggaan. Een tijdlang vroegen de dorpelingen zich af wat ze toch deden in die pachthoeve op landgoed Bulló. Later, vanaf een bepaald moment, veranderde dat, zoals voor de hand ligt en te verwachten is. En nu, zes jaar later, liet het de dorpsbevolking volslagen koud. Het was duidelijk dat ze met geld op zak waren gekomen, veel geld; dat ze dat allemaal hadden uitgegeven en dat ze nu straatarm waren. Iedereen was trouwens van mening dat ze ook niet echt hun best hadden gedaan om werk te zoeken, wat hun gedrag nog onverklaarbaarder maakte. Nu probeerden ze alles van enige waarde te verkopen. Zijzelf had een vulpen van hen gekocht. Die had ze eigenlijk niet nodig, want ze had er al een. Maar op een goede dag was de oude Panatis opgedoken met de pen in zijn dode hand. Hij leek wel een wilde en zag er heel slecht uit. Ze had hem zeker een jaar niet gezien. Ze kocht die pen vooral ter wille van het meisje; telkens als ze naar het dorp kwam zagen haar kleren er meer versteld uit. Toen Berta eens het postagentschap aandeed, had ze er bij haar op aangedrongen haar toch vooral om die pen te vragen als ze erom verlegen zat. Ze had ja geknikt. Verder niets.

Vader en dochter Panatis wekten dus al geen enkele nieuwsgierigheid meer. En ze boezemden nog minder ook maar enige vrees in, noch wat de openbare orde betreft noch in politiek opzicht. In die zin had de dictatuur in elk geval één ding aangetoond: geen enkele tegenstander ontkwam. Wie nu niet het loodje legde, deed dat later wel. Het directorium hield alles en iedereen in de gaten, zelfs nu zijn greep leek te verslappen en de oppositie driester optrad dan ooit. Als vader en dochter Panatis politiek gezien ook maar iets op hun kerfstok hadden gehad, waren ze al tegen de lamp gelopen. Het maakte ook niet uit. Ze stonden buiten de nieuwe realiteit in Biribil. Ze gaven geen geld uit, en verdienden het ook niet. Ze hadden alleen maar schulden. Ze bestonden niet. In feite interesseerde niemand zich voor hen. En ze zouden pas hinderlijk worden op de dag dat meneer Panatis niet meer probeerde om persoonlijke bezittingen van hem en zijn dochter te verkopen, maar bij de kerkdeur zou gaan zitten bedelen, 's zondags, na de mis van twaalf uur, die de zomergasten doorgaans bezochten.

Carlota was wél enorm in het meisje geïnteresseerd. Steeds meer. Al was het alleen maar als merkwaardig voorbeeld van volharding en vertrouwen in het postwezen. Al zes jaar lang vroeg Berta Panatis geregeld naar de komst van een spoedtelegram. Ze kwam naar het postagentschap, en alsof het voor het eerst was, zonder ook maar enig teken van verstandhouding of gêne, vroeg ze naar haar telegram. En zij antwoordde even vakkundig als afstandelijk: 'Er is niets voor u, juffrouw Panatis.' Telkens opnieuw.

Háár taak was het berichten te versturen en te ontvangen. Vooral in brief- of telegramvorm. De laatste tijd waren daar telefonische boodschappen bij gekomen. Zij mocht alleen maar begin en eind van het communicatieproces controleren. De meeste gebruikers waren streekbewoners, die het postagentschap binnenkwamen met het onbehagen van iemand die naar het buitenland gaat of met de overheid van doen heeft. Sommigen liepen met neergeslagen ogen of sloffend op haar af, anderen met opgeheven hoofd, bedachtzaam of simpelweg nonchalant, maar ze vertoonden allemaal die mengeling van verwarring en opwinding van wie iets nieuws aanzwengelt of er de gevolgen van ondergaat. Iedereen had de zenuwen bloot liggen, zoals een reiziger op het perron van een station: omringd door vreemden neemt hij schaamteloos onder tranen afscheid; of hij ziet ervan af zijn gevoelens te verbergen en laat zich gaan als hij de dierbare die hij jarenlang niet heeft gezien van het treintrapje ziet stappen. Een brief versturen of ontvangen was precies hetzelfde, en soms vond ze het postverkeer alleen dan volledig tot zijn recht komen als je de brief overhandigde om te versturen of als je die in ontvangst nam omdat je hem verwachtte. Dat plechtige moment van hallo en tot ziens was belangrijk. Brieven banen zich in stilte een weg en zitten barstensvol melkwegen, werelden en planeten. Onderweg blijft de tijd niet stilstaan en doet zijn werk: heeft iets zijn doel bereikt, dan is het anders dan bij aanvang. Dat gold ook voor telegrammen. Maar deze lotsbestemming ging totaal de mist in bij Berta Panatis, die een potentiële ontvanger was, maar nog nooit iets had gekregen. En daardoor voelde ze zich ongemakkelijk, maar het maakte haar tegelijk nieuwsgierig. Voor- en najaren, zomers en winters, kou en hitte waren voorbijgegaan, maar verbittering kreeg geen vat op Berta Panatis, alsof ze een oliejas zonder scheuren droeg; wrok had dan ook geen kans en gleed van haar af. Maar ja, zes jaar is wel heel lang. En juist nu kreeg Carlota de indruk een subtiele verandering in het gedrag van het meisje te kunnen waarnemen. Ze raakte langzaam maar zeker ontmoedigd. Ze wilde zichzelf niet voorliegen, ze wilde zichzelf niets wijsmaken, maar de realiteit bleef onveranderlijk weerbarstig. Berta Panatis stond bijna op het punt te erkennen dat ze dat telegram nooit zou krijgen. Een feit dat zij, alsof ze notaris was, bijna kon attesteren.

Ongeveer vier jaar geleden had zich de enige keer in al die tijd voorgedaan dat het meisje de sleur in haar relatie met het postkantoor doorbrak. Op een ochtend was ze binnengekomen en was resoluut maar duidelijk gespannen naar de balie gelopen. Carlota merkte dat ze werd bekeken door Segarra, die een pakje kwam ophalen. De commandant van de burgerwacht wilde zien hoe ze het meisje zou ontvangen. Zij deed net als altijd: ze glimlachte en vroeg haar verder te komen. Berta's haar was nog nat van de miezer buiten. Ze groette de commandant bloedserieus, met een simpele hoofdknik, en hij glimlachte zo'n beetje tegen haar – een glimlach die het meisje niet beantwoordde. Carlota dacht dat er twee mogelijkheden waren: of

Berta wilde niet hypocriet doen – ze vond die kerel maar niks en stak dat niet onder stoelen of banken – of ze wilde zo min mogelijk opvallen. Carlota kende hem goed; elke toegefelijkheid jegens hem kon uiteindelijk contraproductief zijn. Het zette haar aan het denken. Waarom Berta Panatis niet wilde dat Segarra te veel op haar zou letten was iets wat haar toen weinig kon schelen. Die dag had ze meer belangstelling voor de handen van het meisje, met zachte knokkels en lange vingers die haaks op de gewrichten ombogen, alsof ze van rubber waren. Als altijd liep ze langzaam, met gepaste trots, op ordelijke wijze ongelovig ten aanzien van een situatie waar ze niets van snapte. En waarbij zij, goed- of kwaadschiks, uiteindelijk betrokken was geraakt door haar zonder een spier te vertrekken, jaar in jaar uit, jaargetijde na jaargetijde, of het nou koud of warm was, te laten weten dat er voor haar geen spoedtelegram was. En zo zou het weer gaan. Maar die ochtend, toen ze weer eens nul op het rekest had gekregen, vroeg Berta Panatis een formulier. Ze wilde zelf een telegram sturen. Het was voor het eerst dat ze zoiets deed. Carlota, die haar opwinding nauwelijks kon verbergen, wees naar het stapeltje formulieren. Het meisje pakte er een en liep naar een hoek, naar de schrijfbalie die het dichtst bij het raam stond, om op straat te kunnen kijken. Alsof die aanblik haar moest inspireren. Het leek wel een komedie die louter en alleen voor commandant Segarra werd opgevoerd, die maar naar haar bleef staren. Ze zag hoe ze het formulier vasthield en hoe ze met potlood schreef. Binnen dertig seconden had ze het bericht af en overhandigde het haar. Carlota nam de tekst door. Die was net zo absurd als het telegram dat het meisje de eerste dag had verstuurd. Ze betaalde het verschuldigde bedrag en keek weer naar buiten. Het had iets geforceerds, maar het was de enige manier om Carlota of Segarra niet te hoeven aankijken. Of eenvoudigweg om niets te hoeven zien. Of erover te fantaseren ver weg te zijn, weg van dat postagentschap en van Biribil in het algemeen, alsof die twee zaken op de keper beschouwd concreet haar bezoeking symboliseerden; veel meer dan, bijvoorbeeld, het silhouet van de Monturder, waarvan de top op dat moment in mist was gehuld.

Toen bedacht Berta zich ineens, en vroeg of ze het telegram kon annuleren. Dat kon. Het meisje was zichtbaar opgelucht en vroeg het formulier terug. Carlota gaf het, en Berta verscheurde het meteen in talloze stukjes, waar zij en Segarra bij waren. Ze gooide ze in de prullenmand en ging weg.

Was het een schreeuw om hulp? Je wist het maar nooit, maar zowel in het geval van het telegram dat ze verwachtte als in dat van het telegram van vandaag, dat ze had geannuleerd, was de uitkomst identiek: het niets, de leegte.

Door het venster keek de commandant van de burgerwacht Berta na, die de hoofdstraat af liep, tot hij haar uit het oog verloor. Daarna pakte hij een handjevol telegramsnippers en probeerde ze op de balie weer samen te voegen. Onmogelijk, ze waren te klein. Hij gooide ze weer in de prullenbak en keek Carlota pal aan, met dat gezicht van een roodhuid, aantrekkelijk en vreeswekkend tegelijk. Hij zei: 'Dat meisje is erg gespannen. U beiden bent goed bevriend, niet?'

'Pasgeleden bedacht ik ineens dat ik juffrouw Panatis bijna altijd heb gesproken met de balie tussen ons in. Vindt u dat een bewijs van vriendschap?'

'Nee.'

'Nou dan. En is het niet onwettig om in andermans paperassen te snuffelen?'

'Niet in dit geval. Ze waren openbaar, ze had ze weggegooid … Trouwens, wat stond er in dat telegram?'

'Telegrams zijn privé.'

'Maar ze heeft het niet verstuurd. Officieel …'

'Niets officieel. Voor mij maakt dat niet uit.'

'En wilt u mij niet een kleinigheidje toevertrouwen?' vroeg hij vanachter zijn glimlach van indiaans roofdier.

'Waarom wilt u het weten?'

'Uit nieuwsgierigheid.'

'Dat is onvoldoende om het briefgeheim te schenden.'

Ze draaide hem haar rug toe. Ze begon de brieven van de laatste bestelling te sorteren, zich ervan bewust dat Segarra haar van top tot teen opnam. Ze kon bijna zijn hete blik op haar billen voelen. Hij deed maar, hij kon barsten. Maar ze wilde hem niet boos maken. Als een pauw pronkte de commandant in de dorpen in het dal met zijn lijf en zijn houding, strak als een totem, onder de beschermende vleugels van Joaquim Xernac. Hij was diens rechterhand. Die macht had zijzelf aan den lijve ondervonden toen Segarra zich een keer aan haar had opgedrongen. De man is niet alleen een snoever en een bemoeial, maar ook een idioot, dacht ze. Hij loopt de minnares van zijn heer en meester achterna … En meteen probeerde ze hem uit te rangeren, zoals ze bij Quim Xernac ook andere dingen voor elkaar had gekregen. Door het hem te vragen op het moment dat ze krachtig en autoritair aan zijn testikels trok. In die situatie durfde hij haar bijna niets te weigeren. Maar die keer, en dat verbaasde haar, liep het anders.

'Ik kan Segarra niet missen,' zei hij laconiek. 'Jouw probleem.'

Ze gaf haar nederlaag toe. Ze probeerde niet hem te laten kiezen tussen haar en de commandant, die keuze leek helder, en ze nam genoegen met de belofte dat hij hem op zijn nummer zou zetten. Hij was er zelf immers ook bij gebaat dat zijn ondergeschikte het autoriteitsbeginsel niet ter discussie stelde: die vrouw was onaantastbaar. Nu had hij een hond nodig, een jachthond, en Segarra was de beste. Hij had hem gewoon nodig.

Carlota had vaker over hem gefantaseerd. Ze waren allebei even oud. Ze waren alle twee alleen, in Biribil. Hij woonde in het dorpspension en patrouilleerde de hele dag, terwijl hij voor Joaquim Xernac de boel in de gaten hield of opdrachten uitvoerde. Niemand ging graag met hem om, en zoals dat gaat als mensen alleen zijn, deed ze ten slotte wat nodig was om zich weliswaar niet van zijn gezelschap, maar dan toch in elk geval van een luisterend oor te verzekeren. Ze vond hem maar een minkukel die met een pistool rondliep, en die alleen door stom toeval nog nooit een ongeluk had veroorzaakt; iemand die maar wat graag de rok omhoog schoof en het slipje omlaag trok van de vriendin van zijn baas, die van haar dus. Dat vond ze niet onprettig. Ze wist dat ze maar met haar vingers hoefde te knippen of de commandant zou zich met pistool en al op haar storten en haar met huid en haar verslinden. Hij zou zelfs haar kraakbeen afknagen, ook al liep hij het gevaar het loodje te leggen. Daarom schudde ze eens heel nadrukkelijk met haar kont, draaide zich toen om en vroeg koket: 'Omdat u weet dat ik een zwak voor u heb, kan ik zeggen dat Berta Panatis een bericht verwacht, een goed bericht, maar toch is ze ontevreden.'

'Waarom?'

Carlota haalde haar schouders op. 'Omdat het haar nu niet uitmaakt of ze het al dan niet krijgt.'

De man brieste; de postagent sprak vaak in raadsels die hij niet begreep. 'Verdomme, iedereen krijgt graag goed nieuws,' mopperde Segarra; hij was ineens niet meer opgewonden. 'Zal ik u iets zeggen? Dat meisje werkt zich in de nesten.'

Hij tikte aan de rand van zijn baret, zei gedag en ging weg. Carlota keek hem na. Met die kerel kon je maar tot op zekere hoogte spelletjes spelen. Ze stond op het punt hem terug te roepen om nog wat te praten, maar ze zweeg. Het duurde even voor ze die laatste zin snapte. Voor hem was Berta – jong en knap, altijd alleen – een gemiste kans: zes jaar verwelkend, daar boven ... Iedereen wist dat ze niet met jongens of mannen omging. Hij zou misschien een blauwtje lopen, maar Segarra vond dat hij toch enig recht op haar kon doen gelden, dat die buit van hem was. Daarom was hij zeker in Berta geïnteresseerd. Die man was als een bunzing, je wist het nooit met hem. Hij zag de gemeente als zijn jachtgebied. En vader en dochter Panatis waren jachtbuit die maar niet in zijn puzzel paste.

Carlota liep naar de deur en hing het bordje GESLOTEN op. Ze had geen zin meer om te werken. Soms verlangde ze er intens naar met iemand haar vermoedens over Berta Panatis te kunnen delen, die stoelden op haar jarenlange ervaring achter een postbalie. Maar die gedachte verwierp ze dan meteen weer. Net als Segarra vond ze op de een of andere manier dat die jachtbuit van haar was.

Berta Panatis

Zoals altijd stalde ze haar fiets op het plein, naast de sociëteit. Ze pakte haar map uit de fietsmand en begon te lopen. Ondanks de kou was Biribil vergeven van de trekkers en dagjesmensen. Op de Plaça del Directori was het gezellig druk. Daar stond een tribune opgesteld ter ere van de dorpsnotabelen. Het gloednieuwe sardana-orkestje Biribil had onder leiding van een plaatselijk musicus net zijn debuut beleefd. Het was eigenlijk heel vreemd: Primo de Rivera had de volksdans sardana, de Catalaanse vlag en de voor de regio typische muts verboden, maar op dat plein waren ze alle drie prominent aanwezig, in bijzijn van de autoriteiten. Iedereen klapte zijn handen blauw voor de uitvoering. Net toen ze wilde doorlopen, voelde ze dat iemand met een stok een tikje op haar schouder gaf. Ze draaide zich om en stond oog in oog met een van de dames van de tribune, een vrouw van rond de zeventig die goed gekleed ging. Haar make-up kon de ouderdomsvlekken in haar gezicht niet helemaal maskeren. Twee of drie waren goed te zien, zoals soms bij bananen. Ze nam Berta van top tot teen op.

'Ik heb me geloof ik vergist ...' zei ze, van haar à propos gebracht. 'Ik zocht eigenlijk juffrouw Berta Panatis, maar ...'

'Dat ben ik.'

'Ah ... Ik heb vernomen dat u het petekind van die onfortuinlijke Lladonosa bent ...'

'Zo zou je het kunnen zeggen.'

Het was duidelijk dat de vrouw niet verwachtte onder de kennissen van de overleden industrieel zo'n armelijk gekleed meisje aan te treffen.

'Mijn echtgenoot en hij waren heel goed met elkaar bevriend,' sprak ze onzeker verder. 'In feite zijn we in Biribil neergestreken omdat hij het ons had aanbevolen ... U ziet er maar slecht uit ... Voelt u zich wel goed?'

Nee, ze voelde zich beroerd, heel beroerd. Onder andere omdat ze constant honger had. En iedereen weet dat je daar tobberig van wordt, dat je daarvan een slecht humeur krijgt. Maar ze kende die vrouw niet en was ook niet van plan haar het genoegen te doen medelijden te krijgen.

'Ik voel me prima, mevrouw. Wat kan ik voor u doen ...'

Na een korte aarzeling toonde de chique vrouw een brede glimlach. Ze wees op de parasol waarmee ze haar had aangetikt. Terwijl ze die openklapte, zei ze op bijzonder jeugdige toon: 'Ik moet me tegen de zon beschermen, ik heb een tere huid. Wat is dat sardana-orkestje een succes, vindt u niet? U moet zich voorstellen dat de dirigent het in drie maanden heeft samengesteld uit heel jonge jongens: mensen van buiten en dorpelingen ... Ik ben de weduwe Gibert. Komende zaterdag wordt mijn kleinzoon gedoopt. We brengen elk jaar de kerstdagen in Biribil door en blijven tot Driekoningen. Maar dit jaar zijn we wat vroeger gekomen. Mijn schoondochter moest bijna bevallen, en de dokters stemden er enthousiast mee in dat we hier de geboorte zouden afwachten. Het is een futloos meisje. Godzijdank is alles goed gegaan, en we zijn zo blij dat we de kleine hier in Biribil willen laten dopen. We willen het met de dorpelingen vieren, want de lucht en het water in het dal hebben het leven van de kraamvrouw en de boreling gered ... De vrienden van Lladonosa zijn mijn vrienden. Einde discussie. U en uw vader móéten naar het doopfeest komen. Ik zou het heel jammer vinden als u niet kwam ...'

Toen diepte ze uit haar handtas een uitnodiging op en gaf die aan haar. Berta kon gewoon niet weigeren. De invitatie afslaan zou zowel vreemd als verdacht hebben geleken. De lange schaduw van Plàcid Lladonosa viel nog steeds over haar heen ... Ze moest ineens glimlachen. Het was duidelijk dat degene die mevrouw Gibert had ingelicht haar niet had bijgepraat over de huidige leefomstandigheden van vader en dochter Panatis.

Ze liep verder naar het grenskruis. Toen ze daar was aangekomen, ging ze op de hoogste trede van de sokkel zitten, leunde tegen de zuil en opende de map. Vanuit het elastieken, plakkerige niets waarin haar leven in al die jaren was veranderd, had ze door één ding de moed niet verloren: de inhoud van die map. Ze bewaarde er het dossier in over de mislukte aanslag op Mussolini in 1926, drieënhalf jaar geleden. Nadat hij er triomfantelijk aan was ontkomen, had hij de historische frase uitgekraamd: '*Als ik opruk, volg me dan. Als ik terugwijk, dood me dan. Als ze me doden, wreek me dan.*' Holle, fascistische prietpraat ...

Ze had dat materiaal aan haar vader te danken, die op een gegeven moment alles uitknipte en bewaarde wat in de krant stond. Als de echo van het nieuwsfeit eenmaal was weggestorven, schonk hij haar zijn krantenknipsels, want hij geloofde dat ze haar hielpen nadenken.

'Kijk eens,' zei hij nadat hij ze haar had gegeven. 'Om te beginnen heeft de aanslag de Duce alleen maar veel populairder gemaakt. De propaganda toonde hem aan het volk bijna met de gouden halo van de onsterfelijken. Meteen de dag erop begonnen de massale arrestaties van tegenstanders, de meeste ongegrond. Ik geloof trouwens niet dat de tirannenmoord veel had uitgehaald als hij wél gelukt was. Dan was de dictator martelaar geworden en hadden zijn volgelingen, die niet meer in het gareel konden worden gehouden, nog rampzaliger en destructiever hun gang kunnen gaan. Het regime zou niet hebben gewankeld, evenmin als hier na de mislukte treinaanslag op Alfonso XIII in de Garraf. Dat debacle van de nationalistische partij is ons duur komen te staan. Niet alleen konden de militairen een aantal doodstraffen opleggen, generaal Primo de Rivera kreeg ook het beste excuus om de arbeidersbeweging en het Catalaanse nationalisme brutaal te onderdrukken. Zowel hij als de koning heeft zijn positie versterkt. Wil je dat?'

'Wat ik al dan niet wil telt niet. Er zijn hogere belangen. Natuurlijk zul jíj dat nooit kunnen snappen.'

'Waarom zeg je dat?'

'Wil je dat we het verleden weer oprakelen?'

De man werd rood en boog zijn hoofd. Hoewel ze het niet echt wilde, wist ze dat ze af en toe echt een kreng kon zijn.

Toch accepteerde ze de map met krantenknipsels. Het was overduidelijk dat al die informatie voor haar interessant kon zijn. Je kon veel leren van de mislukte pogingen van anderen. Maar het werd nog veel meer dan dat. Ze viel bijna als een blok voor die malloot die Mussolini had willen liquideren. Ze werd haar heldin. Ze zette zich ertoe om de aanslag op de Italiaanse dictator te overdenken, die van alle kanten tegen het licht te houden, die punt voor punt door te nemen, er aantekeningen over te maken … Ten slotte reconstrueerde ze die zelfs in haar hoofd alsof het een film was.

Ze zocht een heel concreet krantenknipsel, dat ze vanbuiten kende, dat de mislukte moordaanslag op de Duce beschreef. Het boeide haar steeds meer. De kranten van toen verhaalden dat de misdadigster op de dag van de aanslag zelf, toen ze eenmaal in het hoofdkwartier van de geheime dienst was aangekomen, werd opgesloten in een kamer waar commissaris Rodolfo de Bernart op haar wachtte. Met gescheurde kleren, haar haar in de war, verfomfaaid, onder de builen en schrammen door de klappen van de menigte, was ze in shock. De politieman gaf opdracht haar een deken te geven om zich in te hullen, en een glas cognac. Dat dronk de vrouw op, maar ze bleef afwezig. De Bernart kwam te weten dat ze Violet Albina Gibson was, een Ierse aristocrate van vijftig. Haar broer William, toen heel bekend, was betrokken bij de nobele zaak van het Ierse nationalisme. De vrouw beantwoordde de vragen van de commissaris op een vreemde manier: stotterend, onverstaanbaar, doorspekt met Engels. Het hielp ook niet echt dat mevrouw Gibson om een priester vroeg. Hij liet een dominee komen, maar die wees ze af. Ze concludeerden daarom dat ze verknipt was … zonder te snappen dat uitgerekend Ierland een van de katholiekste landen in Europa is. Berta had een foto van haar: een oud geworden vrouw met kleine ogen in een gelijkmatig, week gezicht – niet iemand om bang voor te zijn. Wat zou Mussolini op het moment suprême wel niet hebben gedacht? Hij had net in zijn redevoering beweerd dat er een grootse tijd aanbrak. Dat een volk om groots te zijn een imperium moest hebben. Dat Italië dan wel geen steenkool of ijzer had, steunpilaren van de economie en het leger, maar wel degelijk zijn zinnen op een imperium had gezet. Dat het Italiaanse volk te veel van het goede leven hield en onvoldoende van oorlog. Dat moest veranderen, want imperiale dromen stuwden Italië naar een nieuw tijdperk ... Bla bla bla ...

En plotseling stond dat onbeduidende vrouwtje voor hem, in het zwart gekleed. En hij, de reus, moest haar wel aankijken, sceptisch, zich ervan bewust dat hij op het punt stond te sterven. En met hem de imperiale dromen van Italië. Want hem doden was Italië doden. Retoriek en nog meer holle retoriek, prietpraat ten dienste van fascistische macht. Noodgedwongen deelden beiden een ogenblik van diepe intimiteit, Mussolini en zij, een bijna seksuele intimiteit. Een tiende van een seconde lang keken ze elkaar aan. Hij zag de loop die op het punt stond de kogel uit te spugen die zijn hoofd zou doorboren. Zij zag de verpersoonlijking van het kwaad.

Gek of niet, Violet Gibson had op 7 april 1926 in Rome de moed een schot te lossen op Mussolini. En om het volk te tonen hoe de Duce zijn neuswond met zijn hand bedekte, bangelijk en verbijsterd, voor dat vogeltje met revolver, die zuivere, onbaatzuchtige, genereuze, sublieme ziel die werd voortgestuwd door een bovenmenselijke krankzinnigheid.

Violet Gibson haalde een tweede keer de trekker over, maar er gebeurde niets. De betovering werd verbroken.

Berta wist zeker dat zij wel een tweede schot zou hebben gelost.

De politie benadrukte dat Gibson een heel jaar lang was ondergedoken voor ze besloot de aanslag te plegen. Een heel jaar? Kijk, ik al zes, dacht ze.

Ze had haar dolgraag leren kennen. Regelmatig, als de dagen en nachten in de Bullóhoeve haar te veel werden, stelde ze zich haar op dat cruciale moment voor, te midden van die menigte fascisten, na het schieten, met de kleine revolver in haar hand en de fonkelende ogen van de gewonde alfa, die als een stier brulde op het plein, en die met zijn woedende blik de simpele ziel probeerde neer te bliksemen die het had gewaagd tussen hem en zijn imperiale droom te gaan staan ...

Ze plukte een hele poos appeltjes van een wilde appelboom die tussen braamstruiken groeide in een schaduwrijke, frisse berm, vlak bij het kruis. Het waren piepkleine, donkerbruine appels, die er niet echt appetijtelijk uitzagen, maar die wel heel erg lekker waren. Ze plukte er zoveel ze kon; op weg naar huis zouden ze helpen de honger te onderdrukken. Als ze een beetje suiker had zou ze jam maken. Anders pofte ze ze in de oven. De honger die zich in de Bullóhoeve had genesteld was machtig en diep, maar spottend. Hij was als een bloedzuiger, een lintworm. Hij zoog hun kracht op, maar doodde hen niet. Hij verzwakte hen. Het was een honger van lage intensiteit, die meneer Panatis en zijn dochter zo goed als ze konden bestreden, naargelang de tijd en de omstandigheden. Daarom was het bijna groot feest als het meisje van het grenskruis terugkwam met een mand vol kastanjes, hazelnoten of wilde appels.

Terwijl ze de appeltjes wegborg, hoorde ze de autobus uit Ripoll. Die kwam daar in de namiddag langs, en de chauffeur, die haar al kende, claxonneerde altijd bij wijze van groet. Berta stond op en zwaaide. Het was het teken dat het uur naderde waarop ze terug naar huis moest. Het zou nu snel donker worden. Ze pakte de paar spullen die ze bij zich had bijeen, en ging naar de Bullóhoeve terug.

Hoewel ze zich zwak voelde, holde ze een flink stuk van de terugweg naar het dorp, alsof ze zichzelf wilde straffen. Of om te kijken hoe ver haar weerstandsvermogen reikte. Onder het hollen slaakte ze gesmoorde kreetjes. Als ze merkte dat ze zwak werd, schold ze op zichzelf en sloeg met haar handen op haar wangen. Hoe harder ze rende, hoe meer ze haar angsten uit het oog verloor; ze liet ze achter zich, alsof ze van niemand waren. Ook de grote kwesties bleven achter, onbeantwoord, smeltend als suikerklontjes. Ze roerden zich een poosje niet, daarbeneden, naast haar angsten, in het gebied waar ideeën en gevoelens uiteenrafelen tot ze zijn verdwenen.

Toen ze Biribil bereikte, rende ze niet meer om niet de aandacht te trekken, maar ze doorkruiste het dorp wel in flinke pas, alsof het laat was, bijna huilend van woede. Om alles en om niets. Over haar hele lijf trillend stapte ze op haar fiets.

Het was stikdonker toen ze thuiskwam. Haar vader sliep al. Ze stak een kaars aan en groette dokter Freire uit Lissabon, die haar als altijd met zijn doordringende blik en zijn geitensik vanaf de aan de muur hangende advertentie aankeek, terwijl hij zijn beroemde drankje tegen buikklachten aanprees. Uitgehongerd als ze was beurde dat haar altijd op. Bovendien hield hij haar gezelschap. Dokter Freire en zij hielden elkaar al bijna zes jaar gezelschap. Ze beloofde zichzelf een flesje elixer te kopen als de dingen ooit veranderden ... Ze groette Fagot. In dat huis leed de parkiet het minst honger. Hij had al genoeg aan wat zaad en pijnboompitten. Ze ging naast de kooi zitten om toe te kijken hoe het diertje heel bedaard at, in de vertrouwde, goedgelovige houding van altijd. Als parkieten goed verzorgd werden, hadden ze een relatief lange levensverwachting. Toch gaven ze je het gevoel dat ze zwak waren. En meer nog onder die omstandigheden, in dat huisje in de bergen. Gelukkig was Fagot een heel vrolijke blauwe parkiet. Hij wende meteen aan zijn nieuwe huis, en al na een paar dagen begon hij weer te kwetteren en zijn gang te gaan ... Ze opende het deurtje van de kooi en de vogel kwam naar buiten om wat rond te lopen. Hij deed dat heel bedaard, links en rechts kijkend. Als hij zin had, speelde hij met haar; anders liep hij de andere kant op. Hij werd niet graag lastiggevallen. Door de parkiet moest ze aan Violet Gibson denken, een ander vogeltje ...

Albert Panatis

Hij had zijn haar en baard bijgeknipt en was weer naar het dorp gegaan. Maar vandaag had hij niets tegen zijn dochter gezegd. Berta was al 's ochtends vroeg vertrokken. En zoals gebruikelijk als ze opbrak naar het grenskruis van Biribil zou ze pas 's avonds thuiskomen. Dat wist hij, en daarom was hij weggegaan toen ze er niet meer was. Hij ging ervan uit dat hij weer vóór zijn dochter thuis zou zijn.

Uiteindelijk was het toch laat geworden, want het was gaan regenen en hij had een hele poos moeten schuilen tot het ophield. Het was donker, en hij voelde zich hongerig, zwakjes en moe. De weg omhoog naar de Bullóhoeve was weliswaar niet zo steil, maar nu de grond doorweekt was, viel het lopen hem zwaarder. Bovendien had hij een pakket bij zich. Onder zijn arm droeg hij een groot pak in papier met touw eromheen. De regenwolken hadden plaatsgemaakt voor helder maanlicht. Achter zich hoorde hij het onmiskenbare geluid van Berta's fiets. Die herkende hij aan zijn alsmaar zachtjes rinkelende bel. Zonder te stoppen keek hij achterom en zag een licht naderen. Toen zijn dochter op tien meter afstand was, belde ze twee, drie keer hard. Ze haalde hem in, en stopte om op hem te wachten. Hij kwam hijgend bij haar aan. Uit zijn neusgaten stroomden twee zuiltjes warme lucht, wit en dik, zoals stoom uit de ketel van een locomotief.

'Wat doe jij hier?' vroeg Berta hem heel wantrouwig, zonder af te stappen.

'Dag, meisje. Wat zeg je?' antwoordde hij, bijna niet in staat om te praten.

'Je hebt me wel gehoord.'

‘Ik ben een ommetje gaan maken ...’

‘Als het donker is?’

‘Het is laat geworden.’

‘Dat geloof ik niet,’ onderbrak ze hem.

‘Gelijk heb je,’ gaf hij toe.

En weer een beetje op adem gekomen, liep hij ongerust zij aan zij met haar bergop.

‘Als je het niet wilt vertellen, dan niet. Het maakt niet uit,’ zei het meisje en ze ging naast hem lopen.

Ze duwde de fiets voort, bang dat de appels op de grond zouden vallen.

‘Ik ben naar de schoenmaker gegaan om hem mijn trouwlaarzen te verkopen,’ gaf hij onder het lopen toe. ‘Ze zijn zo goed als nieuw. Maar hij wilde ze niet. Het zou hem pech bezorgen als hij ze zou aannemen, zei hij. Als iemand nou dood was ...’

‘Wie, hij?’

‘Nee, ik. Als ik dood was, zou het anders zijn. Maar aangezien ik nog leef is dat het ongeluk over je afroepen. Ik heb hem gezegd: “Geen enkel probleem, ik ga waarschijnlijk toch binnenkort dood. Schiet me wat geld voor ... Als ik eenmaal dood ben zal mijn dochter contact met u opnemen en u de laarzen geven ...” Dat wilde die gore klootzak ook niet; hij zei dat dat hem nog meer pech zou bezorgen. Ik denk dat hij medelijden met me had, want hij heeft gratis de tong van mijn rechterschoen vastgenaaid. Daarna ben ik naar het postkantoor gegaan. Daar was de commandant van de burgerwacht, die Segarra. Dat meisje heeft al eerder de vulpen van me gekocht. Ik heb onze reiskoffer aangeboden, maar ze hadden geen belangstelling. De commandant zei bovendien dat koffers als de onze niet meer in de mode zijn. Ze zijn te groot en te zwaar. Naar het schijnt verkopen ze in Barcelona nu lichtere, stevigere modellen ...’

Terneergeslagen zei Berta: ‘Des te beter.’ Want die koffer hadden ze al niet meer. Hij had het niet eens gemerkt. Ze raakte ontmoedigd, vervuld van lusteloosheid die het gevolg is van verdriet. Ze zag dat hij slappe knieën kreeg en het pak uit zijn handen liet vallen. Zoveel jaren lijden, de een met de ander, de een naast de ander, om met zoveel verdriet te eindigen ...

Hij bleef onbeweeglijk staan, zoals een stok die in de modder op de weg steekt. Hij kon zijn voeten niet optillen. Blijdschap is beweeglijk, maar verdriet vereist stilzwijgen, verdedigt met alle kracht van de eigenliefde nietsdoen.

Het meisje zette haar fiets tegen een boom en raapte het pak van de grond op.

'Wat zit erin?' vroeg ze haar vader.

'Mijn laarzen en mijn overjas,' antwoordde hij, terwijl hij op een grote kei langs de weg ging zitten. 'Die wilde ik ook verkopen. Ik wilde helemaal naar het textielcomplex gaan, maar Caminal zag me en vroeg me binnen te komen in de sociëteit. Hij vroeg me waar ik heen ging en ik schaamde me. Ik heb hem gezegd dat ik de jas naar de naaister bracht. Zijn vrouw was er ook. Ik moest gaan zitten en ik kreeg koffie. Ze vroegen naar jou. En zij zei: "Gaat u naar de naaister? Dat hoeft toch niet? Laat mij eens kijken ..." Ze opende het pakket en bekeek de jas. "Maar die is zo goed als nieuw ... Geef maar hier, ik heb de zomen zo versteld." Ik wilde weigeren, maar ik kon niet. Ik was doodmoe. Josep en ik hebben wat gebabbeld, en intussen was de naaimachine te horen. Ik weet niet hoeveel tijd er verstreek. De vrouw heeft mijn jas genaaid. Ik mocht pas weg toen het ophield met regenen. Ze hebben me aspirines gegeven, blokjes kalfsbouillon om soep te maken, een beetje rijst, koffie en suiker. Het zit in mijn zakken ... Dus ik heb niks verkocht, maar ik ben toch op de terugweg met gerepareerde schoenen, een verstelde jas en op de koop toe een heleboel levensmiddelen.'

'Je krijgt nooit iets voor niets,' antwoordde ze, terwijl ze het pak met de jas en de schoenen op het fietszadel zette.

Zwijgend liepen ze verder naar de Bullóhoeve.

Jaren geleden, toen Berta klein was, liet hij haar maar kletsen over de nieuwe samenleving die eraan kwam en die alleen zij konden verwezenlijken, haar stukje bij beetje uit de klauwen van de machtigen trekkend ...

Zijn dochter was keihard, en dapper. Hij niet. Hij was zo laf dat hij een van zijn grote geheimen voor haar verborgen hield. Hij had haar nooit bekend – goed, haar niet en niemand – dat hij Lladonosa's erfgenaam niet uit onwetendheid het leven had gered. Toen hij zich tegen het paard wierp, wist hij dondersgoed wie dat kind was. Dat had het kindermeisje hem vlak voor het voorval verteld. Ze waren per ongeluk tegen elkaar aan gelopen en het meisje had hem gezegd hoe ze heette, voor wie ze werkte en wie dat jongetje was. Albert Panatis had geen tijd om erover na te denken wat hij met die informatie zou doen, want het op hol geslagen paard dook op, en alles raakte in een stroomversnelling. Vijf lange seconden twijfelde hij, vakbondsman van het eerste uur. Vijf seconden hield hij het leven van die jongen in zijn hand. En hoewel hij wist wie het was, gooide hij zich tegen het geschrokken dier en redde het jongetje. Daarna kostte het hem geen enkele moeite hem aan zijn ouders terug te geven. Hij pakte het kind, dat hem vastgreep, en zette het op zijn schouders, vies, onder het bloed, doodsbang. Om het te kalmeren aaide hij het, en hij bracht het naar huis. In die tien minuten was hij zich terdege bewust van de waarde van het vrachtje dat hij op zijn schouders droeg, de ene pas na de andere. Desondanks liet hij het jongetje gaan. Want hij had zijn leven gered. Voor de cementfabrikant kon hij alleen maar minachting voelen. Hij wist zeker dat de industrieel op de zwarte lijst stond, en dat iemand hem op enig moment een kogel door zijn kop zou jagen. En als dat gebeurde zou híj hem eigenlijk ook indirect doden. Maar dat was één ding; het kind als mogelijke oorlogsbuit gijzelen was iets heel anders. Toen hij voor Lladonosa stond, die doodsangsten uitstond over het lot van zijn kind, zag hij alleen maar een vader, een man van vlees en bloed, en geen conceptuele abstractie. In dat kind had hij niet de erfgenaam van een klootzak gezien. In die bezorgde man had hij geen klootzak gezien, maar een vader. Restjes christelijke opvoeding?

Hij wist wat hij deed toen hij Lladonosa junior redde en later gezond en wel terugbezorgde, maar hij kon niet anders. Zo simpel was het. Later was hij niet in staat geweest aan zijn dochter op te biechten dat hij die dag dom noch onnozel was geweest. En nog minder achteloos. Hij had het niet aan Berta opgebiecht, die de opdracht om te doden had geaccepteerd, want hij wist zeker dat ze het hem nooit zou vergeven. En ze zou hem uit de hoogte zeggen dat zijn gevoelens niet alleen niemand interesseerden, maar dat ze ook onbeduidend waren, bijkomstig en zonder enig belang. Wat telde was het geheel, de groep en – dat hoeft geen betoog – het resultaat. En het resultaat was glasheldder. Hij had de jongen gered en hem op de koop toe vrijgelaten. Een dubbele fout. Daardoor hadden ze niet via Lladonosa de werkgevers kunnen chanteren, en zodoende was de gelegenheid voorbijgegaan om hen ervan te overtuigen dat ze voortaan geen huurmoordenaars moesten sturen om onschuldigen te vermoorden.

Albert Panatis werd schuldig bevonden.

Hij smeekte de vakbondsleiders hem een belangrijke missie te geven, een gevaarlijke, om het goed te maken. Verward en gehandicapt als hij was antwoordden ze hem spottend dat hij zich geen zorgen hoefde te maken, dat ze hem eigenlijk best wel begrepen: 'Panatis, je bent zo door en door goed dat je gewoon geen weerstand kon bieden aan een menselijke impuls ...'

Hun spotlust verdween als sneeuw voor de zon toen hij vertelde dat Berta en hij bij Lladonosa vrij in en uit liepen. Zolang de cementfabrikant leefde, was hij bang dat ze hem op een dag zouden opdragen hem te doden. Hij zat er met angst en beven op te wachten. En in tegenstelling tot zijn dochter met zware tegenzin.

Gelukkig was Lladonosa geen werkgeversbons. Het lag steeds minder voor de hand om hem te liquideren. Toen hij aan een beroerte stierf, was hij eigenlijk al een jaar met pensioen.

Door en door koud kwamen ze bij de Bullóhoeve aan. Het meisje gaf hem het pak met de schoenen en de overjas, en ze gingen naar binnen. Hij volgde in stilte alle bewegingen van zijn dochter. Hij wist wanneer hij maar beter zijn mond kon houden.

Hij ging slapen. De twee slaapkamers in huis grensden aan elkaar. Ze waren piepklein, met slechts ruimte voor een bed, een nachtkastje en een kast. Hij deelde de tussenwand met zijn dochter. Hij kreeg een ingeving: hij pakte zijn overjas uit en trok hem aan. Die was warm en comfortabel. Hij was zo vermagerd dat hij aan twee kanten stof overhad. In heel korte tijd was hij behoorlijk afgevallen, net als zijn dochter, en de parkiet.

Hij trok zijn jas uit, opende de kast en hing hem erin. Hij had niet eens de kans gekregen hem te verpatsen. Hij streek hem glad, zoals hij dat prettig vond, met zijn dode hand.

Hij hoorde een harde klap en hij schrok. Hij ging naar het raam. Een roedel everzwijnen beloerde het huis. Een van hen had gedaan wat ze nooit eerder hadden gedurfd: tegen de deur stoten. Hij keek nauwkeuriger. Misschien was het wel dat vrouwtje dat hij dagen geleden onder de kastanjeboom had leren kennen ... 'Die zeug wil nog om de kastanjes vechten; ze zijn net zo hongerig als wij,' zei hij tegen zichzelf.

Hij ging op bed liggen en herhaalde nauwelijks hoorbaar: 'Die zeug wil om de kastanjes vechten ...'

Carlota Monrós

In al die jaren had ze niet meer dan vijf zinnen achtereen met Berta Panatis gewisseld. Zou je dan kunnen stellen dat ze een gesprek hadden gevoerd? Waarschijnlijk niet. Het maakte niet uit. Ze keek graag naar haar. Berta was haar eigen mysterie.

Daarom bespioneerde ze haar.

Ze had het een paar keer gedaan.

Het was een niet te stoppen impuls.

Ze had er niet genoeg aan dag in dag uit maar af te wachten of het meisje misschien naar het postagentschap kwam om haar die excentrieke relatie met telegrammen onder de neus te wrijven. Als ze zich een tijdje niet had laten zien, ging ze stiekem naar de Bullóhoeve, meestal 's nachts. Ze wist een kortere weg waardoor ze niet per se over het dorpsplein hoefde. Zo zag niemand haar. Ze had niets in de zin, ze wilde haar alleen maar bekijken. Zien wat ze deed. Erachter komen wat de reden was om zo'n soort leven te leiden, teruggetrokken, jaar in jaar uit.

De eerste keer was op een herfstnacht. Toen ze de kruising naar de boerderij van de familie Perarnau eenmaal gepasseerd was, kostte het haar enige moeite zich te oriënteren. Ze kende het terrein, maar ze had geen lamp bij zich. Het was mistig, stikdonker en ontzettend koud. Na een paar bochten in de weg zag ze de Bullóhoeve ineens. Ze vond haar weg naar een plek die ze zich herinnerde, achter de waterput, aan het oog onttrokken voor het geval er plotseling iemand naar buiten kwam. Ze rekte haar hals een beetje, en zag licht binnen. Ze dacht: als Berta naar het keukenraam komt, kan ik haar zien. Nu durfde ze niet een plek te zoeken waar ze meer zicht had. Ze hoorde dat binnen in het huisje deuren werden open- en dichtgedaan en dat er stoelen werden verschoven. Ze stelde zich voor hoe het meisje in een deken gehuld rondliep. Ze rende snel naar de muur van het huis. Ze drukte zich ertegenaan met de bedoeling naar een van de ramen te schuifelen en naar binnen te gluren. Ze stond op het punt dat te doen, toen de deur plotseling openging. Ze verstrakte. Berta Panatis' schaduw, geworpen door het schijnsel binnen, tekende zich af. Als ze naar buiten kwam, zou ze haar betrappen. Het was slechts een tel; gelukkig ging ze weer naar binnen en sloot de deur. Misschien had ze iets gehoord. Ze wachtte een paar minuten en rende naar het raam om naar binnen te kijken. Vanuit haar ooghoek zag ze Berta Panatis aan tafel zitten, in gedachten verzonken, terwijl ze met twee handen iets streelde. Misschien was het dat maffe diertje dat ze hadden, ze kon het niet goed zien ... Maar ze was bang om meer in het blikveld van het meisje te komen. Toen zag ze het ineens. Ze hield niet die parkiet in haar hand, maar een revolver! Die glansde zoals ze nog nooit een wapen had zien glanzen – of tenminste, dat dacht ze, want met wapens had ze geen enkele ervaring.

Zo bleef ze staan kijken tot haar lichaam gevoelloos werd en ze merkte dat ze nat begon te worden van de motregen.

Die eerste keer klopte haar hart haar op de terugweg in de keel. Omdat ze iemand bespioneerd had, niet omdat ze de revolver had ontdekt. Dat was ook niet zo vreemd; zij tweeën waren alleen midden in de bergen. Ze had niet zozeer de indruk dat ze een, niet-bestaande, wederzijdse vertrouwensrelatie had beschaamd, maar had eerder het idee dat ze een nieuwe was aangegaan. Voor Carlota was vertrouwen, evenals vele andere ethische waarden in het leven, meetbaar: veel, weinig, niet ... Alles was relatief, maar stond ook vooral ver van haar af, heel ver. Al toen ze nog een kind was voelde ze zich ver af staan van personen, waarden, gevoelens ... Wat konden die haar schelen?

Toen ze in Biribil aankwam ging ze niet meteen door naar huis, maar eerst naar de sociëteit. Het was zaterdagavond en het was er gezellig druk. Inwoners van Biribil en mensen van elders kwamen binnen en gingen naar buiten, kletsten, lachten en zaten zorgeloos aan de tafeltjes te kaarten; jongeren liepen door de duisternis op het plein, jongens en meisjes van wie ze niet kon onderscheiden of ze kwamen of gingen. De ongerustheid over haar wandaad zakte weg. Nu maakte ze heel kalmpjes de balans op. Ze was een vrouw van achtendertig jaar, die er nog goed uitzag, met een solide sociale en financiële positie. Bovendien maakte haar weduwstaat het haar gemakkelijk zich onafhankelijk te bewegen. Daarvan profiteerde ze ten volle. Zoals nu, dat ze het gekrioel en gewemel van die avond wel móést gadeslaan. Een uur geleden had ze nog daarboven bij de Bullóhoeve in een hachelijke situatie gezeten, en nu nipte ze intens tevreden van die zalige Franse cognac die vanuit Frankrijk naar Caminal werd gesmokkeld. De stamgasten van De Broederschap waren het gewend haar in de sociëteit te zien op tijdstippen dat daar voornamelijk mannen waren. Soms wipte ze even langs als ze uit Ripoll terugkwam van een afspraak met Xernac. En als ze dat deed, voelde ze dat al die mannen óók wisten waar ze vandaan kwam en wat ze had gedaan. En ze merkte de spanning, alsof ze de resten zure spermalucht van haar minnaar konden opsnuiven. Als ooit de revolutie uitbrak en ze Xernac lynchten en ondersteboven aan het balkon van het gemeentehuis hingen, was zij daarna aan de beurt. En dan zouden ze haar niet alleen lynchen.

Die avond had ze een sterk gevoel van onwezenlijkheid, van duizeligheid, alsof ze alles van buiten de tijd gadesloeg. Zodoende verjoeg ze met groot gemak een slecht geweten. Ze was zich ervan bewust dat haar daad niet goed was. Maar, verdorie, wat zou het, zei ze bij zichzelf; het leven zat vol geboden en verboden die iedereen aan zijn laars lapte. Ze had niemand kwaad gedaan. Daarom was ze tevreden, en ze voelde zich tegelijk heel melancholisch, alsof ze één deur van haar leven had gesloten en een andere had geopend.

Ze deed haar jas aan en ging weer naar buiten, het plein op. De afstand naar haar huis stelde niets voor, maar onder het lopen had ze de indruk dat ze de duisternis met haar vingers kon voelen. En ze had tegelijk het idee dat de nacht voorbijging, dat die nacht niet bestond, en dat zij niet naar de Bullóhoeve was gegaan om Berta Panatis te bespioneren.

Toen ze het postagentschap binnenging was het alsof de betovering verdween. Te horen was alleen de tiktak van de grote klok. Hij domineerde het postkantoor, daar boven aan de muur, achter de balie. De tijd van het postkantoor was de officiele tijd van het dorp; meer dan die van de klok van het gemeentehuis en die van de kerkklokken.

Het was haar tijd.

Toen glimlachte ze, en ze voelde zich sterk. Berta bespieden vanuit de straffeloosheid van de duisternis had haar erg opgewonden. Zozeer zelfs dat ze het nog eens zou doen, zei ze tot zichzelf.

En dat had ze een paar keer gedaan, altijd met succes.

Ze besloot ook Joaquim Xernac niets te vertellen, noch over haar geheime bezoeken noch over het bestaan van een revolver die glansde als de maan. Het was háár geheim. Het was haar eigen speciale band met Berta Panatis.

Berta Panatis

Ze deed haar paarlemoeren oorbellen in – die zou ze het allerlaatst verkopen – sloot de lege bijouteriedoos en borg hem weg in het ladekastje. Ze begon zich aan te kleden. Veel om uit te kiezen had ze niet. In haar klerenkast hing alleen maar een jurk van alpaca, stralend wit en een beetje stug, voor speciale gelegenheden. Hij was oud en uit de mode, maar ze had geen andere; die zou ze als voorlaatste verkopen. Gelukkig was het eerder een winterjurk. Met een beetje water en zeep verwijderde ze een vlek uit de rok en naaide de zoom vast. Ze kleedde zich aan en borstelde haar haar heel aandachtig, alsof het bijwonen van dat doopfeest iets heel belangrijks in haar leven was. Ze haalde haar schoenen uit de schoenendoos. Het was een ouderwets model van lakleer gevoerd met bont dat oorspronkelijk wit was geweest, maar nu gelig oogde – die zou ze als voorvoorlaatste verkopen.

Afgelopen nacht had het geregend. Ze stopte de schoenen in haar handtas, want ze wilde niet dat er onderweg modder op kwam. Ze trok een paar touwschoenen aan en ging het huis uit, met haar vader in haar kielzog, die haar op de hielen trapte en een sjaal in zijn hand hield. Hij was ook uitgenodigd, maar ze was zeker niet van plan hem mee te nemen naar het feest. Drie dagen geleden had het hele dorp gezien hoe hij met een paar enkellaarzen, een overjas met losse zoom en een niet-bestaande koffer leurde.

'Doe iets om je hals,' zei de man.

'Mijn hals? Maak je je zorgen om mijn hals?'

'Het is alles wat we hebben,' zei hij vermoeid, met iets van ironie; hij hield haar tegen. 'Wacht ...' Hij bukte en strikte voorzichtig en nauwgezet de veters van haar touwschoenen. 'Ik wil niet dat ze tussen de pedalen of de fietsketting komen.'

'Ik lijk wel een halvegare, zo netjes en dan met touwschoenen ...' zei ze, een beetje ontroerd door de deemoedige houding van haar vader.

Die keek op, monsterde haar zoals iemand in de etalage van een patisserie een overdadig versierd chocolade paasei bekijkt, en stond op.

'Je bent geen halvegare, Berta,' zei hij bloedserieus. 'Ik heb je nooit een halvegare gevonden. Nu kun je gaan ...'

Ze fietste heel voorzichtig naar het dorp om modderspatten te voorkomen. Op het plein bij de sociëteit stalde ze haar fiets en deed ze haar touwschoenen uit. Ze trok haar feestschoenen aan en haastte zich naar de kerk. Toen ze daar aankwam, zat die al behoorlijk vol. Hoewel het buiten grijs was, werd het kraakheldere, sobere interieur door de gebrandschilderde ramen in een paarsblauw licht gehuld. De doopplechtigheid verliep zonder opmerkelijke voorvallen, afgezien van het feit dat ze zich niet op haar gemak voelde tussen al die mensen in goeden doen, die met zoveel gezag waren bekleed. Daarvan leverden de overjassen met hermelijnen kraag van de mannen en de vossenbontjes en stola's van uiteenlopende bontsoorten die de vrouwen droegen het levende bewijs. Ze zag niet alleen de familie van de boreling en al die belangrijke genodigden, maar ook Joaquim Xernac, in de streek een man van aanzien. Twee rijen achter hem zat Carlota Monrós, helemaal opgetut. Berta knikte even en zij antwoordde met een glimlach. Even later verscheen commandant Segarra, die kaarsrecht door het hoofdpad naar voren liep, verstopt in zijn gala-uniform ... Er waren veel mensen die ze niet kende, mensen die speciaal voor de plechtigheid waren gekomen.

Toen die afgelopen was, liep ze achter het gevolg aan meteen door naar het herenhuis van de familie aan de Plaça del Monturder. Ze vergaapte zich. Het stond er vol met sleeën van auto's. Het huis was versierd met guirlandes en bloemen. Van buiten hoorde je vaag rumoer en in de verte, in huis, klonk vioolmuziek. Allerlei mensen kwamen en gingen door de hoofdingang.

Velen liepen naar de achterkant van het huis, en ze besloot te gaan kijken wat daar was. Ze zag dat de tuin met papierslingers en gekleurde gloeilampen was versierd, ondanks de vrieskou, die niet bepaald uitnodigend was. Op een paar lange tafels, bedekt met tafelkleden die op de hoeken met wasknijpers waren vastgezet zodat ze niet gingen wapperen, lagen allerlei worst- en kaassoorten. Ernaast torenden schotels met tomaat en olijfolie besmeerd brood, lagen snijmessen en stonden tuitflessen rode wijn. Het water liep haar in de mond. Haar hoofd tolde. Haar ingewanden rommelden spontaan, alsof ze het hadden geroken. Om haar heen stonden veel mensen, maar niemand raakte iets aan, nog niet. Iets verderop stond een feesttentje, alsof het een zomerfeest betrof en een orkestje bijna inzette. Ze liep terug naar de deur van het landhuis, bang dat iemand haar rommelende buik zou kunnen horen. Bij de ingang vroeg een dienstmeisje haar uitnodiging. De worsten en de feesttent waren voor die inwoners van Biribil die geen persoonlijke uitnodiging hadden. Wie er wel een had, zoals zij, werd tot het herenhuis toegelaten. Ze kreeg dus een voorkeursbehandeling. Ze overhandigde de uitnodiging samen met haar jas en handtas, en het meisje nam alles mee.

In huis waren nog meer chic geklede, puissant rijke mensen: de heersers van de wereld. Het had meer weg van een feest in de hogere kringen dan van een doopfeest. De lucht was bezwangerd met aftershave, uitwasemingen van de dames die vaag naar parfum roken en een zware bontlucht, die zich vermengde met de geur van boeketten die her en der in porseleinen vazen stonden.

Ze begon te zweten. Van de kou buiten ging je naar de warmte binnen, onderhouden door houtkachels en een paar haardvuren. Ze probeerde tussen de mensen door te lopen alsof ze een doel had. Tegen een muur zag ze een tafel vol sandwiches en hartige hapjes. Ze wilde er net heen lopen toen mevrouw Gibert, grootmoeder van de zuigeling, tussen haar en die lekkernijen in ging staan.

'Mejuffrouw Panatis, heel erg bedankt dat u gekomen bent. Ik heb u al in de kerk gezien. En uw vader?'

‘Hij is thuisgebleven. Hij wordt heel snel moe ...’

‘Wat jammer. Maar hopelijk vermaakt ú zich in elk geval. In die kamer achterin zetten we de cadeautjes voor de kleine Cèsar ... Maar komt u mee, ik laat u het jongetje zien ...’

Berta kon haar ogen niet van de sandwiches afhouden, maar mevrouw Gibert troonde haar mee dwars door een groep glimlachende, opgemaakte gezichten, mannen en vrouwen, jongemannen en jongedames, allen met de mond vol, met een glas wijn of champagne in de hand. Ze kwamen een kamer binnen die bijna net zo was opgetuigd als de feesttent buiten en vol vrouwen stond. In plaats van guirlandes hingen hier kant en borduursels. Ze baanden zich een weg naar de wieg. Ze ontdekte de oogjes van de baby, gezwollen en halfdicht, tussen een hoop plooien van witte zijde die aan weerskanten over het overdadig bewerkte eikenhouten bedje hingen. Daarnaast, op een laag stoeltje, zat een vrouw die in afwachtende houding naar de grond keek.

‘Dat is de min ...’ fluisterde mevrouw Gibert.

Dichtbij, in bed gezeten, leek de bleke moeder meer dood dan levend, ondanks het perfect gewatergolfde haar, waaraan je de hand van een eersteklas kapster herkende. Ze was nog herstellende, en doopte zonder op of om te kijken stukjes brood in een kom lauwe melk, gekleurd met een lepeltje cacao uit een pot die op het nachtkastje stond. Afgemeten bracht ze het gesopte brood naar haar mond, en lette erop niet te morsen. Aan het hoofdeind gezeten bette de vader van het kind haar lippen met een zakdoekje en waaierde haar toe met een ivoren waaier die, opengevouwen, een vrolijk tafereel in de stijl van Goya liet zien. De groep vrouwen bekeek het kind met keurende ogen, alsof ze het hoe en waarom wilden ontdekken. Sommigen lachten, anderen snikten van ontroering en weer anderen zeiden dat hij als twee druppels water op zijn vader leek. Berta vond dat hij verdacht veel op de zwager leek, de echtgenoot van de zus van de moeder, iemand van ongeveer dertig jaar, die de punten van zijn snor liet groeien om ze vervolgens met snorwas in te smeren, en die van hot naar haar liep, terwijl hij het personeel opdrachten gaf alsof hij de baas was. De kamer was op dat moment stampvol. De mensenmassa duwde haar bijna tegen het wiegje aan. Het werd steeds warmer. Ze wist niet waar ze heen moest. 'Wees niet boos, Berta,' dacht ze achter zich te horen. Ze schrok. Ze draaide zich in één keer om, maar zag alleen de baby, die haar met halfopen ogen aankeek. Als een eilandje midden in die zee witte kant leek hij net zo verloren als zij, het arme ding. Kon een zuigeling ook voor een idee of concept doorgaan? Als dat kindje de voortzetting van onderdrukking garandeerde, zou ze dan in staat zijn hem in een zak te stoppen en in de rivier te gooien zodat hij zou verdrinken, zoals ze dat met een poesje zou doen?

'Wees niet boos, Berta,' hoorde ze weer toen ze de kamer uit ging, maar ze draaide zich niet om. Ze stikte. De moeder zweette, opende haar mond, maar in plaats van iets te zeggen begon ze te snikken. Het gewaaier van de echtgenoot hielp nauwelijks. Bij de deur verhief de zwager zijn stem: 'Dames, alstublieft, wilt u zo goed zijn, de kraamvrouw is moe ...'

Een hese vrouwenstem riep: 'Als een kraamvrouw zweet, is ze aan de beterende hand.'

En iedereen riep: 'Hoera!'

Ze had er genoeg van. Ze liep op de grootmoeder af, zette zich schrap en zei: 'Feliciteert u de moeder namens mij, ik wil haar niet storen ...'

'Vriendelijk bedankt.'

'Het is een beeldschoon jongetje. Ik hoop dat u hem gezond en wel mag zien opgroeien ... Waarom hebt u hem eigenlijk Cèsar genoemd?'

'Naar de keizer. Hij is ook met de keizersnede ter wereld gekomen ...'

Zachtjes schoof ze een graatmagere vrouw opzij die op haar tenen stond, en ging weg. Nu liep ze naar de tafel met de sandwiches. Ze barstte bijna in snikken uit – hij was leeg. De vioolmuziek kwam van de trap die naar de bovenverdieping leidde. Ze liep erheen en ging moedeloos vlak onder de violist op de traptreden zitten. Ze bekeek de vrouwen een poosje, met hun zijden kousen, hoge schoenen, allerlei soorten bontjassen en modieuze hoeden. En de jongedames die maar bleven binnenkomen, met hun sublieme, zachte huid, maar met rode konen van de kou buiten. Het was een burgerlijke, minzame en luxe omgeving. Ze zag Carlota Monrós geanimeerd met een groep chic uitgedoste vrouwen praten. Ineens kwam er een troep bedienden en bediendes uit de keuken, als een zwerm zwaluwen. Sommigen droegen nieuwe schotels boordevol foie-grassandwiches, ham of brioche met tonijn, anderen serveerden glazen champagne, sherry of belegen wijn. Weer anderen kroketten en hapjes. Ze stortte zich erop en moest zich inhouden om er niet drie tegelijk te verslinden. Toen ze haar buik vol had, herinnerde ze zich dat ze aan de slag moest en het plan moest uitvoeren waarvoor ze eigenlijk naar dat huis was gekomen. Ze riep het dienstmeisje dat haar jas en handtas had aangenomen en vroeg haar waar ze die had gelaten. Ze volgde haar naar een kamertje naast de ontvangsthal.

'Ik pak ze zelf wel, bedankt ...' zei ze.

Ze ging naar binnen en bleef alleen achter. Het was een ontvangstkamer met drie sofa's, een kaptafel, een spiegel en een kapstok met paraplubak. Overal hingen jassen en accessoires van de gasten. De dode ogen in de koppen van de vossenbontjes schitterden onder de kroonluchter. Het waren er een stuk of zeven, acht; ze waren in de mode bij mensen in goeden doen. Ze streelde ze, ze waren donzig en zacht ... Ze leken verdrietig.

In drie minuten tijd doorzocht ze zes herenjassen en drie damestassen. Dat leverde in totaal acht portemonnees op. Ze beging niet de fout om gouden vulpennen of zilveren sigarettenkokers te pikken. Alleen bankbiljetten. En niet alles: op die manier zouden hun respectieve eigenaren, rijk als ze waren, eraan twijfelen of ze nu bestolen waren of niet. Buiten was muziek te horen, geroezemoes, gelach. Ze graaide handenvol biljetten bijeen. Als er op dat moment iemand zou binnenkomen, was het een heterdaadje. Ze stopte de biljetten werktuiglijk maar precies in haar jaszak. Wroeging had ze niet. Ze beschouwde het als revolutionaire belasting. Ze had er recht op.

Toen ze klaar was, ging ze even op een van de sofa's zitten. Haar hart klopte in haar keel. Ze keek weer naar de ongelukkige vossen, elk met het intens geparfumeerde geurspoor van de eigenaresse. Ze salueerde, stond op en liep naar de deur. Ze legde haar oor ertegenaan, pakte de deurklink vast, haalde diep adem, opende de deur met een ruk en liep de kamer uit. Kordaat, alsof er niets aan de hand was, met de tas aan haar arm en haar jas aan. De muziek en het rumoer van de gesprekken overvielen haar. De violist speelde nog steeds. Er waren nog meer mensen. Ze geloofde dat niemand haar had gezien. Ineens pakte iemand haar bij haar schouder vast. Ze schrok. Ze draaide zich om. Het was Carlota Monrós, die haar met een halve glimlach aankeek. Ze rook perfect de geur van de vrouw: een zoete geur, alsof ze naar ananas smaakte. Misschien was het een van die beroemde parfums waarvan iedereen beweerde dat haar minnaar die voor haar in Parijs had gekocht.

'Gaat u al? Ik zie dat u uw jas hebt gehaald. Er zijn er zoveel dat je pardoes die van een ander zou kunnen aantrekken, niet ...?'

Een tiende van een seconde probeerde ze te bedenken of Carlota Monrós een bijgedachte had. Waarschijnlijk niet.

'Ik kan niet langer blijven,' antwoordde ze.

'Vanwege uw vader?'

'Ja, hij voelt zich beroerd.'

Iemand riep Carlota en ze maakte van de gelegenheid gebruik om ertussenuit te knijpen. Ze ging naar de kamer waar de cadeaus voor de zuigeling stonden. Er waren pakjes in alle soorten en maten. Ze pakte er een uit dat een langwerpig, luxe etui bevatte. Iemand had de kleine zijn eerste zilveren bestek geschonken. Ze scheurde een stuk van het cadeaupapier af en vouwde een bootje. Toen ze dat af had, schreef ze er met haar dikke potlood op: *Van de familie Panatis, goede reis, Cèsar!* Uit haar handtas haalde ze vier biljetten van vijftig die ze net had gestolen, streek ze een beetje glad en stak ze in de boot. Die zette ze op een plek die in het oog viel. Ze wikkelde het etui weer in de rest van het papier, zette het terug waar het stond en ging naar buiten. Ze had nog een missie te vervullen.

In de tuin was bijna niemand. De intense kou joeg iedereen de feesttent of het huis in. Vastbesloten liep ze naar de tafel met vleeswaren. Het met tomaat en olijfolie besmeerde brood, de kaas en bijna alle worsten waren al op. Ze moest kiezen tussen een hele worst of slechts een plak. Met haar lichaam onttrok ze de worsten aan het zicht, pakte een van de messen en deed of ze sneed, terwijl ze de hele worst in de mouw van haar jas stopte. Ze ging een paar meter van de tafel af staan en deed alsof ze luisterde naar de vrolijke muziek die uit de feesttent kwam. Een stelletje stond te praten bij de ingang van het huis; het leek er niet op dat ze iets gezien hadden. Ze liet de worst uit de mouw in haar tas glijden en ging weer naar de tafel. Die keer sneed ze een schijfje bloedworst af, legde dat naast het mes en stak het grote stuk meteen in haar tas. Ineens stond er een stel snotneuzen voor haar neus en bekeek haar. Een van hen, de donkerste, ongeveer tien jaar oud, had een ruwe huid, als schubben. Hij krabde aan de winterbuilen aan zijn oren. Het was de kleinzoon van de timmerman, een man die net zo makkelijk een tafel maakte als een paar klompen. Vader en dochter Panatis waren hem het geld voor een voorraadje latjes schuldig. Het leek er evenwel niet op dat de jongen het geld wilde vragen in naam van zijn grootvader. De ander, iets kleiner, was de zoon van de huishoudster van de pastoor. Zijn ogen staarden intimiderend uit een van de kou rood geworden bleek gezicht, waarin aan de slapen blauwe adertjes doorschemerden.

'Waarom stop je eten in je tas?' vroeg de kleinzoon van de timmerman haar.

'Dat is voor mijn hondje.'

'Honden eten geen bloedworst. Bovendien heb jij geen hond,' zei de kleinste.

'Hoe weet jij dat?'

'Is het waar dat je vader een dode hand heeft?' vroeg de grootste, terwijl hij aan een winterbuil krabde.

De timmerman en de huishoudster kwamen vanaf de straat aanlopen. Er zat niets anders op dan de feesttent binnen te gaan. Ze duwde de kinderen letterlijk opzij. Eenmaal binnen moest ze haar ogen bijna dichtknijpen. De muzikanten – een accordeonist, een gitarist die ook banjo speelde en een klarinettist, alle drie met snor – speelden werktuiglijk. Ze verdwenen enigszins in het diffuse, melkachtige schijnsel van tabaksrook en daglicht dat door wit tentdoek werd gefilterd. Er waren ongeveer dertig mensen. Ze kletsten allemaal, riepen door elkaar heen en rookten genoeglijk. En terecht: de zuigeling trakteerde de inwoners van Biribil niet alleen op lekker eten, maar ook op muziek en dans, zoete en hartige hapjes en belegen wijn en muskaatwijn. Bovendien werd de feesttent door een houtkachel verwarmd. Wat wilde je nog meer? Toen haar ogen eenmaal gewend waren, zag ze in een hoek een stelletje dat danste op de eigentijdse deuntjes die de drie muzikanten op hun podium achterin speelden. Kinderen zaten elkaar achterna, liepen tussen de stoelen door, schreeuwden omdat ze zich aan de kachel brandden, stoeiden of rolden over de grond om de dansers te laten struikelen.

Ze moest aan de baby denken, het arme kind daar boven in huis, als een schipbreukeling tussen het zijden kantwerk van zijn bedje, onwetend van het festijn dat zijn familie had georganiseerd.

Een jongen fluisterde staande in het oor van een meisje dat in een van de rieten stoelen zat die verspreid door de feesttent stonden. Ze bevonden zich op een andere planeet, zij tweeën alleen. De jongen bukte zich voorover en met de rand van zijn hoed bedekte hij het gezicht van het meisje. Ze kreeg de aanvechting om hen met een klap uiteen te jagen. Berta was een jonge vrouw van bijna vierentwintig jaar die veel honger had geleden, maar nu een tas vol gestolen bankbiljetten en worst had, en die zichzelf niet eens meer de laatste keer kon herinneren dat een jongen zich over haar heen had gebogen om haar lieve woordjes toe te fluisteren. Die knul uit de feesttent had iets weg van Baruc, een jonge kerel die ze negen jaar geleden had leren kennen. Toen werkte Berta voor een zekere Torres, die zich voordeed als pro-Deoadvocaat voor de armen. Hij was secretaris bij het gerechtshof en had een eigen kantoor in de Carrer dels Banys Nous. Hoewel hij er onopvallend uitzag, met dik, kleurloos haar, als van een zieke hond, straalde hij een zelfvertrouwen uit dat haar onmiddellijk voor zich won. Ze werkte er drie maanden, maar zag nooit loon. Telkens als ze om haar salaris vroeg, trok de advocaat van de armen een gezicht als van een gekeeld schaap en zei: ‘Nou moe, een beetje solidariteit mag wel. Als ík niets verdien, en ik ben de baas, hoe kun jij dan iets verdienen ...'

Op een dag verscheen er op kantoor een jongeman met een getaande huid en donkere ogen, ongeveer vijfentwintig jaar oud, lang, met een intelligente blik, die zelfbewust sprak. Hij was er nog maar net of hij verkondigde al: 'We moeten de bourgeoisie vernietigen, maar het beste van haar cultuur behouden ...' Hij oreerde als een predikheer, hoewel Torres en zij zijn enige toehoorders waren. Die jongen heette Baruc en voorspelde een titanengevecht. Hij beweerde dat mensen geen solitaire zwerfhonden waren, dat ze in hun eentje nooit zouden winnen, dat ze zich in de strijd moesten verenigen.

Haar beviel het en toen de jongen eenmaal datgene had afgehandeld waarvoor hij naar Torres' kantoor was gekomen, ging ze met hem de straat op. Ze kletsten een hele poos onder het lopen. Hij zei 'kameraad' tegen haar. Alleen al als ze dat hoorde, kreeg ze de kriebels. Baruc was een bewonderenswaardige combinatie van romantiek en realisme. Het was voor het eerst dat ze bij iemand met revolutionair elan een manier van doen zag die ze jaren later vaak tegenkwam. Hij kon eenvoudig en hartelijk lijken, en van het ene op het andere moment veranderen in de ongevoeligste, wreedste en onmenselijkste van alle mensen, in staat eenieder te wurgen die zich tussen hem en de triomf van de revolutie plaatste.

Baruc zei haar dat hij binnenkort naar Duitsland zou vertrekken, waar de arbeiders nog in de clinch lagen met het leger en de overheden. Zij – ze was al zestien jaar – raakte helemaal in vuur en vlam. De oprechtheid van de gevoelens van de jongen ging dwars door haar heen en natuurlijk nam ze hem mee naar huis. Haar vader werkte toen als nachtwaker in de opslagloods van SECOM en was er 's nachts niet. De jongen beloofde haar dat hij voor zonsopgang zou verdwijnen.

Met hem bedreef ze voor het eerst de liefde, dronken van een solidair, revolutionair gevoel. Ze merkte dat je bevredigende seks kon hebben zonder verliefd te zijn.

Ze had nooit de bittere smaak van Barucs mond vergeten en de sproeten die zijn hele lijf bedekten – zelfs zijn penis. En zijn aanstekelijke hartstocht. Hij kon dingen tegen haar zeggen als: 'De rijke moet sterven zodat de arme kan leven.' En meteen daarna: 'Kom, we moeten ons niet laten afleiden, het wordt al licht ...' En hij ging door met haar beminnen.

Baruc ging bij het krieken van de dag weg. Ze zag hem nooit weer. Jaren later kwam ze op een dag Torres op straat tegen. Nadat ze herinneringen hadden opgehaald aan de tijd van het kantoor, vroeg ze naar Baruc. De advocaat van de armen vertelde haar dat hij niet naar Duitsland was gegaan, maar naar Alaska, om goud te zoeken.

'En heeft hij dat gevonden?' vroeg ze stomverbaasd.

'Geen idee. Eerlijk gezegd hebben we nooit meer iets van hem gehoord.'

Ze probeerde zich Baruc in het verre Alaska voor te stellen, terwijl hij onder de ijsberen zieltjes probeerde te winnen en er intussen op wachtte dat de Beringstraat bevroor, en hij zo, met kaarsrechte rug, naar het paradijs kon lopen, naar de Sovjet-Unie ...

Ze haalde diep adem, en moest hoesten van de rook in de feesttent. Ze rilde. Eventjes was dat moment teruggekeerd. Het was bijna negen jaar geleden, maar het leek zo lang dat het bijna een ander leven was, een vorig leven.

Ze slaagde erin huize Gibert ongezien te verlaten. Ze schaamde zich alleen al bij het idee dat er toevallig, per ongeluk, iets zou kunnen gebeuren waardoor aan licht kwam wat er in haar tas zat. Ze moest zo snel mogelijk van dat geld af. Bij het gemeentehuis trof ze de gemeentesecretaris. Ze stak haar hand in haar tas. Na het cadeau voor de kleine Cèsar had ze 230 peseta over. De maandhuur was 45. Ze liepen vijf maanden achter. Ze betaalde er drie en ging weg. Ze had nog maar 95 peseta. Daarvan gaf ze ook wat uit in de bakkerij; ze loste 10 peseta van haar schuld af, en nam een brood van een kilo mee. Met de fiets aan de hand liep ze door de hoofdstraat, vol met op elkaar gestapelde, oude huizen met dikke muren en onmogelijk kleine ramen. Veel bewoners stonden netjes gekleed in hun deuropeningen en bespraken het hoogtepunt van de dag. Ze groetten haar en zij bromde meer dan dat ze antwoordde. Ze droeg een dunne jas en ze begon het koud te krijgen. Ze ging de sociëteit binnen, en voor Caminal er erg in had, legde ze een biljet van vijftig op de toog en riep: 'Om een beetje schuld af te lossen!'

Ze deed haar touwschoenen aan en stapte op de fiets. Onderweg zou ze zich wel warm fietsen.

Langzaamaan werd ze rustiger. Ze voelde zich beter, veel beter. Hoewel ze eigenlijk te veel had gegeten, bekeek je de wereld toch anders met een volle buik. En ze keerde naar huis terug met een flinke buit: de worst in haar tas en het brood in de mand. En in een zak de 35 peseta die ze overhad. Daarmee zou ze onder andere olie kunnen kopen om haar revolver in te vetten. Telkens als ze aan haar heldin dacht, de gemankeerde moordenares van de Duce, voelde ze zich nauw met haar verwant ... en was ze tegelijk woedend op haar. Berta zelf zou de tweede keer wel raak hebben geschoten omdat háár wapen onberispelijk in orde was. Pal voor die dikkop van een Mussolini staande, met zijn bolhoed op die hij zo graag droeg als hij niet geüniformeerd was, had ze hem die kogel dwars door zijn neus gejaagd, niet er rakelings langs, zoals Violet Gibson was overkomen. Berta kon zich de weg via de neusgaten naar de hersenen niet voorstellen, maar soms zag ze het projectiel er via de bovenkant van de schedel uit komen, hersenmassa, stukjes schedel, huid en die verdomde bolhoed meesleurend ...

Jawel, met een volle buik zag de wereld er heel anders uit.

Joaquim Xernac

Hij ging er prat op rijk te zijn geworden zonder te sjoemelen. Of tenminste, niet al te vaak. Hij had heel goede relaties in de provinciehoofdstad, in Barcelona en Madrid. Zonder een plaatselijk landheer te zijn – dat kon ook niet, want hij bezat geen landerijen – kon hij toch als zodanig optreden dankzij het fortuin waarover hij beschikte. Via zijn betrokkenheid bij de Kamer van Koophandel had hij een hecht netwerk van wederzijdse afhankelijkheid gecreëerd. Veel mensen waren hem gunsten verschuldigd, beroepsmatig, maar ook politiek of economisch. Dat was eigenlijk een van zijn machtsinstrumenten. Zonder dat hij politiek actief was kon hij toch – op het randje van de wet, maar zonder die te schenden – dankzij zijn contacten bijna alles in de wacht slepen: de aanbesteding van publieke werken, tabaks-, telefoon- of postconcessies, de invulling van openbare functies als die van postbode, onderwijzer, wethouder, commandant, boswachter et cetera. Die invloed had hij al vóór de dictatuur. En toen Primo de Rivera aan de macht kwam was hij op de oude voet doorgegaan, hoewel het nieuwe regime zich erop liet voorstaan er de bezem door te halen.

Het waren vreemde tijden. Diezelfde ochtend had juwelier Macià Carretes, de beste vakman in de streek, zijn opwachting gemaakt. Het was een lange, magere man, zwaar behaard, met een intens witte huid, wiens kippennek boven zijn colbertje uitstak. Iedereen snakte naar persoonlijke en financiële veiligheid, en altijd als Carretes een beetje kapitaal bijeen had vergaard, meestal in de vorm van goud en zilver, kwam hij om advies vragen. Hij vertrouwde hém meer dan de bankiers. Hij had Carretes geadviseerd af te wachten en in de gaten te houden hoe de politieke situatie zich zou ontwikkelen. De wereldtentoonstelling van Barcelona, om maar iets te noemen, was niet meer dan een luchtspiegeling, hoezeer de regering van de generaal ook zijn best had gedaan om die een aantal maanden te verlengen. Hij voelde aan dat de euforie die de gebeurtenis had opgeroepen net zo vluchtig was als champagnebubbels. De crisis als gevolg van het einde van de Eerste Wereldoorlog was nog niet voorbij of er diende zich alweer een nieuwe aan: twee maanden geleden was in Amerika het economische systeem onderuitgegaan. De beelden van bankroetiers op Wall Street die zich van wolkenkrabbers stortten hadden veel Catalaanse industriëlen schrik aangejaagd en ontmoedigd. Er werd gefluisterd – en iedereen mocht het horen – dat de buitenlanders die de wereldtentoonstelling bezochten naar huis teruggingen met niets dan lof voor de dictatuur die werd geleid door een populistische generaal, met steun van een goedlachse koning die uit zijn mond rook. Maar als iemand Joaquim Xernac om raad vroeg, antwoordde hij dat het een bekeken zaak was, dat de opgewektheid en de voorspoed van de jaren twintig voorbij waren. En dat het directorium zo lek was als een mandje. Zelfs de dictator, die volop publieke werken liet uitvoeren, zou de vrije val van de werkgelegenheid of het plotselinge verlies van vertrouwen in de bank-, beurs- en financiële wereld niet kunnen stoppen.

Jammer genoeg wist hij heel goed waar hij het over had. Zoals zoveel anderen de laatste tijd had hij fortuin gemaakt door zijn geld voor hem te laten werken in plaats van te werken om geld te verdienen. En nu, plotseling, was die geldkraan op een dramatische manier dichtgedraaid. De kurkfabriek van de familie in Palafrugell was niet meer van hem. Zonder iemand te raadplegen, zelfs zijn eigen vrouw niet, had hij die een halfjaar geleden verkocht aan een Duits consortium van kurkmachinefabrikanten. Zijn vrouw bemoeide zich nergens mee. Ze was van adellijke afkomst, en ze had al jaren geleden besloten om minimaal zes maanden per jaar – de herfst en de winter – in Extremadura door te brengen, haar geboortestreek, want ze had heimwee en wilde bovendien dicht bij haar kinderen zijn. Ze liet haar echtgenoot de financiële zaken van hen beiden behartigen. De opbrengst van de verkoop belegde hij samen met geld van een groep particulieren op de internationale financiële markten. Dezelfde die nu net onderuit waren gegaan. Door de crash op Wall Street was hij alles kwijt. Hij had een enorme som verloren, die hij niet kon terugbetalen. Het was verdampt, vervluchtigd. Geld van heel machtige, bekende mensen.

Hij had aan de eerste wanhopige verzoeken van zijn cliënten kunnen voldoen door de afgesproken rente van zijn eigen spaarcenten te betalen. Daardoor was hij nu platzak, maar tegelijkertijd had hij drie maanden respijt gekregen. Als hij niet snel een oplossing vond, zou hij over een paar maanden weer moeten betalen. En dán zou de kas echt leeg zijn. Af en toe kwam de bodem in zicht. Hij moest er snel iets op verzinnen. Het verrassingselement werkte in zijn voordeel – nog wist niemand dat hij failliet ging. Hij was al niet rijk meer, maar leek het wel. Maar dat was slechts een kwestie van tijd: binnenkort zouden de banken en crediteurs ruiken dat de almachtige meneer Xernac liquiditeitsproblemen begon te krijgen. Het zou het begin van het einde zijn. Hij moest manoeuvreren zonder achterdocht te wekken, tijd winnen.

Hij stond zelfs bij zijn zonen in het krijt. Die hadden hem geld geleend afkomstig uit de kurkplantage die de familie tachtig jaar geleden in de provincie Cáceres had opgezet.

Hij had net zijn stropdas geknoopt. Carlota Monrós, bedacht hij, was echt een del, maar ze had hem in elk geval geleerd een stropdas te dragen die bij zijn ogen kleurde. De zijne waren van een grijsblauw dat perfect paste bij sommige zijden stropdassen. Telkens als hij die koos, moest hij aan Carlota denken en overviel hem een bijna tastbare herinnering: haar volle lippen, de Parijse parfums die ze droeg … Dat beeld verjoeg hij met een energieke handbeweging, zoals iemand een vlieg verjaagt. Hij moest zich haasten voor de doopplechtigheid van de familie Gibert. Hij had op het allerlaatste moment besloten erheen te gaan dankzij Carlota Monrós die hem, als altijd, onderhands de lijst had toegespeeld van alle gasten die per telegram of brief hadden toegezegd te zullen komen. Tussen al die namen zag hij die van Wenceslao Verrines, een van zijn Madrileense cliënten. Hem was hij een heel groot bedrag schuldig. De advocaten van de familie Verrines hadden hem al een officiële brief gestuurd met het verzoek helderheid te verschaffen over de beleggingsportefeuille van de familie. Dat doopfeest was een eenmalige kans om de oude patriarch een rad voor ogen te draaien. Hij moest hem een paar maanden uitstel van betaling zien te ontfutselen. Aan een vage instemming in de trant van 'Ga uw gang; u weet wat u doet' zou hij genoeg hebben om zich diens advocaten van het lijf te houden ... Dus trok hij zijn beste kleren aan en ging hij naar het doopfeest.

Hij had in het leven niets cadeau gekregen. Hij had vaak risico's moeten nemen, maar als hij dat had gedaan, waren de resultaten altijd goed geweest. Alleen nu, aan het eind, was hij een beetje bezorgd. Telkens als hij eraan dacht, overviel hem een enorme, verbazingwekkende loomheid. Nu hij eenenzeventig jaar was, zat hij niet te wachten op kopzorgen, wilde hij het goed hebben, zelfs in zaken. Maar tegelijkertijd wist hij dat hij er alleen voor stond. En als hij niet een uiterste krachtsinspanning verrichtte, zou hij er niet uit komen. En op zijn leeftijd zouden zijn vijanden hem niet voor het gerecht dagen. Dat was de moeite niet. Ze zouden hem alleen maar zijn kloten afsnijden, ze in zijn mond proppen, een touw om zijn nek binden en hem aan een brug ophangen. Niets meer, maar ook niets minder.

De religieuze plechtigheid duurde maar en duurde maar. Het was in die rotkerk net zo koud als buiten. De lambrisering droeg in hout gegraveerd de namen van de voornaamste families van Biribil. Hij, die toch dat afgelegen gat had gemaakt tot wat het nu was, had er nooit zijn naam mogen vereeuwigen. Volgens de pastoor was dat een kwestie van traditie. En hoeveel geld Xernac ook aan de kerk zou geven, de lambrisering mocht alleen de naam van geslachten uit Biribil dragen. 'Ik kan u wél een graf in een van de zijbeuken bezorgen ...' had hij hem met een flauwe glimlach aangeboden – het gore lef!

Gefrustreerde klootzakken, dacht hij terwijl hij op wellevende, maar afdoende wijze op zijn nummer werd gezet. Ze zouden het nog wel merken. Hij zou ze geen rode cent meer geven, noch de pastoor noch wie dan ook in dat dorp vol ellendelingen. Maar eigenlijk, als hij er goed over nadacht, zou hij ook geen rode cent meer hebben kúnnen geven. Hij zat op zwart zaad.

De sfeer op het feest van de familie Gibert was mondain, ontspannen. Hij voelde zich er meteen op zijn gemak. Zoals hij verwacht had, zag hij daar een paar van de grootste privévermogens van Catalonië van dat moment. En een paar uit Madrid, zoals Verrines. De zuigeling viel met zijn neus in de boter. De Giberts waren parvenu's aan wie hij de grond had verkocht voor de bouw van hun herenhuis. Ze hadden fortuin gemaakt met hun kunstmestfabriek. Dankzij het verkoopmonopolie verdienden ze tijdens de wereldtentoonstelling een fortuin. Ze stonden op zijn reservelijst. Hij kende de aversie van die familie om ook maar één cent te steken in welke speculatieve investering dan ook. Maar ze waren net als de rest. Ooit pakte hij ze bij hun lurven …

Het feest was geanimeerd. Net toen hij van plan was om Wenceslao Verrines te begroeten en hem om een onderonsje te verzoeken, stopte de muziek en hoorde hij de gastvrouw om stilte vragen. Iedereen zweeg, terwijl mevrouw de weduwe Gibert haar keel schraapte en, in het Spaans, een welkomstwoordje en een woord van dank tot haar gasten richtte: 'In ons midden bevindt zich de heer Wenceslao Verrines met zijn echtgenote, doña Fernanda, in gezelschap van hun dochter, juffrouw Teresa Verrines – Teté, voor wie het voorrecht heeft met de familie bevriend te zijn. Ze zijn zojuist uit Madrid gearriveerd. Zowel dit voortreffelijke paar als hun sympathieke dochter is geen onbekende in de society van Barcelona, waar ze elk jaar enige tijd doorbrengen vanwege de zakenbelangen van de heer Verrines. We hopen dat ze onze receptie net zo luisterrijk vinden als die ze zelf elk jaar met kerst geven. Een applaus alstublieft …'

Iedereen klapte. De Madrilenen begroetten de aanwezigen – ze bulkten van het geld.

Door commandant Segarra deed hij Verrines een briefje toekomen waarin hij hem verzocht naar het kabinet van de familie

Gibert te komen, die zo aardig was geweest deze een poosje ter beschikking te stellen.

'Over een kwartier, heeft hij me gezegd,' voegde Segarra eraan toe, die het maar niets vond dat hij voor boodschappenjongen moest spelen. 'Ze moeten eerst de familie bedanken voor haar gastvrijheid.'

'Vriendelijk bedankt, Segarra.'

Hij merkte dat Verrines hem nieuwsgierig bekeek vanaf de overkant van de volle zaal. Met een hoofdknik bedankte hij de Madrileen voor zijn instemming elkaar te ontmoeten.

Hij ging met Segarra buiten een luchtje scheppen. Een troep van vijf, zes jongens die uit de feesttent kwam, zong en danste. Een van hen begon met schelle stem de zuigeling en zijn moeder toe te schreeuwen. Andere gasten stemden met hem in: 'Hoera! Hoera!'

'Meneer Xernac,' fluisterde Segarra, 'meent dat tuig het echt of belazeren ze de boel?'

Segarra maakte geen grapjes, daarvoor kende hij hem te goed. De commandant zou wel in zijn eentje uitmaken welke optie het meest in aanmerking kwam. Maar het was beter dat hij, die toch meer verstand van zaken had, hem de teugels liet voelen. Segarra had niet genoeg hersens om echt politieman te zijn. Desondanks kon hij veel andere karweitjes voor hem opknappen, in het voordeel van hem, Joaquim Xernac, die hem ondanks alles waardeerde. Ze trokken nu bijna vijftien jaar met elkaar op. Hij wist niet zeker of Segarra een moordenaar was, maar als hij hem vroeg iemand te doden zou hij dat zonder meer doen. Hij slaagde erin hem tot commandant van de burgerwacht te laten benoemen. Zo mocht hij een pistool dragen, met een uniform pronken en gezag uitoefenen – wat hij fijn vond ... Hij had hem in La Macarena leren kennen, een groots appartement in de rosse buurt van Barcelona, staatseigendom. Het werd door de politie gebruikt, maar ging naar buiten toe door voor een derderangs pension. De flat deed dienst als vrijplaats, een plek waar vertrouwelingen in alle rust konden praten, waar het mogelijk was mensen op discrete wijze illegaal vast te houden et cetera. Daar werkten types als Segarra, die niet eens politieagent waren en die zich erop toelegden vakbondslui in de maag te stompen om informatie los te krijgen. Hij ging naar La Macarena omdat de provinciegouverneur van Barcelona hem had laten weten dat daar per ongeluk een jongen uit Palafrugell werd vastgehouden die in zijn kurkfabriek werkte. Toen hij er aankwam, zat die tegenover Segarra, half bewusteloos van de klappen. Hij zag dat de jongen een touw van espartogras om zijn nek had met eenzelfde elegantie als waarmee een ander een stropdas zou dragen. Toen het eenmaal om zijn nek zat hoefde Segarra er maar drie rukjes aan te geven om ervoor te zorgen dat de jongen het hoekje om ging. Gefascineerd en opgewonden wachtte Xernac een paar tellen voor hij Segarra tegenhield, op het gevaar af dat de nek van de jongen het zou begeven en zou breken.

La Macarena was geen lang leven beschoren. De eerste maand dachten de buurtbewoners dat het een nichtenkit was; er gingen alleen mannen in en uit. De tweede maand wist iedereen al hoe de vork in de steel zat en vermeden mensen uit angst erlangs te lopen. De derde maand verordonneerde de provinciegouverneur sluiting, want nu La Macarena niet meer geheim was, had de plek ook geen functie meer. Toen had Xernac Segarra in dienst genomen.

Het rumoer op de binnenplaats van de familie Gibert drong weer tot hem door. De laatste tijd had hij de neiging af te dwalen, want hij verveelde zich. Hij had een hekel aan zichzelf omdat hij failliet was en naar zo'n stom doopfeest moest om te proberen uitstel te krijgen van een ambitieuze, opportunistische Madrileen als Verrines.

'Belazeren ze de boel of niet?' herhaalde Segarra bezorgd.

De jongen die de herrieschoppers leek aan te voeren probeerde schreeuwend de muzikanten in de feesttent over te halen van hun podium af te komen en spelend op hun instrumenten met hen door de straten van Biribil te trekken. Dat lukte niet. Toen riep hij dat hem dat niet kon schelen; ze zouden zelf wel muziek maken. En ze begonnen muziekinstrumenten na te bootsen. Ze zongen en dansten of het hartje december een zomers dorpsfeest betrof. De feesttent liep leeg en iedereen liep achter hen aan, vrolijk en van plan keet te schoppen. Hij ontdekte Carlota Monrós tussen die mensen, een beetje aangeschoten van de cocktails die ze had gedronken, gelukkig en tevreden. De troep jongelui bleef zich hees schreeuwen naar de ramen van de bovenverdieping van het huis, want ze dachten dat zich daar het feestvarken bevond. Het waren er zeker vijftien en ze waren behoorlijk dronken. Toen ze de worsten van tafel pakten, bracht Segarra zijn hand naar zijn pistool en keek hem vragend aan. De jongens begonnen een soort indianendans op te voeren, terwijl ze een kring vormden en de worsten in de lucht staken alsof het oorlogswapens waren. Ze maakten een enorm kabaal. De gastvrouw wist niet of ze moest lachen of bang moest worden. Toen Xernac Verrines bij de deur van het huis zag, groette hij hem en gaf openlijk bevel aan Segarra: 'Nu ...'

Ineens was er een droge knal te horen, als van een rotje, gevolgd door een kreet van iemand. Iedereen draaide zich om. Segarra had een schot in de lucht gelost. In gala gekleed, met open kraag en rode wangen, riep hij hen tot de orde, met het nog rokende dienstwapen in zijn hand. 'Waar denken jullie dat je bent dat je zo'n keel durft op te zetten?' riep hij. En hij voegde eraan toe: 'Schorriemorrie, jullie zijn schorriemorrie! Dit is niet de plaats of tijd voor liederlijk gedrag. Tuig, ga in de tent keet schoppen! Anders ga je maar naar huis, en stil! En pas maar op dat ik niemand hoef op te brengen!'

Maar de jongens verroerden zich niet. Onbeweeglijk, de een naast de ander, begonnen ze hem met redeloze, woeste ogen aan te kijken. Dezelfde ogen als hun voorouders hadden een tel voor ze zich door het gezag lieten doden.

Passerende dorpelingen bleven staan om stilletjes het schouwspel gade te slaan van de commandant met het pistool in zijn hand tegenover een troep dronken, schaamteloos provocerende, met worsten bewapende jongeren. Het optreden van Segarra was duidelijk overdreven, misplaatst. Tussen de nieuwsgierigen waren mensen die mompelend opmerkten dat die klootzak zijn langste tijd gehad had. Dat kon zelfs Joaquim Xernac op zijn klompen aanvoelen. Als de commandant van zichzelf en zijn eigen gezag overtuigd was geweest, was hij meteen met een brigade gewapende mannen de tuin van huize Gibert binnengestormd, en had hij drie of vier van de grootste raddraaiers meegenomen. Hij had ze tegen het krieken van de dag laten gaan, in elkaar getrimd en een ervaring rijker, kaalgeschoren en onder de stront doordat ze onder dwang wonderolie of een hele fles laxeermiddel hadden moeten drinken.

Xernac zag de zaak aan, geflankeerd door Biribils burgemeester en meneer pastoor, die naar buiten waren gekomen om te zien wat er aan de hand was. Verrines was er al niet meer – wat hem ergerde. Hij wilde zijn macht tentoonspreiden. Alle drie rookten ze sigaren. Zonder jas, de kou verdurend, met vaste blik, serieus, met één hand in hun zak en de rokende havanna in de andere. Opnieuw, en zonder de burgemeester eerst toestemming te vragen, zette hij de situatie naar zijn hand. Hij gebood Segarra onmiddellijk in te binden. Meteen hierna, alsof het hem totaal niet aanging, liep hij zijn sigaar rokend naar de feesttent. Tevreden maakten de muzikanten van de hele janboel gebruik om wat te niksen. Ze zaten stil met hun instrument tussen hun benen. Dat moment van hun leven, in een miserabele feesttent, voor een grijpstuiver en ter meerdere eer en glorie van een paar potentaten uit Barcelona, kon hen zo weinig schelen dat ze hun instrumenten vasthielden alsof het danspartners met roos waren. Xernac pakte een stok beet die iemand tegen een stoel had gezet en sloeg ermee tegen het podium alsof het bliksemde. Ze schrokken alle drie op. Met onverwachte energie gingen ze weer spelen. Hij zette de stok terug, liep naar buiten, en ontdaan noch verzoenend maakte hij iedereen met opgeheven hand duidelijk dat het tijd was naar de feesttent terug te gaan. De schreeuwerige troep liet de worsten zakken, Segarra stak zijn pistool weg, en híj troonde de burgemeester en de pastoor mee naar het huis, even rustig als een paar minuten eerder.

Nog onder de indruk van het voorval sneed Carlota Monrós hun de pas af. Ze stond oog in oog met de pastoor, die, zonder erbij na te denken, zijn hand uitstak om die te laten kussen. Hoe die aanvoelde wist de vrouw al, aangezien ze hem eerder had gekust. Het was een zachte, vlakke hand, die wel bepoederd leek. Deze keer wilde ze die niet kussen; ze pakte hem stevig beet, schudde hem en feliciteerde de pastoor met zijn dooppreek. Het was de pater bekend dat Carlota al jaren aan de kloten van Xernac trok, maar hij deed net of hij van niets wist. Hij bleef haar aankijken alsof hij uitleg verwachtte. Maar ze glimlachte, en alsof ze haar minnaar iets belangrijks moest vertellen, zei ze: 'Meneer Xernac, hebt u even?'

En ze liet de pastoor bij de deur staan, met die boterzachte hand en zijn zwarte hoed. Xernac wachtte tot zijn twee vrienden naar binnen gingen, en zonder te blijven staan – hij drentelde alleen maar een beetje achter hen aan – beduidde hij de vrouw om dichterbij te komen. Bij haar wist je het nooit. Eens kijken waarmee ze op de proppen kwam nadat ze zich zo had aangesteld in het bijzijn van de pastoor.

Carlota vroeg hem: 'Wat is er met Segarra aan de hand? Is hij gek geworden?'

'Hoezo?'

'Waarom lost hij pistoolschoten? Waarom zou hij die kinderachtige bende hebben moeten opbrengen?'

'Hoezo niet? Samenscholingen zijn verboden ... De commandant van de burgerwacht zou hen ervan kunnen beschuldigen dat ze een organisatie met kwaad oogmerk zijn. Twintig mensen samen, bewapend, zijn een hoop mensen. En gevaarlijk.'

Ze stond perplex.

'Gevaarlijk? Als ik het me goed herinner waren hun wapens droge worsten ...'

Hij keek haar stilzwijgend aan. Carlota mocht er wezen, maar ze bracht hem vaak van zijn stuk. Hij wist niet wat hij van haar moest denken. Hij vroeg haar, terwijl hij er bijna de draak mee stak: 'Heb je nog niet gemerkt dat we onder een dictatuur leven?' En hij voegde er in één moeite door aan toe, zoals de weetal die als een papegaai een lesje opdreunt: 'Generaal Primo de Rivera heeft het negentiende-eeuwse, corrupte en inefficiente parlementarisme opgedoekt. En hij heeft een dictatuur ingesteld die, met de doorluchtige toestemming van de koning, orde heeft gebracht, wegen en stuwmeren heeft aangelegd en heeft bereikt, zoals Mussolini in Italië, dat de treinen op tijd rijden. In ruil moeten de mensen in het gareel blijven, of ze willen of niet, zo nodig met stokslagen. En Segarra, als commandant van de burgerwacht, is een van de aangewezen personen om dat voor elkaar te krijgen. En dat doet hij best goed.'

Terloops, als iemand die gedag zegt, verordonneerde hij: 'Komende vrijdag, 's avonds, bij mij thuis.'

En zonder op antwoord te wachten ging hij naar binnen. Hij maakte de dienst uit. En de mensen gehoorzaamden. Carlota was een van zijn beste investeringen in Biribil. Ook was ze een van de weinige die rendement bleef opleveren.

Toen ze elkaar leerden kennen, was ze een piepjonge weduwe, zeer ambitieus, die maar wat graag aan het hoofd bleef staan van het postkantoor in het dorp. Ze ging nog liever dood dan dat ze terugging naar waar ze vandaan kwam. Ze begrepen elkaar meteen. Hij had al eerder vrouwen als zij leren kennen. Het sterke verlangen om aan hun geboorteplek te ontsnappen zorgde voor een irrationele ambitie van reusachtige proporties. Het kostte hem geen enkele moeite haar die betrekking te bezorgen. Nodig was alleen een schijnexamen waarvoor ze drie dagen naar Barcelona moesten, gedurende welke reis het meisje langer met hem in bed lag dan dat ze voor de examencommissie haar kennis van het postwezen etaleerde.

De ligging van het postagentschap in een uithoek van het dorp had het hun altijd makkelijk gemaakt elkaar discreet te ontmoeten. Discreet ja, maar ze hadden zich niet verstopt. Hij behoorde niet tot het type dat zich verstopte. En minder nog voor de inwoners van Biribil, een dorp dat zogezegd al zijn huidige voorspoed aan hem te danken had. Daarom kwam hij altijd in zijn auto naar Carlota Monrós, en het kon hem geen zier schelen dat iedereen dat zag. Hij liet de auto aan de achterkant van het postgebouw stoppen. De chauffeur moest altijd in het voertuig wachten, of het nu zomer of winter was. Of anders toeterde hij, en opende het autoportier; dan kwam Carlota met een sjaal om haar schouders in een oogwenk uit huis, en sprong letterlijk naar binnen zoals iemand die een snoekduik maakt ...

Hij had Verrines net lang genoeg laten wachten, niet te veel, niet te weinig. Hij doofde zijn sigaar en schikte zijn stropdas. Hij klopte energiek, met gezag op de deur van het kabinet van de familie Gibert, drukte de klink omlaag, pakte twee champagneglazen van het tafeltje in de gang, en op het gevaar af te morsen, ging hij naar binnen. Verrines stond met zijn rug naar hem toe en draaide zich om. Het was een vrij kleine man, maar met een sterke constitutie en markante trekken, rode wangen en dikke lippen. Hij zette een gelukzalige glimlach op en zijn ogen zwommen. Joaquim Xernac werd rustig. In Madrid waren ze geen champagne gewend. Ze dronken er cider. Champagne was verraderlijk. En Verrines was er dol op.

'Waarde vriend, wat is er zo dringend ...' zei de Madrileen.

Met een verrassende souplesse bood Xernac hem een van de glazen aan.

'Verrines, ik heb heel goed nieuws voor u ... Maar eerst een toost ...'

Berta Panatis

De volgende dag begon het te sneeuwen, en het sneeuwde drie dagen op rij. Er vielen grote, dikke vlokken, die hen aan huis kluisterden. Ze leefden van de restjes van het doopfeest. Nadat ze haar vader de gestolen peseta's had laten zien en plechtig had beloofd meer wijn te zullen kopen zo gauw het zou ophouden met sneeuwen, kon hij in alle gemoedsrust de laatste druppels wijn uit de fles opdrinken. Hij moest ervan hoesten, maar dronk toch met smaak. Volgens hem had wijn een helende werking. Hij zei dat hij bijna kon voelen hoe zijn bronchiën opengingen. Toch zou het hoe dan ook onmogelijk zijn geweest om naar Biribil te gaan, met sneeuw of zonder. In de nacht die op het doopfeest volgde ontplofte de worst in hun lijf, als een bom met vertragingsmechanisme. Maag en ingewanden van vader en dochter Panatis waren niet meer aan goede vleeswaren gewend.

Het waren vreselijke dagen, ingesneeuwd als ze waren en in zak en as over hun ontregelde lichaam. Zij bracht ze koortsig in bed door. Ze verloor elke notie van tijd. Ze kon zich vaag herinneren dat haar vader met een pan buiten sneeuw ging scheppen. Hij pakte een handvol, deed dat in een zakdoek en wreef daarmee over haar gezicht om haar temperatuur omlaag te brengen. Daarna legde hij de zakdoek een poosje op haar voorhoofd.

Toen ze zich weer wat beter ging voelen, hield het ook op met sneeuwen. Bij het ontwaken die ochtend zat haar vader naast haar bed en bood haar een kom warme kippenbouillon aan. Ze ging overeind zitten en pakte de kom. Ze dronk de bouillon met kleine slokjes. Er dreven een stukje aardappel en een worteltje in. Dat en de uitwerking van de voorlaatste aspirine die ze hadden waren wat haar betreft de mooiste cadeaus die ze zich maar kon wensen. Toen ze klaar was, zette ze de kom op het nachtkastje, nam haar vader van top tot teen op en zei geschrokken: 'Je ziet er niet uit! Je bent vel over been. Wat is er met je gebeurd?'

De man kreeg een lachstuip, die een drie minuten durende hoestaanval veroorzaakte. Als altijd had ze het idee dat haar vader, zonder kwade opzet, opleefde als hij zag dat zij in mineur was. Hoe slechter zij zich voelde, des te beter voelde hij zich.

'Wat er met me gebeurd is?' vroeg hij. 'Je loopt drie dagen van de wc naar bed en van bed naar de wc, meer dood dan levend, en je vraagt míj wat er met me gebeurd is? Je zou me beter kunnen vragen wat me níét is overkomen.'

'Oké. Wat is je niet overkomen?'

'Behoorlijk eten. Dát is me niet overkomen. En niet om het een of ander, maar bekijk jezelf eens in de spiegel ...'

Ze probeerde op te staan. Ze ging door haar knieën en de man moest haar helpen. Ze schrok zich dood van wat ze zag. Ze was sterk vermagerd. Haar gezicht was eerder geel dan wit. Haar ogen waren rood en lagen diep in hun kassen. Ze had kringen onder haar ogen die zo paars zagen dat het leek of ze in haar gezicht gestompt was. Ze had totaal geen weerstand meer. Niets ging zoals ze wilden. Ze ging weer naar bed.

'Als je moeder nu, op dit ogenblik, zou leven,' zei haar vader, nadat hij haar had ingestopt, 'zou ik met haar dansen. Dat deden we vaak. Ik pakte haar van achteren vast terwijl ze de vaat deed, en floot een wijsje voor haar.' Hij liep tot aan de deuropening van haar slaapkamer en glimlachte haar toe. 'We dansten altijd hetzelfde, een soort walsje ...'

'Als je wilt, kun je met mij dansen.'

'In de eerste plaats is dat niet hetzelfde. In de tweede plaats ben je zo slap als een vaatdoek. In de derde plaats was het meer een herinnering dan dat ik het echt wilde. Berta ...'

'Ja?'

'Laten we open kaart spelen. Ik heb het idee dat jij noch ik goed weet wat we hier eigenlijk doen. Is dit wat je kameraden willen? Willen ze dat we tot het bittere einde wachten? Tot we van honger en ellende doodgaan? Dat scheelt weinig. We stelen alleen nog maar. We bestelen anderen en we bestelen elkaar.'

'Ik heb niets van je gestolen.'

'Nou, ik anders wel van jou. Jij steelt geld en eten van die arrogante miljonairs uit Barcelona; je steelt van de boeren wat ook maar enigszins eetbaar is: johannesbrood, druiven, vijgen, knolrapen, aardappels, radijsjes, broccoli ... Nu door de kou het beetje dat de moestuin opbracht kapotgevroren is, moet ik in het bos gaan foerageren, van moerbessen tot bosvruchten, maar ook paddenstoelen, slakken en kastanjes. Dat is toch zo?'

'Ja.'

'Soms heb ik zo'n honger dat ik voor ik thuis ben opschrok wat ik vind, en dan zeg ik tegen jou dat ik niks gevonden heb ... Een paar maanden geleden heb ik zelfs vogelnesten leeg geroofd – door de honger klom ik naar de nesten op het gevaar af dat ik zou vallen en mijn nek zou breken – en ik verslond de eieren daar ter plekke, in het bos, ook in het geniep. Die dag dat ik naar Biribil ging om te zien of ik iets kon verkopen, schonk Josep Caminal me niet alleen levensmiddelen, maar ook een staafje zoethout om op te kauwen. Ik heb het gehouden en je er niets van gezegd. Als je op zoethout kauwt, vergeet je de honger. Dat is mijn leven: stiekem kwijlen. Ook wij worden bestolen. Eergisteren heb ik de blikken trommel met mijn kiekjes onder de kastanjeboom laten liggen. Daar kwam ik de volgende dag achter. Ik ben snel naar die plek teruggegaan, maar de trommel was er niet meer. Ik heb overal gezocht, maar niets. Een dier zou hem versleept hebben, zou hem hebben geopend om te zien wat erin zit, zou de inhoud over de sneeuw hebben uitgestrooid, zou zelfs hebben geprobeerd hem op te vreten en de foto's te verscheuren, maar zou hem niet hebben meegenomen. Ik vind het erg dat ik ze kwijt ben, maar eigenlijk kan ik er niet echt over inzitten. Ik heb geen tastbare herinneringen nodig. Ik sla ze op in mijn geheugen. Ik zal mijn best doen me de gezichten te herinneren. En tussen die gezichten dat van je moeder. Ik sluit mijn ogen en ik concentreer me, zodat het zo diep in mijn geheugen staat gegrift dat als ik doodga, als ik in een fossiel verander, over een miljoen jaar vaag in profiel je moeders gezicht tevoorschijn komt als mijn versteende schedel wordt geopend. En iemand zal zeggen: "Kijk, die persoon heeft een miljoen jaar geleden geleefd; en daar hadden wij geen flauw vermoeden van, maar die steen, die op een hoofd lijkt, herinnert zich haar wel ..." En nieuwsgierig geworden zullen die mensen van over een miljoen jaar stenen gaan klieven om te zien of ze nog meer fossiele beelden vinden. En een van hen zal zeggen: "Kijk, ik heb een vlinder gevonden die helemaal versteend is." En die vlinder en het beeld van je moeder delen het feit dat ze niet hebben geaccepteerd tot het niets te zijn verdoemd. En die mensen van over een miljoen jaar zullen plotseling versteld staan als ze merken dat die steen of die aardkluit, die er misschien uitziet als een ei, een hersenpan van een oud wezen is of een oud beeld dat in hersenen gegrift staat. En verward zullen ze aanvoelen dat uiteindelijk alles in het leven een kwestie van tijd is. Alleen maar van tijd ... Gek eigenlijk,' ging hij verder, 'ik ben totaal van jou afhankelijk. Dat is al een hele poos zo, maar het verbaast me nog steeds. Je werkt vanaf je veertiende. Tot dan mocht je geen geld bij je hebben – bij wijze van spreken dan, want niemand had geld, het waren andere tijden. Als je iets nodig had, vroeg je het ons. En je moeder en ik gaven je zoveel als we nodig vonden. We dachten dat je zonder geld op zak geen slechte gewoonten kon ontwikkelen. Een kapitale fout. Als al die jaren bij de bank je één ding hebben geleerd is het wel dat je op je hoede moet zijn als een armoedzaaier op je af stapt. Armoede maakte het slechtste in de mens los. En armoede komt ons nu, alsof het stront is, de oren uit.'

Ze stond versteld, was onder de indruk. Ze bekeek hem. De laatste tijd was hij oud geworden. Hij leek ouder dan hij was. Hij had altijd een dikke bos donker haar gehad. Binnen anderhalf jaar was hij de helft kwijtgeraakt en de andere helft was sneeuwwit geworden. Hij had nog dezelfde ondeugende ogen als vroeger, maar hij liep nu een beetje krom en sleepte met zijn voeten. Deze man die het allemaal wel voor gezien hield, was haar vader niet. Hij was een onbekende. En zij was een melancholieke stomme trut die haar mond niet opendeed.

Ze voelde die benauwenis weer, die ijzeren hand die naar haar longen klauwde om ze naar buiten te trekken. Misschien zat haar wachttijd er bijna op. Haar vader kwam naar haar toe en ging naast haar op bed zitten.

'Berta, als we niet maken dat we wegkomen, gaan we dood. We maken elkaar af. En ik bedoel niet dat we elkaar de strot afsnijden. We zullen elkaar uiteindelijk nog gaan verachten, wat veel erger is. Ik kan niet meer. Maak van je dromen een salade en braad je overtuigingen. En eet hoop als toetje. Hoe doe je dat ook alweer? O ja, met discipline en grootmoedigheid. Zullen we er een stuk van in de pan doen? Je wilt je reële problemen niet onder ogen zien. Je zult nog echt ziek worden. Zes jaar wachten, en waarvoor? Om van honger dood te gaan, en ons ervoor te schamen dat we mijn trouwschoenen moeten verkopen.'

'We doen wat we moeten doen,' antwoordde ze weinig overtuigd.

'En daarbuiten? Doen de mensen ook wat ze moeten doen? Om maar iets te noemen: wat vind je van al die intellectuelen die de dictator met open armen hebben ontvangen? En van de socialisten en de vakbond, die hem vanaf de eerste dag steunen?'

'Ik ben geen socialist. Socialisten zijn sociaalfascisten.'

'Je hoeft tegen mij geen redevoering af te steken.'

'Ieder handelt naar eigen eer en geweten,' beet ze hem toe.

'Sinds de laatste mislukte staatsgreep, een jaar geleden, zijn de dingen veranderd. De toekomst ligt meer open dan ooit. De tegenstanders die in de sinistere gevangenissen van de generaal wegrotten komen terug, de ballingen op de Canarische Eilanden komen terug. Zelfs de dwangarbeiders in Afrika die de beestachtige behandeling en het harde klimaat hebben weten te overleven komen terug. De oppositionele krachten zijn telkens zichtbaarder. Ze sluiten overeenkomsten en zweren openlijk samen. Het lijkt erop dat de ratten het zinkende schip beginnen te verlaten. Het regime kan niet verbergen dat Primo de Rivera zijn langste tijd gehad heeft, zelfs niet met een censuur die op volle toeren draait … De laatste stuiptrekkingen van de dictatuur kunnen de hevigste zijn, maar het ene ding volgt niet automatisch uit het andere; het zijn de allerlaatste stuiptrekkingen. En wat daarna? Als je niet opschiet, heb je geen dictator meer om op te schieten! Die klootzak zal eerder aan suikerziekte doodgaan. Of aan een hartaanval die het gevolg is van een staatsgreep. Maar niet door jouw hand.'

Hun blikken kruisten elkaar en ze zag dat haar vader één brok rancune was, wat ze nooit eerder had gezien.

Ze bleef de hele dag in bed liggen met een intens verlangen om alles te vergeten. Te slapen. Maar hij liet haar niet met rust. Vanuit de eetkamer, gezeten in de schommelstoel, bleef Albert Panatis maar praten op die toon die nieuw voor haar was, zonder te schreeuwen, maar hard genoeg om door de gesloten deur te dringen. Hij verzuchtte iets. Hij stopte, verzamelde moed en zei weer iets. En tussendoor wachtte hij of zij antwoordde. Alsof hij een litanie opdreunde, noemde hij haar weinig attent, kinderachtig en koppig.

Zij volhardde in stilzwijgen.

Een paar uur later, tegen de avond, kwam hij terug. Staande in de deuropening fluisterde hij: 'Slaap je?'

Ze antwoordde dat hij haar met rust moest laten. Maar hij ging bijna in één adem door: 'Eigenlijk is het echte probleem dat we doodgaan van de honger. We hebben praktisch alles verkocht wat we konden verkopen, zonder zelfs maar te weten of die opoffering ergens goed voor is.'

Het meisje draaide zich met een ruk om, keek hem aan en mompelde woedend, maar duidelijk genoeg: 'Je hebt geen flauw idee, vader! Het zal wis en waarachtig ergens goed voor zijn geweest!' Ze stond op, wankelde op hem af, ging voor hem staan, pakte zijn armen beet en ging verder: 'Stel je een bende kinderen voor. Ze beginnen allemaal tegelijk stenen te gooien naar de commandant van de tegenstanders. Stenen vliegen door de lucht. Misschien dat er maar één of twee zijn hoofd raken, maar ze vlogen allemaal. Want soms vormen doelwitten alleen maar vals, bedrieglijk lokaas. De steen die doel treft doet dat alleen maar omdat alle andere missen. Maar als ze er niet waren geweest, had hij misschien geen doel getroffen. En het maakt niet uit wie er raak heeft gegooid. Of ik nu op tijd ben om Primo de Rivera te doden of niet, onze opoffering is essentieel geweest!'

'Ik vind dat jij je al genoeg opgeofferd hebt. Ik vraag je niet te stoppen. Ik zeg alleen maar dat iemand het stokje mag overnemen en ...'

'Ik doe je een voorstel,' onderbrak ze hem op een toon van valse medeplichtigheid. 'We verkopen jouw jas en mijn fiets en ...'

'In dit rotdorp zal niemand meer iets van ons kopen. En dat weet je.'

Ze liet hem in zijn vet gaar smoren, draaide zich om en trok de deken op tot over haar schouders. In de stilte hoorde ze haar darmen rommelen. Het was deprimerend. Haar lege buik jankte meer dan dat hij rommelde. Ze was uitgehongerd als een zwerfhond. En ze vond zichzelf stom omdat ze uitgehongerd was. Hongerlijden is erg vernederend ...

Vanuit zijn schommelstoel in de eetkamer bleef haar vader nog een hele poos zinnen op haar afvuren. Ze hoorde ze wel, maar luisterde niet meer. Toen de oude man zweeg, ontspande ze. 'We wachten nog wat ...' zei ze ferm tegen zichzelf.

Discipline en grootmoedigheid. Tot de allerlaatste snik. Die avond, zes jaar geleden, in de schuilplaats van die woning in de Carrer Sant Pau, toen ze de missie accepteerde om Primo de Rivera te doden, kwam de kameraad die speciaal uit Madrid was overgekomen voor ze wegging op haar af. Ze voelde hoe haar lippen haar oor raakten. Alsof ze haar een zoen wilde geven. Ze sprak zo zachtjes dat ze het nauwelijks kon verstaan: 'Laat één ding duidelijk zijn, Berta: wíj zijn je familie. En als de partij je in de steek laat, is dat een miljoen keer erger dan als de politie je betrapt, een rechter je veroordeelt, en een beul je executeert. Of als jij de partij laat stikken ...'

Het werd donker. Ze hoorde haar vader naar zijn kamer gaan. Ze verviel in een soort lethargie, in een vormloze slaperigheid, waardoor ze wakker droomde. Wat was er met haar gebeurd? Misschien was haar leven al voorbij. En ze wist niet wanneer of hoe – misschien zes jaar geleden? Desondanks bleef ze daar vastgekluisterd, op die plek in de bergen. Hoe was het mogelijk? Wiens schuld was het? Het leven had haar niet beter of slechter behandeld dan wie ook. Misschien waren al die jaren ook wel een droom geweest. En nu, terwijl ze insliep, had ze dat vreemde gevoel er niet te zijn. Er nooit te zijn geweest.

Ineens hoorde ze zachtjes: 'Een brief ...'

Ze schrok. Ze opende haar ogen. Het was haar vader nog een keer, met warrig haar, met een kaars in zijn hand, naast haar. Hij greep haar arm beet en schudde haar dooreen.

'Wat doe je? Laat me slapen!'

'Sta op,' zei hij, terwijl hij haar uit bed trok. 'Schrijf een brief.'

Ze zag dat zijn ogen verwilderd stonden. Beetje bij beetje werd ze de situatie de baas. Het was geen droom, het was een absurde nachtmerrie. Een brief?

'Hou op met die onzin, papa!'

'Ik weet dat het al laat is. Maar je moet hem nu schrijven. Om hem morgenvroeg op de post te doen.'

'Een brief, aan wie?'

'Aan wie denk je? Je kameraden. Vijf jaar geleden heb je me gezegd dat je alleen in uiterste nood contact met ze zou opnemen. Nou, dat moment is aangebroken. We sterven van honger en kou. Kan het nog erger?'

Een brief aan haar kameraden ... Hij vroeg het onmogelijke, maar dat wist hij niet. Ze had hem vanaf het begin voorgelogen, zodat hij zich geen zorgen zou maken. Er was geen sprake van uiterste nood. Dat was een leugen. Het betrof een basisnorm van elke samenzwering. Ook al zou ze het willen, dan nog zou ze niemand kunnen bellen. En ze had al helemaal geen adres waar ze een brief heen kon sturen. Haar kameraden hadden haar vanaf het allereerste begin duidelijk gemaakt dat zij, zo nodig, contact met háár zouden opnemen. Nooit andersom. Met twee uitzonderingen: de eerste dag en de laatste. De ene om te laten weten dat ze goed in Biribil waren aangekomen; dat had ze gedaan. De andere nadat ze het spoedtelegram had gekregen waarin ze haar opdroegen de operatie uit te voeren. Ze moest bevestigen dat alles in orde was en dat ze op het punt stond het dorp te verlaten en zich ter beschikking van de partij te stellen. Beide spoedtelegrammen zou ze moeten sturen naar een adres dat ze vanbuiten had geleerd, en dat alleen dienstdeed voor die twee eenmalige mededelingen. Niets meer. Niemand zou haar antwoorden als ze probeerde contact te zoeken buiten die twee onderhavige gevallen. Nooit.

Maar dat kon ze hem natuurlijk niet vertellen. En voor het eerst in zes jaar dacht ze dat het, zoals de zaak er voor stond, maar het beste was die leugen tot het bittere einde vol te houden.

'Oké, ik zal de brief schrijven,' accepteerde ze gemaakt besluitvaardig. 'Wat wil je, dat ik mijn beklag doe?'

'Dat hoeft niet,' antwoordde haar vader, verrast door het gemak waarmee ze zijn verzoek had ingewilligd. 'Leg ze alleen uit dat je na zes jaar wachten zonder levensteken van hun kant vindt dat jij in elk geval je afspraken bent nagekomen. En dat je per 1 januari 1930 dit huis zult verlaten en je oude leventje weer oppakt, mochten ze niets van zich laten horen.'

'Per 1 januari? Dat is wel heel snel. Ze zullen geen tijd hebben om een beslissing te nemen ...' antwoordde ze onberedeneerd, net als ze zou hebben gedaan tegen een kind dat een snoepje wil en tegen wie je zegt dat de winkel dicht is.

'Nou, dan per 1 maart. Wat maakt het verdomme ook uit?' beet Albert Panatis haar toe. 'Na al die tijd komt het niet op één dag aan.'

Het was hoe dan ook malligheid. Maar ze ging erop in toen ze zag hoezeer hij over zijn toeren was. Ze had het vreemde gevoel dat zij van hen tweeën de volwassene was.

Ze knoopte haar jas dicht en ze gingen naar de eetkamer. Ze pakte potlood en papier, en ging aan tafel zitten. Haar vader, weer in de schommelstoel, met zijn voeten op de grond, wachtte tot ze zou gaan schrijven. Met tegenzin, nog niet helemaal overtuigd, legde ze op hoge toon uit: 'Ik moet de brief coderen voor het geval de politie hem onderschept.'

'Dat lijkt me logisch,' antwoordde hij onverstoorbaar.

Terwijl het buiten weer begon te sneeuwen, vulde ze het vel papier met een feitenrelaas. Het leek wel een zakelijke brief, waarin iemand zich erover beklaagde dat een bestelling maar niet kwam. En ze dreigde ermee het contract als ontbonden te beschouwen als er niets veranderde. Bijna ongeconcentreerd bekraste ze het papier met de geslepen potloodpunt. Buiten hing een dicht sneeuwgordijn. Morgen zouden ze thuis moeten blijven. Ze beëindigde de brief en ondertekende die.

'Weet je zeker dat ze snappen wat je wilt zeggen?' vroeg hij wantrouwig.

'Vast en zeker. Het is een afgesproken code.'

'We hadden hem eerder moeten schrijven. We hoeven niet terug naar Barcelona, als je niet wilt. Als ze je antwoorden, verkopen we de revolver en de kogels. Die geven we onder geen beding terug. Dat is wel het minste na zo lange tijd. We krijgen er genoeg geld voor om naar Frankrijk te gaan en daar een poosje te blijven. We beginnen een nieuw leven. We gaan in een pension zitten. Je vindt er meteen werk. We kunnen kleding kopen, zelfs al is het maar tweedehands kleding. Wanneer heb je voor het laatst kleren gekocht? Bovendien duikt er misschien een Fransman op die je het hof maakt ...'

Berta vouwde de brief dubbel en legde hem op tafel. Ze vond het niet prettig haar vader te bedriegen, maar zag in dat ze niet anders kon. Dat weet ze aan de onzekerheid waarin ze verkeerden. Het maakte haar niet uit om de boel te flessen, het was nodig. Dat had ze al eerder bij de hand gehad. Hoeveel mensen waren er niet die dachten dat je altijd de waarheid moest zeggen! Alsof de leugen er niet toe had bijgedragen om eeuwen en eeuwen intermenselijke relaties te beschaven ... Voor haar was iemand opbiechten wat ze echt dacht absurd, stom en vooral onvolwassen. En dat gold ook voor informatie achterhouden. Dankzij bedrog had de mensheid vorderingen gemaakt. En wat kon je erbij winnen om de waarheid en niets dan de waarheid op te biechten aan mensen die je belangrijk vond? Wat kon je erbij winnen hun pijn te doen?

Ze had het heel koud. Terwijl ze door het raam naar de vallende sneeuwvlokken keek, veegde ze met haar mouw haar natte neus af.

'Berta! Wat doen we als er niets meer te verkopen is?'

'Ik neem aan dat ik dan al antwoord heb gehad,' loog ze onverstoorbaar. 'Dan krijg ik nieuwe instructies.'

'En als ze niet antwoorden?'

'Ze antwoorden wel ...'

'En intussen?'

'Wat, vader?'

'Wat moeten we verdomme eten, Berta? We sterven van de honger!'

'Hou op!' gilde het meisje.

Haar vader schreeuwde nog harder.

'We moeten verdomme eten!!!'

Met van woede samengeknepen lippen, in nauwelijks verstaanbaar gemompel, antwoordde ze hem tergend langzaam: 'Als het niet anders kan eten we de parkiet op!'

'Onmogelijk.'

Door de kieren drong ijskoude lucht binnen en maakte korte metten met de warmte die de open haard nog had afgegeven voor ze waren gaan slapen. Ze liep naar de kooi van het diertje en trok de doek weg die er 's nachts overheen lag. Hij was leeg.

'De bouillon die je vanochtend hebt gedronken was geen kippenbouillon,' zei de man droog.

Berta ging in de schommelstoel zitten. Ze was met stomheid geslagen. Meneer Panatis pookte afwezig in de haard. Er was nog iets van gloed, en hij wilde een laatste vonkje warmte vangen. Hij vertelde haar dat hij de resten niet bij het afval had gegooid, maar ze had begraven: 'Ik heb een zakje gemaakt van krantenpapier en daar de afgeschraapte botjes, de veren en de kop in gedaan ...'

Normale mensen koken geen parkieten, dacht ze. Of bewaren de afgeschraapte botten, stoppen ze in een papieren zakje en begraven ze dan. Langzaam maar zeker veranderden ze in een stel zonderlingen.

'We moeten maken dat we wegkomen, Berta! Verkoop het wapen! Verkoop alles en laten we ervandoor gaan!'

Ze liet hem staan. Ze ging terug naar haar slaapkamer en pakte de revolver vanonder haar matras. Ze keek ernaar, ze rook eraan. Het was het best onderhouden voorwerp in huis.

'Je hebt heel veel geluk, revolvertje,' zei ze hardop. 'Vader en ik gaan dood van honger en kou. Of we maken elkaar van kant. Onze lijven zullen bevriezen. Het zal even duren voor ze ons vinden. Misschien duurt het tot de lente. En dan, als de dooi volop ingetreden is, kom jij naast me tevoorschijn, zo glimmend en onwerkelijk ...'

Ze was uitgeput, van de zenuwen en door zwakte. Haar vader kwam binnen, ging voor haar staan en pakte met zijn goede hand haar arm vast. De slechte, de dode, bungelde maar wat, want hij droeg zijn orthopedische handschoen niet. Zonder agressiviteit, maar beslist zei hij tegen haar: 'Berta, verkoop in elk geval de kogels.'

Ze waren net twee zielige schipbreukelingen midden op de oceaan die uitgeput probeerden te overleven door zich aan wrakhout vast te klampen, dooreen geslingerd als ledenpoppen.

'Spoor je niet? Waarmee moet ik verdomme schieten als ik de kogels verkoop?'

De man liet haar los. Zijn stem klonk helder, triomfantelijk: 'Met fluimen, Berta, met fluimen!'

DERDE DEEL

december 1929 – februari 1930

Carlota Monrós

De hele week voor kerst bleven er maar gasten naar Biribil komen. De kolonie Barcelonezen gaf massaal acte de présence. De meeste families met een huis in het dorp bleven er tot Driekoningen, maar er waren ook bosjes dagjesmensen, toeristen en trekkers. Er kwamen autobussen uit Barcelona, maar ook uit Girona en andere plaatsen. Sommige bussen bleven. Andere, met skiërs en bergbeklimmers, reden eerst door, maar keerden terug toen ze merkten dat hoger in de bergen de logeercapaciteit in dorpjes als Irllúcia of Les Saspietxes praktisch nul was. Dan namen de gasten hun intrek in pension Bonaire – waar ze stuitten op het personeel van veel families van stand die niet met hun bedienden onder één dak wilden slapen – in Hotel Prats in Dompol – aan de weg tussen Dompol en Biribil – of zelfs in Salon Guinart, dat over zes luxe kamers met volpension beschikte. Gedurende de feestdagen bood die salon ook elke dag iets speciaals, zoals, volgens de nieuwste mode, thé- en cocktail-dansants: danspartijtjes voor een klein, select publiek tijdens theetijd of cocktailuur. De gemeente Biribil gooide het geld over de balk – 's nachts brandde de openbare verlichting in het hele dorp langer. Het postagentschap, meteen ook telefooncentrale, draaide op volle toeren, en op ochtenden dat de zon warm scheen bruisten de tennisbanen die sommigen bij hun buitenhuizen hadden van leven. Er werden etentjes, prachtige bals en speciale partijen aangekondigd, vooral voor eerste kerstdag en oudejaarsavond. Carlota maakte al jaren die aanzwellende stroom Barcelonezen mee, die zelfs hartje winter zomergasten werden genoemd en ook als zodanig werden behandeld. Maar elk seizoen kwamen er meer en luidruchtiger bezoekers en had ze meer werk. En ze had er een steeds grotere hekel aan. Ze moest er zelfs kerstavond speciaal voor openblijven.

Op 24 december sneeuwde het hard, maar toch stroomde het postagentschap langzaam vol. Iedereen had het er naar zijn zin, en wie binnenkwam stak zijn bewondering voor de kerstversiering daar niet onder stoelen of banken. Ondanks de sneeuw bleven er tot op het laatste moment klanten komen die gelukswensen wilden sturen. Op een kluitje, dicht op elkaar gedrongen, wachtten de klanten geduldig hun beurt af, maar ze waren vrolijk en uitgelaten. En ook als ze klaar waren bleven ze op de anderen wachten om maar niet buiten in de sneeuw te hoeven staan. Dan pas, als het echt niet anders meer kon, openden ze de deur en stapten zielstevreden de sneeuwbui in. Niemand gaf ook maar een stuiver voor de dictatuur. En gelet op de uitgelaten sfeer kon het veronderstelde einde van het regime niemand ook maar ene moer schelen; de nabije toekomst daarentegen des te meer. Gedurende al die drukke dagen zag ze Berta Panatis niet, en ze dacht ook nauwelijks aan haar.

Nadat ze tegen de avond had afgesloten, ging ze naar Ripoll om Xernac te ontmoeten. Ze bezat een flitsende, schitterende, drie jaar oude Chevrolet, die hij haar cadeau had gedaan. Hij had hem voor een prikkie op de kop kunnen tikken – opbrengst van de inlossing van een onbetaalde schuld. Ze was de enige vrouw in het dal die in een eigen auto reed. En vanaf het moment dat ze die had dacht ze er alleen maar aan dat hij een paspoort naar de vrijheid was. Met die zachte, gerieflijke leren bekleding, met die glimmende carrosserie ... Ooit, op een dag, zou ze misschien weggaan en zonder stoppen doorrijden, zonder om te keren ...

Het was kerstavond, maar dit jaar zat Xernacs gezin in Extremadura. In het oude deel van Ripoll bewoonde hij heel dicht bij het beroemde klooster een huis van twee verdiepingen. Hij had een huishoudster in vaste dienst die Tomasa heette. Ze had instructies gekregen Carlota naar zijn werkkamer te brengen, maar aangezien hij er nog niet was, bracht ze haar naar de bibliotheek en bood haar belegen wijn en koekjes aan. Met een koekje in de hand keek Carlota naar buiten. De bibliotheek bevond zich op de bovenverdieping. Ze keek uit op een lelijk, korstig dakenlandschap en ze kon verderop de klokkentoren van het klooster zien. Daarbovenuit torende midden in een roodachtige hemel het silhouet van de Monturder, die de ondergaande zon verborg. Ze hoorde de trein langskomen en ze had de indruk dat het geluid op die kerstavond van 1929 in de lege straten van Ripoll echode. Buiten huilde de wind, die door de kieren van de verveloze houten luiken drong en die de karakteristieke rooklucht van een naburig openhaardvuur meevoerde. Ze friste zich op in een petieterige wasgelegenheid naast de bibliotheek, waartot een in de muur verborgen deur toegang gaf. De handdoek was zacht en dik, maar rook muf. Daarna keek ze in de spiegel en kamde haar haar. Xernac liet altijd op zich wachten. Ze moest weer aan haar prachtauto denken. Na zoveel jaar had ze veel spaargeld. Het leeuwendeel daarvan had ze bij elkaar gesprokkeld dankzij de discrete financiële adviezen van haar minnaar. Gelukkig had ze de laatste tijd in sieraden belegd. Goud en zilver. Ze was op een haar na aan de beurskrach ontsnapt.

Ze drentelde wat door de bibliotheek terwijl ze nerveus met haar glaasje belegen wijn speelde en door het raam de klokkentoren in het donker zag vervagen. Ze hoorde beneden de telefoon overgaan. Het dienstmeisje kwam haar boven halen: 'Meneer vraagt naar u …'

Ze had de hoorn nog niet aan haar oor of ze hoorde Xernacs stem al. Hij zei haar dat ze klaar moest staan, hij kwam haar zo meteen ophalen. Ze trok haar jas aan, schikte haar haar opnieuw en ging in de hal zitten wachten naast de kapstok met paraplubak. Die nachtelijke ontmoetingen waren heel aangenaam: Xernac nam haar mee naar het beste restaurant van Ripoll, waar een afzonderlijke eetruimte was gereserveerd, als een chambre séparée, en waar ze meteen bij aankomst champagne kregen. Ze aten exquise gerechten, dronken, wisselden roddeltjes uit, en een enkele keer hoefden ze zelfs niet eens te vrijen, want dan was zijn vrouw thuis, vijfhonderd meter verderop, en mocht hun avondje uit niet te lang duren, of hij was simpelweg te moe.

Ze hoorde getoeter op straat. Ze stond op en ging naar buiten zonder iets tegen het dienstmeisje te zeggen, dat de deur stil achter haar sloot. Xernacs auto stond voor het huis geparkeerd. Hij groette haar met knalrood gezicht, weggedoken in zijn bontjas. Ze had er een hekel aan als hij aangeschoten was; dan leek hij wel een vieze oude vent. Ze moest instappen. In de auto hing een walm van rook en cognac. Er was nog een man. Ze ging tussen hen in zitten.

'Waarde vriend, ik stel u Carlota Monrós voor,' zei Xernac.

De man reikte haar stil een gehandschoende hand. Hij hield de hare net iets langer vast dan gebruikelijk was.

'Carlota,' ging Xernac met dikke tong verder, 'ik heb monsieur Randonné beloofd hem de mooiste, intelligentste en beminnelijkste vrouw uit de streek voor te stellen, die ...'

'Ik was razend benieuwd om u te leren kennen,' onderbrak de gast Xernac, en zonder haar aan te kijken vervolgde hij in Spaans dat door een Frans accent bijna onverstaanbaar was: 'U hebt er geen bezwaar tegen?'

Terwijl ze voelde hoe die gehandschoende handen haar bloes losknoopten, concentreerde ze zich op haar auto, op zijn comfort, op de geruststellende gedachte dat de besturing het altijd deed, op het gemak waarmee je de koppeling kon bedienen, de soepelheid van het gaspedaal ...

Als die rotfransoos nog eens het gore lef had haar te vragen of ze er bezwaar tegen had, kreeg hij de volle laag, dan zou ze hem alle koekjes en belegen wijn in zijn gezicht spugen.

Maar dat hoefde niet. De overduidelijke minachting waarmee monsieur Randonné Xernac behandelde wond haar enorm op. Die viel trouwens al snel in slaap. De Fransman, een man met blauwe ogen en een pafferig gezicht, met dikke lippen en een vriendelijke manier van doen, bleek een vaardige minnaar. En hoewel ze in een auto zaten, met een andere man naast zich die als een zak meel in zijn stoel hing, wist hij van wanten. Nu eens zei hij: '*Ma chérie*', dan weer: '*Ma chouchou*.' En intussen fantaseerde Carlota Monrós over een ander leven, een leven zonder Xernac, en maakte ze het zich gemakkelijk.

De chauffeur bracht monsieur Randonné naar het hotel waar hij in Ripoll verbleef. Voor de Fransman afscheid van haar nam, gaf hij haar zijn visitekaartje. Hij bleek rechter in Montpellier. Hij was gescheiden. Hij zei haar dat ze zeker langs moest komen als ze ooit in de buurt was. Xernac sliep nog steeds. De chauffeur legde hem op de achterbank, deed het portier dicht en startte de motor.

'Breng me naar de plek waar mijn auto geparkeerd staat,' beval Carlota.

'Ja, mevrouw.'

Ze bekeek Xernac. Hij snurkte tegen zijn hoed aan als een kind zou doen met zijn knuffeldier. Toen ze aankwamen, stapte ze zonder iets te zeggen uit.

De chauffeur stak zijn gehandschoende hand op en zei spottend: 'Prettig kerstfeest, mevrouw.'

'Val dood ...'

Ze gooide het portier voor zijn neus dicht. De auto trok op, en ze bleef kijken naar het witte wolkje dat uit de uitlaat kwam. Met het visitekaartje van de Fransman in haar hand stapte ze in haar Chevrolet. Ze raakte helemaal van slag als ze met onbekenden moest vrijen, nog afgezien van de vernedering dat Xernac hun vriendschap misbruikte. Dat gevoel bestreed ze door het over zich heen te laten komen, een object te worden. Ze moest vooral niet nadenken. En was het eenmaal voorbij, dan probeerde ze de bladzij om te slaan zonder om te kijken of een speciale wroeging te koesteren.

Zo was ze. Zo was ze geworden.

Toen ze tien jaar was, moest ze een tijdlang haar vader in de mijn zijn middageten brengen, want haar moeder was zwanger en kon niet. Ze was maar een meisje en doodsbang voor de mijn. De mijngang was smal en laag, en werd met pikhouwelen opengehakt. Op een keer ging ze naar binnen en liep langzaam in een rechte lijn omlaag, de rails van het mijnwagentje volgend. Naarmate ze dieper kwam, werd het donkerder, en door de toenemende stilte kreeg ze het steeds benauwder. Met de knapzak in haar hand liep ze door die stikdonkere afgrond. De mijnwerkers bevonden zich ver weg, lager, in de duisternis, en je kon ze zelfs niet horen. Hoe verder je kwam, hoe bedompter de lucht werd en hoe moeilijker je kon ademhalen. Ze werd alsmaar banger en herinnerde zich alleen maar de ongevallen, de doden die geborgen werden, onder het stof en met open ogen. Bij elke stap die ze zette dacht ze een aardverschuiving te horen, een sijpelen van water dat alles ondermijnde en een overstroming veroorzaakte. Zo'n vijf minuten later was de temperatuur al behoorlijk gestegen. Het was heel erg warm. De lucht leek verhit. Ze begon te zweten en haar kleren raakten doorweekt. Helemaal achter in de mijngang zag ze een bleek, kleurloos, zieltogend schijnsel dat flakkerde alsof het een dwaallicht was. Dat waren de armetierige olielampjes van de mijnwerkers. Ze liep er met hernieuwde moed op af. Ineens doken er handen uit het donker op en sleurden haar mee. IJzersterke armen snoerden haar de mond. Iemand, een stem die ze niet kende, fluisterde in haar oor dat ze een cadeautje kreeg als ze een lief meisje was. Carlota begreep er niets van. Ze voelde alleen dat een hand haar bepotelde. Misschien was het een draak uit de diepte, uit het binnenste van de aarde. Maar nee, hij rook naar mijnwerker en was helemaal bezweet. Op haar tiende kwam ze er al snel achter wat 'een lief meisje zijn' inhield.

Toen alles voorbij was, moest ze van de schaduw de knapzak pakken en drukte hij haar een geldstuk in de andere hand. Ze hoorde: 'Als je het ooit tegen iemand zegt, kom ik 's nachts naar je huis en wurg ik je. Denk daaraan.'

Die raad was overbodig. Ze brandde over haar hele lijf, maar ze nam zich voor er niets over te zeggen.

Op de tast, nog natrillend, kwam ze bij dat geelachtige, armetierige schijnsel. Ze schrok zo erg dat ze bijna vergat wat haar net was overkomen. Het leek de hel wel, vol schimmen, vol angstaanjagende schaduwen in het licht van olielampjes. De naakte mannen – ze droegen alleen hun onderbroek – waren zwart, mager, en bewogen zich werktuiglijk, in stilte. Ze wasemden een zware, compacte stank uit. De hakkers hieuwen de steenkool. Anderen raapten de brokken op en droegen die naar het mijnwagentje. In een hoek stutten sommigen met houten balken het plafond zodat de boel niet zou instorten. Dan waren er nog de gravers, die de mijngang uitkapten ... Haar vader zag haar eerder dan zij hem. Ze kon niets zeggen. Ze gaf hem de knapzak en rende weg. Ze hield de munt zo stevig vast dat haar hand er pijn van deed. Toen ze buiten was keek ze ernaar. Een hele peseta!

Een paar weken lang ging ze elke dag terug. De schaduw met de ijzersterke armen wachtte haar regelmatig op. De vernedering van het begin maakte plaats voor acceptatie. En voor berekening: uiteindelijk had ze onder een kei op de binnenplaats negen peseta bij elkaar. Een klein fortuin. Ze begreep dat het met vernederingen maar net was hoe je ertegen aankeek. En dat ze toch maar mooi negen peseta onder een steen had liggen. Ze begreep ook dat arrogante, snoeverige mannen het makkelijkst te manipuleren waren, want ze wilden toch maar vooral sterk en machtig lijken, en iedereen moest dat weten. Haar leven lang had ze hetzelfde gedaan, vooral in het begin: mannen besodemieteren en geld onder een steen bewaren. En leren om arrogante mannen stevig bij hun kloten te pakken en hard te trekken. En pas los te laten als ze erom smeekten …

Het was een heldere nacht. In de Chevrolet was het behaaglijk. Het was nog geen elf uur – vroeg genoeg om thuis een bad te nemen en een beetje te eten voor ze ging slapen.

Toen zag ze haar. Het was in een fractie van een seconde, op het moment dat ze een bocht in de weg naar Biribil nam. Door de draaiing veegden de koplampen de duisternis weg en belichtten haar: Berta Panatis. Ze zat tegen het grenskruis aan, met gebogen hoofd en gesloten ogen. Carlota remde en de Chevrolet stond meteen stil, zachtjes en tegelijkertijd abrupt. Ze reed achteruit, verliet de weg en bracht de auto op ongeveer vijf meter van de paal tot stilstand. Door de maneschijn kon ze het allemaal heel duidelijk zien. Ze draaide het portierraampje omlaag en riep haar. Het meisje bewoog niet eens. Ze claxonneerde een paar keer, kort maar krachtig, maar niets, alsof ze een aanhangsel van het kruis was. Ze liet de lichten aan en stapte uit de auto. Ze liep op haar af en riep intussen haar naam. Berta Panatis zat als versteend. Naast haar, weggesmeten, bevond zich een soort album met krantenknipsels. Verderop lagen kleine, donkere vruchten over de grond verstrooid. Het leken wel appeltjes. Er was ook een bundel met een paar ondermaatse radijsjes. Ze stond perplex. De aanblik van het meisje was schrikwekkend: ze was broodmager, ziekelijk, ze zag rood van de kou ... Ze schudde haar bij haar schouders, voorzichtig om haar niet aan het schrikken te maken. Haar gezicht en handen voelden steenkoud aan. Ze was in die vreselijke kou in slaap gevallen! Ze schudde haar nog een paar keer door elkaar. Pas toen ze met haar hand door haar berijpte haren streek, opende het meisje haar ogen, keek haar even aan en zei meteen, alsof het de normaalste zaak van de wereld was: 'Hallo.' Alsof ze op haar had zitten wachten.

Ze sloeg haar jas om het meisje heen, en stelde voor om met haar in de auto naar Biribil te rijden, hoewel ze weinig hoop had dat ze zou instemmen. Maar Berta Panatis, die zich geen twee keer hoefde te bedenken, verraste haar opnieuw, knikte ja en begon te hoesten. Ze was door en door koud, maar ze wilde pas in de auto stappen als ze al die appeltjes had opgeraapt. Ze hielp haar. Eigenlijk was het meisje zo mager en hoestte ze zo erg dat zijzelf al drie appels had opgeraapt als Berta nog moest bukken. Toen die zich er ten slotte van had verzekerd dat er geen meer lagen, pakte ze de rest van haar spullen en hees ze zich onder zware hoestbuien in de Chevrolet. Ze rilde over haar hele lijf. Dankzij de verwarming en het beetje cognac dat Carlota altijd in een zakflacon in het handschoenenvak bij de hand had, kreeg ze het snel warm. Zelfs zo straalde het meisje vastberadenheid uit. Ze gaf haar te verstaan dat ze niet gek was, dat ze om haar weerstandsvermogen te versterken liever twee uur naar het grenskruis liep, hoewel ze bijna doodging van de kou, en dat ze liever op een plek verbleef die uitzonderlijk lelijk en eenzaam was, zoals de pachtboerderij, hoewel ze scheel zag van de honger.

In Biribil vond iedereen de voorliefde voor het grenskruis bizar – dat meisje spoorde niet. Zij daarentegen geloofde dat Berta Panatis wel degelijk alles op een rijtje had. Te veel zelfs. En dat ze zich met die absurde uitstapjes alleen maar verzette tegen de noodzaak een onloochenbaar feit onder ogen te zien: dat een of meer mensen haar al een eeuwigheid geleden hadden gedumpt. Ze stelde zich voor hoe Berta Panatis door de bergen dwaalde, in de omgeving van dat grenskruis, met die lege, met olie bevlekte bundel in de ene hand en het boek of de map in de andere, moederziel alleen en hoogmoedig, bijna futloos, en dat ze op dezelfde manier het dal bekeek waarop ze vanuit het postagentschap de Monturder had bekeken – dat wil zeggen vastbesloten om de realiteit aan haar situatie aan te passen, en niet andersom. Precies het omgekeerde van wat zijzelf deed. En dat zonder ook maar één aalmoes van het leven te accepteren. Dat ze probeerde de hele wereld om zich heen te zien in het licht van haar rusteloosheid, die zij ook in het postagentschap meende te bespeuren. Berta was een koppig meisje, eenzelvig en afstandelijk, en straalde dezelfde droefenis uit als iemand die maar niet over het verdriet om een dierbare overledene heen komt.

Af en toe dwaalden haar ogen van de weg af en bestudeerde ze het meisje, dat bleef zwijgen. Ze was wat nerveus. Carlota wilde iets zeggen, maar ze kon niets bedenken. In een moment van zwakte fluisterde Berta Panatis, strak voor zich uit kijkend naar de duisternis van de weg, die werd verbroken door het licht van de koplampen: 'Carlota ... Ik wil u een gunst vragen.'

'Zegt u het maar.'

'Mijn vader en ik staan er financieel slecht voor.'

Dat vader en dochter Panatis geen cent te makken hadden wist iedereen. Dat was pas nieuws!

'Wilt u geld lenen, Berta?'

'Nee. Vriendelijk bedankt. Het gaat om een ander soort gunst.'

Toen vroeg ze haar, alsjeblieft, of ze haar in vertrouwen, van vrouw tot vrouw, de naam van een juwelier kon noemen.

'Ik heb een familiestuk. Ik heb iemand nodig die het op discrete wijze van me koopt ...'

Dat was het ... Ze vertelde haar dat ze een juwelier in Ripoll goed kende.

'Als u wilt, kan ik u er een keer met de auto heen brengen ...'

Berta Panatis bedankte haar voor de informatie, maar met toegeknepen keel vroeg ze haar of zij dat voor haar wilde opknappen.

'Maar Berta,' zei ze hogelijk verbaasd, 'u hoeft er alleen maar voor naar Ripoll te gaan. U kunt er in u eentje heen gaan, als u dat liever doet ... Zegt u maar dat ik u gestuurd heb.'

Maar het meisje weigerde ronduit. Ze zei – niet echt overtuigend – dat ze haar vader niet alleen wilde laten. Maar zíj dacht dat het eerder was uit angst voor dat telegram dat maar niet kwam. Hoewel Berta Panatis de gemeentegrens kon oversteken en hoewel ze in haar eentje naar Ripoll kon gaan om zo uiterst discreet met de juwelier te kunnen onderhandelen, deed ze dat niet. Ze bestrafte zichzelf liever op die manier – zich volkomen van de wereld afsluiten – om zich maar niet te hoeven onderwerpen aan onbillijke, onbegrijpelijke wetten die stelden dat ze niet alleen vraagtekens moest zetten bij het beroerde leven dat ze leidde, maar ook nog eens de vernedering moest ondergaan van het dubieuze gedrag van degene – wie dan ook – die aan de andere kant van de telegraaflijnen haar gesprekspartner was. Dat was de oorzaak van alles. Met als gevolg dat ze bij het grenskruis een antwoord ging zoeken, geobsedeerd als ze was door de onmogelijkheid de band met Biribil te verbreken – voor haar toch een heel speciaal soort gevangenis. Ze kon met alle gemak vluchten, wanneer en hoe ze maar wilde … Maar het leek er sterk op dat ze dat niet kon.

Ze zag dat Berta zich zo erg schaamde dat ze gewoonweg niet kon weigeren. 'Maakt u zich maar geen zorgen, Berta, ik ben een goede klant van die juwelier. Ik doe het wel voor u. Ik weet zeker dat hij mij niet het vel over de oren haalt. Hij heet Carretes. Kent u hem?'

'Nee …'

'Ik zal doen wat ik kan. Wij buitenstaanders moeten elkaar helpen, nietwaar?'

Berta Panatis knikte, en mompelde: 'Bedankt.' Ze gaf geen verdere toelichting en Carlota vroeg niets meer. Eenmaal in Biribil stopte ze de auto en stelde Benta voor dat ze de volgende dag, of wanneer Berta maar wilde, in het postagentschap langs kwam om haar dat juweel te geven.

'Ik moet u iets bekennen,' zei Berta. 'We hebben geen familiejuwelen. Tenminste niet van het soort dat de moeite waard is om te verkopen.'

'Wat bedoelt u?'

'Ik wil kogels verkopen, massief zilveren kogels, een familiestuk. Als ik ze naar het postagentschap breng, ziet iemand ze misschien.'

'Wat stelt u dan voor?' vroeg ze een beetje geïrriteerd.

'Gaat u met me mee naar huis. Ik geef ze u vanavond nog.'

'Maar het is al erg laat ...'

'Alstublieft.'

Een stemmetje in haar binnenste waarschuwde haar dat de kans heel groot was dat ze zich in de nesten werkte als ze dat karweitje op zich nam. Maar tegelijk wist ze dat ze niets zou doen om zich tegen de fascinatie van het moment te verzetten. Ze was te geboeid en te nieuwsgierig. Daarom liet ze zich op kerstavond door onbekende mannen een beurt geven. Het was een bijzondere manier om Christus' geboorte te vieren – een manier die verkondigde dat ze op een dag, als ze Xernac letterlijk bij zijn kloten had, ze daar zo hard aan zou draaien dat hij buiten westen raakte. En dan zou ze heel ver weg gaan. Ze moest gewoonweg de confrontatie aangaan met het raadsel Berta Panatis om erachter te komen of ze dat kon oplossen. Alsof het een uitdaging was. Zo was het altijd.

'Begrepen, Berta. Afgesproken. Zullen we uw fiets in de auto laden?'

'Dat hoeft niet, bedankt. Ik kom hem morgen wel halen. Nu moeten we naar mijn huis gaan ...'

Meteen fluisterde ze een paar dankwoordjes. En om te voorkomen dat Carlota argwaan zou gaan koesteren vanwege die overduidelijk andere manier van doen gedroeg Berta zich netjes en beleefd, maar zeker niet kruiperig. Alsof ze excuus wilde vragen voor het feit dat ze de postagent ineens, plotseling, alleen maar vroeg om voor haar in Ripoll een karwei op te knappen, terwijl ze toch jarenlang naar een schim in de vorm van een spoedtelegram had gevraagd, en in bijna zes jaar tijd niets had ontvangen.

Ze reden door Biribil. Er was niemand te zien. Alles was gesloten. De wind droeg rookslierten aan. Ze wist zeker dat iemand zou merken dat haar Chevrolet niet stopte en naar het landgoed doorreed. Morgen zou het hele dorp het daarover hebben.

Ze legden de rest van de weg in stilte af. Ze stopte op de deel, voor het huis. Ze keek naar haar. Hier was een meisje dat haar gunsten vroeg en haar tegelijk bevelen gaf. Zoals nu.

'U hoeft niet uit te stappen,' zei Berta. 'Ik ga ze even halen en kom meteen terug. Binnen twee tellen ben ik terug.'

Er was geen licht te zien. De oude man zou wel slapen. Het meisje stapte enigszins moeizaam uit, met al haar bagage aan appeltjes, radijsjes, mappen en andere spullen.

Terwijl ze binnen was, monsterde Carlota snel de omgeving in het licht van de koplampen van de Chevrolet. Het huis was in zes jaar tijd flink vervallen. In drie van de vijf vensteropeningen ontbrak het glas. Daarvoor in de plaats zaten houten planken. Een van de muren werd gestut door een boomstam. Dakpannen die van het dak waren gevallen waren vervangen door ongelijke platte stenen; het stucwerk van de buitenmuren was gaan barsten en lag op de grond ...

Berta liep weer naar de auto, opende het portier aan de passagierskant, ging zitten en trok het portier dicht. Ze gaf haar een pakje van krantenpapier.

'Het zijn vier kogels.'

Carlota nam het pakje aan en maakte het open. Ze zag de glimmende patronen. Ze deden haar aan zetpillen denken. Ze pakte ze weer in en stak ze in haar jaszak.

'Maakt u zich geen zorgen, Carretes is betrouwbaar,' zei ze. 'Ik weet zeker dat hij een redelijke prijs zal geven. Van al dat gesmolten zilver kun je aardig wat juwelen maken ... Overovermorgen moet ik toch naar Ripoll. Dan rijd ik meteen even langs.' En ze voegde er zachtjes aan toe: 'Komt u over een week naar het postagentschap. Misschien weet ik dan iets meer. Oké ...'

Berta opende het portier en stapte uit.

'Heel erg bedankt.'

'Graag gedaan. En prettig kerstfeest,' antwoordde ze.

Toen ze eenmaal thuis was, liet ze de badkuip vollopen en kleedde ze zich uit. Ze rook nog naar monsieur Randonné. 'Hebt u nog nooit een soort kreun gehoord, alsof een ijzeren hand naar uw longen klauwt en ze naar buiten probeert te trekken?' had het meisje gevraagd, toen ze met de auto terugreden ...

Eerst stak ze haar ene en toen haar andere been in het lauwwarme water. Net zoals ze van haar Chevrolet genoot, was ze ook verrukt over die fantastische boiler: hij liet alle monsieurs Randonné van de aardbodem verdwijnen. Ze herinnerde zich de laatste keer, twee jaar geleden, dat er iets vergelijkbaars was gebeurd als dat van een paar uur geleden met de Fransman. Nadat Xernac stevig was doorgezakt met een zakenpartner bood hij hem zonder omwegen de gunsten van Carlota aan. Hij aasde op diens handtekening onder een contract dat hem een prachtdeal garandeerde: de exploitatierechten van artesische putten. Het betrof toen een monarchistisch parlementslid uit Madrid. Ze kwamen haar in Biribil ophalen toen het al midden in de nacht was. Ze lichtten haar van haar bed en namen haar mee. Uiteindelijk neukten de twee mannen haar tot aan het ochtendgloren daar ter plekke in de auto.

Drie dagen later kreeg ze die schitterende Chevrolet cadeau. Die ze nu nog had, en waarop ze zo trots was.

Ze liet zich in de badkuip zakken. Ze gaf zich over aan het warme water. En terwijl ze met gesloten ogen relaxte, dacht ze aan Berta Panatis daarboven, in de Bullóhoeve, worstelend met het idee dat niets onherroepelijk is, zelfs niet de meest vastomlijnde ideeën. En dat ze misschien haar relatie met Carlota moest herzien, aangezien die haar zogezegd van dood door bevriezing had gered, en nu voor haar iets heel belangrijks deed.

Joaquim Xernac

De kurkopbrengst in de streken rond Girona begon begin vorige eeuw terug te lopen. De ogen van producenten en verwerkingsbedrijven richtten zich op Andalusië en Extremadura. Daar werden kurkeiken alleen maar geëxploiteerd vanwege hun eikels, waarmee varkens en stieren werden gevoerd. De kurkbast zelf werd hooguit gebruikt om er bijenkorven en traditioneel gereedschap van te vervaardigen, en diende verder, vermalen, als grondstof voor de leerindustrie. Britse industriëlen – die niet voor de Catalanen onderdeden – waren al begonnen daar geld te investeren. Grootvader Xernac, weduwnaar, en zijn twee zoons sloten hun huis in Palafrugell af, en gingen als eenvoudige ambachtslui met Feliu Basora mee, industrieel uit diezelfde plaats. Het was 1838, en naar Extremadura reizen was alsof je naar het andere eind van de wereld ging. Een trein was er niet, en het was het gemakkelijkste om in Palamós scheep te gaan en tot aan Sevilla te varen, om dan vanuit de Andalusische hoofdstad een karavaan van karren en sjezen te organiseren. Feliu Basora kocht in Tejeda de Tiétar kurkwouden op communale gronden, en vestigde zich in de plaats Serrejón. Daar werd Joaquim Xernac twintig jaar later geboren.

In korte tijd werden de Xernacs van eenvoudige ambachtslui en simpele in- en verkopers commissionairs en speculanten, en ze richtten daar ter plekke eigen kurkfabrieken op om er platen, papier en flessenkurken te produceren, wat vervolgens allemaal naar Portugal, Engeland en Catalonië werd verscheept.

Hij keerde aan het eind van die eeuw naar huis terug als een stinkend rijk en invloedrijk man, met het vaste voornemen weinig te werken en nog meer geld te verdienen. Hij bouwde het familiehuis in Ripoll vanwege handels- en politieke belangen. Tegen 1901 of 1902 voelde hij aan dat het Urderdal en zijn hoofdstad Biribil reusachtige commerciële mogelijkheden boden. In de tijd dat hij er belangstelling voor kreeg was het een achterlijk, arm dorp, schuilplaats van halfwassen smokkelaars, waar, behalve in de hoofdstraat en op het raadhuisplein, huisafval, dierlijke uitwerpselen en zelfs krengen zomaar op straat werden gegooid.

Hij kocht terreinen van de boeren en verkocht die weer door aan zomergasten, voornamelijk uit Barcelona. Politici, artsen, advocaten, notarissen – allerlei beroepsbeoefenaren en gepensioneerden bouwden er huizen en chalets. Op zijn voorstel verscheen er zelfs een nieuw plein uit het niets: rond, met een plantsoen in het midden, omgeven en ingesloten door heel elegante herenhuizen. Zijn optreden, samen met het bronwater, het klimaat en de zuivere berglucht, zorgde voor een constante stroom van inkomsten en welstand, waarvan stadjes als Ribes en Camprodon, in naburige dalen, al profiteerden.

Hij zag spottend toe hoe de inwoners van Biribil probeerden hun verleden vol mest, stank en vliegen uit te wissen, en hoe ze stonden te popelen om zich aan handel en toerisme te wijden. Hem kwam het goed uit, maar hij nam elke kans waar om de draak met hen te steken door aan de oude situatie te herinneren.

'In het jaar één, toen ik in Biribil aankwam, leegden jullie de latrines van jullie huizen nog met behulp van wastobbes. Die laadden jullie op een kar en transporteerden jullie naar de velden in de omgeving om de keutels als mest te gebruiken. Doordat de straten vol gaten zaten, hobbelden de karren heen en weer, klotste de inhoud over de rand van de wastobbes, spatte in het rond en liet zo een spoor van viezigheid achter, die het hele dorp dagenlang in een strontlucht hulde.'

Hij glimlachte, floot en opende het laatje van zijn nachtkastje. Hij haalde er een pakje uit dat in een zijden zakdoek met zijn geborduurde initialen was gewikkeld: JX. Dat vouwde hij voorzichtig open, en hij liet de inhoud in zijn hand vallen: vier zilveren kogels.

Toen juwelier Carretes ze hem in zijn werkkamer had laten zien, was hij er eerst van uitgegaan dat die hem een speciale deal wilde voorstellen. Hij glimlachte nieuwsgierig naar hem. Carretes hoefde maar zijn kantoor binnen te komen, of hij begon al te bedenken hoe hij hem geld afhandig kon maken. Zijn superieure glimlach bestierf echter op zijn lippen toen de man, na zijn lange kippennek gestrekt te hebben, vier zilveren kogels op zijn tafel neerzette, rechtop, theatraal naast elkaar.

'Juffrouw Monrós heeft ze me vanochtend gebracht. Ze wilde ze verkopen. Ze vroeg er veel geld voor. Ik heb betaald wat ze vroeg. Ik dacht bij mezelf dat u dat misschien graag wilde weten ...'

Toen hij eenmaal van zijn eerste verbazing bekomen was, kocht hij ze onmiddellijk van hem en liet de juwelier weten – hij eiste het min of meer – dat die transactie onder hen moest blijven. En dat hij hem altijd op de hoogte moest brengen van elke transactie die zilveren kogels betrof ...

Hij sloot het laatje van zijn nachtkastje weer en liep met de verpakte kogels in zijn hand terug naar zijn werkkamer. Terwijl hij de trap af liep, speelde hij ermee, liet ze tussen zijn vingers rollen, betastte ze. Hij bleef ze eindeloos tellen, als iemand die de rozenkrans bidt: één, twee, drie, vier ... Door zijn hand werden ze warm. Kijk aan: een paar lauwwarme zilveren kogels ... Waar had Carlota Monrós die vandaan? Waarom verkocht ze die? Ze had meer dan genoeg geld ... Hij leefde graag en liet graag leven. Maar hij had ook graag de controle over wat van hem was. En Carlota was van hem.

Eenmaal in zijn werkkamer legde hij de kogels op zijn bureau, en ging zitten.

Hij hoorde dat er op de voordeur werd geklopt en dat het dienstmeisje ging opendoen. Hij keek op de wandklok. Dat kon alleen zij maar zijn. Hij hoefde maar te horen hoe ze de trap op liep, of hij kreeg al een erectie. Carlota was een rasvrouw.

Nadat ze de liefde hadden bedreven, vroeg hij haar zachtjes in bed, in het donker, terwijl het maanlicht door het raam viel: 'Moet je me niets opbiechten?'

'Nee ...'

Hij wendde zich glimlachend naar haar toe, zodat ze zou denken dat hij nog een keer wilde. In plaats daarvan pakte hij ineens haar gezicht met één hand beet en kneep hard in haar wangen. Hij deed het nachtlampje aan. Zijn gezicht was van het ene op het andere moment veranderd. Het stond nu glashard. Hij zei snel: 'Vandaag, Carlota, heb ik een heel interessant gesprek met juwelier Carretes gehad. Hij heeft me verteld dat je hem vanochtend zilveren kogels te koop hebt aangeboden ...'

'Je doet me pijn!'

Hij liet haar los.

'Sorry, maar ik hou er niet van als mijn mensen iets voor me verbergen. Jij hebt het absoluut niet nodig om spullen te verkopen ... Waar heb je die kogels vandaan?'

'Hoezo?' vroeg ze terwijl ze over haar wangen wreef.

'Waarvandaan!' zei hij op dreigende toon.

'Ze waren van het meisje van de Bullóhoeve,' antwoordde ze snel. 'Ze had ze me gegeven om ze te verkopen.'

'En wat verdien jij eraan? Een commissie?'

'Integendeel. Carretes is een vrek ... Hij heeft die kogels laag getaxeerd. Ik was van plan er honderd peseta uit eigen zak bij te doen om de som af te ronden.'

'Waarom dan?'

'Weet ik veel! Ik heb met die mensen te doen ...'

'En dat wilde je me niet vertellen?'

'Waarom zou ik? Moet ik je dan alles vertellen?'

'Hangt ervan af.'

'Wat bezielt jou ineens, Joaquim? Vanwaar die interesse? Het is niets bijzonders. Je kent ze inmiddels; het leek heel wat in het begin, maar nu hebben ze geen nagel om hun kont te krabben. Het water staat ze tot aan de lippen, en ...'

'Heeft ze er nog meer?'

'Geen idee.'

'Waar kogels zijn is waarschijnlijk ook een revolver ... Heeft ze jou iets verteld?'

'Nee,' verzekerde ze hem. 'Het meisje zei me dat die kogels een erfstuk zijn ...'

'Een erfstuk? Ze moet blijven denken dat Carretes die kogels nog steeds heeft. Begrepen?'

'Begrepen.'

'Als ze er nog meer wil verkopen, moet je me dat meteen laten weten. En nu wegwezen.'

Beledigd kleedde Carlota Monrós zich aan, en liep de trap af. Toen de deur dichtsloeg wist hij dat ze buiten stond.

In werkelijkheid interesseerden de geschiedenis van Berta Panatis en haar geheimen hem nauwelijks. Of helemaal niet. Hij had in zijn leven alles gedaan wat er maar te doen viel. En hij had alles bereikt wat er ook maar bereikt kon worden. Wat praktisch samenviel met alles wat hij zich had gewenst. Maar hij werd pissig als hij merkte dat hij de controle verloor of als zijn autoriteit ter discussie werd gesteld.

Hij haalde de sleutel van de ronde brandkast uit zijn zak. Die opende hij om er de kogels in te leggen. De safe was voor iedereen zichtbaar. Hij had er twee laten inbouwen – de ronde was om de aandacht af te leiden. Zijn waardevolste bezit bewaarde hij in de andere, verborgen onder de salontafel. Het was een laag, massief eikenhouten meubel, met een grote stoof in het midden, omringd door drie sofa's, in een hoek van de werkkamer. Door een mechanisme klapte de tafel open, en de stoof, die nep was, spleet als een meloen in tweeën. Dan verscheen de echte brandkast, speciaal voor Xernac vervaardigd. Hij was plat en ging van boven open, als een valluik dat toegang gaf tot een kelder. Daar bewaarde hij goud en zilver, de enige zekerheid in onzekere tijden. Daar werden broodjes van gemaakt in de vorm van de letter X, zijn merk. Nu waren er niet zoveel. Eigenlijk waren er helemaal geen.

Hij moest opnieuw aan Carlota denken. Als ze naar zijn huis kwam, had ze altijd een paar druppels van het parfum op dat hij in Parijs voor haar had gekocht. Vandaag had hij haar bekeken terwijl ze zich aankleedde: eigenlijk was ze maar een zeug. Ze werd oud. Ze kreeg brede heupen, als die van een kloek. Maar hij dacht er niet over haar af te danken, hoewel hij jongere, knappere minnaressen had, want niemand kon zo met zijn kloten spelen … Hoewel hij haar af en toe op haar plaats moest zetten.

Hij had haar een paar keer mee op reis genomen. Dan moest ze van hem het postagentschap sluiten – dat regelde ze wel, want postzaken konden in Dompol worden afgewikkeld – en gingen ze een kleine of volle week weg. Zo waren ze in Parijs, Madrid en Lissabon geweest. Door het leeftijdsverschil kon Carlota voor zijn dochter doorgaan. Als ze er incognito op uittrokken, hadden ze dat ook inderdaad zo gedaan. Ze schreven zich in hotels als vader en dochter in en vroegen belendende kamers. Hij had vaak het idee dat wat Carlota en hij voor elkaar voelden eerder een vader-dochterverhouding dan echte passie was, wat hun relatie een incestueus tintje gaf, en dat wond hem nog meer op. Het duidelijkste voorbeeld daarvan was wel zijn reactie op mogelijke aanbidders. Hij moest toegeven dat hij bij tijd en wijle jaloers was op een manier die meer weg had van de jaloezie van een vader die het niet kan hebben dat een andere man zijn dochter komt afpakken dan die van een jaloerse minnaar. Ze was nog maar pas weduwe of de mannen uit de streek begonnen al om haar te darren. Carlota was jong en kinderloos. Bovendien exploiteerde ze het postkantoor. Al met al een niet te versmaden snoepje. Toch had geen enkele van de mannen die serieus werk van haar maakten succes. Sommigen lieten het er meteen bij zitten. Aan de ene kant schrikte Carlota hen af, want ze was te onafhankelijk. Aan de andere kant, als een mogelijke verloofde zijn moed bijeenraapte en voorstelde de relatie te formaliseren, zorgde hij er wel voor hem af te schrikken. Zo nodig hardhandig. Carlota, die niet op haar achterhoofd was gevallen, vroeg hem een keer op de man af of hij er iets mee te maken had dat twee van haar beste vrijers afhaakten. Hij bezwoer haar van niet op een manier die zij – ze trok hem immers al een paar jaar aan zijn kloten – duidelijk als 'zeker wel' interpreteerde. Ze werd ontzettend kwaad.

'Op een dag trek ik echt de ballen van je lijf, gore klootzak!'

Het hoeft geen betoog dat na die voorvallen geen enkele man het ooit nog waagde, want het verhaal deed de ronde dat Carlota Monrós een zwarte weduwe was, met fatale gevolgen voor degene die werk van haar maakte.

Ze zagen elkaar een paar maanden niet. Maar uiteindelijk kwam Carlota terug. Tot op de dag van vandaag.

Als hij daaraan dacht, voelde hij zich jonger.

Voor hij de zilveren kogels in de kluis stopte, bekeek hij ze opnieuw. Hij liet ze in zijn hand dansen. Ze waren op een vreemde, bijna chirurgische manier mooi.

Een knap meisje, die Panatis ... Ze waren elkaar een paar keer in Biribil tegengekomen. Maar ze was wel een leugenaarster. Ze had hem gezegd dat ze het petekind van de overleden Lladonosa was, en dat was niet waar. De weduwe van de cementfabrikant had hem heel wat anders verteld ... Hij herhaalde bij zichzelf: waar kogels zijn, is een revolver ... En hardop zei hij: 'En als de kogels van zilver zijn, is de revolver dat mogelijk ook.'

Hij sloot de safe en ging terug naar zijn slaapkamer. Toen hij het licht uitdeed en zichzelf toedekte, moest hij er ineens aan denken. Een zilveren revolver is een waardevol voorwerp, met een waarde die ver boven de louter economische uitstijgt. Heel wat mensen zouden het wapen trots thuis tentoonstellen. Maar zeker een wapenverzamelaar zou er een bijzondere belangstelling voor hebben. En zo iemand kende hij: zijn cliënt Verrines. Hem een mooi bewerkt kistje sturen met daarin een zilveren revolver met de erbij behorende kogels, als teken van dank voor het in hem gestelde vertrouwen, was een coup van de eerste orde ... en zou voor even de druk op hem verlichten.

Hij dacht aan vader en dochter Panatis. Waarom leefde iemand die een handvol massief zilveren kogels had midden in de bergen, in die ellende? Dat kon hem weinig schelen. Nu ging het er eerst en vooral om uit te vissen of er een revolver was. En als dat zo was, of hij van zilver was. In dat geval zou het makkelijk zijn die mensen zover te krijgen het hem voor een spotprijsje te verkopen, aangezien ze om geld verlegen zaten.

Ineens deed hij in het donker zijn ogen open. Hij ging rechtop zitten. Hij had net iets anders bedacht. Waarom zou hij kopen? Hoe goedkoop ze die revolver ook van de hand wilden doen, het zou altijd veel geld zijn. En dat had hij nu niet. Niks kopen, hij zou hem afpakken. Heel eenvoudig. Hoe eerder die kwestie was opgelost, des te beter.

Morgenvroeg zou hij Segarra meteen laten komen om hem nieuwe instructies te geven.

'Je moet discreet de gangen van vader en dochter Panatis nagaan.'

'Zoeken we iets speciaals?'

'Ja. We moeten achterhalen of ze een revolver hebben. En als dat zo is, wat voor een en hoe hij eruitziet.'

Carlota Monrós

Oudejaarsavond 1929. Begin van een nieuw decennium. De gelukkige jaren twintig waren voorbij, en de jaren dertig begonnen, nog zonder kwalificatie. Als wat zouden ze de geschiedenis in gaan? De verschrikkelijke jaren dertig? De saaie dertig? De fantastische dertig? Carlota doste zich uit om het te gaan vieren. Ze had alleen 's ochtends gewerkt, en ze had de hele middag haar haar gewatergolfd, volgens de nieuwste mode. Via een postorderbedrijf had ze een krultang van het merk Intea gekocht, de enige die een permanentje met de Franse slag opleverde, die van Marcel. Je hoefde maar in het handvat te knijpen, en als door een wonder had je bijna meteen perfecte golvingen. Ze was van plan om na het avondeten naar Salon Guinart te gaan. Ze zou er naar muziek luisteren en wachten tot de klok twaalf zou slaan. Net als elk jaar op die dag van het jaar onderwierp ze zichzelf aan een gewetensonderzoek. Meestal kostte het haar moeite om een voorval uit de afgelopen 365 dagen te vinden waar ze zich voor schaamde. Dit jaar niet. Ze hoefde er niet lang over na te denken. Boven aan het lijstje stonden haar uitstapjes om Berta Panatis te bespioneren. De laatste keer, pas geleden, had ze dat overdag gedaan. Ze was bijna over Berta's vader gestruikeld. De man raapte kastanjes onder een kastanjeboom. Boven op een kei stond een blikken trommel. Toen de man er genoeg bijeen had, ging hij naar huis terug. De blikken trommel vergat hij. Carlota wachtte tot hij ver genoeg weg was, pakte die trommel en rende weg door het bos. Toen ze thuis was, maakte ze hem open. Er zaten krantenknipsels in en drie saaie, alledaagse familiefoto's. Ze herkende meneer Panatis als jongeman, een vrouw – vermoedelijk Berta's moeder – en het meisje op verschillende leeftijden. Maar de rest was interessanter: acht à tien tijdschriftknipsels, met foto's waarop een al volwassen Berta Panatis bij de toegangsdeur van de Hypotheekbank poseerde. Er stonden louter mannen om haar heen, die hun beste beentje voorzetten, met een mengeling van vermoeidheid en bescheidenheid, iets wat ze maar al te vaak in het postagentschap had gezien. Ze vond de datum. De knipsels kwamen uit een nummer van zeven jaar geleden. Het meisje moest toen ongeveer achttien jaar zijn geweest, en ze was even knap als nu. Op een paar foto's stond ze, met net gekapt glimmend krulhaar zoals toen mode was, bij een trap of bij een neppalm uit een fotostudio, terwijl ze aarzelend naar de fotograaf glimlachte. Op andere stond ze met een blitse baret schuin op haar hoofd voor de bank, terwijl ze een tevreden, vergenoegde man die haar leek te feliciteren de hand gaf ... Het waren delen van Berta Panatis' vorige leven – een succesvol leven, voor zover je uit de foto's kon opmaken. De fotobijschriften konden haar maar matig boeien. Wat er stond was toch niet zo interessant. De ontdekking zelf fascineerde haar wel. Ze bekeek de foto's keer op keer. Ja, het meisje zag er gelukkig uit. Ze was het helemaal niet gewend haar zo te zien! Wat voor vreselijks was dat gezin overkomen? Nu snapte ze Berta's houding, die niet alleen voortkwam uit het verlies van hoop, maar ook uit het verlies van haar wereld – de wereld die uit de foto's sprak – en van een manier van leven. Nu kon ze de telkens herkauwde rancune die ze in haar ogen las beter plaatsen ...

Ze verstopte de trommel in de achterwinkel en vergat hem.

Het was stampvol in Salon Guinart. Twee obers, de een oud, de ander piepjong, stonden bij de hoofdingang en begroetten de binnenkomers. De oudgediende gaf de jongen, die strak in de plooi naast hem wachtte, instructies. De aangesprokene leek zenuwachtig en streek telkens zijn revers glad. Het was een automatisme om zijn zenuwen te verbergen.

'Wat doe je, idioot?' vroeg de andere ober. 'Zo meteen raken ze nog beduimeld! Blijf van je revers af!'

Toen ze voor hen stond, wensten ze haar goedenavond, maar

onmiddellijk keken ze over haar schouders weg, in de richting van de straat. Ze spraken met de tongval van Barcelona. Men had ze waarschijnlijk speciaal uit de hoofdstad laten overkomen. Carlota ging naar binnen en stopte even bij de garderobe om haar jas van Amerikaans ottervel af te geven. Achter haar bleven de obers maar praten. De oudste zei tegen de jongere: 'Zo gauw je hem ziet binnenkomen, moet je opletten, Bernat. Ik heb gehoord dat die kerel fooien geeft alsof het niks is. Hij is steenrijk ...'

Carlota moest glimlachen en ging naar binnen. Ze had geen enkele behoefte erachter te komen wie degene was voor wie het dienstpersoneel zoveel belangstelling had.

De salon was voor de gelegenheid versierd met ballonnen en slingers die van de ene naar de andere kant van de zaal liepen. Geld en goede smaak waren er bijeen. De meeste aanwezigen kende ze van gezicht. Een kerel die eruitzag om door een ringetje te halen speelde klarinet. Geen klassieke muziek, maar populaire melodietjes. Ze had wel het idee dat hij vals speelde. Daarna dacht ze dat zij misschien degene was die uit de toon viel. Meteen viel er een orkestje in. Ze vond het leuk om te zien hoe de winterse zomergasten dansten, toostten en zich bezatten. Er waren veel stelletjes. De vrouwen – echtgenotes, verloofdes, zussen – voor de gelegenheid gekleed, leken wel sloeries. Met haar wijsvinger wenkte ze een ober naar zich toe. 'Ik wil een American Milk.'

Die cocktail was in. Linea recta van Broadway. Ideaal voor een avond als deze. Je dronk hem als water en je raakte er snel van in de stemming. De jongen kwam terug met een groot cognacglas. Hij goot er een vinger melk in, deed er twee eetlepels gecondenseerde melk bij en een flinke scheut oude brandy. Daarna roerde hij het mengsel plechtstatig om met een koffielepel met een lange steel. Nadat ze er een paar had gedronken, zag Carlota de mensen algauw in stukjes voor zich, vermengd met de voorwerpen. Zoals op een kubistisch schilderij. Ze zag decolletés met ellenlange halssnoeren, maar geen vrouwen. Ze zag kroonluchters aan het plafond hangen met talloze kristallen druppels die fonkelden, maar niet de zaal die ze verlichtten. Ze zag handen met gelakte nagels vermengd met ogen vol stille blikken. En ze zag ook allerlei juwelen, maar niet hun dragers. En mannenhoofden die sigaren rookten. En vrouwenvoeten die danspassen maakten, ronddraaiend dankzij het energieke spel van het orkest, dansend zonder muziek te horen. De lichamen dansten en bewogen, en voor haar waren het net dingen, geen mensen. Alsof het materie was die bewoog ... Samen een zee van bewegende scheuren, een soort kudde, van paarden of gemzen, een mengeling van leeftijden, maar niet van standen. Daarom was de sfeer, ondanks de alcohol, het geroep en de uitgelatenheid, zo gedwee; die sfeer van 'vandaag hebben we overal lak aan', wat alleen maar een ontsnappingspoging was zonder van je plaats te komen, vaag, geraffineerd, te midden van een onkiese instemming die zijn eigen schoonheid had. Afijn, ze zag hen dus als een legioen gewichtloze voorwerpen die in het hemelgewelf dansten, en die erop letten of iemand hun boodschap opving. En zij er middenin, een beetje aangeschoten. En van top tot teen gerespecteerd, want niemand had de euvele moed de minnares van een van de meest gerespecteerde mannen in de provincie ten dans te vragen. En nog minder om, van de gelegenheid gebruikmakend, de hand als bij toeval tussen kledingplooien te laten glijden die de aanraking door vreemde vingers nauwelijks gewend waren. Ze was dus echt in haar element.

Onder de aanwezigen herkende ze een van de dames die ze een tijdje geleden regelmatig in Ripoll had bezocht. Ze liep op haar af. Het was Núria Baldoví, een vrouw van ongeveer vijftig jaar, groot en slank. Weduwe. Núria had haar hele leven een van de beste banketzaken van Ripoll gedreven. Toen haar bedrijfsleider stierf, had ze die winkel van de hand gedaan en was vertrokken. Ze vertelde haar dat ze naar Guinart was gekomen om met haar zus en zwager oud en nieuw te vieren.

'Waar woont u nu, Núria?' vroeg ze haar uit pure beleefdheid. Ze hadden elkaar drie jaar niet gezien.

'In Girona. Na de dood van Baltasar ben ik daar gaan wonen. Ik heb er een suikergoedwinkel overgenomen die te koop stond.'

'Baltasar ... Hem herinner ik me nog. Ik heb altijd gedacht dat hij meer was dan alleen maar een bedrijfsleider, of vergis ik me?' vroeg ze haar ongegeneerd.

Het was oudejaarsavond, ze waren allebei een beetje tipsy; jammer genoeg zou niemand Baltasar weer tot leven wekken, en zij zouden elkaar misschien nooit meer ontmoeten. Mevrouw Baldoví deed dan ook helemaal niet verrast. Ze keek alleen maar even vluchtig om zich heen om zich ervan te verzekeren dat haar zus en haar zwager niet te dichtbij stonden. Toen biechtte ze haar met een gezicht dat berusting uitdrukte op: 'Ja, Carlota. U kan ik het wel vertellen. Baltasar was veel meer dan een bedrijfsleider.'

Het was voor het eerst dat Núria Baldoví met haar zo'n geheim deelde. Ze waren allebei lid geweest van een damesclub die zich inzette voor de verspreiding van goede lectuur. Ze kwamen maandelijks in Ripoll bijeen om, nadat ze naar de woorden van een priester hadden geluisterd, samen een lijst van verantwoorde boeken op te stellen en collectes te organiseren waarmee boeken konden worden gekocht voor vrome vrouwen en armen in de provincie. Allebei hadden ze die damesclub als dekmantel gebruikt. Vlak na elkaar was hun allebei te verstaan gegeven dat ze zonder schandaal te trappen moesten opstappen. En nu, jaren later, ontmoetten ze elkaar opnieuw, met net dat beetje alcohol in hun aderen dat als een geitje rondsprong. En ze deelden een vertrouwdheid die ze, zo nodig, de dag erop zouden ontkennen: de een had niets verteld, de ander niets gehoord.

'En is er nu niemand anders?' vroeg ze haar, ondeugend glimlachend. Het viel Núria Baldoví niet op. Ze zat met haar Baltasar op een andere planeet. Ze kwam terug naar de aarde en antwoordde: 'Een bedrijfsleider? Nee. Het is maar een kleine winkel. Ik sta er alleen, met een leerlinge. Een man heb ik niet nodig. Ik heb een bediende die met feestdagen een handje komt helpen. Een heel ijverig iemand. Natuurlijk niet te vergelijken met Baltasar.'

'Natuurlijk niet. Wat jammer.'

'U moest eens weten.'

'Liefde ondermijnt onze afweer,' zei Carlota, nadat ze een slok van haar derde glas American Milk had genomen.

Mevrouw Baldoví zag haar zus en haar zwager op zich af komen. Ze lachte heel aanstellerig naar haar. Ze bracht haar lippen tot bij Carlota's oor en fluisterde heel serieus: 'Ja, maar het risico maakt veel goed. Een affaire hebben is beter dan geen affaire hebben.'

Misschien wel, misschien niet. Ze wist het niet. Ze had er graag wat meer over gepraat, maar dat was onmogelijk. Dat was een van haar problemen: als ze een beetje met de mensen wilde praten kon dat niet. Ze zag Núria Baldoví weglopen, gearmd tussen haar zus en zwager in.

De salon was vol, het lawaai oorverdovend. Als iedereen zou besluiten tegelijk te gaan dansen, zou de zaal uit zijn voegen barsten. Ze nam een slok van haar cocktail en toen ze weer opkeek, zag ze haar vriendin van vroeger al niet meer. Die was op een meter afstand vervangen door het vage beeld van een dikke, opgedofte jongeman, met een scheiding en pommade in zijn haar, met een bril met jampotglazen, die boos leek. Hij hield een oude man met een mager gezicht en het uiterlijk van een roofvogel bij de arm die met zijn handen op zijn knieën in een fauteuiltje zat. Zowel de een als de ander had perfect gemanicuurde nagels. De jongeman stortte zijn hart uit: 'En toen pakte ik hem vast en zei ik tegen hem: "Ik ben uw bediende niet. Ik ga!"'

Zonder zijn handen van zijn knieën te halen keek de oude man naar het plafond van de zaal, zuchtte en zei: 'Om het beestje bij zijn naam te noemen: je bent ontslagen.'

'Nee, oom, ik zweer het u …'

'Ook al is het oudejaarsavond, toch mag je niet zweren.'

'Dan doe ik er een eed op.'

'Het wordt nooit iets met jou als je niet doorkrijgt wie de lakens uitdeelt. En hoe langer jij erover doet om daarachter te komen, des te geringer wordt de kans dat jij ooit de lakens zult uitdelen. Kom maandagochtend op kantoor langs en we zullen eens zien waar we je kunnen plaatsen.'

'Bedankt, oompje.'

Ze was het beu naar hen te luisteren en zonder zich te verontschuldigen liep ze tussen hen tweeën door. Ze deed het zijdelings, zodat de behaarde neusgaten van de oude man haar schaamstreek schampten en de lucht van het Parijse parfum konden opsnuiven dat ze op haar lingerie had gesprenkeld. Ze had lak aan wat volgens de conventies respectabel was. Als het geval zich zou voordoen, zou ze oompje weleens laten zien wie de baas was, en hoe. Ze haalde haar jas. Ze wilde weg. Zíj had geen ooms die haar leven wel even voor haar regelden.

Buiten Salon Guinart waren alleen de kou – het was zeker vier of vijf graden onder nul – Biribils sterrenhemel en de donkere contouren van de Monturder.

Als Caminal zijn sociëteit had geopend, zou ze het feest uiteindelijk met hem hebben gevierd, bij hem thuis. Dat deed ze eigenlijk gewoonlijk, want Xernac zat met die dagen bij zijn gezin. Of als hij niet daar uithing, wat voorkwam, dan had hij min of meer officiële etentjes waar hij niet met zijn minnares kon komen opdagen. Ja, dacht ze, in de sociëteit zou ik me veel beter vermaakt hebben. Daar troffen dorpelingen die niet in Salon Guinart werden toegelaten bezoekers en leden van de andere kant van de sociale ladder: jongens en meisjes van goeden huize die onder geen beding samen met hun ouders en familieleden wilden feestvieren. Dan kreeg je een etnisch mengsel dat onmogelijk met elkaar vermengde, zoals olie en water. De ene groep keek naar de andere, iedereen danste dicht opeen, al was het maar op de klank van een hoorngrammofoon of een draagbare koffergrammofoon, en de nette burgers uit Barcelona konden ervaren hoe het is om minder zuivere alcohol dan die van thuis te drinken, in beduimelde of zelfs vette glazen. Sommige jaren, in de vroege uurtjes, als iedereen teut was – in het dal zeiden ze 'toeter' – ontstond er ruzie tussen de jongens van beide kanten, die nergens op uitliep, want Josep Caminal kalmeerde ze in hoogsteigen persoon. En daarna gingen ze allemaal samen weg, de sneeuw, regen of kou in, vrienden voor het leven. En de dag erop, met een kater, deed zowel de ene als de andere partij maar wat graag uit de doeken wat ze afgelopen nacht allemaal had meegemaakt.

Ja, kerst en oudejaarsavond vierde ze al heel lang alleen. Dat vond ze helemaal niet erg. Ze was het gewend. Ze vond het zelfs bijna prettig, want het hielp haar de afstand tussen haarzelf en de geboren en getogen inwoners van Biribil te bewaren. Als ze dan toch een buitenstaander moest blijven, dan tenminste radicaal, zonder gezeur. Bovendien voelde ze zich door het feit dat ze elders was geboren zo vrij als een vogeltje. In sommige opzichten waren de verhoudingen in dat dorp – zoals in elk ander dorp – nog steeds middeleeuws: je was van Biribil, van een baas, van een beroepsgroep, en dus van een gilde, wat zorgde voor vaste, voorbeschikte sociale klassen en beroepsstanden. In ruil daarvoor vond je wel bescherming in de groep, en gezelschap – je was nooit alleen. Dat zag ze daar. Ze had nooit vrienden in het dorp gehad, want de mensen wilden geen problemen met Xernac. Niet dat ze haar duidelijk afwezen of meden. Maar ze keken de kat uit de boom. Alles welbeschouwd accentueerde dat haar gevoel nergens bij te horen en haar behoefte haar persoonlijkheid te benadrukken. Daarom kon het haar niet schelen dat ze alleen was. Haar eenzaamheid stond symbool voor haar vrijheid. Ze vond het niet leuk, maar er stond wel iets tegenover. Dat gevoel had haar geholpen het in Biribil uit te houden, er te leven. En tegendraads zijn hielp haar inzien dat iedereen zijn lot kon herschrijven, tenminste gedeeltelijk. En dat iedereen voor zichzelf verantwoordelijk kon zijn, zijn leven kon leiden zoals hij zelf wilde. Nam je dat risico, dan was je wel alleen …

Ze verliet Salon Guinart om tien voor twaalf. Ineens had ze er geen zin meer in. Ze liep door de uitgestorven, koude hoofdstraat in de richting van haar huis. Het was bar koud. Zelfs het schijnsel van de lantaarnpalen leek niet in staat om de straat ook maar enigszins fatsoenlijk te verlichten. Maar ze had haar bontjas aan, droeg handschoenen en een hoed. Wel had ze ijskoude voeten. Ze had haar nieuwe schoenen aangetrokken, met punt en hoge hak, die volgens de reclame zowel geschikt waren voor een galasouper als voor een cocktailparty 's middags. Ze hadden de hele avond gekneld. Nu, door de roes en de kou, voelde ze dat niet. Ze konden haar voeten afsnijden en ze zou het niet merken. Ze vorderde langzaam, met de overdreven voorzichtigheid van iemand die niet helemaal zeker is. Ze probeerde thuis te komen zonder uit te glijden. Of zonder tussen de groeven van het plaveisel een hak van die mooie schoenen te breken en onderuit te gaan of haar enkel te verzwikken.

Ja, ze had zeer zeker te veel American Milk gedronken. Ze was niet meer in de stemming. Zeker niet om een nieuw decennium te beginnen.

Ze moest kokhalzen. Ze bleef staan en leunde tegen de muur. Ze kon het onderdrukken. Ze slikte en liep door. Ze was behoorlijk misselijk …

Ze begon de jaren dertig eenzamer dan ooit. Zelfs haar relatie met Xernac leek geen lang leven meer beschoren. Hij werd oud. Hij werd steeds wispelturiger. En zij kon er steeds minder tegen. Die arme Xernac leek ineens vader en dochter Panatis te hebben ontdekt! Hij wist niets van hen, maar zij wel. Hij bekeek de zilveren kogels en zei heel trots: 'Waar kogels zijn, is ook een revolver!' Wis en waarachtig was er een revolver! Dat had ze al geweten voordat Berta Panatis haar de kogels had gebracht om die te verkopen. Ze had hem gezien. Ze had op het punt gestaan het Xernac te vertellen, maar had het niet gedaan. Net zomin als ze hem andere merkwaardige dingen had verteld die met het meisje van de familie Panatis te maken hadden: een verdacht telegram in het begin, een spoedtelegram dat al zes jaar op zich liet wachten, een op het laatste moment geannuleerd telegram dat ze bijna had verstuurd …

Maar toch moest ze uitkijken. Ze kende hem. Als hij zo'n gezicht trok, betekende dat meestal niet veel goeds voor de persoon in kwestie. Xernac was impulsief. Hij zou heel snel opdracht geven om een gedetailleerd rapport samen te stellen over Berta Panatis' leven voor ze naar Biribil was gekomen.

Het zou wat. Ze was niet van plan om het jaar en het decennium te beginnen met ergens spijt van te hebben. Berta had haar om een gunst gevraagd, en zij had die niet alleen ingewilligd maar ze zou haar ook op de thee vragen; ze zouden samen babbelen, vriendinnen worden …

Ze slaagde erin het postagentschap te bereiken zonder over te geven of iemand tegen te komen. Aan de overkant van het plein was de sociëteit nog steeds gesloten. Bovenin was licht te zien. Caminal vierde oudejaarsnacht in huiselijke kring. Daarnaast, in pension Bonaire, was beweging in de twee kamers op de eerste verdieping die op straat uitkeken.

Ze opende de deur en ging naar binnen. Ze deed het licht aan en trok haar schoenen uit. Ze keek omhoog en zag de grote, witte, ronde klok die boven de toonbank hing, en die een centrale plaats innam in het postagentschap. Het was één minuut voor twaalf. Ze stond als vastgenageld aan de vloer, met haar gezicht naar de klok gericht en met haar schoenen in de hand. Eindelijk vielen de twee wijzers samen, en ze wachtte eerder verstrooid dan serieus op het verstrijken van de eerste minuut van het nieuwe jaar. Ze begon stil te tellen: een, twee, drie ... De pot op! Ze was erg misselijk. Tellen was stomvervelend. Bovendien werd ze afgeleid toen ze moest denken aan de krantenknipsels waarin Berta Panatis voorkwam. Ze ging de blikken trommel op het schap in de achterwinkel halen. Ze gooide de inhoud in de lucht. Toen hij helemaal leeg was, deed ze er de valeriaanblaadjes in die ze voor haar aftreksels gebruikte. Toen zag ze de knipsels en de foto's verstrooid over de vloer. Gezeten op de koude tegels van het postagentschap bekeek ze die weer. Ze kreeg een idee. Ze stond op en pakte een van de postordercatalogi. Die liet ze zich toesturen door de beste modehuizen van Barcelona. Ze zocht de baret die Berta Panatis op een van de foto's droeg. Ze vond er een die erop leek. Morgenvroeg zou ze die meteen bestellen ...

Hoe druk ze het ook had, ze had meteen door wanneer Berta Panatis niet kwam. Ze kwam al heel wat jaren, ongeacht de roddels, om te vragen of ze dat spooktelegram had ontvangen.

Ze struikelde, en stootte haar ongeschoeide rechtervoet tegen de punt van de toonbank. Er ging een pijnscheut door haar heen. Ineens voelde ze een diepe, groeiende ergernis jegens het meisje. Woedend veegde ze de foto's met haar voeten bijeen. Waarom kwam ze haar niet opzoeken? Ze was al heel wat dagen niet meer in het postagentschap geweest! Te lang! Waarom kwam ze verdomme niet? Nu was er een nieuwe reden, een reden te meer om naar het postagentschap te komen: ze had geld voor haar! Ze hoefde niet bang te zijn om gezien te worden, en kon zelfs met haar praten. Ze bewaarde dat geld al heel wat dagen; toch kwam dat meisje maar niet. Ze had dat stomme geld voor de kogels klaarliggen, ze moest zich door Xernac bijna in haar gezicht laten spugen omdat ze zich ermee had bemoeid, en mevrouw verwaardigde zich niet eens het geld op te halen!

Ze was nog steeds misselijk. Ze holde naar de gootsteen in de keuken om over te geven. Terwijl ze zichzelf met een theedoek afveegde, besloot ze Berta op haar nummer te zetten. Toen ze weer beneden in het kantoor was, raapte ze de knipsels van de vloer en bewaarde degene waar Berta op stond met die mooie baret. De rest stopte ze bij de familiefoto's van de Panatis, die wilde ze absoluut niet. Ze deed ze allemaal in een van de postenveloppen. Ze zou ze de volgende dag meteen naar Xernac sturen met een briefje waarin ze spijt betuigde over haar gedrag in de kwestie van de kogelverkoop. Had hij niet gezegd dat hij alles over vader en dochter Panatis wilde weten? Nou, hier heb je materiaal uit een trommel die ik in het bos heb gevonden … Doe er maar mooi je voordeel mee! Ze schreef zijn adres op de envelop en frankeerde die. Ze was aangeschoten en woedend. Morgen zou ze er spijt van hebben, vast en zeker …

Van buiten klonk gedempt feestgedruis. Op de tast ging ze naar de deur. Ondanks de kou had iemand het raam van een kamer in pension Bonaire geopend. Het waren trekkers, of skiers. Ze hadden de kurk van een champagnefles weggeschoten, die nog over het plaveisel van het plein tolde. Ze opende de deur van het postagentschap. Een ijskoude windvlaag droeg harde muziek aan. Het was het slot van Ravels *Bolero*. Een stel bewoog dansend voor de raamomlijsting van het pension, dicht tegen elkaar aan, ernstig het ritme volgend. Schaterlachen voegde zich bij de muziek, schaterlachen dat vanaf de eerste verdieping van het pension op het plein kletterde. Ze haalde diep adem. De kou verkilde haar longen. Ze deed een paar passen en stapte in een plas water. Ze viel bijna voor de kurk op haar knieën. Ze raapte hem op, rook eraan en terwijl ze hem mee naar huis nam, likte ze eraan …

De walgelijke dertig? Daar leek het niet op.

Ze nieste. Ze had kletsnatte, pijnlijke voeten.

Joaquim Xernac

Zijn bevelen opvolgend ging Segarra de Bullóhoeve van dichtbij bespieden. Hij hoefde niet dagenlang op de loer te liggen – binnen achtenveertig uur kwam hij met het nieuws terug. Met een verrekijker had hij duidelijk gezien hoe het meisje een revolver schoonmaakte!

'Was hij van zilver?'

'Dat zou ik niet durven zeggen, meneer Xernac ...'

'Ga dan nog eens terug. Ga naar binnen. Doe wat je wilt, maar kom pas terug als je het weet. Dat is niet te veel gevraagd! Als hij van zilver is – of als je gelooft dat dat zo is – pik je hem en je brengt hem me, begrepen?'

'Ja, meneer Xernac.'

'Als hij niet van zilver is, laat dan maar zitten.'

Hij begon nerveus te worden, en dat was niet goed voor de zaken. En ook niet voor zijn gezondheid. De meesten van zijn vrienden waren ziek, hadden allerlei ouderdomskwaaltjes of waren simpelweg dood. Het was gek, maar telkens als hij een begrafenis bijwoonde, kwam hij er gesterkt vandaan. Alsof de overledene al zijn kracht op hem had overgedragen. En hoe meer tijd er verstreek, des te meer zin hij had om dingen te ondernemen. Hij leefde op als hij doelen had. Nu hij statistisch gezien negentig procent van zijn leven achter zich had, dook hij graag in zijn herinnering, memoreerde hij gebeurtenissen en momenten die hem hadden gemaakt tot wat hij was. Hij vond er geen perfect rechte wegen, zonder kuilen. Soms waren het paden geweest waar hij zich een weg had gehakt om onvermoede wegen te nemen die onbekende landstreken doorkruisten. Bijvoorbeeld toen hij jong was, in Extremadura, in de tijd waarin Catalanen en Engelsen elkaar de kurkmarkt betwistten. Het was een bikkelharde en soms vuile strijd – vooral nadat de grondstofprijzen waren gaan stijgen – waarin hij faam had verworven als onverbiddelijke afperser, maar wel keurig netjes. Hij kende geen clementie. Als hij zijn tanden eenmaal in zijn buit had gezet, liet hij niet meer los. De handelstransacties vereisten telkens meer financiële rugdekking. Wie eigen geld had of zich door de bank gesteund wist, slaagde. Hij herinnerde zich de spanning en tegelijk het gevoel van vrijheid van die dagen. Hij ervoer weer die opwinding van vroegere risico's en gevaren die meer dan eens andermans ondergang hadden betekend. In het allereerste begin was de kurkprijs heel laag. Toen die begon te stijgen wekte dat de hebzucht op van mensen als hij, die geschikter waren voor de handel dan voor werk. Zo kwam het dat híj met kurk speculeerde terwijl zijn broer zich met de productie ervan bezighield. Hij pachtte kurkplantages en verkocht de exploitatierechten. Kurk zag hij niet. In november 1887 kocht hij voor een bedrag van 31.250 peseta rechtstreeks van een failliete handelaar uit Cassà de la Selva rechten op een plantage in San Vicente de Alcántara. Die verkocht hij drie weken later voor 61.000 peseta aan Engelsen van het huis Henry Buckwall and Sons Limited. Hij was er zijn kantoor niet voor uit geweest. Zo had hij ook zijn vrouw leren kennen. In 1889 kreeg hij om niet van de graaf de Almirez, zijn toekomstige schoonvader, voor tien jaar de kurkexploitatie van een vijfhonderd hectare grote bosweide in ruil voor bosonderhoud op het landgoed. Voor de graaf was dat compensatie genoeg, voor hem een goede transactie, aangezien hij zich ook met de enige dochter van de edelman verloofde. De man, die om geld verlegen zat, zag zich voor het onloochenbare feit geplaatst dat het meisje ongetrouwd zou blijven, en accepteerde de verbintenis met die Catalaanse proletenfamilie, die wel tamelijk rijk was.

Joaquim Xernac en Genoveva de Almirez keerden in 1899 naar Catalonië terug, alsof ze uit Cuba terugkwamen. Zozeer zelfs dat ze in Ripoll, waar ze zich vestigden, voortaan voor rijke kolonialen doorgingen, terwijl ze in werkelijkheid uit Cáceres kwamen. Ze kregen twee kinderen, Bernat en Severià, die met een jaar verschil in de hoofdstad van de Ripollès werden geboren. Toen het mogelijk was, legden ze hun vaders weg in omgekeerde richting af: ze gingen terug naar Extremadura. En hij ging meteen de politiek in en spreidde zijn handelsbelangen. Toen zijn schoonvader stierf, erfde Genoveva diens titel, waardoor hij op zijn visitekaartjes de volgende toevoeging kon laten drukken: GEMAAL VAN DE GRAVIN DE ALMIREZ. De gravin, die na dertig jaar nog steeds geen woord Catalaans sprak of verstond, doodde de tijd met liefdadigheidswerk en haar eindeloze jaarlijkse reizen naar Extremadura om er haar familie te bezoeken. Gelukkig voor Xernac was ze dit jaar vanaf juni weg, waardoor hij ongehinderd zijn gang kon gaan.

Dankzij de centrale verwarming was het in de slaapkamer aangenaam warm, ondanks de snerpende kou buiten. Hij was er trots op. In Barcelona, op de wereldtentoonstelling, was dat systeem pas net gepresenteerd als dé grote uitvinding van het decennium wat verwarming van huizen betrof. Hij had het al vijf jaar. Uit Berlijn had hij speciaal een hele brigade bouwvakkers laten overkomen. Het had hem een fortuin gekost.

Hij pakte de envelop die Carlota hem had gestuurd. Die lag op de ladekast, naast zijn reukwater en de haarborstels. Het was een grote envelop met het postlogo. Zijzelf had hem die overhandigd, mak als een lammetje. Hij bevatte informatie over vader en dochter Panatis. Volgens Carlota had ze die gevonden in een verroeste trommel bij de Bullóhoeve. Het was toch een vreemde vrouw. Als je in het bos iets persoonlijks vindt, geef je dat terug. Dat had ze moeten doen. Afijn … Soms keek hij in haar ogen en zag daar niets. Alsof ze afwezig was.

Hij bekeek het materiaal. Van vader en dochter Panatis interesseerde hem alleen hun zilveren revolver. En in die envelop zaten slechts tijdschriftknipsels en een paar familiefoto's. Hij pakte de leesloep die hij uit zijn kantoor had meegenomen. Hij nam een van de knipsels, legde dat onder de tafellamp en richtte de loep. Zijn ogen waren het meest achteruitgegaan. Hij had er een hekel aan ergens van afhankelijk te zijn. Hij accepteerde ouderdomskwaaltjes die hij min of meer natuurlijk vond, zoals dat zijn rug elke dag weer pijn deed als hij uit bed opstond. Of zijn gewrichten. Zelfs erectiestoornissen. Maar niet kunnen zien irriteerde hem.

Het tijdschrift verhaalde dat halverwege het jaar 1923 Berta Panatis de heldin van de bankwereld in Barcelona was geworden. Ze had in haar eentje een zwendel aan het licht gebracht. Dankzij haar had de politie op afdoende manier kunnen optreden, zonder aarzelen, en discreet. De Hypotheekbank van Spanje, waar ze werkte, was haar zeer erkentelijk. Het artikel vertelde dat ze niet alleen van zins waren om haar binnen de firma te promoveren, maar dat ze ook hadden besloten haar een geldelijke beloning te geven, en een beurs waarmee ze in Londen en Parijs haar bankopleiding kon afronden.

Hij probeerde het zich te herinneren. Als vader en dochter Panatis in januari '24 in Biribil waren aangekomen, had de vrijgevigheid van de Hypotheekbank het meisje niet ver gebracht: niet naar Londen of Parijs, maar naar de Bullóhoeve. Dat was onbegrijpelijk. Ze had een veelbelovende toekomst, maar die vergooide ze door zich liever met haar vader in Biribil te begraven. Waarom? Hij probeerde zich haar voor de geest te halen op het moment dat ze alleen, omringd door de mondaine, professionele echo's die haar triomf verkondigden, het besluit had genomen niet op die weg door te gaan, maar alles te laten voor wat het was en in de bergen een leven van eenvoud en ontzegging te leiden.

Dat was vreemd. Alsof ze een openbaring had gehad. Een soort goddelijke bliksem die haar van het financiële paard had geslingerd ... Berta Panatis had het bovendien in al die jaren – dat was hij via Carlota te weten gekomen – niet met een jongeman aangelegd. Was ze soms een lekenzuster? Het leek er niet op. Ze had absoluut niets met de Kerk op. En als ze eens een kluizenaarster was? Iemand die besloot zich uit de wereld terug te trekken om te mediteren, maar dan zonder een religieuze component ... Nee, dat duo was om een heel concrete reden naar Biribil gekomen. Vanwege iets wat al voorbij was of zich nog moest voordoen, en waar ze op wachtten. In het eerste geval ging het misschien om geld, en bleek dat het meisje wel iets meer had gedaan dan de bank helpen. Misschien had ze met haar vingers in de kas gezeten en had ze er als een haas vandoor moeten gaan. En nu wachtte ze tot de storm weer ging liggen. Maar zes jaar lang? Dat kon hij maar niet snappen. Waarom had dat meisje alles achter zich gelaten? En waarom had ze, eenmaal in Biribil, nooit het dorp verlaten? Ze communiceerde ook niet per post, anders had Carlota hem dat wel verteld …

Samengevat: een meisje dat van succes afzag, een geïsoleerd, armzalig bestaan midden in de bergen, het eigenaardige bezit van zilveren kogels … Het mocht wat. De nieuwsgierigheid die hij voor dat stel minkukels koesterde begon en eindigde met het antwoord op die ene vraag: bestond die stomme zilveren revolver eigenlijk wel? Wat dat betreft verwachtte hij snel bericht van Segarra.

Hij liep naar de radiator en verwarmde zijn handen alsof het een kachel was. Terwijl hij weer een keer het fijne handwerk van de houten ombouw bewonderde, vond hij zichzelf belachelijk, schaamde hij zich. Het deed hem denken aan de manier van doen van het eerste dienstmeisje dat hij twintig jaar geleden had gehad. Ze heette Carmeta en ze liep al tegen de zestig. Van alle uitvindingen tijdens haar leven had elektrisch licht wel de meeste indruk op haar gemaakt. Toen ze voor hem kwam werken was ze er nog niet aan gewend. Ze kon maar niet begrijpen waarom er door het hele huis talloze gloeilampen hingen die ze door een knop te bedienen allemaal tegelijk kon aandoen. Van hem mocht ze er één met een heel lang snoer hebben. Carmeta liep ermee door het huis alsof het een kaars was. Zo'n beetje als hij net had gedaan door zijn handen bij de radiator te houden. Misschien begon hij wel seniel te worden.

Hij liep naar de wc, klapte de wc-deksel omhoog en spuugde. Hij spoelde zijn mond met water, liep terug naar de slaapkamer en ging weer in bed liggen. Hij kon maar niet snappen dat een heel leven erop los leven op zo'n ellendige manier kon eindigen. Hij had zich nooit al te veel zorgen gemaakt over economische en financiële problemen: hij was er altijd weer bovenop gekomen. Hij had instinct en durfde best risico's te nemen. Hij dekte zichzelf toe en gaapte weer. Hij zou er wel iets op vinden …

Berta Panatis

Januari liep op zijn eind. Gedreven door honger, en doordat ze met haar vader in onmin leefde, zette ze zich na bijna anderhalve maand over haar schaamte heen en ging naar Biribil, naar het postagentschap, om te vragen hoe het zat met de kogelverkoop. In feite kreeg ze elke keer dat ze daaraan dacht spijt. Ze had zin om het allemaal te laten voor wat het was en nog een beetje langer te wachten. Het allerliefst zou ze willen dat er iets gebeurde, hoe klein ook, waardoor ze weer een beetje hoop kon koesteren. Ook al waren er dan zes jaar voorbijgegaan. Om opnieuw te kunnen beginnen, zodat elke overweging of daad ook weer de eerste zou zijn. Om te bereiken dat elk optreden nieuw zou zijn en tegelijk de som van alle vorige optredens. Vanwege de kans dat een mogelijke uitweg zich vanzelf zou aandienen …

Maar er gebeurde niets. Als altijd. Nooit gebeurde er iets.

Of wel, want de toestand met haar vader was bijna onhoudbaar geworden. Dezelfde nacht dat ze Carlota Monrós de kogels had gegeven, had ze hem verteld dat ze had besloten er vier te verkopen. Somber had de man haar geantwoord: ‘Dat is een druppel op een gloeiende plaat … Zelfs met optimistische berekeningen is wat je ervoor krijgt niet genoeg.’

Die bewering overviel haar. Ze slikte haar woede weg en zei spottend: ‘Niet genoeg waarvoor? Om ervandoor te gaan en mij te laten stikken?’

‘Met dat geld gebeurt hetzelfde als met het geld van dat doopfeest onlangs,’ ging hij vreemd kalm verder. ‘Als we onze schulden betalen blijft er niets meer over. En dan zijn we weer terug bij af: uitgehongerd en walgelijk … Je zoekt alleen maar uitvluchten om hierboven te blijven. We moeten gewoon maken dat we wegkomen en naar Barcelona teruggaan.'

Haar vader stond haar in de weg. Ze stond zichzelf in de weg. Ze wilde heel graag alleen zijn, helemaal alleen. Ze wilde zelfs vervluchtigen in dat idee: de gepersonifieerde eenzaamheid.

Ze was geenszins van plan zich aan haar verantwoordelijkheid te onttrekken. Ze zou hem het geld geven en hij kon daarmee doen wat hij wilde; wat haar betreft kon hij heel ver weg gaan. Met de opbrengst van de verkoop van de vier kogels zou hij genoeg hebben om naar Barcelona terug te gaan en een tijdje zijn intrek te nemen in een pension. Ze wilde hem niet meer horen. Ze wilde hem niet meer zien. De kogels nummer een, twee, drie en vier zouden niet doden, maar geld opleveren, oftewel leven brengen. Voor haar en haar vader. De kogels nummer vijf en zes waren de moordkogels. Een dezer dagen zouden haar kameraden haar vast en zeker waarschuwen. En ze dacht er niet over om te falen. Ook al had ze maar twee projectielen. Ze zou zelfs proberen Primo de Rivera met één schot af te maken. De laatste kogel bewaarde ze voor zichzelf, voor als ze gepakt zou worden. Ze wilde niet de schande en vernedering ondergaan van Mussolini's gemankeerde moordenares.

Eenmaal in Biribil zette ze de fiets bij de deur van het postkantoor en stapte kordaat naar binnen. Ze ging het geld innen om een punt te zetten achter de worsteling die het samenleven met haar vader was.

Er was niemand. Je kon Carlota Monrós in de achterwinkel horen rommelen. Ineens dook ze op met een pakje in haar hand; ze groette haar vormelijk. Berta beantwoordde die groet met een hoofdknik. Het viel haar op dat Carlota een grote vrouw was, eerder fors dan slank. Nu stond ze met de rug naar haar toe, terwijl ze het pakje in het krat deed. Van achter bezien kon je vermoeden dat ze een zwanenhals en een ronde kont had. Ze draaide zich om en keek Berta met een verdrietige, raadselachtige blik aan, met doffe, verwarde eendenogen. Ze opende een toonbankla en pakte een envelop. Toen ze haar die overhandigde, zag het meisje dat ze nogal slanke handen met lange vingers had. Dat was haar nooit eerder opgevallen. Het was duidelijk dat ze haar nagels geregeld manicuurde. Ze droeg een eenvoudige maar opvallende gouden armband, die ze telkens aanraakte: ze liet hem over haar onderarm en pols draaien.

'Ik neem aan dat u dit komt halen?' vroeg ze gereserveerd.

'Ja, bedankt.'

'Ik verwachtte u al langer,' zei ze ook nog. Maar omdat zij niet antwoordde, vervolgde ze: 'Zoals u zich kunt voorstellen, verbaasde de juwelier zich over mijn aanbod. Hij leidde er abusievelijk uit af dat ik geld nodig had en bood me een lening aan ... Ik moest hem wel vertellen dat het niet mijn kogels waren, dat ik namens iemand optrad die anoniem wilde blijven ... Ik moest wel. Maar maakt u zich geen zorgen. Ik heb hem gevraagd uiterste discretie te betrachten. En daar vertrouw ik op ...'

'Dat maakt niet uit, ik heb niets te verbergen,' loog ze. 'Nogmaals bedankt.'

'Graag gedaan.'

Ze stak de envelop in haar zak en draaide zich om.

'Wilt u niet kijken hoeveel geld het is?' hield Carlota Monrós haar tegen.

'Dat is niet nodig ...'

Ze rende bijna naar buiten, met haar armen over haar borst gekruist, alsof ze een ziekelijke aantrekkingskracht het hoofd wilde bieden, alsof ze daaraan wilde ontsnappen. En niet vanuit de dringende behoefte het geld na te tellen – als die al zo dringend was, kon ze het daar ter plekke doen, in het postagentschap of midden op het plein – maar omdat ze dat in het verborgene wilde doen, als een dier dat zijn prooi vangt en maakt dat het wegkomt, zodat niet een groter of agressiever dier zijn buit komt afpakken.

Ze ging naar het grenskruis. Ze wilde wachten tot ze rustiger was voor ze haar vader onder ogen kwam en hem het geld zou geven. Die plek was zo bijzonder omdat daar voor een paar uur de agitatie van wanhopen aan het heden en een onzekere toekomst vervloog. Het was een neutrale plek, waar ze kon uitrusten zonder iemands blikken te hoeven verdragen, waar ze herinneringen kon ophalen – het enige wat ze had. En niet allemaal: sommige doken ineens op, maar vervolgden hun weg, en het was onmogelijk ze vast te houden of ze weer op te roepen; andere bleven dichtbij rondjes draaien, telkens weer, zonder weg te gaan. Als ze vaste vorm aannamen deden die haar ineens rillen van melancholie. En dan had je nog herinneringen als stof die door de wind wordt aangedragen, die je zag komen, die je even vasthield voor ze hun weg vervolgden. Bijvoorbeeld het vage beeld van een gesprek met kameraden op een lome zomeravond in de stad, met warme stilstaande lucht, terwijl ze uit een kruik koud water dronken. Woordeloos, als een gewaarwording …

Zoals zo vaak ging ze op een van de treden van de sokkel zitten en fantaseerde ze erover dat zich onder die kalme, ritmische plek zelf de vreselijkste dingen hadden afgespeeld. En dat er daarna, boven op de vernietiging, op het bloed, nieuw leven was ontsproten. Dat de mieren waren teruggekeerd, de herfst, de regen, het gras, iemand die lachte … Gebeurtenissen die zich aaneenregen – en zich aaneen zouden blijven rijgen – tot in het oneindige of tot aan het einde van de wereld zelf. En nu was zij er, een uitgehongerde, verdwaalde communiste, die zes jaar lang moest toezien hoe de wateren van de teleurstelling de put vulden waarin ze was gevallen. En ze had het bevel daar te blijven. Ze was geen heldin. Dat wilde ze ook niet zijn. Ze vond zichzelf ook geen fanaticus. De mate van stupiditeit die dat bijvoeglijke naamwoord in zich droeg vond ze walgelijk. En ze vond dat je gehoorzaam kon zijn, kadaverdiscipline kon hebben, en toch niet voor fanatiek hoefde door te gaan. Alles was een kwestie van wederzijds vertrouwen. Er was vast wel iemand mans genoeg om het schip te besturen, daar vertrouwde ze op. En verder gezond verstand en strategie strikt toepassen om de dag van de definitieve triomf af te wachten.

Ze glimlachte. Ze droomde ervan te wachten tot de dag van de wederopstanding, tot de dag van het laatste oordeel. De partij telde vele doden. Want Berta beschouwde alle communistische doden ter wereld als haar doden. Ze voelde zich solidair met hen. En ze waardeerde hun inspanning. Zoveel levens konden niet tevergeefs verloren zijn gegaan. Maar tegelijk begreep ze dat het nodig was geweest ze op te offeren. Communistische strategen legden van bovenaf normen op. Dat wist ze, en dat vond ze goed. Ze stelde zich hen voor als generaals, maarschalken die een veldslag leidden: duizenden stukken op een schaakbord die bewegen op bevel van iemand die vanuit de verte toekijkt. En aan het einde van de dag overwinning of nederlaag, met zoveel doden en zoveel gewonden. Oorlogen waren onvermijdelijk. Ze hadden haar tenminste bijgebracht dat kapitalistische oorlogen alleen maar een egoïstisch oogmerk hadden en talloze jongemannen de dood in joegen om de privileges van de leidinggevende klassen veilig te stellen, om wapenfabrikanten en wapenhandelaars rijk te maken ... De kapitalistische oorlog en een socialistische toekomst waren onverenigbare ideeën. Haar oorlog en die van haar mensen was er omwille van ideeën. Voor een betere, een rechtvaardigere wereld ...

Maar het water in de put steeg haar naar de lippen. Binnenkort moest ze beslissen of ze zou gehoorzamen of een sprong zou wagen om haar leven te redden.

Ze maakte dat ze thuiskwam, uitgehongerd. Het geld droeg ze goed weggestopt op haar borst. Ze wilde er nog geen peseta van hebben. Haar vader moest maar pakken wat hij wilde. Onderweg raapte ze een paar kastanjes op. Ze pelde ze en at ze op. Ze waren bitter en plakkerig, als iets smerigs.

In Biribil kreeg ze de indruk dat de mensen op een vreemde, andere manier naar haar keken. Toen ze langs het raadhuis kwam zag ze er tumult. De Spaanse vlag hing aan een vlaggenstok van het balkon. Wethouders liepen in en uit. Segarra, geuniformeerd en met pistool, praatte met een paar politiemannen. De pastoor trok een bezorgd gezicht en sprak met een van de voornaamste inwoners van Biribil, eigenaar van onder andere Salon Guinart. Hij heette Llorenç Mercer en was een lange, magere man met een laag voorhoofd. Die indruk kreeg je doordat vanuit de verte zijn dikke bos haar met zijn wenkbrauwen leek te zijn samengegroeid. Zijn lichte lichaamsbouw contrasteerde met een merkwaardige traagheid van beweging en een gebrek aan energie. Ze had hem vaak zien jagen in de omgeving van de Bullóhoeve, in gezelschap van twee honden en twee knechten. De een moest de logistiek voor zijn rekening nemen. Hij zette het kamp op en roosterde vlees met knoflookmayonaise. De ander was een soort menselijke speurhond. Hij rende enthousiast achter de honden aan. Zo nodig maakte hij de jachtbuit met zijn mes af – soms maakte hij er zelfs ruzie om – en afhankelijk van de dag sneed hij die daar ter plekke aan stukken. Daarna haastte hij zich om zijn baas het resultaat te laten zien. De eerste keer dat ze hen zag, schaamde ze zich enorm voor hen. Ook de laatste keer, onlangs, maar toen maakte ook zij deel uit van die schaamte. Uitgehongerd haastte ze zich om de resten in te zamelen die het jachtgezelschap had laten liggen: stukken everzwijn die meer geschroeid dan geroosterd waren, nog op het rooster, verbrande stukken brood, een stompje van de sigaar van meneer Mercer, sinaasappel- en aardappelschillen ... Ze zag dat ze van het dier eigenlijk alleen de kop hadden meegenomen. De rest hadden ze bijna intact achtergelaten ... Ontdaan keerde ze met volle armen naar huis terug; haar handen en gezicht zaten onder het vet, bloed en roet.

Ze had klassenbewustzijn. En ze kon niet voorkomen dat ze diepe haat koesterde jegens diegenen van wie zij geloofde dat ze verantwoordelijk waren voor de uitbuiting, afstomping en slaafsheid van de massa's. Kapitalisten waren gieren, onverzadigbare en gulzige vampieren, hypocrieten. En het hoeft geen betoog: heropvoeden had geen zin. En die beroemde massa's dan? Wat te doen met knechten die zich liever lieten afmaken dan hun heren ontrouw te zijn? De communistische strategie had hun een rol toebedacht. Daar geloofde ze in. Ze waren nog niet klaar voor de revolutie, maar wat maakte dat uit? Het waren kinderen van de aarde. Een minderheid zou de revolutie leiden, zoals in Rusland de bolsjewieken. Een dappere, moedige minderheid. Later zouden de massa's zich aansluiten. Als dat in Rusland was gebeurd, waarom kon dat dan niet bij hen gebeuren?

Ze was zo in gedachten verzonken dat ze het, eenmaal thuis aangekomen, niet meteen snapte: de deur stond wagenwijd open. Haar vader zou hem altijd hebben dichtgedaan. Ze naderde voorzichtig, stil, klaar om welk geluid dan ook op te vangen. Er was niets te horen. Ze ging ineens naar binnen.

Twee kinderen.

Twee stille, geschrokken kinderen op de grond, die haar met doodsbange ogen aankeken, niet in staat om zelfs maar te slikken.

Ze bleef verbaasd staan. Ze had alles verwacht, behalve dat. Ze had vaker het idee gehad dat ze bespioneerd werd. Ze vond het tot op zekere hoogte zelfs normaal. Na zes jaar moesten de inwoners van Biribil wel barsten van nieuwsgierigheid. Maar ze had nog nooit iemand in huis aangetroffen.

Ze kalmeerde. Ze kende die kinderen. Zij kenden haar ook. Ze kwamen uit het dorp: de kleinzoon van de timmerman, met winterbuilen aan zijn oren, en de zoon van de huishoudster, met zijn rode neus en witte huid als schubben. Hier had ze het vriendenkoppel dat met haar had gepraat op de dag van het doopfeest, toen ze haar betrapten op het moment dat ze de worst in haar tas stopte. Het was koud en ze waren warm aangekleed, met petten, jassen en handschoenen. Het waren net een paar verkleumde ratjes.

'Wat doen jullie hier?'

'We zijn gekomen om de meneer met de dode hand te zien,' zei de oudste.

'Commandant Segarra zegt dat het een toverhand is. Dat het een valstrik is om stoute kinderen mee te vangen,' zei de jongste.

'Dat is niet waar.'

'Jawel ...' antwoordden ze in koor.

'Weten ze bij jullie thuis dat jullie het huis van andere mensen binnendringen?' Ze zag dat ze heel bang waren – de kleinste begon bijna te huilen – en zei: 'Deze keer zie ik het door de vingers, maar laat het niet nog eens gebeuren. Kom, jullie kunnen beter naar huis teruggaan ...'

'Maar we hebben hem nog niet gezien!' riep de jongen met de geschubde huid uit.

'Wat?'

'De hand!'

'Is mijn vader er niet?'

'Nee,' zei de oudste. 'Er was niemand; toen we hier kwamen, was hij er al niet meer.'

Hij zei het heel teleurgesteld. Hij geloofde niet dat dat meisje niet wist waar de oude man met de dode hand uithing. Dat gaf ook niks; eenmaal in het dorp zou hij iedereen vertellen dat hij die hand had gezien.

'Stond de deur open?' vroeg Berta serieus.

Ze antwoordden bijna tegelijk: 'Ja.'

'Hebben jullie ergens aan gezeten?'

'Nee.'

Waar hing haar vader uit? Een windvlaag sloeg ineens een raam dicht en ze schrok. Het huis was koud, de deur had dus een hele poos opengestaan. Ze zei dat ze moesten gaan zitten en zich niet moesten verroeren. Ze ging haar slaapkamer binnen en rende naar de bergplaats. De revolver was er niet. Ze woelde haar bed om, keek onder het kussen; daar had ze hem soms neergelegd. Niets. Ze trok de la van de ladekast open, haalde alles overhoop. Niets. De revolver en de twee resterende kogels waren verdwenen. Ze ging naar haar vaders slaapkamer. Zijn kleren waren weg. Zijn jasje was er niet en ook niet de overjas van meneer Fatjó. Hij was ervandoor. Die oude zak was ertussenuit geknepen!

Mismoedig ging ze naar de eetkamer terug. Twee paar ogen keken haar aan.

'Dus jullie snuffelen nog niet zo lang in huis rond?'

Degene met de geschubde huid zei zachtjes: 'Nee, juffrouw.'

Ze bleven het hardop ontkennen. Ze probeerden overtuigend over te komen. Waarschijnlijk spraken ze de waarheid. Zo zat het dus: Albert Panatis was weggegaan en had zijn spullen meegenomen. Maar niet alles. Naast de open haard lag de stoffen zak waar zijn schaakstukken meestal in zaten. Ze waren zo slecht gesneden dat ze veel weg hadden van aanmaakhoutjes. Hij had vaak voor de grap tegen haar gezegd: 'Een dezer dagen vergis ik me en zul je ze zien branden ...' Die stukken had hij ook meegenomen. En de paar grijpstuivers die over waren van de keer dat ze welgestelde Barcelonezen had bestolen. Hij zou misschien net genoeg hebben om de bus naar Ripoll te nemen. Ze moesten elkaar onderweg zijn tegengekomen. Of misschien was hij al in Biribil, verborgen, toen zij er doorheen was gekomen op weg terug van het grenskruis. Hij had niet eens willen wachten om te weten hoeveel geld ze voor de kogels had gekregen. Hij was trots, net als zij. Ze gooide de envelop met geld op tafel. Nu gruwde ze ervan. Maar ze zou zeker niet in het dorp navragen of iemand haar vader had gezien. Ze was het zat. Ze zouden elkaar wel weer eens tegenkomen. Anders pech gehad. Ze zat erdoorheen.

Ze nam de twee jongens mee en ging naar buiten. Ze zag de hamer en de beitel tegen de putrand leunen. Ze kon gewoonweg niet geloven dat haar vader die zou hebben achtergelaten. De oude man moest wel heel boos zijn weggegaan. Ze bracht de kinderen naar het dorp. Het was nog niet laat, maar ze wilde er niet nog meer problemen bij hebben. De hele weg naar Biribil dacht ze na over haar vaders gedrag. Hij was ertussenuit geknepen zonder iets te zeggen, zonder ook maar een briefje achter te laten, maar had haar vooral beroofd van haar reden van bestaan op dat moment, op die plek. Dat had hij met opzet gedaan; hij zou wel denken dat het de enige manier was om haar te dwingen weg te gaan. Zonder revolver, en zonder antwoord van haar kameraden, was dat verhaal eens en voor altijd afgelopen. Maar dan zat hij er goed naast. Ongelooflijk dat hij haar zo slecht kende. Ze zou doorgaan. Ze zei het hardop en de twee kinderen schrokken, maar hielden hun mond.

Nu had ze wat geld, maar geen wapen of munitie.

Haar gedachten sijpelden naar binnen, eenvoudig, als zijzelf.

Wat zou er gebeuren als ze vandaag dat telegram kreeg? Na zes jaar had ze geen wapen voor de klus. Geen zilveren wapen, geen wapen op papier. Ze zouden haar van achteloosheid betichten. De ene of andere kameraad zou verontschuldigend glimlachen en zeggen: 'Het is bekend dat in die familie stupiditeit en onverantwoordelijkheid bijna aangeboren zijn. Denk maar aan die imbeciel van een vader, die jaren terug de kans liet schieten om Lladonosa onderuit te halen ...' En hij zou helemaal gelijk hebben. Trouwens, hoe kon je aantonen dat in bepaalde gevallen een mislukkeling, een onhandig iemand niet automatisch een verrader, een spion hoefde te zijn? Als iemand haar in de toekomst ooit van ontrouw zou betichten en dus van verraad, zou ze dat accepteren. Met de kogelverkoop had ze de basisregels van de missie aan haar laars gelapt: haar aanwezigheid in Biribil niet in verband brengen met vuurwapens, politieke activiteit of die twee dingen samen.

Toen ze bij de timmerman aanklopte, had ze niet eens de tijd om goedenavond te zeggen. Ze grepen het kind en trokken het naar binnen.

'Bedankt,' mompelden ze.

En ze gooiden de deur voor haar neus dicht. Van buiten hoorde ze hoe het jongetje een flinke draai om zijn oren kreeg en dat het bleef jammeren: 'Ik wilde die dode hand zien ...'

Ze liep naar de pastorie, waar de huishoudster woonde. Ze klopte hard op de deur, en toen ze hoorde dat er iemand kwam opendoen, liet ze het kind alleen achter en liep weg, de straat af. De scharnieren knarsten en de deur ging open, maar ze draaide zich niet eens om.

Ze liep bijna als een slaapwandelaarster terug naar huis. Een heleboel dingen vergat ze alweer op het moment dat ze ze bedacht. Ze ging naar binnen, ging in de schommelstoel zitten en viel in slaap. Ze had heel erge honger. Ze werd er zelfs misselijk van. Toen ze de lege vogelkooi zag, overviel haar plotseling walging. Buiten waaide het hard en door de kieren hoorde je allerlei gefluit binnenkomen en naar buiten gaan. Ze koesterde plotseling wrok jegens haar vader. Hij had tenminste het huis in goede staat kunnen achterlaten voor hij ertussenuit was geknepen! Maar het gefluit kwam en ging zoals het wilde. En hoe bozer ze werd, des te harder het floot. Ze stond op en liep naar het potje waarin ze het voer voor de gestorven Fagot bewaarde. Ze lichtte het deksel op. Ze vond er een afgesabbeld takje zoethout in. Waar kwam dat vandaan? Dat was vast het zoethout dat haar vader voor haar wilde verbergen. Ze pakte het en stak het in haar mond. Het smaakte goed, bitter, zoals het hoorde. Het water liep haar in de mond. Het hielp haar haar honger te vergeten, maar niet het gevoel belachelijk te zijn.

Als ze het geld niet was gaan halen, was haar vader niet weggegaan ...

Ze wanhoopte. Ze kon het best op de loer blijven liggen. Als iemand van de partij uiteindelijk een levensteken zou geven, was dat het aangewezen moment om te laten weten dat ze het wapen kwijt was. Ze zou nooit toegeven dat haar vader het haar had afgenomen. En als het zover kwam, zou ze haar trots inslikken en haar nalatigheid erkennen. Ze zouden haar waarschijnlijk royeren. Het was duidelijk dat ze als beroepsrevolutionaire had gefaald. Lenin prees de taak van de beroeps van de revolutie, die militanten met kadaverdiscipline nodig had, bereid tot persoonlijke offers door vierentwintig uur per dag klaar te staan, elke dag van hun leven. Hiervoor zouden die mensen de motor van de partij worden. Zij had de eer gehad om van die kern deel te mogen uitmaken. En ze had niet aan de verwachting voldaan. De partij telde veel mannen en vrouwen die bezig waren om, algemeen gezegd, succes te hebben in de politiek, in de organisatie. Ze spraken er met haar over en ze stelde zich voor hoe ze een heel hoge berg beklommen, vol moeilijke en gevaarlijke momenten. Berta vond zichzelf niet overdreven ambitieus. Ook zij streefde succes na, maar ze was er diep van overtuigd dat succes gedeeld moest worden, aan anderen aangeboden moest worden. Daarom wilde ze geen leider zijn; ze wilde niet in de openbaarheid treden. Ze wilde aan de basis werken. Toen ze partijlid werd geloofde ze dat ze als ze haar een kortere weg naar de top aanboden, naar het succes, dat zou accepteren, mits ze het opdroegen. Maar als dat geval zich niet voordeed, was het ook niet erg. Toen werd ze verkozen om de dictator te doden. Dat was háár korte weg. Het lot bood haar de mogelijkheid, waar anderen zo op zaten te vlassen, haar deugden te beproeven en haar recht te rechtvaardigen om op de snelle manier succes te oogsten. En ze accepteerde het. Maar in plaats van snel was die weg uiterst traag geworden – bovendien had ze gefaald. Het resultaat was helder. Nu bracht ze door eigen en niet door andermans schuld het slagen van de operatie in gevaar.

Ze moest aan Violet Gibson denken. De Italiaanse politie behandelde haar als een mesjokke zelfmoordenares, want een jaar voor de aanslag op de Duce had ze zichzelf in de borst geschoten 'ter meerdere eer en glorie van God'. Als kind al had Violet vaak zonderling gedrag vertoond, dat was uitgelopen op deliriums die soms helder, soms onbewust waren ... wat er volgens de Italiaanse autoriteiten op wees dat ze van lotje getikt was. Daar was zij het totaal niet mee eens. Een katholieke vrouw als Violet zou zichzelf niet van kant maken. Ze was gewoon niet voorzichtig genoeg met het wapen omgegaan. Terwijl ze aarzelde en twijfelde, terwijl ze moed verzamelde om een stap te zetten en voor de tiran te gaan staan, ging de revolver per ongeluk af. Gelukkig ketste de kogel op een rib af en passeerde haar hart rakelings. Violet Gibson herstelde, en begon weer onvermoeibaar de aanslag voor te bereiden, dat buitenissige plan, met dezelfde kracht en dezelfde heldere besluitvaardigheid van eerst. Maar ook met dezelfde nonchalante omgang met het wapen. Dat was een grote fout. Maar wie durfde vol te houden dat Violet Gibson was mislukt? Berta vond van niet. Tenminste niet helemaal: ze toonde voor het eerst aan dat het imago van de Duce, tot dan toe onaantastbaar, goddelijk, nu onvast leek, gevangen in een lelijke, menselijke grimas. En vooral kwetsbaar. Ze slaagde erin Mussolini een idee te geven van wat je een seconde voor je doodgaat voelt. Dat was onbetaalbaar. Hoe kon zíj dan kritiek op haar hebben? Hoe zou ze het aandurven om Violet als onbezonnen te bestempelen, als simpele ziel? De Ierse kon zo slecht met wapens omgaan dat het een godswonder mocht heten dat ze zichzelf niet had gedood. En op het moment suprême redde het feit dat de revolver ketste Mussolini het leven. Maar Berta's geval was veel erger. Ze had geen wapen meer! Dat was onvergeeflijk en schandelijk. Zij, die zich met hart en ziel aan de zaak wijdde, was pas echt een mislukkeling. En ze vond zichzelf vooral een afvallige. Ze herinnerde zich de verhalen die op partijbijeenkomsten werden verteld. Gevallen van Russische of Duitse bolsjewieken die niet hadden geaarzeld om iemand die hun na stond te doden als ze daartoe het bevel kregen. En dat allemaal vanwege het geloof in een zaak waarvan de eindoverwinning dankzij die daad misschien maar een miljoenste procent dichterbij kwam. En toch deden ze het! En ze deden het goed! Ook zij had de opdracht om iemand te doden aangenomen, maar in plaats van vooruit te kijken jammerde en klaagde ze alleen maar. En nu faalde ze ook nog.

Ze deed de deur open en ging naar buiten. Ze kon niet meer. Zonder het takje zoethout uit haar mond te nemen begon ze te schreeuwen: 'Toch zal ik je doden! Als het telegram morgen komt, dood ik je! Ik weet niet hoe, maar ik zal je doden! Ik zal je verleiden en ik zal je kop met een brandyfles inslaan! Ik spuit je benzine in en doe net of het insuline is! Ik steek je slaapkamer in de fik met mij erin!'

Ze schreeuwde wel dertig keer: 'Klootzak!' En ze hield pas op toen het zoethout op de grond viel. Ze raapte het takje op, veegde het af en ging weer naar binnen, nu rustiger. Door Primo de Rivera een klootzak te noemen had ze tenminste haar vader niet zo genoemd.

Gewikkeld in een deken viel ze in de schommelstoel in slaap. Midden in de nacht werd ze wakker van de kou. Ze was door en door koud. Ze had gedroomd dat de tijd stil was blijven staan. Dat ze zich niets herinnerde en niets verwachtte. Ze had gedroomd dat zelfs dromen niet bestonden. Ze ging onrustig in bed liggen. Het was vreemd om voor het eerst alleen in het huis te slapen.

Toen de ochtend begon te gloren en haar slaapkamer verlichtte, stond ze op en liep ze werktuiglijk naar haar vaders slaapkamer. Ze klopte op de deur en zei dat het tijd was om op te staan. De stilte maakte haar ongerust. Ze hoorde hem niet snurken. Eerst dacht ze dat hij in zijn slaap was gestorven. Daarna herinnerde ze zich dat hij er niet was, dat hij was weggegaan. En dat hij de revolver had meegenomen.

Ze was alleen. Zonder eigenliefde, kogels of een wapen. Zonder vader. Misschien zelfs zonder kameraden. Ze had niets. Oké, ze had een paar dingen: veel schaamte en erge honger.

Joaquim Xernac

Hij keek op zijn wekker. Vijf uur 's ochtends. Hij gaf het op – van slapen kwam toch niets terecht. Vanwege Segarra was hij gewoon te opgefokt. Hij stond op. Dan zou hij tenminste zijn tijd niet verdoen, bedacht hij. Terwijl hij naar beneden ging, naar zijn werkkamer, moest hij weer denken aan het nieuwtje van de dag dat als een bom was ingeslagen: Primo de Rivera hield het voor gezien. Iedereen die hem had bekritiseerd door te stellen dat hij onvoldoende ruggengraat had om een gestaald dictator te zijn, had gelijk gekregen. Hem was het om het even. Of niet – de afgang van de dictator kon hem mogelijk van pas komen. Iedereen was van zijn à propos. Het was hét moment om te handelen. Hij wist niet hoe of wat, maar zijn instinct zei hem dat hij daarvan moest profiteren. In de loop van twee of drie maanden zouden de hoge functies anders worden ingevuld; hij zou contacten en invloed verliezen, maar dat liet hem koud, want hij stond aan het einde van zijn levensweg. Hem restte alleen maar de vlucht vooruit, intussen verbrande aarde achter zich latend.

Het was koud in huis. Hij pakte pen en papier en ging terug naar de behaaglijke warmte van zijn slaapkamer. Hij bleef maar broeden. Zijn hersens werkten het best in de uren die aan de dageraad voorafgingen. Hij stelde een ontwerp op voor een persoonlijk telegram dat hij aan Primo de Rivera's secretaris richtte. De kranten kwamen altijd onmiddellijk achter die adhesiebetuigingen, die eerder hoffelijk dan oprecht waren. Dat moest nu gebeuren.

Joaquím Xernac y Figols, echtgenoot van de gravin de Almirez, aan generaal Primo de Rivera, markies de

Estella: Het gevoel van Gerona en omstreken en mijn eigen gevoel vertolkend betuig ik hartelijk sympathie en dankbaarheid voor onbaatzuchtige diensten ten bate van herrijzenis van ons geliefde vaderland, die goede Spanjaarden nooit zullen vergeten, en die voor U.Ed. een kostbaar wapenfeit zijn om bitterheid van huidige moment te verzoeten.

Hij las het nog een keer door, en hoewel hij het wat al te klef vond, besloot hij dat het wel goed was zo. Je kon het maar gehad hebben. Het was de stijl van de telegrammen die de generaal zou ontvangen. 's Ochtends vroeg zou hij het postagentschap in Biribil bellen en het Carlota telefonisch dicteren. Hij stak de pen terug in de inktpot en gaapte. Hij stelde zich Segarra voor, en werd weer woedend. Hij had tenminste een concrete reden voor zijn slapeloosheid. Dat was meestal anders. Al jaren werd hij zo nu en dan midden in de nacht ineens wakker. Hij probeerde dan weer opnieuw in te slapen, maar tevergeefs. Onmogelijk. Het merkwaardigste was dat er in het begin helemaal geen aanleiding was voor die situatie. Hij had meer dan ooit een gerust geweten. Om zich niet druk te maken maakte hij zich zelfs niet druk over de dood. Hij werd gewoon wakker. Daarom aanvaardde hij probleemloos die zachte, aangename slapeloosheid die hem er, afhankelijk van het jaargetijde, toe bracht om vanwege de kou in bed te blijven dan wel bij dageraad op te staan. Zowel in het ene als in het andere geval wijdde hij zich er in alle rust aan om beelden en gebeurtenissen uit zijn leven de revue te laten passeren, datgene wat bepaalde wie hij was en wat zijn plek was. Of hij hield zich onledig met het uitbroeden van nieuwe plannen midden in de stilte van zijn huis, het dorp, de wereld. En de tijd tot de nieuwe dag vergleed rustig. Hij wantrouwde niets: hij stond op en liep door zijn kamer, klaarwakker en uitgerust. Soms deed hij het licht uit en liep hij in het donker rond. Ook die duisternis was van hem …

Alles was veranderd sinds hij zeventig jaar was geworden. Hij werd nog steeds midden in de nacht wakker, maar zijn financiele problemen begonnen dat zo aangename begin van de dag te vergallen. Vandaag, om precies te zijn, begon de dag slechter dan ooit; hij was heel boos. Hij stak een sigaar op en liep naar het raam. Buiten sliep Ripoll.

De warmte van de sigaar bracht hem weer bij zijn positieven. En hoe meer dat het geval was, des te bozer hij werd. Hij wist wat hem te doen stond als hij het probleem kon oplossen. Hij zou Segarra eruit gooien. De laatste tijd begon hij hem trouwens een beetje eng te vinden. Het was iemand met een angstwekkende, dodelijke doeltreffendheid. Hinderlijk was alleen dat hij vaak, zoals in dit geval, niet deed wat hem werd opgedragen. De opdracht luidde dat hij, als hij eenmaal had vastgesteld dat de revolver van dat stelletje hongerlijders van zilver was, de Bulóhoeve zou binnengaan en het samen met de kogels die hij kon vinden zou meenemen, zonder een spoor achter te laten. Net toen hij wilde weggaan keerde de man met de dode hand naar huis terug. Segarra had voldoende mogelijkheden om zich ongezien uit de voeten te maken, zonder extra problemen te veroorzaken. Maar nee, hij besloot ook Panatis als buit mee te nemen. Daarom gaf hij hem een kaakslag en vloerde hem. Hij pakte de bezittingen van de oude man, bond hem vast, knevelde hem, schouderde hem als een schaap en nam hem mee naar huis, samen met de revolver en de kogels. Hij wachtte tot het donker werd, legde al het materiaal in de kofferbak van zijn auto en leverde het bij hem thuis af.

Waarom had hij dat gedaan? Waarom wilde hij zíjn leven op die manier compliceren?

Een doffe woede zwol aan vanuit zijn maag, want op het ogenblik stond hij machteloos tegenover Segarra. Hij vermeed het zelfs hem aan te kijken. Hij was hem al een paar maandlonen schuldig. In elk geval kon je hem wel vertrouwen als het op doorzoeken aankwam. Wat dat betreft was hij de beste. Hij had een fotografisch geheugen. Als het meisje naar huis zou terugkeren, stond alles op zijn plaats. Op het eerste gezicht zou ze niets merken.

Hij ging naar het wapen terug. Hij kalmeerde een beetje door ernaar te kijken. Dat was hard nodig om op een praktische manier te kunnen denken. De revolver was echt een mooi exemplaar, een kunstwerk. Hij had nooit iets om wapens gegeven. Zelfs niet toen hij jong was, in Extremadura, toen zijn vader en broer gingen jagen. Maar alleen een stommeling zou zo'n juweel niet kunnen bewonderen. Toch zat hij lelijk in de knoei. En ook volkomen onnodig. Het was al met al nergens goed voor geweest. De revolver leek inderdaad van zilver, maar de kolf was grof afgevijld. Die vernieling deed bijna pijn aan je ogen. Iemand had geprobeerd om een of ander merkteken uit te wissen. Misschien een getal, misschien initialen … Als het, zoals ze beweerden, een erfstuk was, waarom hadden ze dat dan gedaan? Het was echt heiligschennis. Misschien was het wapen wel gestolen. Of illegaal gekocht. Hij stond nergens meer van te kijken. Hoe dan ook, het was duidelijk dat hij het niet kon wegschenken. Niet aan Verrines, aan niemand.

Hij vond zichzelf een scepticus. Hij was zich dus bewust van de onmogelijkheid om de ware aard der dingen te kennen en, bijgevolg, van de afwezigheid van stellige waarheden. Daar was hij zich volkomen bewust van. Maar aan één kant vond hij het helemaal niet zo verkeerd dat iemand zich ertoe zette waarheden te verzinnen om de mensen te troosten. Daarom had hij altijd een onberispelijke relatie met de Kerk gehad. Ze hielden de boel op een schitterende manier bijeen; ze hielden de mensen rustig en profiteerden daar op hun beurt van. Geen probleem. Als een bedrijf. En zeer zeker een goed bedrijf. Aan de andere kant gaf het ontbreken van stellige waarheden hem de bevoegdheid morele besluiten te nemen die een beetje discutabel waren, hoewel altijd in zijn voordeel. Bijvoorbeeld, de kelder gebruiken als provisorische gevangenis, en bovendien als ruimte voor de verwarmingsketels en de warmwatervoorziening. En er Albert Panatis tegen zijn wil vasthouden.

Hij kleedde zich warm aan en ging naar beneden om te kijken wat die deed. Hij opende de deur op een kier en bekeek zijn gevangene. Een gloeilampje verlichtte de ruimte de hele nacht zwak. Meneer Panatis sliep rustig, gewikkeld in een deken en in de warmte die de verwarmingsbuizen afgaven.

Toen Segarra het wapen op hem richtte om hem te dwingen mee te komen, zou de man hem gezegd hebben dat hij zich geen zorgen hoefde te maken, dat hij toch al wilde weggaan, dat hij hem een dienst bewees … Eenmaal bij hem thuis was het niet eens nodig geweest hem vast te binden. Joaquim Xernac gaf het dienstmeisje voor onbepaalde tijd verlof, installeerde Segarra in haar slaapkamer en stopte Panatis in de kelder. Het was een hele vertoning. Hij at, kakte en sliep twee dagen aan één stuk. Hij was uitgehongerd aangekomen, kon niet op zijn benen staan, kon niet rechtop staan.

Alsof hij had gevoeld dat iemand hem bekeek, werd Albert Panatis wakker en ging op de rand van het veldbed zitten met zijn hoofd in zijn goede hand. Hij begon zachtjes onverstaanbare woorden te mompelen, alsof hij de rozenkrans bad … Ineens draaide hij zich om naar de deur, en Xernac schrok zich rot. Hij deed de deur meteen dicht.

Hij liep langzaam de trap op. Hij had het daarbeneden koud gekregen.

Hij had nog steeds goede vrienden bij de geheime politie in Barcelona. Hij zou hun vragen om de archieven goed door te spitten. Misschien dook de achternaam Panatis ergens op … Of misschien herinnerden ze zich wel de zaak van de diefstal van een heel bijzondere revolver. Als die gestolen bleek, had hij niets te verliezen door te proberen de eigenaar op te sporen – misschien was het een dankbaar iemand, bereid een goede beloning te betalen voor het kostbaarste stuk uit zijn collectie dat hij al definitief verloren waande.

Panatis werkte op zijn zenuwen. Hij was een beetje zielig met die bungelende dode hand. Hij wist totaal niet wat hij met hem aan moest. Maar tegelijkertijd, nu zijn aanvankelijke woede bekoeld was, wilde hij hem voorlopig vasthouden. Niemand zou hem daar ooit vinden. En zijn intuïtie, die hem zo vaak had geleid zonder zich te vergissen, zei hem vanuit een hoekje van zijn hart: ‘Langzaamaan, dan breekt het lijntje niet.’ Alles welbeschouwd was de door Segarra begane stommiteit misschien toch nog ergens goed voor. Waarvoor wist hij nog niet. Daar kwam hij nog wel achter. En tot dan zou die norse, bizarre man in zijn kelder opgesloten blijven.

Berta Panatis

Ze nam het geld, pakte haar bundel en vertrok naar het dorp. Ze kwam er met een nieuwe gemoedsgesteldheid binnen. Het was net of ze meer geluiden hoorde dan anders: de blokschaaf van de timmerman, de vijl van de slotenmaker, de kneedtrog van de bakker, rijdende karren en karretjes, lummelende toeristen. Die hele uitbarsting van leven beurde haar behoorlijk op. Maar ze wist niet wat ze moest doen, en ze liet zich door haar eigen passen leiden. Ze dacht nergens aan. Ze dacht alleen maar dat die zonnige dag die de januarikou deed vergeten ideaal was om te wandelen. Die lusteloosheid was een gevolg van de honger. Ze liep door de straten van Biribil, terwijl ze haar fiets aan de hand meevoerde en de mensen die ze tegenkwam bekeek. Ze voelde zich naakt, ze had niets meer. Alsof het een gebed betrof bleef ze maar mompelen: 'Eenmaal aan de macht zal al het menselijk lijden ophouden. Eenmaal aan de macht is het leven voortdurend geluk. Eenmaal aan de macht zijn onderdrukking, ellende en honger alleen maar herinneringen uit het verleden ...' Honger? Haar maag kromp op dat moment samen. Ze had heel erge honger. De dag ervoor had ze niets gegeten. Ze bleef midden op straat staan en was boos op zichzelf. Hoe durfde ze? Haar honger was niet dé honger! Ze had het recht niet om zichzelf te vergelijken met wie echt honger leed!

Ze liep door. Ze had geld bij zich. Het brandde in haar zak. Ze wilde het niet.

Ze bleef voor de bakkerij staan. Die was klein; drie of vier vrouwen verdrongen elkaar. Een van hen, duidelijk een vakantiegangster, vulde haar mand met brood en cakejes. Ze weifelde. Ze wist niet of ze kadetjes of puntjes mee moest nemen. Ze voelde dat Berta haar aanstaarde en draaide zich om. Ze zag het meisje verlekkerd naar het brood in haar mand kijken. De vrouw, warm aangekleed met muts en handschoenen, glimlachte haar toe. De bakker zag wat zich afspeelde en wenkte Berta naar binnen. Maar ze kwam niet; ze moest juist denken aan de zachte, behaarde handen van de man, die het brooddeeg kneedden dat de toeriste net had gekocht. Ze werd van het ene op het andere moment zo misselijk dat ze geen honger meer had. Ze ging naar binnen, legde de rest van wat ze schuldig was op de toonbank – in een notitieboekje stond precies hoeveel – draaide zich om en ging weg. De bakker liep naar buiten en keek haar na. Hij zag van achteren hoe ze de weg op liep, eerder verslagen dan moe, en de fiets aan haar hand meevoerde, alsof ze een doel had, alsof ze te laat kwam op de afspraak met iemand …

Ze liep tot aan de fontein op het raadhuisplein om water te drinken. Het was ijskoud, maar het stilde haar honger enigszins. Ernaast stond de kerk. Ze ging naar binnen en nam op een van de banken plaats. Ze moest even bijkomen. Er was weinig licht. Het enige goede van lege kerken was dat vredige gevoel. Drie vrouwen zaten op de eerste rij te bidden. Ze probeerde te voelen wat je voelde als je bad, en of iemand die dat deed er iets aan had. Ze lette op: geen van de drie vrouwen leek iets te verwachten. Ze dacht aan haar vader en ze schaamde zich ineens voor hem. In de loop van de tijd had hij haar vaker beschaamd. Ze herinnerde zich een van de eerste keren, tegen november 1918. Ze was dertien jaar en ze begeleidde hem naar de Volksuniversiteit om te luisteren naar de voordracht van een bolsjewistische Rus op doorreis in Barcelona. De bar die als zaal dienstdeed, puilde uit. De bijeenkomst was min of meer geheim en de toegang werd streng bewaakt, zodat er niet een stille van de geheime dienst kon binnenkomen. Het respectvolle gemompel overal illustreerde het ongeduldige wachten van de mensen. Toen kwam de spreker binnen. Sommige mannen omhelsden hem, een meisje durfde hem een zoen te geven. Zij vond het maar een vogelverschrikker, met dat kraagloze hemd, die ribfluwelen broek en hoge laarzen. Het was een jongeman van dertig jaar, groot en mager, met rood haar en een rode baard, die uit Petrograd kwam – het was opwindend om de naam Petrograd te horen in plaats van Sint-Petersburg! – en hij had lichte, rusteloze ogen, die even makkelijk vurig oplichtten en schitterden als dat ze onverschillig doofden. Hij was net heimelijk in de haven aangekomen, op weg naar Amerika om daar zieltjes te winnen.

Hij ging boven op een kist spuitwater staan en begon te praten. Hij probeerde in het Frans te communiceren, en een kameraad van de Volksuniversiteit die die taal een beetje machtig was vertaalde het in het Catalaans. De jongen deed uitgebreid de triomf van de revolutie en van de bolsjewieken uit de doeken, als iemand die het verloop van een veldslag beschrijft. Hij was metaalarbeider en schilderde een beeld dat op zijn stiel was gebaseerd. Zoals metallurgie bedrevenheid en vaardigheid was om uit ertsen metaal te winnen, zo haalde de revolutie het beste in de mensen boven, en stelde dat solidair ten dienste aan anderen.

Ze klapte ontroerd, net als de overige toehoorders. Het was de eerste arbeidersregering uit de menselijke geschiedenis! Nadat hij een uur had gepraat, vochten de enthousiaste aanwezigen bijna om hem vragen te mogen stellen. De lucht was zwanger van het gevoel dat er grote dingen te gebeuren stonden.

'Geloof je dat je alleen aan de macht kunt komen door geweld te gebruiken?' vroeg haar vader hem.

Toen die vraag eenmaal was vertaald, leek de Rus hem niet te snappen. De vraag werd herhaald. Eerst keek hij hem aan als iemand die een simpele ziel opneemt, en vervolgens als iemand die merkt dat er een vieze kakkerlak over zijn hemdsmouw kruipt. Hij antwoordde kort, als een zweepslag: 'Kameraad, het is de enige manier om te slagen.' En meteen daarop vroeg hij hem enigszins achterdochtig: 'Geloof jij echt in een socialistische organisatie van de wereld?'

Een op het eerste gezicht eenvoudige vraag, die ofwel vroeg om een eenvoudig, maar onschadelijk, onbruikbaar antwoord – dat wil zeggen een direct en zonder aarzeling uitgesproken 'ja' –, ofwel een ander antwoord, beredeneerd, dat je onmogelijk tijdens een bijeenkomst kon geven. Berta's vader, die niet van uitersten hield, bleef hem aankijken terwijl hij nadacht. Hij had de vraag heel serieus opgevat. En heel serieus – en kort – beantwoordde hij die ook: 'Ja, daar geloof ik in. Maar ik geloof ook dat we de tegenstander door ideologische discussie moeten overwinnen.'

De jongen ontplofte. Hij vroeg hem, alsof hij debiel was: 'En wat doodt volgens jou onze kameraden? Een discussie of een kogel? Een ideeënuitwisseling of een onmenselijke marteling tot de dood erop volgt? We zijn in oorlog! En ons doel is die oorlog te winnen. Om te maken moet je eerst kapotmaken. We moeten ze afmaken.' En hem in de ogen kijkend voegde hij eraan toe: 'Iedere arbeider die de aanwijzingen van de leiders naast zich neerlegt is erger dan de ergste uitzuiger. Gesnopen?'

Iedereen staarde haar vader aan, zij ook, en door zijn schuld was ze rood als een tomaat. Zijn adem stokte even. Het leek er even op dat hij zijn mond opendeed om te antwoorden ...

Maar hij was bang en deed het niet.

De aanwezigen klapten de bezoeker weer toe, alsof Albert Panatis de bolsjewiek met zijn vraag had beledigd. Ze boog haar hoofd, pakte zijn hand beet en draaide zich om. Terwijl ze hem mee naar de uitgang trok, hoorde ze verontwaardigd gemompel uit het publiek; iemand floot hem zelfs uit. Beschaamd probeerde Berta zich bij de deur van hem los te maken. Hij hield haar tegen.

'Ik wil alleen maar dat je begrijpt dat niet alles in het leven discipline is,' zei hij. 'Je kunt niet gaan haten zonder je af te vragen waarom ...'

Huilend van schaamte liet ze hem staan en ging weer naar binnen.

Nu, jaren later, had hij háár laten staan. En op dat moment, in die kerk, had ze tegenstrijdige gevoelens voor haar vader. Ze kon niet boos op hem worden. Diep in haar binnenste was ze er verbaasd over hoe lang hij het naast haar had uitgehouden daarboven. En nu baande zich in haar een gevoel van verlorenheid een weg, alsof hij dood was.

De pastoor zag haar vanuit de verte. De man glimlachte. Eindelijk begon dat ongerijmde meisje zich goed te gedragen. Vanaf de andere kant van de kerk liep hij op haar af.

'Ik vind het fijn u in het huis van de Heer te zien, Berta … U lijkt bezorgd. Kan ik u helpen?'

'Ik ben niet gelovig.'

'Goed, je hoeft niet echt slim te zijn om dat te merken. Bent u gedoopt?'

'Ja, mijn moeder was altijd een goed christen.'

'Dat is voor mij voldoende. Wat scheelt u?'

'Mijn vader is gestorven.'

Een tiende van een seconde nadat ze begonnen was dat te zeggen, merkte ze al dat het huis van de Heer nergens toe diende. En die kerel nog minder. Ze stond op en ging weg. Ze gaf hem het nakijken.

Ze bleef door Biribils straten dwalen, melancholisch en hongerig, maar vooral heel erg van de kaart. En meer dan van de kaart, verblind, verward door het feit dat ze aan haar vader dacht alsof hij dood was en ze hem nooit meer zou zien.

De schoenmaker passeerde haar. Hij groette haar niet. Als hij was blijven staan om haar te bedanken dat ze de dag daarvoor zijn kleinzoon naar huis had gebracht, zou ze hem misschien hebben verteld wat ze dacht: dat er in het leven heel vreemde dingen gebeuren.

Ook de schoenmaker was ze geld schuldig, maar niet zoveel. Ze riep hem met tegenzin, en hij bleef staan. Nors vroeg de man haar wat ze wilde.

'Betalen,' zei ze kortaf.

Ze gaf hem iets meer dan ze schuldig was. Ze zei dat hij de rest mocht houden en bedankte hem. De man, verrast, was niet in staat zijn hand te sluiten, en het geld viel op de grond.

'Mijn vader is dood,' zei ze, hem minachtend. 'Maar ik peins er niet over u zijn trouwlaarzen te verkopen. Ik smijt ze nog liever in de rivier.'

De schoenmaker bekeek haar alsof ze gek was, terwijl hij zijn best deed om het geld van de grond op te rapen.

Berta bewoog zich door Biribil alsof ze op watten liep. Ze ging naar het raadhuis. De vlag hing nog van het balkon alsof het een feestdag was, of er iets werd gevierd. Met een sigaret tussen zijn lippen leunde commandant Segarra tegen de deurpost en bekeek de passanten. Hij had zijn uniform nog aan, zijn wapen zichtbaar. Alleen al toen ze hem zag moest ze lachen. Ze stelde zich voor hoe hij van het ene op het andere moment zijn gezicht zou verven, gekleurde veren in zijn tooi zou steken en rond de totem de regendans zou gaan zingen en dansen. In het begin lachte hij ook. Hij greep haar beet en begon te dansen. Ze maakte zich los en bleef maar lachen. Met een malicieuze glimlach vroeg Segarra naar haar vader. Het meisje bleef ineens staan.

'Waarom vraagt u naar hem?'

'Puur uit beleefdheid ...'

'Ik neem aan heel goed, bedankt.'

'U neemt aan?'

'Hij is er niet. Hij is weggegaan. Hij is naar Barcelona teruggekeerd.'

'Wat een verrassing, na zoveel jaar ...'

Segarra's ogen prikten haar als naalden. Daar waar hij keek, prikte het. Het was onaangenaam. Ze gaf hem de rest van het geld, in een prop. 'Dat is voor de achterstallige huur.'

Ze was tevreden. Eindelijk was ze dat geld kwijt. Haar vader had gelijk: het was niet eens genoeg om alle schulden te voldoen.

'En wat moet ik ermee?' vroeg Segarra, die het maar niks vond dat hij als klerk werd gebruikt. 'Komt u maandag, ik heb er niks mee te maken. Bovendien is het met dat gedoe rond generaal Primo hier een aanzienlijke knoeiboel ...'

'Generaal Primo? Wat is er met hem?'

'Wat er is? Weet u dat niet? Hij is er eergisteren mee opgehouden. Hij is afgetreden. Of ze hebben hem eruit gegooid, ik weet het niet. Een onrecht dat ze duur te staan komt en ...'

Ze luisterde al niet meer. Ze stond als versteend. Ze moest weer aan haar vaders woorden denken: als je niet opschiet, is er straks niemand meer om te doden.

Segarra stond paf; was bijna even verbaasd als zij. Hij had nooit gedacht dat het bericht het meisje Panatis zo zou raken. Wie zou hebben gedacht dat ze zo pro generaal was ...

'U moet er niet zo zwaar aan tillen. Primo de Rivera is gegaan, maar de dictatuur blijft ...'

Hij noemde haar de naam van zijn opvolger, maar die hoorde ze niet. Ze rende al de straat af. De commandant haalde zijn schouders op en stopte het geld in zijn zak. Dat meisje had ze beslist niet allemaal op een rijtje.

Berta rende een heel stuk. Ze had vreselijke honger. Zonder het te merken begon ze weer op het zoethout te kauwen. Er zat kraak noch smaak aan; het was alleen nog maar vezel, maar het wekte in elk geval speeksel op ...

Iedereen ging weg: haar vader, de dictator ... Primo de Rivera, grote bedrieger. Waarom ga je weg? 'Als ik opruk, volg me dan. Als ik terugwijk, dood me dan. Als ze me doden, wreek me dan.' Dat is verdomme pas een echte kerel. Spiegelde je je niet aan de Duce? Mussolini gaat niet weg ... Primo de Rivera, markies de Estella, dief van niks ... Ze verslikte zich in het takje zoethout en begon te hoesten. Ze gooide het weg. Zelfs dat gebaar kostte haar moeite. En wat nu? Ze werd gaandeweg rustiger, maar ze kon het gevoel bedrogen te zijn niet van zich af zetten. Ze ging voor de school op een bank zitten. Ze hoorde de kinderen om haar heen spelen en rennen, maar ze zag ze niet. Ze merkte dat de schooljuf voor haar langsliep, een kind achternazat, maar ook haar zag ze niet. Langzaam maar zeker begon ze ook de goede kanten van haar situatie in te zien. Als Primo er niet was, wat gebeurde er dan met haar missie? De opdracht luidde hém te doden, niet de Spaanse dictator te doden, ongeacht wie ... Ze wachtte al heel wat jaren op het bevel hem te doden. Misschien was ze in staat geweest nog wat jaren te wachten. En dat zou ze uit discipline hebben gedaan, de oerkracht van haar mensen. Maar nu was het anders. In de partij waren ze nu vast en zeker terdege aan het afwegen of het wenselijk was de vervanger te vermoorden. Wie ook het nieuwe dictatortje was dat haastjerepje het gat moest dichten, hij zou als interim de geschiedenis in gaan. Een eenvoudige vervanger vermoorden leek niet de beste keuze om het eind van het regime te versnellen ... Ze zou hem doden, als ze het haar opdroegen. Maar een dergelijk besluit nemen zou tijd vergen. En als ze ten slotte besloten het nog eens te proberen, was er een nieuwe voorbereiding nodig, net zo hard of harder nog dan bij Primo de Rivera het geval was geweest …

Ze rekte zich uit en ademde in. Als je het goed bekijkt, zei ze tegen zichzelf, is het niet meer zo erg om de revolver kwijt te zijn!

Tevreden en gesterkt door die overtuiging maakte ze zich op haar weg te vervolgen. Wat veranderde er toch veel in korte tijd! In een paar uur overkwamen haar meer dingen dan in zes jaar. Ze moest denken aan dat onrustige gevoel van onbeweeglijkheid van de eerste tijd in de Bullóhoeve. In Barcelona had ze twee, drie jaar vol beweging meegemaakt, van continue beweging, met op elk moment een ontlading van adrenaline, zowel persoonlijk als beroepsmatig of – veel belangrijker – politiek. Toen ze naar de bergen ging, hield alles ineens op. Het kostte haar veel moeite te wennen. En nu, uitgehongerd, uitgeput, had ze gedurende een seconde die uitbarsting van leven herwonnen …

Ze voerde haar fiets nog steeds aan de hand mee. Ze bedacht dat ze die misschien aan Carlota Monrós kon verkopen. Ja, ze zou naar het postagentschap gaan en het haar voorstellen. Ze versnelde haar tred, gehaast, ongeduldig, de moed verliezend. Toen ze op het plein was aangekomen, stalde ze de fiets tegen de muur van het postkantoor en liep naar de deur. Na die fikse wandeling voelde ze zich uitgewrongen, zwak. Ze trilde van opwinding toen ze de deurklink vastpakte. Ze ging naar binnen en bleef als aan de grond genageld staan: een dikke man met een heel grote wrat met drie haren op zijn linkerwang brulde door de telefoon, met de deur open, in een van de twee cellen achterin: '"Dat gebeurt in New York niet!" zegt die klootzak. Wat heb ik met New York te maken? Kun je me dat zeggen, Moragues? Hoe kan het optreden van iemand uit Barcelona hetzelfde zijn als dat van iemand uit New York, dat van een Parijzenaar, een Pruis uit Brandenburg of een Londenaar? Als "dat in New York niet gebeurt", waarom wil hij hier dan zakendoen? Ik heb hem net een huis in de Eixample aangeboden voor 175.000 peseta … Welke Eixample? Nou, welke zou ik bedoelen,

Moragues? Natuurlijk die van Barcelona! Het telt zes verdiepingen met twee appartementen per verdieping: twaalf rotsvaste huurders en een jaaropbrengst van zeven procent. Wat wil hij nog meer? En als hij geen excuus meer kan verzinnen, stuurt hij me een telegram en laat weten dat hij wil afwachten hoe de politieke situatie zich ontwikkelt, want met de val van Primo … Daar ben ik mooi klaar mee. Nu kan ik het gebouw niet verkopen door schuld van de generaal, die er bovendien, de arme man, niet meer is – hij heeft de deur achter zich dichtgetrokken, alles spuugzat … Eens kijken of jij me een handje kunt helpen, Moragues. Je krijgt vijf procent van wat je eruit weet te slepen. Ik moet nog een paar dagen hier blijven. Op advies van de dokter …'

Ze ging uiteindelijk niet naar binnen. Ze schrok van die man. Zonder iets te zeggen week ze achteruit. Carlota Monrós had haar nog niet opgemerkt. En de fiets zou ze haar wel een andere keer verkopen.

Opgelucht stak ze het plein over. Ze zag dat de sociëteit gesloten was. In een van de vensteropeningen die op straat uitkeken zat karton in plaats van glas. Ze ging op de bank bij de ingang zitten. Ze zocht het zoethout, maar vond het niet. Ze herinnerde zich dat ze het had weggegooid. Het was stil op het plein. De enige activiteit kwam van het postagentschap, aan de overkant. Ze voelde dat een grote opwinding zich van haar meester maakte. Ze ademde gehaast. Haar hoofd tolde. Ze pakte een kiezel van de grond, glad en rond. Die stopte ze in haar mond om hem te proeven, alsof het een snoepje was. Ze moest hoe dan ook speeksel zien op te wekken. Ze haalde hem uit haar mond, likte eraan … Ze zag de man die in het postkantoor had staan bellen naar buiten komen. Hij liep schommelend van links naar rechts. Hij zou wel een slechte heup hebben. Hij was nog steeds boos. Hij zat weggedoken in een jas met bontkraag. Het leidde haar even af, maar ze keerde meteen in zichzelf terug. Ineens ging achter haar de deur van de sociëteit open. Josep Caminal keek heel voorzichtig naar buiten. Hij zag dat zij het was en hij liet haar binnenkomen. Het meisje kon maar net op tijd de kiezel uit haar mond halen en die in haar jaszak stoppen.

'Wat doe jij hier, Berta? Je bevriest zowat! Je ziet er beroerd uit ...'

Ze zei het eerste wat haar te binnen schoot: 'Ik ben gekomen om je mijn fiets te geven.'

'Je fiets? Waarom?'

'Om mijn schulden af te lossen.'

'Klets niet.'

'Als je hem niet aanneemt, ga ik weg en zie je me nooit meer terug.'

Joseps vrouw liet haar naar de keuken komen en liet haar bij het vuur plaatsnemen. Ze had zo'n honger dat ze daar ter plekke, op de keukenstoel, veilig als ze was, vooroverboog tot ze met haar kin haar knieën raakte en met haar handen haar voeten. Josep en zijn vrouw bekeken haar stil. Ze wachtten tot ze weer rechtop ging zitten. Ze dachten dat het een oefening tegen de kou was.

'Waarom zijn jullie dicht?' vroeg ze hun, innerlijk tevreden over dat smoesje van de fiets. Ze wilde niets hebben. Hoe lichter, hoe beter.

'Gisteren, toen de dorpsomroeper midden op het plein ging staan om te zeggen dat Primo de Rivera was afgetreden, ging mijn grammofoon kapot en ineens begon een van mijn tango's keihard te spelen. Het duurde maar een paar minuten, maar iemand moet er aanstoot aan hebben genomen, want vannacht is mijn ruit met een steen ingegooid. Het is een waarschuwing.'

'Wat denk je dat er zal gebeuren?'

'Met mij? Geen idee. Ik sluit maar voor alle zekerheid. In het algemeen niets bijzonders. De dictatuur blijft. Ik neem aan dat de repressie wat minder wordt ...'

'Maar ... en Primo?'

'Thuis.'

'Moet hij zich niet verantwoorden?'

'Waarom? Het regime is niet veranderd.'

Zijn vrouw bood haar een belegd broodje aan, maar ze sloeg het af. Ze vroeg haar een glas water. Zoals altijd informeerde Josep Caminal naar haar vader. Ze antwoordde dat hij er niet meer was.

'Wat zeg je nou?'
'Hij is weggegaan.'
'Wanneer?'
'Gisteren.'

Josep probeerde zich te herinneren dat Albert Panatis de bus had genomen, maar dat was onmogelijk. Toen hij merkte dat het meisje niets meer te zeggen had, stond hij op en liep naar de zaal. Berta bekeek hem met sympathie. Hij had een heel bijzonder loopje, besluiteloos. Maar niet als van iemand die niet weet waar hij heen gaat, eerder als van iemand die dat wel weet, maar niet durft. Hij kwam terug met een pakje en een dampend kopje, terwijl te horen was hoe zijn vrouw op de bovenverdieping rommelde.

'Dat is goede koffie, Berta. Speciaal besteld bij een koffiebranderij in Barcelona, in de Carrer d'en Xuclà. Turkse koffie van het merk Bey. Ik hoop dat ik mijn klanten hiermee vasthoud. Iedereen gaat naar Salon Guinart. Ik heb besloten hoog in te zetten met die nieuwe koffie met Ottomaanse aroma's ... Proef eens!' Hij keek schuins naar het kapotte raam. Ook voor Josep Caminal braken andere tijden aan. De man reikte haar de kop aan. 'Je slaat hem toch niet af, hè?' drong hij aan. 'Ik vraag je om een gunst. Ik wil echt weten wat je ervan vindt ...'

Het was een heldere dag. En de sneeuw boven op de Monturder reflecteerde het zonlicht bijna direct op het dorpsplein. Toen zag ze duidelijk wat ze zou doen, terwijl ze wachtte – altijd maar wachten – tot iemand uit Barcelona haar nieuwe instructies zou geven. Ze zou Violet Gibson brieven schrijven! Ze wist alleen maar dat ze haar in een gekkenhuis hadden opgesloten. Een jaar na de aanslag wist Mussolini nog steeds niet wat hij met de vrouw aan moest. Uiteindelijk, met diplomatieke dwang, was haar advocaat, een zekere Bruno Cassinelli, erin geslaagd om haar terug naar huis te laten sturen, naar Ierland, als een partij rot fruit. De enige voorwaarde van de Duce was dat ze haar in een psychiatrisch ziekenhuis zouden opsluiten. Het gore lef! Ja, ze zou haar brieven schrijven. Ze zou haar vanaf een afstand gezelschap houden. Ze bewonderde die zottin: Gibson, de gekkin. Gibson, de visionaire. Gibson, de simpele ziel. Gibson, de belachelijke. Niet gek, niet visionair, niet simpel, niet belachelijk.

Toen ze dat besluit eenmaal had genomen, kreeg ze de onstuitbare aanvechting om te schrijven. Ze had geen papier of potlood. Noch een envelop of postzegels. Ze had zelfs geen adres om de brief heen te sturen. Maar daar maakte ze zich niet druk over. Post voor zo'n beroemd iemand als Violet Gibson kwam hoe dan ook aan.

'Josep, in ruil voor die gunst wil ik dat je me een paar vellen papier en een potlood geeft.'

Caminal gaf haar een pakje en zei: 'Akkoord, als we er ook dit broodje kaas bij doen.'

'Maar ...'

'Of dat, of niets.'

'Akkoord.'

Ze dronk de koffie en een golf welbehagen vulde haar lichaam.

'Hij is heel lekker.'

'Echt?'

'Echt ... Het broodje neem ik mee.'

Ze griste potlood en papier gewoonweg uit zijn handen in plaats van het aan te nemen. Daarna probeerde ze dat te maskeren en deed ze net alsof ze de spullen rustig in haar jaszak stopte. Ze slaagde erin weg te komen zonder te struikelen, afwezig en verstrooid, gehuld in haar wollen sjaal. Ze passeerde haar fiets, die tegen de muur van de sociëteit stond. Die was al niet meer van haar. Ze stak haar hand in de zak waarin het papier zat. En zo, stevig doorstappend, verdween ze.

Een poosje later zat ze aan de eetkamertafel in de Bullóhoeve, met verloren blik, met de steen in haar mond en op het punt om te gaan schrijven. Ze was weer uitgehongerd. Die Turkse koffie had haar hongergevoel alleen maar een paar tellen gestopt en had haar maagzuur bezorgd, alsof ze levend verbrandde. Vergeten bij de open haard lag het broodje kaas, nog ingepakt. In de haard brandden de eerste stukken van de schommelstoel. Die had ze niet zozeer in mootjes gehakt als wel vermorzeld en uit elkaar geramd met de hamer van haar vader. Hij brandde niet goed, en de vernis stonk als hij in contact kwam met het vuur. Het maakte niet uit, als het maar een beetje warmte gaf. Ze had Violet Gibson heel wat te vertellen en ze wist niet waar ze moest beginnen. Ze zou het in elk geval goed doen … Om te beginnen zou ze de Ierse autoriteiten aanschrijven en naar haar vragen …

Carlota Monrós

Meteen toen ze opendeed, zag ze de fiets aan de overkant van het plein. Ze nam aan dat het meisje in de sociëteit was. De zaal bleef dicht. Er was geen beweging te zien. 's Nachts was er een tweede ruit ingegooid. Ze had niets gehoord – ze sliep vast. Caminal en zijn vrouw hadden de scherven van de vernielzucht al opgeraapt. Waarschijnlijk zaten die in de jutezak voor de deur. En over de hele breedte van het lege raamkozijn was een van de tafellakens van het etablissement gespannen. De wind bolde het op en liet het ook weer naar binnen bollen, als een rood-wit geblokt zeil. Laat Caminal maar begaan. Vader en dochter Panatis hadden altijd veel belang in hem gesteld. Je zou kunnen zeggen dat er sprake was van een zekere vriendschap. Vanuit het postagentschap had ze vaak gezien hoe Berta bij de sociëteit stopte en er een hele poos bleef voor ze naar haar telegram kwam vragen. Waar spraken ze over? Josep Caminal was een arrogante ouwe zak en was nooit zijn dorp uit geweest. Vóór de dictatuur was er bij verkiezingen in Biribil altijd een ongeldig stembiljet opgedoken vol antiklerikale en anti-Spaanse nonsens. Volgens meneer pastoor was dat Josep Caminals stembiljet – hij stond bekend als linkse Catalaanse nationalist, die weinig ophad met de Kerk. Carlota wist het wel zeker. Ze had een hele reeks donaties – of contributies – van hem nagelopen die hij naar verschillende adressen had overgemaakt. Allemaal adressen – ze had het makkelijk kunnen achterhalen – van niet-kerkelijke, progressieve culturele verenigingen. Zo nu en dan ontving hij ook tijdschriften van vreemde afzenders ... Als zij vader en dochter Panatis was, zou ze hem op afstand houden, anders werden zij ook nog de pineut.

Een poosje later zag ze Berta over het bospad uit de richting van de Bullóhoeve komen. Ze liep langzaam en droeg een versleten, verstelde jas. Bij elke stap die ze zette was het net alsof ze een beetje de moed verloor, zo langzaam liep ze. En Carlota had het idee dat ze niet dichterbij kwam, hoezeer ze ook voortstapte, dat ze op wazige afstand bleef, die niet zozeer twee mensen verbond als wel twee realiteiten, twee ideeën. Dat was het gevolg van de macht van het postkantoor. Het was soms net of er vanuit het postagentschap bijzondere banden ontstonden naar een grenzeloze ruimte. Ze voelde zich nauw verbonden met de hele wereld, maar ook met concrete mensen. Bijvoorbeeld met Berta Panatis. Voor Carlota werd het postagentschap als een lemen hut met strodak waardoorheen langzaam regenwater drupte, zoals een zandloper de tijd meet. Dat regenwater zwol aan tot reusachtige beken, die door vlakke, gladde beddingen stroomden, en die haar wis en waarachtig naar mensen stuwden, naar de wereld, naar Berta Panatis.

Het meisje opende de deur met moeite. Ze was graatmager. De kringen onder haar ogen waren zo paars dat ze wel zwart leken en gaven haar een angstaanjagend uiterlijk. Ze kwam binnen zoals ze altijd deed, met een soort rituele groet: slechts zoveel als nodig was, haar nauwelijks aankijkend. Carlota zocht in haar ogen niet zozeer moedeloosheid als wel wrok, bitterheid. Maar alsof Berta Panatis haar gedachten kon lezen, weerstond ze die blik, om haar te laten weten dat er niets aan de hand was. En als er al een vonkje wrok was, was dat volkomen aan geduld onderworpen; daarvan bezat Berta meer dan genoeg. En mocht er al iets op wrok lijken, dan was dat in werkelijkheid niets anders dan een kortstondige vermoeidheid. Basta.

Het meisje liep naar de toonbank en bleef zwijgen. Ze was stug; ze had eelt in plaats van huid …

Ze wachtte tot Carlota een paar klanten had geholpen. Het was een vreemde situatie. En ze deed wat ze nog nooit had gedaan: in plaats van naar haar telegram te vragen, begon ze een anekdote uit haar verleden te vertellen, die Carlota al uit de ontvreemde krantenknipsels kende: dat ze bij een bank had gewerkt, en dat ze bijna met een beurs naar Londen en Parijs was gegaan om daar te studeren. Met de glimlach die ze zojuist woordeloos had aangeboden leek Berta Panatis bij haar een nieuwe medeplichtigheid te zoeken. Alles vroeg haar 'alsjeblieft'; haar blik was openhartig, alsof ze haar wilde laten weten dat ze niet boos op haar was of wrok tegen haar koesterde. Dat het niet haar schuld was dat ze niet naar Londen of Parijs was gegaan, dat niemand haar een telegram schreef. Het meisje leek wel iemand anders, en ze wist niet of ze daar blij mee was.

'Wilt u een kop thee? Over het postkantoor hoeft u niet in te zitten. Met dit weer komt er vandaag niemand meer. Toe … Gaat u mee …'

Ze nam haar mee naar de achterwinkel. Het was een soort kamer die tegelijk magazijn en rustruimte was. Het stond er vol met spullen die daar thuishoorden: stapels pakjes, formulieren in verpakking die moest worden opengemaakt et cetera; verder een kapstok met paraplubak, met een overjas en een paraplu, een wasbak met een spiegel, een handdoek en, op een krukje, een lampetkom met water.

'Ik wil niet storen …' zei Berta.

'U stoort niet,' antwoordde ze. 'Een ogenblikje.'

Ze liep de trap op en begon ongemerkt te fluiten. Ze was tevreden. Door de aanwezigheid van Berta Panatis? Misschien wel. Misschien vond ze het prettig om bezoek te ontvangen. Misschien was ze het beu zich alleen te voelen, en Berta was ook een buitenstaander. Ze kwam naar beneden met een dienblad met daarop twee kopjes, een dampende theepot, een suikerpot, een paar lepeltjes, koekjes en een melkkannetje. Berta was niet meer in de achterwinkel, maar in het postkantoor, bij het raam. Het sneeuwde zachtjes, maar de Monturder was niet te zien. Dikke, melkachtige, natte mist beheerste de horizon en maakte dat onmogelijk. Ze voelde de last ervan als het ware op haar rug. Het was een ochtend om te vergeten.

'Waar denkt u aan?' vroeg Carlota Monrós achter haar.

'De sneeuw in Biribil lijkt anders dan die in de bergen.'

'In dit dorp maakt de sneeuw dingen eerder vies dan iets anders …'

En ze voegde er op vreemd afstandelijke toon aan toe: 'Viel

alle sneeuw op de Monturder maar naar beneden om het dorp tot aan de daken te bedekken ...'

Berta Panatis draaide zich niet om, hoewel ze haar heel goed verstaan had. Ze liep naar de achterwinkel terug. Carlota schikte het dienblad. Het meisje antwoordde haar effen: 'Zo erg is het nou ook weer niet ...'

'Ja, misschien hebt u gelijk. Biribil is niet erger dan andere plaatsen.'

En ze zou eraan willen toevoegen, maar dat deed ze niet, dat het geluk haar persoonlijk flink had toegelachen. Ze had zelfs kunnen stellen dat ze er fortuin had gemaakt. Het loon van postagent stelde niet veel voor, maar in de loop van de jaren had haar relatie met Xernac haar geen windeieren gelegd. En nu was ze weliswaar niet rijk, maar had ze een aardige som, risicomijdend en waardevast belegd. En het belangrijkste: ze was onafhankelijk.

Door de theegeur liep het water haar in de mond. Ze zag dat het meisje haar ogen niet van de koekjes kon afhouden. Ze schonk een kopje in en reikte haar dat aan. Uit een la haalde ze een vrij grote blikken trommel en opende die. Hij zat vol met een verkruimeld, heel geurig droog kruid. Berta Panatis bleef naar de trommel kijken.

'Mijn vader had er ook zo een.'

'Nu niet meer?'

'Nee, hij is hem kwijtgeraakt.'

'Ik bewaar er valeriaan in.'

Niets mocht dat moment bederven.

Carlota Monrós nam een plukje. Ze vroeg haar of ze er een beetje van wilde proeven ...

'Nee, bedankt.'

Ze bereidde haar aftreksel. De valeriaangeur was doordringend, aangenaam. Ze merkte dat Berta niet wist welke houding ze moest aannemen. Ze bood haar het bordje met de koekjes aan, maar ze pakte er geen. Misschien wilde ze weggaan. Dat zou ze niet toestaan, nu ze eenmaal bij haar thuis was, zo knus. Er was zoveel om over te praten! Het meisje bleef maar naar een portret aan de muur kijken, dat van een dikke jongeman met zachte blik.

‘Mijn man …’ zei ze.
Die informatie haalde Berta uit haar lethargie.
‘Bent u getrouwd?’
Ze glimlachte. Haar verbintenis met Xernac duurde al zoveel jaar dat ze die bijna als een tweede relatie had gezien, alsof hij bigamist was.
‘Dat was ik. Ik ben weduwe.’
Ze dronk haar kopje leeg en bette haar lippen met haar servetje. Ze wist dat het meisje een onuitputtelijke aanleg voor stilte had. Maar ze wist ook dat zij die veel beter aankon dan de overgrote meerderheid van de mensen. Intuïtief voelde ze dat ze sterker was dan Berta. Misschien omdat zij bezat wat het meisje nodig had, maar ontbeerde: het vermogen om uit jezelf te gaan en aan de bijtende zuren te ontsnappen door niets te worden, een gat, leegte, als tegenspoed het merg uit je botten zuigt. Als je lucht bent, kan de worm zich nergens aan vastklampen. Ze had geleerd naar het niets te reizen. Maar met een retourtje.
Toen haalde Berta Panatis een vierdubbel gevouwen vel papier uit haar jaszak en vertelde haar dat ze deze keer een brief bij zich had om te frankeren. Carlota verslikte zich bijna. Ze kon het niet geloven.
‘Wilt u een brief versturen?’
‘Ja … U hebt zeker geen envelop voor me …?’
Ze liep de achterwinkel uit, kwam terug en gaf de envelop. Het meisje deed er het vel papier in, sloot de envelop en schreef er heel behoedzaam de adresgegevens op. Toen ze daarmee klaar was, gaf ze de envelop aan Carlota Monrós terug om hem te laten frankeren. Carlota zette ogen als schoteltjes op.
‘Naar Ierland?’
‘Ja …’
‘Maar dat is een brief voor de Ierse premier!’
‘Ja …’
‘En weet u zijn adres niet?’
‘Nee, maar het is net alsof je in Spanje een brief stuurt naar “Alfons XIII, Madrid”. Denkt u dat hij niet aankomt?’
‘Ik neem aan van wel …’
Toen ze moest afrekenen zei Berta dat ze geen geld had; of zij

haar het porto kon voorschieten. Nog verward ontstak Carlota in hevige woede en zei: 'Nee.' Dat was geen winkel van Sinkel, maar een staatsbedrijf.

'Oké ...' zei het meisje.

Ze stak haar hand uit om de brief te pakken en maakte aanstalten om weg te gaan.

Dat merkte Carlota, en ze kreeg spijt. Het was een vergissing geweest. Ze wist niet waarom ze dat gezegd had. Het meisje bracht haar van haar stuk. Ze verontschuldigde zich met een glimlach, maar die beantwoordde Berta niet. Ineens werd ze bang dat Berta weer die afwerende houding zou aannemen die hun relatie had gekenmerkt.

'Trekt u het zich niet aan. Sorry. Ik ben de laatste dagen een beetje de kluts kwijt ... Ik krijg het nog wel ...'

Maar net als bij ganzenborden zag ze duidelijk dat Berta Panatis haar verplichtte terug naar af te gaan. En wat betekende dat? Had ze haar soms niet ooit bij het grenskruis van de bevriezingsdood gered? Had Berta Panatis haar soms nooit gevraagd om kogels te verkopen? En had ze haar dus nooit een dienst bewezen? En hadden ze niet zojuist samen thee gedronken?

Ze frankeerde de brief dan ook zonder blikken of blozen, professioneel. Alsof in haar postagentschap de afhandeling van correspondentie van Berta Panatis voor meneer de president van de Vrije Republiek Ierland, Dublin, iets alledaags was.

Berta bedankte haar en nam overhaast afscheid. In een ommezien stond ze buiten.

Toch was Carlota tevreden. Ze hadden echt gepraat, van vrouw tot vrouw. Van buitenstaander tot buitenstaander. Ze hadden samen thee gedronken. Misschien zouden ze nog wel vriendinnen worden. Misschien kon ze haar binnenkort voor een etentje 's avonds uitnodigen. Berta had alleen haar maar. Hoe eerder ze dat aanvaardde, hoe beter.

Vanzelfsprekend maakte ze de brief meteen open. Het was niet voor het eerst dat ze dat deed. Ze deed het zelfs vaak. Ze pakte een willekeurige brief uit de stapel die al gesorteerd was om de volgende dag te bestellen of te versturen. En die schond ze zeer omzichtig. Niet uit morbide nieuwsgierigheid. Het was veel meer dan dat. Ze wilde ten volle ingrijpen in het communicatieproces, de stilte verbreken, en zich tussen 'hallo' en 'tot ziens' plaatsen.

Het briefgeheim had ze altijd al geschonden. Dat deed ze met stoom. De jongens van de geheime dienst in Barcelona hadden haar dat geleerd. Het verschil tussen vroeger en nu, onder de dictatuur, was de wettigheid van die daad. Als functionaris van post en telegraaf mocht ze elk postbericht dat ze verdacht vond onderscheppen. Dat had ze vroeger ook gedaan, maar toen was het illegaal. Ze had er nooit problemen door gekregen, en was dat wel het geval geweest, dan had Joaquim Xernac het voor haar opgelost; hij was niet voor niets de ontvanger van geheimen die stiekem in de geschonden brieven onderschept waren. Maar om geen enkel risico te lopen opende en sloot ze de brieven toch maar zonder dat het te zien was.

De heiligverklaring van het briefgeheim had ze altijd al vreemd gevonden. Hoogdravend werd gesteld dat de privésfeer heilig was, en die omvatte je huis en je brieven. Daar was ze het niet mee eens. En nog minder met het idee dat schending van het briefgeheim een zwaar zedelijk vergrijp is. Bovendien was er in haar geval meestal geen kwade opzet in het spel. Af en toe had ze gewoon zin om in de papieren van mensen te snuffelen, louter om uiteindelijk vast te stellen dat ondanks de talloze manieren waarop mensen zich uitdrukken ze elkaar eigenlijk weinig te vertellen hebben, en vaak veel van hetzelfde. Het kwam ook voor dat Joaquim Xernac haar discreet liet weten dat ze de correspondentie van deze of gene in de gaten moest houden. Dat beviel haar minder, maar ze deed het toch. Ze vertrouwde liever de motieven van iemand die ze kende, Xernac, dan die van iemand die ze niet kende. Alleen al vanwege puur demografische redenen was Biribil een dorp geweest dat de autoriteiten weinig hoofdbrekens bezorgde. Maar dat was veranderd sinds mensen uit Barcelona massaal het dorp hadden ontdekt. Ze genereerden veel en heel belangrijke informatie. En door hen ging er veel geld om. Maar dankzij haar werden hun brieven, telegrammen en telefoontjes streng gecontroleerd.

In haar optiek mochten brieven dus geschonden worden, al

was het alleen maar uit veiligheidsoverwegingen. Als de wet haar verplichtte telegrammen door te lezen voor ze die verstuurde, waarom dan niet ook brieven? Niks briefgeheim. Wie het daar niet mee eens was, moest maar niet schrijven. Of niet bellen. Als het aan haar lag werden alle brieven in open couverts verstuurd. Wie niets te verbergen had, kon het daar alleen maar mee eens zijn. Alles in de openbaarheid. Alles duidelijk …

Ze las de brief gretig, bijna gulzig. Het was een heel warrig briefje in het Spaans, waarin Berta in bloemrijke, gekunstelde taal informatie vroeg over het lot van een zekere Violet Gibson '… van aristocratische familie, zus van sir William Gibson, vurig pleitbezorger van de Ierse zaak …' Er stond dat het koninkrijk Italië haar na een rechtszaak – ze vertelde niet welke – naar Ierland had teruggestuurd, en dat ze op het ogenblik in een psychiatrische inrichting zat. En aangezien ze met haar in contact wilde komen, zou ze het waarderen als ze haar adres zouden geven et cetera.

Ze begreep er niets van. Ze stond letterlijk met haar mond vol tanden. Ze las de brief drie keer, de laatste keer hardop, om te zien of ze hem dan beter begreep. Ten slotte sloot ze hem weer met dezelfde zorg waarmee ze hem had geopend. Hoe je het ook bekeek, de boodschap kwam er in essentie op neer dat Berta Panatis de premier van Ierland het adres van een gekkin vroeg.

Die avond had ze een afspraak met Xernac. Ze nam zich voor hem niets over de brief te vertellen. Ze moest hem een pakje overhandigen dat uit Barcelona was gekomen. Om veiligheidsredenen liet Xernac vaak post naar Biribil sturen op naam van Carlota, want hij vertrouwde de post in Ripoll niet. Een pakje was moeilijker te schenden. Dat vereiste speciale behendigheid. Maar die had ze ook, en hoe. Net zo snel als suiker in water oplost knoopte ze touwtjes los. Ze verving zegels en lak met hetzelfde gemak waarmee een kind plakplaatjes in een album plakt. Ze snuffelde dus even in het pakje van Xernac. Het zat vol informatie over vader en dochter Panatis. Het viel haar op dat een contactpersoon bij de politie van Barcelona liet weten dat de revolver – voor zover was af te leiden uit de foto die meneer Xernac hem had gestuurd – overeen kon komen met een revolver die jaren geleden gestolen was; hoe kon hij daar een foto van hebben? Het was waarschijnlijk een politiek gemotiveerde diefstal: personen die de communistische ideologie waren toegedaan hadden een vooraanstaand man van de Madrileense aristocratie in elkaar geslagen, en hadden van de gelegenheid geprofiteerd om alles wat ze konden te stelen, inclusief het wapen. Communisten? Een ander bericht van een vertrouweling vertelde dat het gezicht van het meisje op het knipsel hem vaag bekend voorkwam. Een lid van de geheime politie bevestigde dat hij meende haar gezien te hebben op de begrafenis van een bekende agitator, een zekere Foix. Hij herinnerde zich haar omdat Berta Panatis op de eerste rij zat, alsof ze familie was ...

Ze schreef die informatie over. Ze zou pas conclusies trekken als ze er rustig over had nagedacht. Daarna bracht ze het pakje weer in de oude staat terug. Xernac stelde haar nooit vragen. Hij vermoedde niets. Hij vertrouwde haar.

Ze sloot het postagentschap vroeg, na het middageten. Ze hoorde kabaal op het plein: kinderen joelden, honden blaften; ze hoorde zelfs een autoclaxon ... Wat was er toch aan de hand? Ze knapte zich op, trok haar jas aan en ging naar buiten. Ze stond als aan de grond genageld. Door de hoofdstraat naderde Josep Caminal met zijn onzekere loopje. Hij was kaalgeschoren en helemaal bloot. Ze hadden hem met teer ingesmeerd en van top tot teen met veren bedekt. Hij hield zijn handen voor zijn kruis. Met gebogen hoofd liep hij naar huis, onder gelach, spot en getoeter. Afgaande op de stank hadden ze hem ook in een varkensstal gegooid. Af en toe bleef hij staan. Hij liep leeg. Carlota kende de straf: via een trechter werd je gedwongen wonderolie te drinken. Dit was hét toonbeeld van schande en vernedering, veel erger dan lichamelijke marteling ...

Iemand ging zijn vrouw waarschuwen – ze kwam jammerend met een deken uit de sociëteit. Daar wikkelde ze hem in en ze nam hem mee naar binnen. De rood-witte tafellakens waren deels losgewapperd uit het raamkozijn en sloegen woest naar binnen en naar buiten, alsof ze werden uitgerekt. Zelfs op dat moment kon Josep Caminal niet opkijken.

Dat grapje met de tango was die pummel duur komen te

staan, dacht ze bij zichzelf. Er waren nog steeds mensen die niet van grapjes hielden. Hij had het aan zichzelf te wijten.

Ze stapte in haar Chevrolet en reed zo snel mogelijk naar Ripoll.

Joaquim Xernac

Precies op het afgesproken tijdstip verscheen Carlota Monrós bij Xernac thuis met het pakje uit Barcelona. Hij nam het van haar aan en zei dat ze vast naar de slaapkamer moest gaan en daar op hem moest wachten. Toen hij in zijn werkkamer was, trok hij het touwtje met de briefopener kapot in plaats van het door te snijden. Hij strooide al het materiaal op tafel uit. Het was de vertrouwelijke informatie waar hij om had gevraagd: papieren, systeemkaarten en foto's. Met de loep in de hand bestudeerde hij ze nauwgezet. Het boeide hem enorm. Nu had hij alle puzzelstukjes van vader en dochter Panatis bijeen. Het probleem was alleen dat toen hij die puzzel eenmaal af had, er kop noch staart aan zat. Een van de verslagen over het leven van het meisje stelde dat ze niets op haar kerfstok had. Hoewel een van de politieagenten haar vaag dacht te kennen, had ze geen strafblad. Ze geloofden niet dat het meisje om de een of andere duistere of onwettige reden uit Barcelona 'ontsnapt' was, tenminste, afgaande op hun archieven. Ook haar vader, een oud-vakbondsman die voor de Eerste Wereldoorlog heel actief was geweest, had geen geweldsmisdrijven begaan. Politie-infiltranten bij de vakbond stelden in hun rapport dat in die organisatie iedereen een slechte herinnering aan hem had, alsof hij een enormiteit had begaan: 'Een beste kerel, een goed vakbondsman, maar een idioot die je met de beste bedoelingen ongemerkt in gevaar brengt – het ergste soort.' Ze hadden hem er in feite uit gegooid. Een ander papier verhaalde tot in detail de oorsprong van de zilveren revolver. Zoals hij al vermoedde, was het weinig waarschijnlijk dat armoedzaaiers als vader en dochter

Panatis zo'n luxe voorwerp bezaten. Het was een gestolen wapen. Bovendien waren de dieven een stelletje rooien. Mocht je daaruit concluderen dat het meisje communiste was? En zo ja, wat leverde dat hem op? De eigenaar van de revolver was een aan lagerwal geraakte edelman die met de dictatuur op slechte voet stond. Hij was zelfs bij wijze van straf naar het eiland Fuerteventura verbannen. Het zou hem niks opleveren die man de revolver terug te bezorgen. Hij besloot hem te houden, hem om te smelten en het zilver te verkopen … Het zou geen fortuin opbrengen, maar het was beter dan niets. En intussen hield hij vader Panatis in zijn huis vast, en Segarra was er, die hem maar wat graag dood zou slaan om hem een bekentenis af te dwingen. Maar wat bekennen? Dat was het ironische aan de hele zaak: hij had niets te vragen. Hij wist al alles over hem. Of toch, hij had wel een vraag, die samenhing met het enige puzzelstukje dat niet paste: waarom, verdomme, waren ze naar Biribil gekomen? Als hij die deur kon openen, gingen er daarna misschien andere open.

Bezorgd ging hij naar de kelder. Hij bleef boven aan de trap staan. Segarra's Sioux-gezicht keerde zich naar hem toe en glimlachte. Hij liep op hem af en Xernac fluisterde hem in welke vragen hij de gevangene moest stellen. Hij wilde zich er zelf absoluut niet mee bemoeien.

Segarra stelde Albert Panatis de nieuwe vragen, en nog een paar. Verrassend energiek liet de man hem weten dat hij kon doodvallen. Na een paar dagen goed eten was hij weer op krachten gekomen. Hij wist precies wat hij zei.

'Meneer Xernac wil niet dat ik je pijn doe. Maar als het nodig is, zal ik je vanzelfsprekend pijn doen.'

'Als martelaar zal ik mijn schuld delgen.'

'Waar heb je het verdomme over?'

Zonder Segarra aan te kijken riep Albert Panatis in de richting van Xernac: 'Is het nog januari?'

Die moest daar even over nadenken voor hij antwoord gaf. Wat was dat voor stomme vraag? Hij schraapte zijn keel en antwoordde rustig: 'Morgen is de laatste januaridag.'

'Januari,' vervolgde vader Panatis, zonder zich iets van hem aan te trekken, 'is de maand die aan Janus is gewijd, de geduchte god met de twee gezichten, waarvan het ene naar het verleden kijkt en het andere naar de toekomst. Het heden is voor de god Janus alleen maar het vluchtige moment dat wat al vervlogen is scheidt van wat nog komen moet, zonder op een van beide te letten of erbij stil te staan. Met het ene gezicht kijkt hij achterom, met het andere vooruit. Heel anders dan wij, die geen verleden of toekomst hebben. Alleen maar heden ...'

'Zelfs dat heb je niet, idioot,' zei Xernac vol verachting. 'Je hebt geen verleden, want niemand herinnert zich jou. Je hebt geen heden, want je bestaat nu niet; niemand weet waar je bent. Je zou dood kunnen zijn en niemand zou het weten. En een toekomst heb je al helemaal niet, als je niet meewerkt ...'

Hij had meer dan genoeg van excentrieke gekken. Deze kerel bijvoorbeeld, was bijna gaan huilen toen Segarra hem had gedwongen een soort hamer en een beitel zoals bouwvakkers hebben achter te laten. Hij wilde ze meenemen. Het was het spannendste moment van de kidnapping geweest ...

Bijna met geringschatting zei hij hem: 'We weten dat je lid bent van de vakbond CNT, we weten dat je dochter communiste is, we weten dat de revolver gestolen is, maar we weten niet waarom jullie naar Biribil zijn gekomen.'

'Val dood ...'

'Kijk,' bemoeide Segarra zich er plotseling tegenaan, 'binnen de kortste keren zal meneer Xernac zelfs weten wanneer je je voor het laatst met je slechte hand hebt afgetrokken, toen die nog levend was ...'

'Segarra, alsjeblieft ...' zei Xernac.

'Wat nou ...'

'Niets. Kijk, Panatis, als ik alle informatie heb, ben je overbodig. En weet je wat er gebeurt als ik je niet meer nodig heb?'

Meneer Panatis hief zijn hoofd op en keek hem aan. Hij zei zonder wrok, heel kalm: 'Het ergste wat me kan overkomen is dat je me doodt. Jullie stellen me vragen; het probleem is alleen dat ik daar de antwoorden niet op weet.'

Met zijn glazen glimlach liep Segarra op hem af. 'Meneer Xernac heeft me verzocht het je heel beleefd te vragen. Vertel op ...'

Albert Panatis onderbrak hem: 'Veel politieagenten denken dat als ze maar beleefd zijn hun werk niet een aan een stok geprikte droge hoop stront is. En ze zien zichzelf niet als een andere droge hoop stront die aan een andere stok geprikt is.'

Segarra's ogen vlamden even op van woede. 'Ik ben geen agent, ik ben commandant ...'

Meteen daarop deed hij een stap opzij en verkocht Albert Panatis een vuistslag op zijn kin, zodat die met stoel en al achteroversloeg.

Joaquim Xernac zag het allemaal stil vanuit de deuropening aan.

Segarra zette de stoel met degene die erop vastgebonden zat weer overeind. Alsof hij op zijn tong had gebeten, sijpelde er bloed en geelachtig slijm uit Albert Panatis' mond. Hij kreunde zachtjes, met zijn hoofd op zijn borst. Segarra was nog maar net begonnen. Hij ramde hem twee keer de vuist in zijn gezicht en één keer in zijn maag. Albert Panatis sloeg dubbel, maar doordat hij aan de stoel vastzat, klapte hij weer voorover. Segarra knielde, sneed het touw door en trok de stoel achteruit. Krimpend van de pijn wentelde de man met de dode hand op een schokkende manier over de grond, als een kronkelende worm. Het was gewoon zielig. Segarra liep op hem af, greep hem bij zijn haar en trok zijn hoofd op, zodat Xernac hem goed kon zien. Eén oog was dichtgeslagen en hij had een rood gezicht. De commandant pakte een emmer water die naast de stoel stond en gooide die half over hem leeg, wat de gevangene weer enigszins bij zijn positieven bracht; hij probeerde zijn ogen te openen. Xernac onderbrak de sessie. Hij had net bedacht dat de straf die vader Panatis onderging niet in verhouding stond tot de hoeveelheid informatie die hij hoopte los te krijgen. Hij merkte dat hij die arme donder uit pure woede liet afrossen, omdat hijzelf de laatste tijd pech had gehad ...

Hij ging even naar boven om Carlota gerust te stellen, die

zich wel zou afvragen waarom hij zo lang wegbleef. Halverwege hoorde hij nog meer gekreun. Segarra ging helemaal in zijn werk op.

Toen hij weer naar de kelder ging, zag hij een treurig schouwspel. De commandant had zijn vijf minuten goed gebruikt. Hij had bloed aan zijn handen, in zijn gezicht en op zijn hemd. Bovendien stonk het ontzettend ... Als je iemand afrost en er veel bloed vloeit, dan doet de geur die hij afscheidt veel denken aan die van een simpel bloedbad, net als de eerste minuten nadat je iemand hebt gedood. Als je het lichaam laat rotten verandert de zaak natuurlijk ...

Hij vond het maar niks. Panatis lag bewusteloos op de grond. Naast hem zat Segarra met gekruiste benen op de stoel waaraan hij vastgebonden had gezeten. Hij rookte. Dat paste niet bij hem; je kon je van hem alleen maar voorstellen dat hij de vredespijp rookte. Hij hield de sigaret tussen de vingers van zijn ene hand en probeerde met de andere een plukje tabak tussen zijn tanden uit te pulken. Toen hij Joaquim Xernac hoorde, keek hij naar de deur en glimlachte.

'Maak hem wakker,' beval die.

Hij legde de sigaret op de rand van de stoel, pakte de emmer en gooide die leeg over Panatis' gezicht. De man had niet bekend. Het was duidelijk dat hij zich wilde laten doden. En dat zou het probleem alleen maar vergroten. De oude Panatis was uitgekookter dan je op het eerste gezicht dacht. Hij had geen informatie gegeven die hij niet al had. Hij had toegegeven dat zijn dochter communiste was, maar hij wist er het fijne niet van – niet welke plaats ze in de partij innam of welke verantwoordelijkheden ze had. En de revolver hadden ze inderdaad via de partij gekregen, maar ze wisten niet waar hij vandaan kwam. Hij diende als zelfbescherming. O, en dat ogenschijnlijk nutteloze verblijf in Biribil had met zijn gezondheid te maken, en de wens anders te leven. Waardeloze informatie.

Er was nog tijd om te stoppen. Hij kon Panatis laten verdwijnen en die hele rotfamilie vergeten. Maar voor zijn gevoel was niet alles opgehelderd. Hij had alle puzzelstukjes voor zich, en hij was nog niet bereid ze allemaal in een zak te stoppen en in de rivier te gooien. Hij bekeek die misvormde man – nu ook nog in elkaar getrimd en vernederd – zoals een entomoloog een insect bestudeert dat een plaag heeft veroorzaakt en dat nu onder zijn microscoop ligt. De grote ontdekking bevindt zich voor onze ogen, is er, maar we zijn niet in staat haar te zien.

Hij wilde zichzelf iets meer tijd gunnen.

Hij zuchtte, en tegen het ongelovige, teleurgestelde gezicht van Segarra zei hij: 'Dit leidt nergens toe. De oplossing moet elders liggen.'

Hij draaide zich om, begon de trap op te lopen en sloot de kelderdeur achter zich. In zijn slaapkamer stond Carlota Monrós verschrikt te kijken en ze kon ternauwernood uitbrengen: 'Ik heb kreten gehoord, gekreun.'

'Maak je niet druk. Dat zijn mijn zaken,' zei hij zachtjes.

'Wat is er aan de hand, Joaquim?'

Hij nam haar op en bulderde ineens buiten zichzelf: 'Mijn zaken, verdomme! Kleed je uit!'

Geïntimideerd begon ze zich uit te kleden. Hij pakte haar ineens beet en trok de kleren van haar lijf. Toen Carlota zijn kloten beetpakte, probeerde hij rustig te worden. Panatis' koppigheid werkte hem op de zenuwen. En uitgerekend nu had hij niet alle tijd van de wereld ...

Carlota deed haar best, maar hij was het probleem: hij kon zich niet concentreren. Hij zou haar een goede beurt geven, zodat ze geen achterdocht zou koesteren, en haar weer naar huis sturen. Binnenkort kon hij haar niet meer onderhouden. Hij zou haar moeten ontslaan. Maar zoals de zaken er voor stonden was híj misschien degene die zich uit de voeten zou moeten maken en haar moest laten stikken. Haar en iedereen. Hij had geen tijd meer. Verrines' advocaat had weer druk op hem uitgeoefend. Hij had ook een ultimatum gekregen van monsieur Randonné, die al het geld terugeiste dat hij hem had geleend. Hij kreeg drie weken om te betalen. Wat Segarra in de kelder met Panatis had gedaan was kinderspel vergeleken bij wat Randonné met hem zou doen. Hij raakte buiten zichzelf van woede. Hij pakte Carlota van achteren vast, sloeg haar hard op haar linkerbil en ging aan de slag. Hij kwam meteen klaar.

'Het is welletjes voor vandaag, Carlota. Ik heb geen tijd meer voor je,' zei hij, terwijl hij zich met het laken afveegde.

'Wat is er?'

'Hoepel op.'

'Dit is de tweede keer in twee weken dat je me op die manier behandelt, en ik wil niet ...'

'Je hebt niets te willen! Ophoepelen en laat het me niet nog een keer hoeven zeggen. Ik heb haast.'

Aangezien Carlota Panatis' gekreun had gehoord en een glimp had opgevangen van Segarra die onder het bloed zat – hij had hen bij het liefdesspel gestoord om iets stoms te vragen – besloot hij zich hoe dan ook te rechtvaardigen. Hij liet haar weten dat hij een gevaarlijke zaak aan de hand had, iets politieks, waarvan zij maar beter niets kon weten.

En voor ze er erg in had, had hij haar eruit gezet.

Hij liep terug naar zijn werkkamer. Hij pakte de zilveren revolver en wreef met zijn vingertop over de trekker. Hij herinnerde zich wat zijn vader over wapens had gezegd: 'Alsof het een vogeltje is, stevig beetpakken om het niet te laten ontsnappen, maar tegelijk zachtjes om het niet te verstikken ...' Hij zette de kogels naast elkaar, de ene naast de andere ... Hij waaierde de knipsels en de foto's uiteen ... Hij herlas de berichten. Ze maakten allemaal gewag van een militant verleden van Berta Panatis, dat veel actiever was dan haar dagelijks leven in die tijd deed vermoeden. Haar dagelijks leven? Hij bekeek de knipsels weer. Hij zag haar glimlachend, blakend van gezondheid een bobo van de Hypotheekbank de hand schudden ... Overdag was ze een bankspecialiste die in staat was een heel listige zwendel te ontdekken. 's Nachts veranderde ze in een militante revolutionaire. Het waren twee meisjes ineen. Hij snuffelde in de stapel berichten. Hij vond wat hij zocht: de kopie van een transcriptie van het verslag dat Berta Panatis zelf jaren geleden over de fraudezaak had opgesteld. De methode werd er uit de doeken gedaan:

Een buitenlandse investeerder van naam, bij voorkeur een Zwitser, stelt zich aan een ondernemer of gepensio-

neerde in ons land voor als internationaal beursagent, bevoegd om transacties te verrichten op de verschillende beursvloeren in de Verenigde Staten. Hij vleit ze zoveel hij maar kan, en biedt zichzelf aan als intermediair voor de aankoop van aandelen van Amerikaanse bedrijven die zijn gespecialiseerd in grondstoffen in verre, afgelegen streken van de Verenigde Staten: Alaska, Oregon, zelfs Chicago et cetera. Plekken die voor de toekomstige investeerder moeilijk te controleren zijn. Die buitenlandse heer bevestigt met nadruk: 'We hebben contacten in de hoogste Noord-Amerikaanse regeringskringen. Nu, om maar iets te noemen, weten we al dat tarwe en gerst binnen een week in waarde zullen stijgen. We moeten meteen kopen.' De voorzichtige Catalaanse industrieel weet het zo net nog niet. De buitenlandse investeerder zegt dat hij dat heel goed begrijpt en dat de man zich geen zorgen hoeft te maken – hij zal hem bewijzen hoe solide zijn contacten zijn. De genoemde zakenman legt laten we zeggen honderd bezoeken af in de belangrijkste Spaanse steden. Bij zo'n vijftig bezoeken zegt hij dat het graan zal stijgen, bij de andere vijftig dat het zal dalen. Het kan nooit misgaan. Hij herhaalt de operatie met de vijftig mensen die hij de juiste optie heeft gegeven, maar nu met een ander basisproduct, bijvoorbeeld rundvlees. Opnieuw stelt de helft van de toekomstige bedrogenen vast dat de buitenlandse zakenman het bij het rechte eind had. Er is geen industrieel die drie opeenvolgende goede voorspellingen kan weerstaan. Vanaf de vierde voorspelling doen de twaalf of dertien bedrogenen die van de derde ronde resteren er een moord voor om het bedrijf van onze bedrieger, dat vanaf een adres in Genève elegante brieven stuurt, geld te bieden. De bedrogene betaalt cash en tekent een contract dat de buitenlandse firma de vrije hand geeft om te investeren of investeringen ongedaan te maken. Daarvoor moeten superhoge commissies betaald worden die er, vreemd genoeg, toe bijdragen het gevoel van betrouwbaarheid te verhogen. De uitgekookte buitenlander waarschuwt op het allerlaatste moment, vlak voor het contract wordt ondertekend, dat elke investering van dat soort risico's met zich meebrengt. Maar tuk op makkelijk verdiende miljoenen rukt de Catalaanse industrieel hem letterlijk de pen uit de hand, steekt die in de inktpot en zet zijn naam onder een waardeloze akte. Ineens is hij in zijn nopjes in de wetenschap dat hij zakendoet met een internationaal opererende instelling, terwijl hij tot voor kort het volste vertrouwen had in een Spaanse. Een paar maanden later beginnen ze argwaan te koesteren, als ze merken dat ze geen contact kunnen opnemen met het bedrijf, dat hun brieven niet beantwoordt. Verontrust winnen ze discreet informatie in, en ze krijgen de bevestiging dat het een brievenbusfirma betreft. En dat er zich op het genoemde adres niets bevindt: geen kantoor, geen medewerkers. De enige optie is aangifte doen, maar de meeste bedrogenen doen dat niet; ze leggen zich erbij neer geld te verliezen, want ze willen niet voor idioten doorgaan, en ze willen niet dat de zakenwereld weet dat ze op die manier zijn bedrogen. Bovendien komen er meestal pas na een jaar aangiftes, als de oplichters al duizenden kilometers ver weg zijn.

Hij glimlachte. Hij pakte een van zijn wandelstokken en sloeg er zo hard mee op tafel dat de vloerplanken ervan kraakten. Twee meisjes ineen! Dat was de oplossing! Tot nu toe had hij op het verkeerde meisje gelet! Eindelijk had hij het punt gevonden waarop ze samenvloeiden. Datgene wat hem de laatste tijd had dwarsgezeten. Hij zag ineens hoe hij de zaak van die uilskuikens kon gebruiken om zijn eigen problemen op te lossen …

Hij rende weer naar de kelder.

'Segarra, we veranderen van strategie!' riep hij. 'Pak de camera en begin die armoedzaaier te fotograferen. Alle verwondingen moeten goed zichtbaar zijn. Je begrijpt me wel … Daarna lap je hem een beetje op. Hij moet nog een paar dagen in leven blijven. Morgen gaan we bij zijn dochter op bezoek.'

'Waarom?'

'We zijn onbeleefd. Ze woont al zes jaar in de bergen … en we hebben nooit belangstelling voor haar getoond. Het wordt tijd dat we dat gaan doen …'

Met een nieuw gevoel van opluchting ging hij slapen. Eenmaal in zijn slaapkamer kreeg hij een onbedaarlijke lachbui. Alsof hij ook de nacht had overtroefd. En hij hield zich niet in. Hij lachte als een waanzinnige. Het huis had immers toch dikke muren. Het duurde slechts een paar minuten. Later, toen hij er genoeg van had, droogde hij zijn tranen met een punt van het laken. Nog geen minuut later sliep hij al.

Carlota Monrós

Ze kende Xernac beter dan zijn eigen vrouw. Er was iets aan de hand. Allereerst had hij haar in zijn slaapkamer gedumpt. Terwijl ze op hem wachtte, opende ze de deur en liep naar de trap. Ze hoorde dat er beneden, in de kelder, iets op de grond plofte. Wat gebeurde daar? Toen hij naar boven kwam om haar gezelschap te houden leek hij heel ongedurig. Ze wist wat ze moest doen om hem als was in haar handen te doen smelten. Ze begon zijn testikels te bevingeren op dezelfde manier waarop ze tijdens bijeenkomsten van vrome vrouwen de rozenkranskralen had bevingerd. En met dezelfde pose: ze dacht ondertussen over haar eigen dingen na. In werkelijkheid gebruikte ze al heel wat jaren de tijd dat ze aan Xernacs kloten trok om na te denken. En het kon haar geen moer schelen als dat erop neerkwam dat ze in het ene geval haar minnaar bedotte en in het geval van de rozenkranskralen Onze-Lieve-Heer. In elk geval had noch de een noch de ander er zich tot op heden over beklaagd. Het enige verschil was dat ze Xernac, zo nodig, stevig beetpakte en hard trok. Dat kon niet bij de rozenkranskralen. Dat bleef God bespaard.

In Alfalac had de herbergier van het dorp de gewoonte klanten die een kamer huurden te vragen of ze die met of zonder rozenkrans wilden. De vaste klanten wisten wat dat betekende: of je 's nachts een dienstmeisje wilde hebben … Boosaardig noemden de mensen hen 'rozenkransmeisjes'. Vlak voor ze naar Igualada ontsnapte, was ze het een paar maanden geweest. Ze werkte niet in de herberg, maar dat maakte niet uit; de herbergier kwam haar persoonlijk thuis ophalen. Haar moeder, die wel een vermoeden moest hebben, keek de andere kant op. Men ging ervan uit dat ze werd ingehuurd om te bedienen. Als er markt was, was er veel werk aan de winkel ... Daar had ze de techniek onder de knie gekregen om testikels met haar rechterwijsvinger met rondgaande bewegingen te masseren.

Een paar minuten lang viel Xernacs gekreun boven haar samen met gesmoorde kreten uit de kelder. Op een gegeven moment werd er op de slaapkamerdeur geklopt. Ze stopten. Er was niets te horen. Xernac ging opendoen zoals hij was: naakt, bezweet, met een halve erectie. Het was Segarra; zijn hemd zat onder het bloed – niet het zijne natuurlijk, want hij was zo fris als een hoentje. Xernac maakte er geen punt van om zich naakt aan zijn ondergeschikte te tonen, en die verbaasde zich er niet over zijn baas bloot te zien. Hij fluisterde hem iets toe, keek vluchtig naar het bed en ging weer weg. Ze was onder de indruk. Niet zozeer vanwege Segarra's bloed, als wel vanwege Xernacs gebrek aan schaamte, vanwege die familiariteit tegenover de commandant, ongetwijfeld een gevolg van het feit dat een dergelijke situatie zich al eerder had voorgedaan.

Toen ze verdergingen, trok ze harder dan gewoonlijk. Xernac verloor een paar seconden lang het bewustzijn, en zij merkte het niet.

En daarna gooide hij haar eruit, zoals iemand die een lieveheersbeestje van zijn mouw veegt.

Toen ze op weg naar buiten langs de kelderdeur kwam, keek ze vluchtig. Die stond half open. Ze zag niets. Er was daarbeneden niets te horen. Xernac liep eropaf en sloot de deur met een klap. Op de grond, tegen de deur aan, zag Carlota een heel aparte zwartleren handschoen. Die herkende ze meteen: Albert Panatis droeg hem aan zijn dode hand. Zonder dat Xernac ook maar een spiertje van haar gezicht zag vertrekken, liep ze door naar buiten. Ze draaide zich niet eens om om hem gedag te zeggen. Ze trilde over haar hele lijf. Ze voelde de blik van haar minnaar in haar nek tot ze in haar Chevrolet stapte. Pas op dat moment hoorde ze de huisdeur met een klap dichtslaan.

Voor het eerst in vele jaren was ze een beetje bang.

De auto blonk in de maneschijn. Toen ze eenmaal zat – ze had haar jas en handschoenen aangehouden – pakte ze de zakflacon uit het handschoenenvakje en nam een flinke slok van haar twintig jaar oude armagnac.

Wat was Xernac toch een enorme hufter. Hij maakte deel uit van de groep mensen met macht. Die zijn zo ijdel en arrogant dat ze, als ze iemand ontmoeten die het tegen hen opneemt, hem aanvankelijk niet dwingen te gehoorzamen, want ze hebben het niet door. Zo iemand was Xernac. Daardoor kreeg ze het idee dat als ze hem op een dag zou ontvangen met een zin als 'Hoe gaat het, ontzettende klootzak, geldwolf, impotente lul?' hij geen spier zou vertrekken. Hij was het zo gewend anderen zijn wil op te leggen, en het was tegelijkertijd zo lang geleden dat iemand het tegen hem had durven opnemen, dat hij het niet eens zou hebben gemerkt. Het was zo onvoorstelbaar dat iemand hem recht in zijn gezicht zou beledigen dat hij de woorden niet begreep. Ze zouden afketsen, zoals een kaatsbal tegen de muur. Zijn hersens verwerkten die woorden niet. Hij zou niet een beledigende woordenstroom horen, maar alleen een soort vervelend gezoem.

Ze startte de motor terwijl ze nog een slok uit de zakflacon nam. Het was goed spul, ze kikkerde ervan op. En ze kreeg er geen maagzuur of een kater van. De motor sputterde even, maar begon uiteindelijk vrolijk te pruttelen.

De laatste tijd had ze een steeds grotere hekel aan mannen. Het vervelende is dat je er uiteindelijk altijd een nodig hebt, zei ze bij zichzelf ... Tenminste, een vertrouweling. Waar was de hare? Voor ze haar echtgenoot had leren kennen – na de episode van de mijn; nadat ze in Alfalac 'rozenkransmeisje' was geweest – kwam ze erachter dat ze alleen maar seks hoefde te gebruiken als ze een man nodig had. Daarom maakte ze ook geen werk van pastoors, want bij hen werkte dat niet – ondanks de geruchten was ze tenminste nog geen pastoor tegengekomen die er ontvankelijk voor was – en ze had geen zin haar energie aan hen te verspillen. Gelukkig kon ze religieuzen in haar leven missen als kiespijn ...

Ze sprak met zichzelf af dat ze over hooguit een paar jaar, als ze veertig werd, in staat moest zijn zonder mannen te leven.

De weg leek eindeloos. Donibà de Mòjac, Dompol, de weg

omhoog naar Biribil … Toen ze het dorp bereikte, parkeerde ze haar auto niet, maar reed bijna ongemerkt over het plein verder. Met gedoofde lichten nam ze heel langzaam de bosweg die naar de Bullóhoeve leidde. Een paar minuten later zette ze de motor af; ze liep de laatste vijfhonderd meter. Er brandde licht in het huis. Ze naderde voorzichtig, maar werd bijna ontdekt toen ze op takken trapte. Ze hoorde dat Berta Panatis naar de deur kwam en die opende. Ze speurde even de omgeving af. Carlota dacht dat ze haar hoorde mompelen: 'Ik hoop niet dat het weer die snotneuzen van laatst zijn. Het is al heel laat …' Vanuit haar schuilplaats keek ze op, en ze zag haar langzaam naar de houtopslag lopen op ongeveer tien meter van het huis. Ze zou het wel koud hebben, want ze droeg geen jas. Ze bibberde tenminste. Carlota hoorde haar vloeken – er was geen twijgje over. Toen ze zich omdraaide, verstopte Carlota zich. Het meisje keerde met lege handen terug en sloot de deur. Opnieuw stilte.

Ze wachtte ongeveer tien minuten. Het beetje alcohol in haar bloed verhoogde het adrenaline-effect. Misschien was het een valstrik. Misschien stond het meisje op de uitkijk. Uiteindelijk besloot ze in beweging te komen. Net als andere keren wilde ze naar binnen gluren. Ze rende naar de muur en liep gebukt stapje voor stapje naar het raam. Ze zag haar zitten slapen, met haar hoofd op haar rechterarm die op tafel lag. Ze had enorm medelijden met haar, zozeer zelfs dat ze dacht dat ze eigenlijk die nacht naar de Bullóhoeve was gegaan om met haar te praten. Om haar te vertellen dat ze misschien wist waar haar vader was. Dat die handschoen op de grond in Joaquim Xernacs huis niet veel goeds voorspelde. En ook niet de plotselinge belangstelling van die man voor vader en dochter Panatis. Ze zou haar ook opbiechten dat zij daar misschien debet aan was, omdat ze op een vervloekt moment had besloten hem de knipsels en foto's te geven …

Ze ging rechtop staan, haalde diep adem en liep naar de deur met de bedoeling zich kenbaar te maken. Ze bleef op de drempel staan. Ze dacht: als ik klop, schrikt ze zich dood. Ze wist niet wat ze moest doen. Ze bleef een paar minuten voor de deur dralen. Uiteindelijk, toen ze zag dat er aan de buitenkant een deurklink zat, probeerde ze de deur te openen. Ze merkte dat die niet was afgesloten. Ze zei tot zichzelf: 'Ik ga naar binnen. Als ze wakker wordt, leg ik alles uit. Als ze niet wakker wordt, zeg ik haar niets.' Elk van die mogelijkheden benauwde haar. Ze duwde de deur langzaam open. Hij piepte nauwelijks. Het meisje sliep vast. Brutaal ging Carlota voor haar staan. Ze bekeek haar schaamteloos. Ze zag er steeds beroerder uit. Ze monsterde het interieur van het huis. Het was vuil en verwaarloosd. De vogel was verdwenen. Zijn kooi was leeg. Aan de muur hing een advertentie voor een van de maagdrankjes van dokter Freire uit Lissabon. Waarom? Al met al was het maar een troosteloze boel. Iets wat leek op de poot van een meubel smeulde nog half verteerd na in de open haard. Het was er heel koud. Ze sloot de deur. Ze ging de slaapkamer binnen, pakte de deken van het bed, liep terug naar de eetkamer en dekte Berta toe. Met een waaier en wat dennenappels wakkerde ze het vuur aan. Ze ging in een stoel zitten om te wachten op ze-wist-niet-goed-wat. Dat Berta wakker werd, bijvoorbeeld. In dat geval zou die haar naast het haardvuur aantreffen, haar handen warmend. Zonder cadeau. Ze had iets voor haar moeten meebrengen. Misschien koekjes. Die dag bij haar thuis had ze de indruk gekregen dat ze die lekker vond, hoewel ze er niet van had gegeten. Opnieuw vroeg ze zich af welk geheim dat meisje had. Was het iets politieks? Daar had zij geen verstand van. Het had haar nooit geïnteresseerd. Ze geloofde er niet in. Sinds ze kon nadenken wist ze twee dingen zeker, en die had ze geleerd zonder dat iemand ze haar had verteld. Eén: het leven is kort. Af en toe, afhankelijk van de persoon, is het heel erg kort. Twee: bij een conflict winnen altijd dezelfden, doorgaans de rijken en machtigen. Dat bleek overduidelijk uit de mislukte opstanden tot nog toe. Hoewel het er nu op leek dat die vlieger niet helemaal opging: in Rusland maakten de communisten de dienst uit. Ze hadden de tsaar, zijn familie, zijn dienstmeisjes en zijn honden uit de weg geruimd. Ze had perplex gestaan toen ze het in de krant las: waarom de honden ook? Alles wees erop dat Berta communiste was. Ze zou het haar vragen. En ze zou haar ook vragen waarom ze tegen een dictatuur vocht, de Spaanse, als de enige oplossing een andere dictatuur was, die van de Sovjet-Unie. Dat verkondigde Xernac tenminste luidkeels, zo vaak hij maar kon. Vast en zeker zou zij het haar geduldig uitleggen. Misschien word ik uiteindelijk ook wel communiste, dacht ze. Zo zou het makkelijker zijn vriendschap te sluiten. Maar als ze het nu in haar kop kreeg naar Ierland te gaan … Wie was toch die Violet Gibson? Een Ierse vriendin? Daar zou ze snel achter komen. Ze hoopte maar dat Berta meer geluk had met die brief dan met haar telegrammen. Iemand zou vroeg of laat antwoorden …

Ze kreeg zin haar te omarmen. Ze wilde haar vertrek uitstellen, zodat Berta haar thuis zou betrappen. Zo zou ze zich verplicht voelen alles wat ze wist op te biechten. Het was een weddenschap: alles of niets. Ze hield van risico en kansspel. Maar hoe meer tijd er verstreek, des te onzekerder ze werd, des te vreemder ze zich voelde, des te banger ze was en des te meer zin ze kreeg om naar huis terug te gaan. Ze dommelde in, toegedekt met haar prachtige jas van Amerikaans wezelbont, met haar rug naar het meisje toe en haar gezicht naar de gloed van het haardvuur.

Ze werd wakker van een geluid. Ze schrok. Ze wist niet hoeveel tijd er verstreken was. Berta was opgestaan. Ze wenkte naar haar … maar het meisje zag haar niet. Carlota had horen vertellen dat je echt niet moest proberen een slaapwandelaar te wekken. In de deken gewikkeld en op haar hoofd krabbend slaapwandelde Berta met open ogen naar haar slaapkamer. Carlota hoorde dat ze op bed ging liggen en bijna meteen weer wegzakte. Ze liep naar de deuropening en bekeek haar, nu zonder angst. Als ze gewild had, had ze haar achterna kunnen gaan om haar te doden. Niemand zou het gemerkt hebben.

Het speet haar weg te gaan zonder iets te hebben meegebracht. Ze voelde in haar zakken. Ze vond een paar ulevellen met koffiesmaak. Die legde ze op tafel, en ze ging naar buiten. Het begon licht te worden. Voorzichtig deed ze de deur dicht. In de verte zag ze haar Chevrolet. Die zou haar nu naar huis brengen. Maar op een dag zou ze er de wereld mee doorkruisen.

Ging haar liefde voor Chevrolets samen met het communisme?

Berta Panatis

Drie of vier dagen lang doolde ze rond tussen de Bullóhoeve, Biribil en het grenskruis. Ze dacht erover na dat het leven mensen vaak op de proef stelde en zaken op de spits dreef om hun grenzen af te tasten. Sommigen zeiden dat het God was die mensen beproefde. Anderen concludeerden simpelweg dat er van die dagen waren waarop alleen vaststond dat de zon en de maan opgingen, en dat die dagen vaak pas voorbijgingen na de gebruikelijke portie onprettige voorvallen en vervelende beslommeringen. Je hoefde je er dus niet over te verbazen of er bang voor te zijn. Je hoefde er zelfs niet tegen te vechten. Maar door zichzelf te verwaarlozen verzette Berta zich hevig tegen die alledaagse, onweerlegbare realiteit. Desondanks slaagde het leven er op sommige dagen in je te besodemieteren. Dan kreeg je een hamerslag toegediend. Zoals op die ochtend dat ze niet hardop kon kreunen vanwege de pijn en de onzekerheid die ze voelde. Het was al niet meer die verstikking in de borst, het was alsof ze beetje bij beetje werd verscheurd, zoals je zoutevis scheurt: vezel voor vezel, tot de massa alleen nog maar uit draadjes bestaat.

Op tafel had ze een paar koffie-ulevellen gevonden. Werd ze langzaam gek? Ze wist niet meer waar ze die vandaan had en gooide ze woedend in de haard.

Op de vierde dag ging ze naar het dorp, met haar kaplaarzen aan en de grote paraplu in haar hand, van het soort dat herders gebruiken. Dat was het handigst, want het begon weer te sneeuwen. Onder haar oksel droeg ze een pakje met daarin het schaakspel dat haar vader had gesneden. Dat wilde ze aan Josep Caminal cadeau doen. Ze had nog steeds de behoefte zich van alles te ontdoen. Het zou wel door de honger komen. Ze had de afgelopen dagen weinig meer gegeten dan Joseps broodje kaas. Maar ze maakte zich geen zorgen. Ze had gelezen dat je eerder van dorst dan van honger doodgaat. Dat het heel wat dagen duurt voordat je van ondervoeding sterft. Als je maar voldoende water drinkt. Ze wist ook dat, als je door ondervoeding sterft, het einde nadert als je geen hongergevoel meer hebt. Aangezien ze nog steeds honger had, vreesde ze niet voor haar leven.

Ze kwam door en door koud op het plein aan. De sociëteit was nog steeds gesloten. Het rood-wit geblokte tafellaken was vervangen door een houten plank. Het was intussen opgeklaard, en een zonnestraal, eentje maar, viel precies boven op Biribil. Ze stuitte op een zwarte hond die opgerold op straat sliep. Hij profiteerde van die tel zonnewarmte. De hond dommelde naast een karrenwiel dat aan een huismuur hing. Hij leek tevreden. Verstrooid bedacht ze dat kou ellende veroorzaakte, en sneeuw vocht en viezigheid. Ze had de bergen wel gezien.

Ze hoorde dat iemand haar riep. Het was Carlota Monrós, die in de deuropening van het postagentschap stond: 'Waarom komt u zich niet binnen opwarmen?'

Ze liep op haar toe. Het was vreemd om te merken hoe de omstandigheden uiteindelijk zo snel en ingrijpend van invloed konden zijn. Ze werd langzaam gek van kou, honger en verdriet. Zelfs van de duivel zou ze gastvrijheid hebben aanvaard. Ze haalde haar schouders op en ging op het aanbod in. Ze zou in het postagentschap wachten tot Josep Caminal zijn zaak opende. Er stonden mensen in de rij. Ze moest aan het zwarte hondje denken en kreeg de aanvechting hem ook binnen te vragen. Ze leunde op een van haar favoriete hoekjes van de balie die uitkeek op de grote vensters en de straat, en merkte niets van de algemene opwinding onder de mensen in de rij. Buiten sneeuwde het en door de kou leek het postagentschap een warme schuilplaats. Ze kreeg er een onverklaarbaar gevoel van welbehagen door en wilde slapen. Ze ging in een van de stoelen zitten, tussen de mufheid en de nattigheid van de klanten. Ze sloot haar ogen en deed ze pas weer open toen ze een duw voelde. Een vrouw met een Frans accent verontschuldigde zich omdat ze haar had gewekt. 'Wat moet u een gelukkig mens zijn dat u kunt slapen wanneer en waar u maar wilt ...' zei ze, terwijl ze haar onwillekeurig van top tot teen bekeek.

En ietwat beschaamd omdat ze pardoes in slaap was gevallen vroeg Berta werktuiglijk aan die onbekende vrouw: 'Droomt u dan veel?'

De Française deed net of ze haar niet verstond en ging weer in de rij staan. Er ging weer een poosje voorbij. De ruimte raakte leeg. De sociëteit bleef gesloten.

'Is er post voor me?' vroeg ze toen ze aan de beurt was.

'Verwacht u soms een brief uit Ierland?' opperde Carlota.

'Ja. Hij moet er nu wel zo'n beetje zijn,' antwoordde ze bevreemd.

Carlota Monrós keek haar aan en zei van nee, zoals ze altijd deed, terwijl ze twee handen opstak alsof ze zich verontschuldigde. Voor ze wegging vroeg Berta haar of ze iets van Josep Caminal wist.

Carlota antwoordde: 'In elk geval is duidelijk dat er iemand opnieuw een raam heeft ingegooid en dat hij daarna met pek en veren is ingesmeerd ...'

Onder de indruk liep Berta naar de uitgang, nu wel met de bedoeling weg te gaan.

Ze klopte op de deur van de sociëteit, maar niemand deed open. Ze zette het pakje met het schaakspel op de drempel, tegen de gesloten deur aan. Als Josep Caminal terugkwam, zou hij het wel vinden. In tegenstelling tot de fiets die ze hem had gegeven om haar schuld af te lossen was het schaakspel een geschenk. Hij had het verdiend. Hij zou er vast en zeker blij mee zijn. Het zou hem doen denken aan de oude tijden dat hij met haar vader schaakte. Soms kwam Josep naar de Bullóhoeve, altijd 's zondags; 's middags was zijn zaak dicht. Hij klopte op de deur en kwam meteen binnen – ze waren het gewend. Onder zijn overjas ging hij onberispelijk gekleed. Op zondag draag je immers je beste pak. Vaak had hij een fles wijn, brood, kaas en een beetje koffie in een papieren zakje bij zich, vooral de laatste tijd, toen Berta en haar vader het moeilijker hadden. Meneer Panatis haalde het schaakspel uit zijn slaapkamer. Het schaakbord had hij in de eetkamertafel uitgesneden en daarna beschilderd. Josep en hij konden urenlang stil zitten spelen. Ze onderbraken de partij niet eens om de broodjes kaas te eten die Berta smeerde. Ze slurpten wijn en verzetten de stukken. Het was net of ze zich zorgen maakten, maar ze waren alleen maar geconcentreerd. Na een heel lange tijd stilte zei een van de twee plotseling in het Spaans: 'Schaak.' Haar vader won altijd.

'Ik weet niet waarom ik eigenlijk nog kom,' zei Josep vriendelijk.

Hij aanvaardde de terugweg met een zakje kastanjes die zijn tegenstander had geraapt. Ze bedankte hem voor alles wat hij voor hen deed.

'Zo gauw we kunnen, betalen we wat we u schuldig zijn ...'

'Maakt u zich daar nu maar geen zorgen over,' zei Josep, en hij voegde er met een glimlach aan toe: 'En neem maar van mij aan dat ik alles opschrijf ...'

Op een van die avonden, twee of drie jaar geleden, bespraken Josep en zij een nieuwtje dat de dictatuur betrof, in de wetenschap dat ze dezelfde politieke overtuiging waren toegedaan. Josep bleef onderweg naar huis in het donker staan. In de maneschijn biechtte hij haar op: 'Berta, toen ik jong was heb ik gevangengezeten, was ik betrokken bij volksopstanden en relletjes, heb ik barricades opgeworpen en heb ik deelgenomen aan rumoerige politieke bijeenkomsten. Vanuit Biribil heb ik aandachtig de verkiezingsuitslagen bestudeerd, en vaak heb ik in de krant het verslag van de meest zinloze parlementszittingen uitgeplozen. Ik heb alleen maar manieren van politiek bedrijven leren kennen die uitgingen van snelheid, actie, discussie, gevecht. Ik dacht dat het de enige vormen waren. En nu ...'

'Wat nu?'

Berta wist niet wat hij bedoelde. Hij leek zich te schamen.

'De dictatuur verplicht je tot een andere manier van politiek bedrijven: die van een toontje lager, die van kalmte, die van "maak je maar geen zorgen, ik los alles wel op".'

'De stilte van het kerkhof.'

'Ja, maar nu betrap ik me er soms op dat ik het niet mis. Het is net alsof ik op vakantie ben, alsof ik een uitstapje maak, alsof ik onderweg in een hotel of een kuuroord zit, ver van al het gedoe. En dat voelt erg prettig. Vaak geef ik je vader kranten die ik al twee of drie dagen ongelezen in huis heb. Het is alsof we deel uitmaken van een Noordpoolexpeditie, zonder nieuws van iets of iemand. Maar heel af en toe zou er op een wetenschappelijke basis midden in de ijsvlakte een morsebericht binnenkomen. En zo zouden we weten dat de wereld daarbuiten nog bestaat. En we zouden verdergaan. Dan zouden we in de hondenslee gaan zitten, goed in dekens gewikkeld, goed bevoorraad, en we zouden de gids van de expeditie, die voorop stond en die zijn zweep over de ruggen van de honden haalde, de reis laten bepalen. En hij zou vaderlijk en deskundig in al onze noden voorzien.'

'Lijkt u dat niet een beetje vervelend?' vroeg ze, ongemakkelijk door de intimiteit van de biecht. Bovendien beviel haar niet wat ze hoorde. Hij liep weer verder.

'U begrijpt het niet, Berta. Het is een soort rustkuur die de arts heeft voorgeschreven.'

'Die kunt u altijd weigeren.'

'Ik heb u al gezegd dat dit een biecht is. Morgenvroeg zal ik alles ontkennen, maar vanavond heb ik iets te veel wijn op. Daarom heeft uw vader alle partijen gewonnen. Kijk eens naar Mussolini; iedereen lacht om zijn grappen en grollen, zelfs de Engelsen en de Fransen. En als hij eens gelijk heeft? En als je maar het best kunt doen wat de arts voorschrijft, namelijk de zenuwzwakte die "actieve politiek" heet laten behandelen?'

Arme Josep, hij had zichzelf willen verloochenen, maar was daar niet in geslaagd. En hoe was hij geëindigd? Kaalgeschoren, uitgekleed, met pek en veren ingesmeerd, en met onbeheersbare diarree ... Ooit had hij haar bij wijze van grap gezegd: 'Ik heb een slecht geheugen, Berta ... Ik herinner me te veel.'

Ze schikte het pakje met het schaakspel zorgvuldig tegen de deur van de sociëteit en vertrok naar het grenskruis. Ze was nog onder de indruk van het bericht over Josep Caminals vernedering. Ze haalde de kiezelsteen uit haar jaszak en begon eraan te likken. Ze zag een man pijproken en naar de voorbijgangers kijken. Het was de slager van Biribil, die in de deuropening van zijn winkel stond. Naar welke voorbijgangers keek hij? Het was maandag, er kwam niemand langs. Hij keek ook naar haar. Wat was je eigenlijk als je slager was in Biribil? Ze sloeg een smal straatje in, met oude, buikige huizen. Eenmaal buiten het dorp werd ze rustiger, en ze liep door naar de straatweg.

Bij het kruis aangekomen leunde ze staande tegen de zuil, en terwijl ze op een van de verschrompelde zure wilde appeltjes kauwde, dacht ze na over de last van de herinnering, die telkens lichter werd, afnam. In zes jaar tijd was die minder compact geworden. Jaar na jaar was een granieten molensteen langzaam in een uitgedroogde spons veranderd. Daarom gaf ze zich vanaf het grenskruis op de ergste momenten over aan de stroom herinneringen en begon erin te zwemmen, wantrouwig, tegen de stroom in. Het was alsof ze de puzzel van het gelukkige verleden legde, die telkens meer vervaagde. Ze begon gezichten en houdingen te vergeten. En ze moest gewoon in die stroom zwemmen, rechts en links om zich heen kijkend, naar de ene en de andere oever, en er huizen, dingen, mannen, vrouwen, de zon en de maan, en stormen herontdekken ...

Dankzij het grenskruis borrelden er stukken herinnering op en viel alles weer op zijn plaats. Alleen zo kon ze nog even wachten. Discipline en grootmoedigheid.

Zou de Ierse regering haar antwoorden? Ze zou nog een paar dagen wachten. Als ze geen antwoord kreeg, zou ze Violet Gibson rechtstreeks aanschrijven. Waarschijnlijk was ze in dat land beroemder dan de premier. Dat wist ze wel zeker. Alleen bij het kruis kon ze zich in haar inleven. Violet, in haar eentje tegen de rest van de wereld: een kleine revolver tegen de reus met de vlammende ogen. Terwijl ze tegen de zuil van het kruis leunde, voelde Berta de kou en oneffenheden in haar rug. En daar schaafde ze zich eerder dan dat die haar krabden.

Daar stond ze; ze dacht na en keek naar de drukte in het dal beneden. En zoals ze het beeld van de opoffering van de mens geworden christelijke God terugkreeg, zo stelde ze zich de opoffering voor waar Violet Gibson zich aan had overgegeven en waar ook zij zich aan zou hebben overgegeven. Stevig met haar rug tegen de zuil vouwde ze haar armen voor haar borst en stelde ze zich voor hoe die kleine Ierse tirannenmoordenares zich aan het gepeupel overleverde, opgeslokt door een kolk, opgeslokt door het oog van de orkaan, verdwenen onder de koortsachtige menselijke massa, onder de verblinde menigte, die net zo moordzuchtig was als zij. Ze moest wel meteen buiten westen zijn geraakt. Een schop tegen haar hoofd en slapen, knock-out. Ze voelde aan haar eigen lijf alle en elk van de slagen en schoppen die Gibson, de simpele ziel, had moeten incasseren voor de politiebeulen van de Duce haar naar een veilige plek meevoerden, ver weg van die woedende menigte. Ze had de moed het zich voor te stellen. Jarenlang, zonder dat ze het kon vermijden, had ze aan zichzelf gedacht als het moment was aangebroken. Ze moest denken aan de verhalen over oude martelaren die ze zo vaak op school had gehoord. 'Jij zult niet zoveel geluk hebben als Violet Gibson,' zei ze tegen zichzelf. 'Je zult het niet voelen. Als ze je borst indrukken, als ze je inwendige organen met stokken stukslaan, als ze met hun vingers je ogen uitsteken en die als olijven blijven bungelen, als ze je armen en benen uit de kom trekken en ze, gebroken, vreemde hoeken en posities aannemen. Je zult het niet voelen. Je zult het niet voelen ...'

Nu maakte het niet meer uit. Ze zou er niet achter komen. Gelukkig was ze bij het grenskruis. De laatste tijd, als ze niet oplette, gooide het verdriet haar hele bestaan overhoop. Rustig, zonder te eten, als een broodmager insect op de loer, zat ze dagenlang uren achter elkaar op de stenen sokkel, kou lijdend, haar snot drogend en haar hoofd en oren met een hoofddoek bedekkend. Ze voelde zich net een pop: onverschillig, zonder duidelijke veranderingen, wachtend op de definitieve metamorfose.

Ze bleef staan met haar armen over elkaar, met haar rug tegen de zuil, tot ze niet meer kon. Aan zijn kruis gespijkerd had de mens geworden God geschreeuwd: 'Vader, waarom hebt u mij verlaten?' En, bedacht Berta, was zij ook verlaten?

Ze voelde die vreemde verstikking alsof een ijzeren hand haar longen beetpakte en eraan trok, alsof hij ze eruit wilde trekken. Ze vroeg zich af waar die grote marteling, dat lijden, toe diende; of die voor iemand goed was, voor haar goed was. Ze bad dat die benauwenis beetje bij beetje mocht verdwijnen en haar longen zich weer zouden vullen en dat ze weer kon ademhalen.

Die avond talmde ze met weggaan. Ze wachtte tot de zon achter haar begon te zakken. Ineens breidde een diepe schaduw zich vliegensvlug, als een olievlek, over de rivier de Urder uit. Hij sprong over haar heen en bereikte de bodem van het dal. In een paar minuten werd het van licht donker. Het was net of de zon op zijn vlucht, ontroerd, een beetje van haar pijn en onzekerheid had willen meenemen. Alsof die haar een hart onder de riem had willen steken om zich te ontdoen van zorgen en schuldgevoel. Ze bekeek de avondhemel. Ze bedacht dat je niet moest berusten of wanhopen, ook al was het leven meedogenloos. En je moest je ervan bewust zijn dat je slechts een schakel in de keten was. In hun eentje stelden schakels niets voor, maar geschakeld was de ketting niet kapot te krijgen. Dat geduld bezat ook de edelmoedigheid van de opoffering. Je bent het onderste steentje, de kleinste kei, maar om de muur te bouwen ben je even onmisbaar als elke grote steen. Ze knoopte de bundel met de wilde appeltjes dicht. Die wilde ze niet vergeten. Ze sloeg haar hoofddoek om en bedekte haar oren.

Ze wilde zich niet laten kleinkrijgen, niet verzaken. Daarom kwam ze naar dat oude grenskruis, op zoek naar de barmhartigheid van de wereld. En vaak vond ze die niet.

Ze hoorde een auto naderen. Hij kwam over de weg naar Biribil. Pas toen liet ze haar armen zakken. Ze stak haar ijskoude handen in haar jaszakken en gleed met haar rug langs de zuil die het kruis steunde omlaag tot ze op de sokkel zat.

Toen de auto de bocht om kwam, zag ze hem. Het was het imposante model van Joaquim Xernac, een auto die in de hele streek bekend was: een Rolls-Royce Silver Ghost uit 1909. Geluidloos, glimmend als een schim. Hij was meer dan twintig jaar oud en de carrosserie van verchroomd aluminium glom nog als op de eerste dag. Hij verliet de straatweg en stopte op een twintigtal meters, daar waar de oude weg ophield en uitmondde in de kleine verhoging waar het kruis stond. Eerst stapte die klootzak van een Segarra, die chauffeerde, uit de auto. Hij had een strohoed op zoals roeiers die dragen, een beetje naar achteren gekanteld, net iets te arrogant. Hij droeg geen uniform, maar onder zijn colbertje bolde een pistool. Ze vond hem lijken op een doodgewone Apache die door een blanke baas in een dorp in het Wilde Westen was getemd en tot slaaf gemaakt. Hij haastte zich om het autoportier te openen. Toen stapte Xernac uit. Hij droeg een vilten cape en hoed. Hij was zeker zeventig jaar, maar nog steeds een kerel uit één stuk, van gewone statuur, breedgeschouderd. Hij liep recht, met snelle passen, zelfverzekerd, als iemand die aan de overkant van de straat een bekende ziet en zich haast om die te onderscheppen. Onverstoorbaar liepen ze naar het kruis toe.

Ze stond op om hen te ontvangen. De wind droeg de geur van teer aan. Ze stak haar hand uit en bood Xernac bij wijze van welkom een appeltje aan.

Joaquim Xernac

Xernac bleef op een meter afstand van Berta Panatis staan. Hij nam het appeltje niet van haar aan en bood haar ook niet zijn hand. Bij wijze van groet tikte hij tegen de rand van zijn hoed. Op zijn hoede stond Segarra rustig achter hem.

'Hoe maakt u het, juffrouw Panatis?'

'Goed. Hier voel ik me altijd goed.'

'Ja, we weten dat dit kruis voor u een belangrijke plek is. Daarom zijn we ook gekomen. We wisten bijna zeker dat u hier zou zijn. We waren naar u op zoek.'

'U?'

'Ja. Ik heb iets wat van u is.'

Hij stak zijn hand in de binnenzak van zijn overjas en haalde er een envelop uit. Die gaf hij haar. Het meisje nam hem aan, opende hem en gluurde even naar de inhoud. Hij ried wat ze dacht: de belangrijkste man uit de streek en van het kanton, een van de machtigste uit de provincie, is speciaal naar het grenskruis gekomen om me de zoekgeraakte foto's en knipsels terug te geven. Waarom?

'Vriendelijk bedankt,' zei Berta Panatis. 'Ze waren van mijn vader. Ik had ze niet eens gemist.'

'Commandant Segarra heeft ze gevonden toen hij door het bos wandelde.'

Hij bekeek het meisje, bedacht op welk teken dan ook dat hem kon helpen een opening te ontdekken. Hij haalde een havanna uit een koker uit de binnenzak van zijn overjas. Hij stak hem aan en blies de eerste rookpluim in haar ogen. Berta begon te hoesten. Dat meisje was uitgeput.

'U ziet er heel beroerd uit, juffrouw Panatis,' ging hij verder.

'Waarom gaat u niet met me mee? Ik zou graag lang en rustig met u praten.'

'Wat wilt u?'

'Mag ik u op een warm bad en een goed avondmaal trakteren? Dan kan ik het u beter uitleggen.'

Zwijgend liep Segarra op Berta Panatis af, met die zwarte, starre roodhuidogen, als van een wolf. Het meisje was niet bang voor hem. Met die kerels ging ze nergens heen. Maar tegelijkertijd was ze niet in staat van haar plaats te komen. Ze had er de kracht niet voor. Toch draaide ze zich om en rende weg. De appeltjes vielen op de grond. Segarra keek zijn baas aan, en die antwoordde hem met een sussend gebaar. Ze zagen allebei dat het tempo van het meisje heel snel afnam. Ze raakte buiten adem en viel languit op de grond, bijna bewusteloos. Ze had nog geen honderd meter gerend. Ze lag languit op het wegdek te hoesten en te kronkelen. De twee mannen liepen terug naar de auto, Segarra startte de motor en ze reden naar haar toe. Segarra stapte uit en nam haar op zijn schouders. Met een vreemde tederheid vlijde hij haar op de achterbank. Ze viel bijna meteen in slaap.

Joaquim Xernac nam haar mee naar zijn huis in Ripoll. Berta Panatis liet zich bijna neerploffen op de leren bank in de werkkamer, naast het bijzettafeltje. Hij ging op de andere bank zitten. Hij nodigde haar weer voor het avondeten uit, maar zij sloeg die uitnodiging af. Ze dronk alleen maar een beetje water. Terwijl hij koffie dronk, vroeg Xernac haar hem te vertellen over haar tijd als bankemployee.

'Met u wil ik nergens over praten,' zei ze enigszins opgefleurd. 'U hebt me hier onder dwang heen gebracht.'

'Onder dwang? Ik ben naar het grenskruis gegaan om u een verloren voorwerp terug te bezorgen, ik heb u begroet en ik heb u voor een goede maaltijd uitgenodigd. Uw antwoord was wegrennen en midden op de weg buiten kennis raken. Ik heb gedaan wat ieder fatsoenlijk mens zou hebben gedaan: u oprapen.'

'U maakt misbruik van mijn toestand ...'

'Neem het niet zo serieus. En ik was er nog wel van overtuigd dat ik een goede daad had verricht! Wilt u dat we een arts waarschuwen?'

'Nee, ik wil dat u me naar huis terugbrengt.'

'Laten we iets afspreken. U luistert naar wat ik u te zeggen heb en daarna kunt u gaan, als u wilt.'

'Doe wat u wilt.'

'Kort gezegd: ik wil dat u voor me komt werken. Ik heb met mijn bankcontacten in Barcelona gesproken. Ze herinneren zich u nog, uw ingrijpen ...'

'Ik ben juist weggegaan om dat allemaal achter me te laten ... Bovendien zoek ik geen werk. Als u zoveel contacten hebt, waarom huurt u dan niet iemand in? Ik ben al zes jaar uit de roulatie ...'

'Dat kan ik niet.'

'Waarom niet?'

'Hoe ik er financieel voor sta moet volstrekt geheim blijven. Op het moment dat ik een specialist inhuur, zou iedereen zich gaan afvragen waarom. Vandaag de dag is de beleggingsmarkt onbeheersbaar. Hij is onvoorspelbaar en meer dan ooit is zakendoen een kwestie van persoonlijk vertrouwen. Veel van mijn klanten zouden zich doodschrikken. Misschien zouden ze hun steun intrekken en hun kapitaal terugeisen, wat ik juist nu niet zou kunnen terugbetalen. Ik ben een hoop belangrijke mensen veel geld schuldig. Ik bevind me in een erg precaire financiële situatie. Mijn voordeel is dat die zogeheten klanten dat nog niet weten. Het zijn heel machtige mensen die het me niet zouden vergeven. En hier komt u in het spel.'

'Waarom zou u mij vertrouwen?'

'U hebt me zo-even gezegd dat u uit de roulatie bent. Als ik zo vrij mag zijn: u bent verdwenen. Als u voor mij werkt, kunt u me niet eens verraden, ook al zou u willen.'

'Ik begrijp het niet. Ik ben te moe. En als u in raadsels spreekt, word ik nog moeër.'

'Oké, meteen ter zake dan. Ziet u deze vellen papier? Het is de transcriptie van het verslag over de zwendel die u hebt ontdekt en tegengehouden, en dat u zelf hebt geschreven aan de Hypotheekbank ...'

Berta Panatis geloofde haar oren niet.

'Hoe weet u dat?'

'Dat is niet van belang. We gaan door. Voor zover ik zie is dat systeem even vernuftig als eenvoudig. En ook nog moeilijk te doorgronden, aangezien het als zoveel andere zwendelarijen gebaseerd is op de ambitie en gierigheid van de mensen in plaats van op technische slimmigheden. Ik wil dat u me helpt het in de praktijk om te zetten. Ik heb niet veel tijd. Ik zal u een smak geld geven. Hoeveel precies kan ik nog niet zeggen, dat hangt van de ontknoping af. Maar ik kan u in elk geval verzekeren dat u genoeg zult hebben om een ander leven te beginnen. Of als u dat liever wilt, terug te gaan naar dat krot in Biribil en u er te begraven tot u sterft. Maar dan wel stinkend rijk.'

'Het spijt me heel erg, meneer Xernac,' antwoordde Berta Panatis, 'maar ik heb geen belangstelling. Ik voel me helemaal niet goed. U moet het risico nemen en iemand anders in vertrouwen nemen. Snapt u het niet? Ik ben ziek. Ik geloof niet ik veel voor u kan betekenen.'

'U bent degene die het niet begrijpt.'

'Ik zweer u dat ik niemand iets van dit gesprek zal zeggen ...'

Zijn ogen schoten vuur. Hij was het niet gewend te worden tegengesproken.

'Ik ben bang dat het daarvoor te laat is,' zei hij kortaf.

En hij stond op om Segarra te roepen.

Ze sloten haar tijdens de eerste vier dagen en eerste vijf nachten in een donkere kamer op. Zodat ze zou begrijpen dat ze alles met haar zouden kunnen doen wat ze wilden, want ze was vermist, was zelfs niet eens aangehouden. Niemand wist waar ze was en er was niemand – dat lag tenminste het meest voor de hand – die haar kon helpen. Zoals hij bij haar vader deed, ging hij zo nu en dan naar haar toe en opende de deur een stukje om haar in stilte te bekijken. Het grootste deel van de tijd lag het meisje op bed. Eén keer zag hij dat ze staande in het donker op de muur klopte. Ze hield pas op toen ze het raam vond. Dat probeerde ze openen, maar het lukte niet. Hijzelf had Segarra opdracht gegeven het vast te spijkeren. Het meisje struikelde over de pispot en viel op de grond. Het was gewoon te zielig voor woorden. De eerste dag kwam hij binnen met een dienblad met brood en worst. Hij zette er een kruik water naast. Zonder berekening liep Berta op hem af, maar hij voelde zich overvallen en duwde haar zonder meer weg. Ze was licht als een veertje. Het meisje viel op bed en van het bed op de grond. Ze zeiden niets tegen elkaar. Hij liet haar liggen en ging weg.

Al die dagen probeerde hij haar aan het eten te krijgen, maar dat lukte niet. Als ze niet wilde, hielp er geen moedertje lief aan. Ze dronk alleen maar water. En niet te veel. Berta herhaalde dat ze niet van plan was te eten totdat hij haar liet gaan. Ze was koppig. Een paar keer ging hij naar binnen en probeerde met haar te praten. Hij stelde vast dat ze nauwelijks wist wat er in het land aan de hand was. Alsof ze in zes jaar tijd geen enkele krant had gelezen. Ze wist niets over de dictatuur of over haar partijgenoten. Het was makkelijk haar wijs te maken dat het aftreden van de dictator het regime nauwelijks had verzwakt. Hij zou haar altijd onder druk kunnen zetten met het dreigement haar aan de autoriteiten uit te leveren. De waarheid was een heel andere: het bouwwerk dat Primo de Rivera had opgericht zakte als een kaartenhuis in elkaar. Het schip van staat maakte aan alle kanten water. En wel zo snel dat zelfs Xernac er zich voor schaamde. Hij bemoeide zich nergens mee. Hij had al genoeg aan zijn hoofd. Hij keek alleen maar toe hoe iedereen het zinkende schip verliet. De generaal zelf moest wel hallucineren en er niets van snappen – het bewijs was wel dat hij diezelfde dag, toen hij er nog niet eens twee weken eerder een punt achter had gezet, had besloten om vrijwillig in Parijse ballingschap te gaan. Het land had zich niet verzet toen hij aan de macht kwam, en had ook geen spier vertrokken toen hij stopte. Het was een dictatuur als een windvlaag, die voor korte tijd de knuppel in het hoenderhok had gegooid. En weinig meer, want – daar leek het op – de nieuwe regering van generaal Berenguer had zich gehaast om een groot deel van het repressieapparaat af te breken, met een kracht, een vanzelfsprekendheid en een gebrek aan tact – je zou het zelfs cynisme kunnen noemen – waar je versteld van stond. Het maakte niet uit dat ze Primo de Rivera eruit hadden gegooid; de nieuwe regering had zelfs al een amnestiewet opgesteld. En de koning ondertekende alles uit angst dat het falen van de ex-dictator hem in zijn val zou meeslepen. Dat onnozele gezicht zou de generaal zijn hele leven lang vergezellen, dacht hij. Als hij in Parijs blijft, heeft hij in elk geval veel afleiding. Zo hoeft hij zich niet elke dag opnieuw af te vragen hoe het toch komt dat hij, bij verrassing en van de ene op de andere dag, letterlijk op straat stond, met de billen bloot.

Nee, Berta Panatis hoefde niet te weten dat ze, als hij haar nu liet lopen, meteen met een gerust hart naar Barcelona kon terugkeren zonder voor haar leven te hoeven vrezen, en ook niet voor de arm der wet.

Berta Panatis

Opgesloten, in het donker, dacht ze na over de wisselvalligheden van het leven. Dat ontbrak er nog maar aan: het walgelijkste burgermannetje uit de streek doet de revolutionaire die zo stom is haar wapen kwijt te raken uiteindelijk strafbare voorstellen die hem moeten redden!

Ze moest hoe dan ook uit dat huis ontsnappen, maar ze wist dat ze er niet toe in staat was. Niet daartoe, tot niets. Haar was geleerd dat ze in dat soort gevallen moest doen of ze erger leed dan het geval was – de tegenstander moest denken dat ze geestelijk helemaal stuk zat. Maar zelfs daarvoor had ze de kracht niet. De vierde dag ging het licht plotseling aan, hetzij omdat ze haar ontvoerder had weten te vermurwen, hetzij omdat die het beu werd. Toch kwam er niemand binnen. Nog vierentwintig uur stilte. Ze verkende haar omgeving: afgezien van een klerenkast, een nachtkastje en een stoel was er in een hoek een wasbak met kraan. Vier dagen lang had Xernac geen druk op haar uitgeoefend, ze hadden haar niets gedaan, ze hadden haar zelfs niets gevraagd. Hij was alleen maar binnengekomen om te babbelen. Hij had ook geprobeerd haar tot eten te dwingen. Maar dat was nutteloos; ze hoefde haar weinige energie alleen maar op haar lipspieren te richten. Ze deed haar mond dicht, en die konden ze onmogelijk openkrijgen. Hij probeerde te onderhandelen. Xernac moest wel behoorlijk in de rats zitten als zijn enige mogelijkheid was haar te gijzelen. Ze voelde zich eerder licht dan zwak, alsof ze een vloeitje was.

De vijfde dag dook Segarra weer op. Hij was kil en afstandelijk, zoals in de nieuwe situatie de norm was. Hij bracht haar spullen, die uit de Bullóhoeve. En een paar handdoeken. In stilte. De man keek naar een klein plasje pis op de grond. Hij keek niet eens naar haar. Hij floot, alsof zij er niet was. Nadat hij de spijkers had verwijderd, zette hij het raam open, luchtte de slaapkamer, dweilde en ruimde alles op. Hij ging weg. Later bracht hij haar heldere kippenbouillon, maar die raakte ze niet aan. Ze vroeg hem meer water.

Weer later kwam Joaquim Xernac. Hij beval Segarra haar in bed rechtop te zetten. Hij begon op een kalme, bijna joviale toon te praten: 'Berta, als u me niet uit uzelf wilt helpen, zal ik u dwingen. Wees niet bang, ik zal u niet martelen of zo. Dat hoeft niet ...'

De man liet haar graag zijn macht voelen en praatte honderduit over de actuele stand van zaken van de dictatuur. In feite wilde hij haar afleiden, zodat ze zou eten. Daar slaagde hij niet in.

De volgende dag was het eindelijk afgelopen met dat soort inleidend gedoe. Xernac kwam resoluut binnen met een map en een sigaartje. Hij ging op de stoel zitten. Segarra bleef in de deuropening staan.

'Aan de slag. Ik heb u al verteld dat ik weinig tijd heb. Segarra ...'

De commandant reikte hem een voorwerp in een stoffen zakje aan.

'Segarra heeft me verteld dat dit van u was,' zei Xernac terwijl hij de zilveren revolver uit de zak haalde en aan haar toonde.

Ze keek ernaar en liet niet merken of ze hem herkende. Wat betekende dit? Dat haar vader was weggegaan zonder de revolver en de kogels mee te nemen? Ze probeerde te bedenken wat Xernac van haar wist en wat zij hem kon antwoorden. Ze was op haar hoede, stond op het punt zich te verdedigen. Niet als een kat op zijn rug – dat kon ze niet – maar wel door te doen of haar zwakte desinteresse was.

'Ik heb het niet op wapens begrepen.'

'Segarra heeft me verteld dat hij hem bij u thuis heeft gevonden,' zei Xernac.

'Onmogelijk. We hebben nooit wapens in huis gehad.'

'Het is een enigszins bijzondere revolver ... Hij is van zilver.'

'Ik heb geen flauw idee.'

'Heel vreemd ... als je in aanmerking neemt dat u de eigenaar bent, of was, van een handvol zilveren kogels ...'

'Ik?'

'Ja, u. U hebt er vier aan Carlota Monrós gegeven om te verkopen. Weet u dat niet meer? Afijn, u hebt zilveren kogels, maar erkent niet dat u de eigenaar bent van een eveneens zilveren revolver die bij u thuis is gevonden, samen met nog twee zilveren kogels.'

'Oké. Hij is van mij,' zei ze vermoeid. 'En wat dan nog? Het is een oud wapen, een erfstuk, net als een juweel ...'

'Erfstukken zijn belangrijk, nietwaar? En waardevol. Iemand heeft een revolver, maar die is voor hem geen vuurwapen, maar een erfstuk.'

'Als u wilt, doe ik hem u cadeau.'

'Dat kunt u om twee redenen niet. Hij was niet van u en nu is hij van mij.'

Xernac gaf een teken en Segarra kwam binnen met een bord kip. De braadgeur vulde de slaapkamer. Ze voelde haar maag opspringen.

'Waarom eet u niet? U hoeft maar één woord te zeggen en pijn zou plezier kunnen worden,' zei Xernac, en hij glimlachte.

Ze moest aan haar moeder denken. De eerste verzoeking van Christus. Een lege maag, algehele slapte. De duivel komt op het slechtste moment, dat van extreme eenzaamheid en fysieke broosheid. Jezus voelt zich kwetsbaar. Heb je honger? Verander dan stenen in broden en verlaat deze ellende. Verleng je marteling niet langer. Heb je honger? Steek je hand uit en pak die boterzachte kippenpoot, die in de mond smelt.

'Ik wil niet,' stamelde ze.

'Bent u in hongerstaking?'

'Nee. Ik heb gewoon geen trek.'

'Dat zou iemand die u zag niet zeggen.' Op zijn bevel nam Segarra het bord met kip weer mee. 'Ik zou het prettig vinden als u tot bezinning kwam. Zit dat erin?'

'Ja.'

'Goed. Als u me bedriegt, zult u sterven.'

'Vroeg of laat sterven we allemaal.'

'Ja, maar sommigen sterven rustig en anderen woedend. Begrijpt u wat ik bedoel?'

'Ja.'

'Prima. U zou ervan staan te kijken hoeveel we van u weten. Het is zelfs mogelijk dat we meer van u weten dan uzelf. Bent u communiste?'

'Nee.'

'Dat begint al goed. Eerste vraag, eerste leugen.'

Ze probeerde erachter te komen wat hij wist. Maar die informatie heeft geen enkele arrestant ter wereld. Ze was ervan overtuigd dat Xernac haar niet zou doden. Het waarschijnlijkste was hoe dan ook dat ze in haar eentje dood zou gaan. Haar laatste levensvonk zou ertoe dienen die klootzak niets te zeggen. Xernac begon haar te tutoyeren.

'Denk je dat je door te liegen iemand kunt redden? Of dat je jezelf zult redden? Als ik je zo bezie, ben ik persoonlijk van mening dat je al een tijdje geleden besloten hebt dood te gaan, zonder hulp van buitenaf. Als dat zo is, zal ik het niet voorkomen. Maar eerst zou ik het graag met je op een akkoordje gooien.'

'Dan kun je lang wachten.'

Segarra liep op Berta af om haar een klap te verkopen, maar Xernac hield hem tegen.

'De juffrouw zou als een dood vogeltje in onze handen zijn, zie je dat niet? En dat willen we toch niet?'

Hij pakte de map, haalde er een paar vellen papier uit en zette zijn bril op.

'Deed Foix het lekker?' vroeg hij plotseling.

'Wie?'

'Josep Maria Foix, je vriendje.'

Ze begon te trillen. Elke dag van die afgelopen zes jaar had ze keer op keer aan Josep Maria gedacht. Zijn naam was in de mond van Xernac een obsceniteit.

'Meneer Foix,' ging hij verder, 'is gedood door een huurmoordenaar van de werkgevers. Hij is een soort held, martelaar van de arbeidersbeweging. En we willen allebei dat dat zo blijft, niet?'

'Een beetje respect voor de ...'
'Voor de doden? Zeker. Rustig maar. We komen er nog wel op terug ...'
Joaquim Xernac begon het verslag voor te lezen dat hij in handen had. Met een ongelooflijke bondigheid gaf hij in tien minuten een samenvatting van het privé- en politieke leven van Berta, en noemde details die hij onmogelijk kon weten. Het was de typische informatie van een infiltrant, bekentenissen van een kameraad. Hij noemde Maurín, Foix, haar toetreden tot de Communistische Partij. Hij herinnerde haar zelfs aan de toespraak van de bolsjewistische Russische metaalarbeider in de Volksuniversiteit, jaren geleden. Hij wist alles.
'Blijf je ontkennen dat je partijlid bent? Moet ik je een kopie van je partijboekje laten zien? Ik heb er een foto van.'
'Oké, ik ben communiste geweest.'
'We gaan de goede kant op.
'We gaan geen enkele kant op.'
'Rustig maar, je bent te zwak om boos te worden. Waarom sprak je in de verleden tijd?'
'Omdat ik het niet meer ben.'
'Sinds wanneer?'
'Sinds ik naar Biribil ben gekomen.'
'Was je na een paar maanden lidmaatschap al teleurgesteld?'
'Ja. Ik had er genoeg van. De bolsjewieken vervielen in dezelfde tegenstrijdigheden als de bourgeoisie.'
'Dat kan ik moeilijk geloven. Dat snap je toch wel?'
Ze dacht zo snel na als haar weerstandsvermogen toestond. 'Wat je gelooft of niet zal me worst wezen.'
De man bekeek haar van top tot teen en vroeg haar: 'Wat stelt die hele komedie van de Bullóhoeve voor?'
'Wat voor komedie?' antwoordde ze zogenaamd verbaasd.
'Ik zal het je op een andere manier vragen: waarom ben je naar de Bullóhoeve gekomen?'
'Om een ander leven te leiden en me op staatsexamens voor te bereiden. Ik heb je al gezegd dat het communisme me teleur had gesteld. Ik ben ook gekomen om mijn vader te verzorgen.'
Xernac trok een ongeduldig gezicht. Hij kon haar nu hooguit

aan de autoriteiten overleveren. Het zou hem weinig meer opleveren dan de publieke erkentelijkheid van de dictatuur; hij zou een medaille krijgen, maar geld, ho maar.

'Goed, voor vandaag is het genoeg geweest. Ik wil dat je op krachten blijft. Aan de andere kant: ik verwacht een heel speciaal pakje. Ik laat het je vast en zeker morgen zien. Of overmorgen.'

Berta legde haar hoofd op het kussen en sloot haar ogen. Haar hoofd tolde een beetje. Ze liet zich meevoeren door de warmte van het laken en de deken. Ze was in een rivier aan het zwemmen. Hoe lang zou het duren om de zee te bereiken?

Toen ze haar ogen weer opendeed, was Xernac er al niet meer. Ze had hem niet horen weggaan. Het was stil in de slaapkamer. Ze had het idee dat er maanden voorbij waren gegaan sinds ze had ontdekt dat haar vader van de Bullóhoeve was weggegaan en dat Xernac haar mee naar zijn huis had genomen. Maanden? En als het maar een paar minuten waren geweest? Ze sloot haar ogen en zat meteen weer in een rivier. Ze had zich uitgekleed en was erin gedoken. En ze was in de richting van de zee gaan zwemmen, achter een paar schitteringen aan die muziek maakten, boven het water …

Ze deed haar ogen open en moest aan Josep Maria denken. Xernac had haar gevraagd of hij het lekker deed. Ze wist het niet, ze hadden nooit gevreeën. Ze had hem eind 1922 leren kennen in de bar van de Volksuniversiteit. Een goed geklede jongeman, met een pet op, kwam op haar af en vroeg heel opgewekt: 'Hallo. Ken je me niet? We hebben alle twee bij de London County gewerkt …'

Ze herinnerde het zich. Hij was Foix, ook actief vakbondslid. Ze gingen zitten en praatten een hele tijd.

'De Engelsen hebben me uit hun bank gegooid,' zei hij haar.

'Ik werk er ook niet meer,' antwoordde ze. 'Nu werk ik bij de Hypotheekbank. Dezelfde zooi.'

Half glimlachend sprak de jongen haar tegen: 'Dat geloof ik niet. Het is vast en zeker veel erger. De Engelsen hebben niet verbloemd dat ze zich tijdens de oorlog alleen maar in Barcelona vestigden om zo veel mogelijk geld binnen te halen. Dankzij de neutraliteit was er veel geld. Een dezer dagen stoppen ze ermee en nemen het geld mee. Degenen van de Hypotheekbank verschuilen zich. Ze willen de mensen doen geloven dat ze bij wijze van gunst hypotheken verstrekken ...'

Uiteindelijk belandde Foix voor negen maanden in de cel. Hij deed haar uitgebreid het gevangenisleven uit de doeken: de organisatie van de gevangen vakbondsleden, het gevoel van bescherming dat je daardoor had ... Hij merkte op dat hij er met meer zin en kracht dan ooit was uitgekomen, zoals in dat soort gevallen gebruikelijk is ...

Ze besloot dat die jongen met het uiterlijk van een goedzak, zijn ronde gezicht en dikke wenkbrauwen, zijn rustige maar tegelijkertijd harde ogen, haar wel beviel. Hij sprak gepassioneerd, waarbij hij enthousiasme paarde aan ironisch sarcasme. Het kostte hem nauwelijks moeite haar ervan te overtuigen voor *De Strijd* te gaan werken, het weekblad dat hij onlangs met Joaquim Maurín en Pere Bonet had opgericht, die ook vakbondslid waren.

'We willen het gedachtegoed van de Revolutionaire Vakbondscomités overdragen. Daarin werken mensen die proberen om de vakbond in communistischer vaarwater te brengen, en tegenwicht te bieden aan de invloed van meer anarchistische sectoren.'

Dat stond haar wel aan. Haar theoretische vorming was beperkt en chaotisch en bestond uit algemene principes. Ze zei tot zichzelf dat het tijd werd wat concreter te worden.

Bij *De Strijd* leerde ze Maurín kennen, de vorige secretaris-generaal van de vakbond CNT, die ook net uit de gevangenis kwam. Serieus schreef hij het weekblad in zijn eentje vol. Kameraad Bonet, een heel bedachtzame jongen uit Lleida, uit de wereld van de grafische kunsten, stelde het samen, en Josep Maria Foix, haar nieuwe vriend, deed de administratie. Ze waren alle drie nog geen dertig. Zij hielp bij de logistiek en werd vaak als koerier gebruikt om geheime boodschappen over te brengen. Ze werd bijna achttien en was leuk om te zien, met melancholische ogen en lange, ranke benen. En heel slim.

'De politie houdt me nooit aan. De bank verplicht me een deel van mijn loon aan mijn uiterlijk te besteden. Ik zie eruit als een carrièregerichte kantoorbediende. Ze kunnen me nauwelijks verdenken. Vooral niet als ik de vogel bij me heb.'

'Welke vogel?' vroeg het trio van *De Strijd* in koor.

'Hij heet Fagot. Het is een parkiet. Ik heb er altijd een gehad. Wanneer de ene doodgaat, koop ik een nieuwe. De naam blijft dezelfde. Ik noem ze niet Fagot II, Fagot III et cetera; het blijft Fagot. Zonder rangtelwoord. Voor mij is het altijd dezelfde. Als het moet pak ik de kooi en ga de straat op. Die hou ik omhoog en draag ik voor me uit. Zou je een meisje als ik, met een parkiet in de hand, wantrouwen?'

Elke week drukten ze drieduizend exemplaren van *De Strijd*. In Barcelona verkochten ze nauwelijks een exemplaar. In Catalonië haalden ze de vijfhonderd niet. De rest schonken ze weg.

Vaak, als Josep Maria en zij de redactie verlieten, wandelden ze tot de Carrer Tallers, waar de jongen bij zijn ouders inwoonde. Daar eindigde het gesprek in het portaal. Het gevoel van mislukking was groot en ze beurden elkaar wederzijds op. Ze monterden elkaar zodanig op dat ze er op een avond toe overgingen elkaar te kussen. Ze vonden het een goede manier om de dag te beëindigen, en ze deden het elke dag opnieuw, steeds gepassioneerder. Op een keer merkte ze dat Josep Maria een halfautomatisch pistool aan zijn riem droeg, een Star.

'Waarom draag je een wapen?'

Ze was hopeloos verliefd, daarom geloofde ze dat ze het recht had hem dat te vragen.

'Om me te verdedigen. Maurín, Bonet en ikzelf staan op de zwarte lijst van de werkgevers.'

Het hielp hem niks.

Een huurmoordenaar van de Vrije Vakbond vermoordde hem op 27 april 1923 's middags, terwijl hij door de Carrer Tallers liep. Hij wachtte hem in zijn deuropening op. Hij loste een schot in zijn longen, een in zijn maag en een derde in het hart. Hij holde weg, maar een paar politieagenten vingen hem in de Carrer Peu de la Creu. Hij had het rokende wapen nog in zijn hand.

Maurín kwam zelf naar de Hypotheekbank om het Berta mee te delen. Hij gebood haar zich nergens te laten zien, hoeveel pijn ze ook had. De geheime politie en de huurmoordenaars van de werkgevers zouden de toegangen tot Josep Maria's huis in de gaten houden en controleren wie er naar de begrafenis kwam.

'Je moet volkomen onzichtbaar blijven.'

Ze trok zich niets van zijn woorden aan. Ze herinnerde zich de omarmingen en de zoenen in het portaal, hetzelfde waarin de drie dodelijke schoten waren gelost. Van vrijen was het nooit gekomen. De enige keer dat ze op het punt stonden dat te doen, waren ze liever gaan zitten praten. 'We hebben ons hele leven nog voor ons. We kunnen elkaar nog tig keer beminnen, Berta!' zei Foix.

Maurín, die als vakbondslid naar de Derde Internationale in Moskou was geweest, had hen onderwezen hoe liefdesrelaties tussen revolutionairen eruitzien. De revolutie was zo'n buitengewone mijlpaal dat het een beschamende vertoning was om een simpele toestand van emotionele onstuimigheid te verheerlijken. Geen liefde of huwelijk. Iedereen moest klaarstaan voor de strijd. Een gezin stichten betekende risico mijden. Vrije, teugelloze liefde mocht wel, maar zonder burgerlijke verbintenissen. Vond je iemand leuk? Dan zei je dat tegen diegene en klaar was Kees.

'Ik vind je leuk, Josep Maria ...'

'Ik vind jou ook heel leuk, Berta.'

'Ik woon samen met mijn vader en mijn parkiet. Hij werkt 's nachts als bewaker. We kunnen naar mijn huis gaan, of naar een pension ...'

'Morgen ga ik op reis. Ik moet mijn hoofd er goed bij houden. Als ik terugkom, vieren we het ...'

Toen hij terugkwam, kon ze alleen maar zijn begrafenis vieren.

In het donker, opgesloten in Xernacs huis, bestond haar gevoel van tijd uit twee gelijke delen, zoals een doormidden gesneden hardgekookt ei.

Terwijl ze midden in de rivier zwom, verbaasde ze zich erover dat ze probeerde te gissen welk geluid al die schitteringen boven het water maakten. Ze merkte dat ze een heel gamma bestreken: van het scherpe rinkelen van een kristallen glas tot dof tromgeroffel. In het begin hoorde ze die geluiden maar eventjes. Ze zwom er energiek naartoe, maar als ze er aankwam, waren de schitteringen al verdwenen en was het geluid weggestorven. Na het een paar keer geprobeerd te hebben, merkte ze dat ze de macht bezat het achterstevoren te doen plaatsvinden. Ze hoefde maar aan dat geluid te denken en hoorde het dan meteen, daar midden in de rivier, tegelijk met de glans van de schittering die haar verblindde …

Dat waren de regels. Nu begon ze die te begrijpen.

Carlota Monrós

Resoluut stak ze het plein over. Vandaag zou ze het postkantoor later openen. Ze pakte Berta's fiets, nam hem rennend aan de hand mee, maakte snelheid en sprong er met jongensachtige behendigheid in één vloeiende beweging op. Precies zoals het meisje deed. Ze verloor bijna haar evenwicht, maar uiteindelijk bleef ze overeind. Ze fietste snel in de richting van de Bullóhoeve. Ze zag de fiets al tien dagen tegen de sociëteit gestald staan, die nog steeds gesloten was. Evenveel dagen als Berta Panatis niet was komen opdagen. Noch in het postagentschap noch in Biribil.

Ze miste haar. Ze geloofde zelfs dat het dorp Biribil haar miste. In al die jaren was menige klant bij het binnenkomen direct naar de balie gelopen, met opgeheven hoofd, haar schaapachtig aankijkend. En pas als die klant zijn brief had gefrankeerd of postzegels had gekocht of zijn postwissel had geïnd et cetera, draaide hij zich ineens naar Berta Panatis om, die niet in de rij stond, maar rustig voor het raam haar beurt afwachtte om naar haar telegram te vragen. En na haar te hebben begluurd, keek hij Carlota weer vragend aan, soms spottend, soms puur aanmatigend en onbescheiden. En iedereen wilde haar op de een of andere manier medeplichtig maken. Tot op het laatst was niemand ook maar iets over vader en dochter Panatis aan de weet gekomen. En intuïtief kwam het dorp naar het postkantoor als enig mogelijke plek om informatie los te krijgen. Of om een gerucht bevestigd te krijgen. Intussen bleef Berta Panatis naar de top van de Monturder staren, zonder zich te verstoppen of zich te haasten, alsof ze echt over iets belangrijks nadacht. Daarna keken ze Carlota weer aan, en aangezien ze niets meer in het postagentschap te zoeken hadden, gingen ze wrevelig weg. Meer vanwege haar – per slot van rekening ook een buitenstaander – dan vanwege Berta Panatis.

Daarover dacht ze na, terwijl ze bergop fietste. Ze had aan haar opwelling toegegeven en de fiets gepakt, want ze was het zat hem daar elke dag voor haar neus te zien. En ernaast, op de grond, dat pakje.

Bij de Bullóhoeve aangekomen stevende ze deze keer linea recta op het huis af, zonder zich te verbergen, open en bloot. Ze wilde met haar praten. Alles ophelderen. Het moest maar eens afgelopen zijn met dat kinderachtige gedoe ... Ze herkende de put en de houtopslag ... Ze hief haar vuist om op de deur te kloppen en merkte dat die openstond. Toch klopte ze en riep haar. Niemand antwoordde. Ze duwde de deur open en ging langzaam naar binnen. Ze riep weer, maar niets – stilte. Ze wist niet wat ze moest doen. Ze kwam in de slaapkamer van het meisje. Die was leeg. Ze opende de klerenkast: leeg. Ze opende de ladekast: leeg. Er was niets.

Berta Panatis was met de noorderzon vertrokken. Maar, hoe? Niet op haar fiets. En zeker niet met de bus naar Ripoll; dat zou ze gemerkt hebben vanwege het simpele feit dat ze elke dag hoogstpersoonlijk naar de bushalte op het plein ging om aan de chauffeur de post voor Ripoll mee te geven, en om de post in ontvangst te nemen die hij voor Biribil meebracht. Nee, zonder dat zij het had gemerkt had Berta Panatis onmogelijk de bus kunnen nemen. Maar hoe dan, en ook nog met een koffer? Er waren geen tekenen van geweld en alles stond op zijn plaats. En als ze eens in de boerderij van de familie Perarnau was gaan wonen? De Bullóhoeve raakte behoorlijk vervallen, en misschien had de buurman haar in ruil voor werk een bed en eten aangeboden ...

Ze verliet het huis en liep de weg naar de boerderij op. Daar trof ze alleen de grootmoeder aan, die met de kat op schoot bij het vuur zat terwijl ze in een ijzeren ketel roerde die boven brandende houtblokken hing. Haar vraag was zo vreemd dat de oude vrouw die niet eens begreep.

'Iemand van buiten? Wat bedoelt u? Van waar buiten?'
'Maakt niet uit. Vriendelijk bedankt.'
In gedachten verzonken ging ze naar Biribil terug. Ze stalde de fiets tegen de muur van de sociëteit, en opende het postagentschap. Bij de deur wachtten al een paar klanten. Ze vonden het maar raar haar op die manier te zien komen, op dat uur en met dat vervoermiddel; dat overtuigde hen er nog meer van dat het meisje Panatis en de postagent meer met elkaar van doen hadden dan je op het eerste gezicht zou zeggen. Buitenstaanders vinden elkaar altijd.
Ze opende het kantoor en bediende de klanten alsof er niets aan de hand was. Ze bleef nadenken. Als Berta zo gek was geweest om te voet de berg af te gaan, was dat haar probleem. Het was ook niet onmogelijk. Vanaf de Bullóhoeve kon je via een doorsteek de straatweg bereiken. Misschien had ze de bus onderweg aangehouden. En dat allemaal zodat niemand het zou merken. Waarom? Vanwege schulden? De hele ochtend kon ze er onder haar werk rustig op los gissen. Ze was teleurgesteld. En ze wist dat ze rustiger zou zijn als ze het meisje zou haten, maar dat kon ze niet. Onder andere niet omdat ze plotseling zichzelf begon te verachten. 's Middags sloot ze het postagentschap, omdat ze zich, naar ze zei, niet lekker voelde. Ze dronk wat kruidenthee en ging boven uitrusten. Ze had Berta vanuit de hoogte bekeken, vanuit haar ivoren toren. Wat een vergissing! Uiteindelijk was ze in rook opgegaan, en zij zat daar nog steeds vast. De herinnering aan die meer dan twintig jaar in Biribil, de herinnering aan al die dagen en nachten dat ze er spijt van had gehad niet te zijn weggegaan maakte haar ineens diep ongelukkig. Berta Panatis was gekomen, was er zes jaar gebleven en was er nu niet meer. Ze had op iets gewacht wat zich niet had voorgedaan. Bovendien was ze gek geworden. Maar ze had hoe dan ook een retourtje genomen. Wie van hen beiden was dus de zwakste? Zijzelf had duidelijk gefaald. Ze moest aan haar typische manier van doen denken: haar flauwe glimlach, terwijl ze stomme, nutteloze zinnen uitsprak; haar gebruikend, terwijl ze slechts zoveel toenadering zocht als nodig was om haar in slaap te sussen. Had Berta haar al die tijd

bedrogen? Ze glimlachte. Nee, het meisje hielp haar juist, wilde haar helpen haar haat te ontdekken. Door haar, Berta Panatis, te haten maakte ze het Carlota makkelijker zich opnieuw neer te leggen bij de gedachte dat ze nog eens twintig jaar in dat rotdorp moest leven. In Biribil leven was alsof je in een andere dimensie leefde. De tijd rekte uit of schoot terug als een elastiekje. Soms leek het wel of de tijd niet eens verstreek. En als hij verstreek had ze het idee dat het op haar geen effect had. En die zes jaar van vader en dochter Panatis? Hoe lang duurde voor hen een dag, een maand, een jaar?

In het algemeen vermeed ze het Xernac dat soort vragen te stellen. Ze wist dat hij daar een hekel aan had. En ze deed het alleen als ze hem bij zijn kloten had of wanneer ze echt om een antwoord verlegen zat. Dagen geleden had ze hem gevraagd: 'Joaquim, geloof je dat een jaar voor iedereen even lang duurt?'

Xernac, die net een havanna wilde opsteken, hield even in. Hij was niet gek. Hij wist dat het antwoord niet luidde: 'Ja, driehonderdvijfenzestig of driehonderdzesenzestig dagen, al naargelang.' Tenminste, niet het antwoord dat zij verwachtte. Hij deed alsof hij diep nadacht, bracht de brandende lucifer bij zijn sigaar, stak die aan, zoog een paar keer, kreeg hem aan en zei tegen haar: 'Een paar jaar geleden moest ik naar Extremadura om er een van mijn grootvaders kurkplantages te verkopen. Ik heb er bijna een maand lang onderhandeld. Ik bezocht die plantage een paar keer per dag in gezelschap van potentiele kopers en probeerde altijd te verbergen hoe graag ik er vanaf wilde – ik had geld nodig, en snel. Voor mij duurde die maand in Extremadura voor de transactie rond was heel lang; het leken wel drie maanden.'

'En hoe kijk je er na al die tijd nu op terug?'

'Voor mij is het nog steeds een ontzettend lange tijd. Natuurlijk, nu je het erover hebt, als ik er weer aan denk is hij misschien al niet meer zo lang.'

'En verlang je ernaar?'

'Ernaar verlangen? Naar wat? Die maand?'

'Ja. Het is verleden tijd, verbruikte tijd, misschien verspilde tijd. Je kunt er al niets meer aan doen.'

'Ik ben een boon als ik je snap, Carlota. Ik weet het niet. Ik moest erheen. Al die tijd ben ik op die stomme plantage gebleven, in die ouderwetse bouwval, omringd door herinneringen van een familie die de mijne was, maar die ik niet herkende. En vooral in spanning, want ik moest en zou die transactie afsluiten – hoe eerder, hoe beter, en zo gunstig mogelijk. Later, mettertijd, heb ik me weer gedwongen gezien andere dingen te doen waar ik niet blij mee was. Moet ik daarnaar terugverlangen ...?'

Ze luisterde al niet meer naar hem. Ze had geen zin om verder te gaan. Vader en dochter Panatis hadden zes jaar in de Bullóhoeve gewoond. Hoe hadden ze die jaren ervaren? Als verspilde tijd die aan je voorbijvliegt, zodat je wel het gevoel moet krijgen dat het verloren tijd is – zonder dat we ons daar noodzakelijkerwijs slecht door hoeven te voelen? Of juist als goed gevulde tijd, zoals een kerstkalkoen? Wat was er met vader en dochter Panatis gebeurd van januari 1924, toen ze in Biribil aankwamen, tot nu, begin februari 1930? En was dat veel of weinig tijd? Het was niet zozeer een kwestie van kwantiteit als wel van kwaliteit. Ze moest weer aan zichzelf denken en aan haar twintig jaar in Biribil. Ze waren voorbijgevlogen, maar ze had niet echt het gevoel dat ze er alles uit had gehaald ... Door Berta Panatis' schuld was ze er nu pas aan gaan denken. Ze huiverde. Ze had er bijna twintig jaar over gedaan om genoeg verstand bij elkaar te rapen om zich af te vragen of de driehonderdvijfenzestig dagen van een jaar er veel waren of juist niet.

Dat was het ideale gespreksonderwerp voor de volgende ontmoeting met Berta, als het daarvan kwam. Zou het een dag zijn die net zo lang duurde als drie dagen? Of een week zo kort als een dag?

's Middags, toen de bus langskwam, ging ze de post ophalen. Daar zat onder andere een pakje voor haarzelf bij. Iets wat ze in Argentinië had besteld. Het had er twee maanden over gedaan, maar het was aangekomen. Perfect. En passant vroeg ze de chauffeur of hij de afgelopen dagen Berta onderweg had opgepikt. Verbaasd zei de jongen van niet.

'Ik heb haar de laatste tijd niet eens bij het grenskruis gezien ...' voegde hij eraan toe.

Had de aarde haar verzwolgen? Ze moest denken aan de zwarte handschoen van meneer Panatis in Xernacs huis in Ripoll.

Berta Panatis

De volgende dag kwam Xernac terug, deze keer zonder plichtplegingen. Hij trok in één ruk de dekens van haar af en zei: 'Goed of niet, communisten zijn er bij bosjes. Als jij een willekeurige communiste was, hadden we je al aan de Guardia Civil uitgeleverd. Of we hadden je in een ravijn gedumpt. Jij bent een speciale communiste, een goede vangst. Dat vermoedde ik al, maar ik had een paar dagen nodig om het bevestigd te krijgen.'

'Ik weet niet waar je het over hebt,' antwoordde ze hem met haar ogen dicht.

'Spaar je krachten, dat merk je zo meteen wel. Segarra ...'

De commandant van de burgerwacht sloop bijna als een vos de slaapkamer uit: snel en stil. Een Sioux, een Apache, zou het niet beter hebben gekund.

Er was een plofje te horen. Ze sloeg haar ogen op net op het moment dat een lichaam over de drempel de kamer in rolde. Het was een jongen in jammerlijke toestand. Hij had een flinke aframmeling gekregen. Hij kon nauwelijks ademen. Beide ogen waren gezwollen en gesloten, hij had een gebroken neus en zijn lippen waren op een bizarre manier opgezwollen. Het bloed dat vermengd met stolsel en speeksel uit zijn mond sijpelde droop tot op zijn kin, en vandaar druppelde het op zijn borst, die ternauwernood bedekt werd door een verscheurd, bebloed onderhemd. Ondanks die aframmeling kon je zijn huid zien, die heel wit was, en zijn rode haar. Ze kende die kleur. Het was Turu Vilanova, de partijgenoot die de Madrilenen had voorgesteld haar voor de missie te kiezen.

'Hier zie je het pakje dat ik moest krijgen,' zei Xernac, en zijn ogen glinsterden.

'Een pakje gehakt ...' voegde Segarra daar binnensmonds vanuit de deuropening aan toe.
'Ken je hem?' vroeg Xernac.
'Nee,' antwoordde ze.
Segarra tilde de jongen op en sleepte hem bijna naar het bed. Hij hield het lichaam zo dicht bij haar dat ze het bijna met haar tong kon aanraken.
'Herken je hem nu?'
'Nee.'
Hij trok hem terug en liet hem op de grond zakken. Turu Vilanova kreunde zelfs niet, hij leek wel een ledenpop. Xernac haalde een ander vel papier uit de map.
'Hij is onlangs aangehouden. In een van zijn verklaringen tegenover de politie heeft hij het over jou. Daaruit blijkt dat hij je heel goed kent. Hij vertelt zo'n onwaarschijnlijk verhaal dat niemand er aandacht aan heeft besteed. Maar ik wel.'
Het meisje keek naar het gewonde, gebroken lichaam van Vilanova. Het weerstandsvermogen van een mens kent zijn grenzen. Xernac beval Segarra hem weer op te tillen. Hij was buiten westen.
'Maak hem wakker!'
Segarra sleepte hem tot aan de wastafel en begon zijn gezicht en hoofd met water nat te maken. Toen ze terugkwamen had Vilanova zijn ogen open; ze waren bloeddoorlopen.
'Meneer Vilanova, aangezien u niet in topvorm bent, hoeft u alleen maar de volgende vragen te beantwoorden. Bevestigt u dat juffrouw Berta Panatis verkozen is om generaal Primo de Rivera te executeren?'
Vilanova keek naar de grond; met zijn kapotte, gezwollen gezicht vermeed hij het Berta aan te kijken.
'U zegt niets? Bevestigt u dat juffrouw Panatis naar Biribil is gestuurd om het juiste moment voor de aanslag af te wachten?'
Segarra greep de gevangene bij zijn haren en trok zijn hoofd omhoog. Eindelijk konden Vilanova en zij elkaar aankijken. Ze probeerde hem duidelijk te maken dat ze hem niets verweet. Zelfs de sterkste kameraden bezweken uiteindelijk. Ze werden gemarteld tot ze doorsloegen of stierven.

Nu kwamen ze ergens. Xernac wist dat hij iets groots op het spoor was. Maar het enige wat er veranderde als hij haar uitleverde – of als hij haar martelde tot hij belangrijke informatie loskreeg – was meer roem en erkenning; hij zou er geen cent meer door krijgen. Hij drong aan: 'En dus, meneer Vilanova, schaamt u zich dat u hebt gepraat? Wilt u niet dat uw vriendin weet dat u om uw huid te redden niet alleen hebt geaccepteerd ons een hele hoop heel nuttige informatie te verschaffen, maar dat u er ook mee akkoord bent gegaan voor ons te werken en infiltrant te worden? U antwoordt niet? Dat maakt niet uit. Het komt op hetzelfde neer. We hebben de door u ondertekende en door de autoriteiten bekrachtigde verklaring ...'

Toen wendde hij zich woedend tot haar: 'Eerlijk gezegd snap ik je niet. Primo vermoorden? Wat een doelwit ... Als dictator was hij te zielig voor woorden. Een rotdictator. Ziekelijk, zonder retoriek, zonder heldendaden, met die kop van een sint-bernard ... Hij schreef zelfs in de kranten over zijn liefdesverdriet! Zielig. Als je me tenminste zou vertellen dat je Mussolini voor je rekening wilde nemen ... Dat is pas echt een hufter! Wil je een mooi verhaal horen? Een zekere Matteoti, socialist, door zijn partijgenoten "De Storm" genoemd, ging enorm tegen de fascisten tekeer. Eerst stuurde Mussolini hem boodschappers die bij wijze van waarschuwing met een kaars zijn kont brandden. Maar de man bleef publiekelijk de machinaties van de fascistische partij aan de kaak stellen. Woedend gaf de Duce bevel hem echt bang te maken. De huurmoordenaars waren zo onhandig dat ze hem niet alleen in het bijzijn van getuigen gijzelden, maar hem ook per ongeluk de keel afsneden. Een derde nalatigheid van de moordenaars – ze groeven een te kleine kuil en moesten die arme Matteoti dubbelgevouwen begraven – leidde ertoe dat zijn lijk al snel ontdekt werd. Ze werden zonder problemen aangehouden. Het werd een enorm schandaal. Uitdagend verscheen Mussolini in het parlement, nam de verantwoordelijkheid voor Matteoti's dood op zich, verklaarde dat het een ongeluk was geweest en ging door alsof er niets was gebeurd. Bovendien zette die actie hem ertoe aan in januari 1925 direct een gooi naar de macht te doen. Diabolisch. Primo de Rivera is niet zozeer diabolisch als wel duivels, maar dan wel een duiveltje uit een kerstspel ...'

Als zij de te doden dictator had mogen kiezen, had ze geen seconde getwijfeld: Mussolini, de alfa, de Italiaanse pauw, de politicus die in Europa en vogue was. Maar het kon niet, hij was niet van haar.

'Hij is van Violet ...' mompelde ze.

'Wat zeg je?' Xernac oreerde verder. 'Primo vermoorden, mijn god ... Vanaf het begin wilde eigenlijk iedereen van hem af! Zelfs zijn eigen mensen! Hij heeft samenzweringen, staatsgrepen, zelfs mogelijke invasies het hoofd moeten bieden. De oorlog in Afrika heeft hij dankzij de Fransen gewonnen. Vanaf de eerste dag verloor hij het vertrouwen van de helft van de militairen die hem steunden; ze zwoeren open en bloot tegen hem samen. Jouw stompzinnige missie is een paradox. Als het je was gelukt de generaal te vermoorden, zou de immense meerderheid van de mensen die jij en de jouwen intens verachten onderhands klappen, de koning van Spanje zelf incluis! Vind je je partijstrategen nog steeds zo kien? Je bent een slimme meid; zeg niet dat dat niet zo is. Maar de enige realiteit is dat ze zwegen toen ze merkten dat Primo executeren een vergissing was, dat ze de hele operatie opschortten ... En jou lieten ze als een zwerfhond in de bergen achter. Of niet soms?'

'Nee!'

'Oké, bewijs het me dan. Neem het risico. Als jouw kameraden zo loyaal zijn, vraag ze dan om hulp; ze moeten je komen redden ... Wil je een telefoon?'

Ze moest aan haar moeder denken. Tweede verzoeking van Christus. De duivel zegt hem: 'Stort je van die rots naar beneden, en uit de hemel komen engelen en vangen je met hun handen op en voorkomen dat je tegen de grond te pletter valt. Toon je macht ...'

'Ga alsjeblieft weg ...' zei ze.

'Zeker! We moeten meneer Vilanova aan de militaire politie teruggeven, die hem ons een poosje heeft uitgeleend, zodat jij hem kon zien. Binnen twee, drie uur zullen we dit zo boeiende gesprek voortzetten. Ik heb nóg een verrassing voor je in petto.'

Hij maakte aanstalten naar de deur te lopen. Op dat moment pakte Turu Vilanova met een vreemde kracht Segarra bij verrassing beet en duwde hem tegen de grond. Een seconde lang stonden Xernac en hij bij de deur oog in oog met elkaar. Voor Segarra kon opstaan, stootte Vilanova een soort dierlijk gebrul uit en nam een aanloopje. Maar in plaats van Xernac aan te vallen, rende hij met zijn hoofd tegen de muur naast hem. Er klonk een doffe klap. De jongen lag uitgeteld op de grond. Hij leek dood. Xernac werd bleek. Hij was bang geweest.

'Is hij er geweest?' vroeg hij.

Segarra liep op hem af. Er vormde zich een klein bloedplasje onder het hoofd van Vilanova.

'Die klootzak is zwaargewond, maar ademt nog, meneer Xernac.'

'Pak dat stuk stront en laten we maken dat we wegkomen. Zolang we hem levend terugbezorgen, is er niets aan de hand.'

Segarra wikkelde het hoofd van de gewonde in een handdoek, nam hem als een lam op zijn schouders en droeg hem weg, een bloedspoor achter zich aan.

Xernac liep op haar toe, haalde nog een vel papier uit zijn map en gaf het haar.

'Lees dat maar, als je je verveelt. Het is een van de vele verklaringen van je vriend Vilanova. Hij vertelt er uitvoerig en gedetailleerd in hoe de partij functioneert. Het lijkt me geen verzinsel. Bovendien hebben politie-infiltranten het bevestigd. Lees vooral de onderstreepte alinea. Het is een beschrijving van de strategie van jouw partij tegenover de nationale vergadering.'

'Welke nationale vergadering?'

'Natuurlijk. Je weet waarschijnlijk niet waar ik het over heb. Die heeft Primo uit zijn hoge hoed getoverd om zijn dictatuur een democratisch tintje te geven. Bijna niemand heeft ermee samengewerkt. De communisten hebben tot een boycot opgeroepen – iedereen die zich ermee inliet was een verrader ... Lees maar ... En als je het gelezen hebt, bedenk dan wat voor rotkameraden je hebt. Of had. Ze zijn niet erger dan ik. Misschien dat je dan anders tegen mijn aanbod aankijkt ...'

Toen hij dat had gezegd, gooide Xernac het vel papier op bed, beende de kamer uit en sloot de deur af.

Ze merkte het. Ineens had ze geen honger meer. Het leek of haar ziel en verstand aan haar lichaam wilden ontsnappen om haar verweesd achter te laten. Het was net of haar geest over een lege ruimte heerste, die vacuüm was, ontvolkt; ze voelde zich eerder poreus dan leeg en afwezig. Ze wachtte tot haar misselijkheid overging en pakte het document.

Vilanova's verklaring beschreef geheime bijeenkomsten van hoge communistische leiders, waarop enerzijds werd besloten het openlijke verzet tegen de nationale vergadering op te voeren, en anderzijds leden te kiezen om in het geheim met die dictatoriale instelling samen te werken ... Ze stopte met lezen. Haar blik werd wazig. Wat tegenstrijdig leek was het niet. Maar het was moeilijk te verteren. Ze herinnerde zich de keer dat bepaalde partijleden tijdens een bijeenkomst op hoog niveau het bevel hadden gekregen zich aan de patroons aan te bieden om te werken in bedrijven die stillagen door een staking in de bouw. Ze verbaasden zich over het voorstel en waren verontwaardigd. Vilanova – ze herinnerde het zich alsof ze het voor zich zag – overtuigde hen ervan dat ze geen stakingsbrekers waren, maar juist hielpen een operatie te doen slagen die erop was gericht de positie van de partij in de bouw te versterken. 'De patroons zullen minder op hun hoede zijn, want ze denken dat ze hun bedrijven van onze mensen hebben ontdaan,' stelde hij. 'Het tegendeel zal het geval zijn, we komen er bij bosjes binnen, incognito, door de achterdeur ...' Dat was bouwvakkers, handwerkslui, dagloners en zelfs een eerzame opzichter bedriegen die hen hadden vertrouwd en gehoor hadden gegeven aan de stakingsoproep. Het kon ze hun baan kosten, en ze zouden misschien in het gevang komen. Ze stemde voor. Dat vereiste de partijdiscipline ... En zo kwamen er tijdens die staking – terwijl een aantal leden bleef oproepen het werk neer te leggen – toch nieuwe gebouwen tot stand dankzij communistische militanten die in theorie stakingsbrekers waren.

Het putte haar uit. Ze liet het blad papier van Xernac op de grond vallen en ging op bed liggen, doodmoe, door koorts geveld. Wat was het beste einde voor haar en haar zes jaar wachten? Had ze zich vergist? Iemand kon zich vergissen, achteloos zijn, onverzorgd, maar er was één onwankelbaar principe: bijna alles kun je waardig doen of onwaardig. Zij had betaald met al die jaren en met dat einde. Dat was háár bijdrage geweest. Niets van wat de partij vroeg kon ooit te veel zijn als het ertoe bijdroeg de opbouw van een socialistische toekomst een beetje te versnellen. En ze vond niet eens dat ze iets uitzonderlijks zwaars had moeten verduren. Zes jaar lang had ze bijna niets van buiten vernomen. Het Sovjetregime had kunnen vallen, en ze zou het niet eens hebben gemerkt. Of ze zou het weken later aan de weet zijn gekomen. En zelfs in dat geval zou ze haar discipline hebben bewaard.

Haar hand trilde. Ze had het heel koud. Ze voelde zich ontzettend slap. Het einde zat eraan te komen. Ze kon niet meer. Ze zou geen mogelijkheden meer krijgen. Ze waren allemaal op.

En nu zwom ze naar zee, tussen al die schitteringen. Vijf verschillende tonen schoten haar te binnen, en even later plaatste ze de schitteringen op de rivier en boetseerde ze ze naar de klanken. Ze kon verschillende klanken verzinnen en ze met elkaar vermengen. Of er eentje uitpikken en er de nuances uithalen. Nu had ze het echt onder de knie: eerst kwamen de klanken, dan de schitteringen. Alles was aan haar verstand onderworpen.

Joaquim Xernac

Hij ging de slaapkamer binnen. Berta Panatis lag met haar ogen dicht op bed. Misschien sliep ze nog. Hij voelde aan haar voorhoofd; ze gloeide. Dat meisje had iets mystieks, wat hem nog ongeruster maakte. Ze fantaseerde vast en zeker over haar eigen dood. Dat plezier gunde hij haar niet, maar het kostte hem moeite, heel veel moeite.

Hij wekte haar doodkalm. Hij hoefde nergens bang voor te zijn. Als het haar al moeite kostte rechtop in bed te zitten, zou ze al helemaal niet proberen te ontsnappen. En deed ze dat toch, dan zou ze tegen de grond smakken zodra ze opstond. Toen hij haar, weinig hoopvol, wilde dwingen een beetje bouillon te drinken, hief het meisje weer eens haar hand op om het vleesnat over hem heen te gooien. Maar zelfs daar had ze de puf niet voor. Ze beperkte zich ertoe haar lippen stijf opeen te klemmen.

'Waarom eet je niet een beetje?'

Berta Panatis antwoordde met nauwelijks hoorbare stem: 'Ik wil water.'

'Wil je dood?'

'Nee, maar ik weiger iets te eten tot je me laat gaan.'

'Vandaag geef ik je een goede reden om te eten en weer op te knappen. En als je hersteld bent, kun je me helpen.'

Verrassend handig en teder trok hij haar nachthemd uit. Ze was vel over been. Ze had een gelig gezicht, ingevallen wangen en verzonken ogen. Ze had verschrompelde, lege hangborsten, zoals die van een oude vrouw. Hij hielp haar met wassen en aankleden. Het meisje liet hem begaan. Ze leek wel gek.

'Kom op, Berta.'

'Waar breng je me heen?'

'Het is niet ver.'

Tussen hem en Segarra in brachten ze haar naar de kelder.

'Kijk eens hier binnen. Wie zie je daar?' vroegen ze haar, nadat ze de deur hadden geopend.

Gezien de uitdrukking op haar gezicht moest het meisje wel denken dat ze hallucineerde. Haar vader was wel de laatste die ze in dat bedompte hol verwachtte aan te treffen. Haar mond hing open, en ze leek niet in staat die te sluiten. Meneer Panatis lag met zijn ogen dicht.

'Zo erg is het nou ook weer niet,' zei Segarra. 'Het is je vader maar ... Maak je geen zorgen, we hebben hem in slaap gebracht. Hij ziet er goed uit, niet? Híj eet wél. En drinkt. Hij weigert niets.'

'We hebben hem over je koppigheid verteld,' kwam Xernac tussenbeide. 'Hij begrijpt het niet.'

'Dat geloof ik niet. Laat me met hem praten,' vroeg Berta zachtjes.

'Dat kan nu niet. Ik heb hem verteld over het voorstel dat ik je heb gedaan. Elke ochtend vraagt hij me of je het hebt aangenomen. Als ik nee zeg, wordt hij heel boos. Hij is niet op zijn achterhoofd gevallen. Bovendien staan de voorgaande sessies met Segarra hem nog levendig voor de geest.'

Toen haalde hij een paar foto's uit zijn zak.

'Kijk er maar eens goed naar.'

Berta zag haar vader: gebroken, afgeranseld en vernederd. Ze sloot haar ogen.

'Klootzakken ...'

'We hadden hem als een hond kunnen doodknuppelen. We hebben hem alleen maar een beetje bewerkt. Maar we kunnen het weer doen. Dat zou jammer zijn, want je vader is zijn aframmeling goed te boven gekomen. Hij eet met smaak, drinkt zijn glaasjes wijn ... Dagen geleden heeft hij me om een schaakspel gevraagd en dat heb ik hem gegeven. Hij komt er op een prettige manier de tijd mee door. Hij is zelfs dikker geworden. Segarra is echt een beest, als hij wil. Wat je op de foto's ziet, is zijn werk. Je hebt wel gezien hoe Vilanova eruitzag. En die had nog wel meegewerkt! Jij zou echt niet beter behandeld worden omdat je een vrouw bent. Eerder het tegendeel, kan ik je verzekeren. Segarra maakt het niet uit of je een wandelend skelet bent. Je snapt me wel ... Hij zou het voor de ogen van je vader doen. Daarna zouden we hem beetje bij beetje voor onze rekening nemen, en zou jij moeten toekijken. Ken je het geluid van een bot dat breekt? Het klinkt als een droge tak ... Als de man bijna de pijp aan Maarten geeft, dwingen we jou hem het genadeschot te geven. Met de zilveren revolver, natuurlijk. Kun je je dat voorstellen? We stoppen hem je in je hand, we dwingen je hem tegen zijn hoofd te houden, zorgen dat je in zijn ogen kijkt en dan ... Pang!'

'Hou op!'

'Daarna zou jij aan de beurt zijn. Maar ik zal je niet doden. Ik heb een telefoongesprek gevoerd met een van de nieuwe ministers. Ik heb hem van jouw geval verteld. Hij heeft besloten je hachje te redden. Als tegenprestatie heeft hij beloofd een kleine kredietrekening op mijn naam te openen. Het stelt niet veel voor, maar ik win er een beetje tijd door; ik kan betere tijden afwachten. Als je eenmaal aan de politie bent uitgeleverd, maken we in communistische kringen bekend dat je je hebt laten omkopen. Dat je een verraadster bent. Net als Vilanova. Het zal ons weinig moeite kosten. Toen ze het afgesproken teken gaven om de generaal te doden, heb je je daar niets van aangetrokken, je bent in Biribil gebleven ...'

'Dat is gelogen! Ze hebben me nooit een teken gegeven!'

'Misschien wel, misschien niet. Er zal zelfs geen herinnering aan je overblijven. En over herinnering gesproken ...' Hier aarzelde hij even, maar hij voegde eraan toe: 'Ik zou het ook prettig vinden als je aan de overleden Josep Maria Foix zou denken. Het zou heel makkelijk voor me zijn om allerlei documenten en geruchten te verspreiden ... Binnen twee dagen zou de herinnering aan hem zo bezoedeld zijn dat hij voor altijd besmet is ...'

'Als je hem er maar buiten laat!'

Van inspanning ging ze bijna van haar stokje. Walgend zei hij luchtig: 'Het spijt me heel erg, maar ik ben bang dat ik alles wat ik zeg moet doen ... Dat is moeilijk te verkroppen, hè? Staat er in de handleiding van de goede bolsjewiek nergens iets over de mogelijkheid van zo'n gruwelijk einde? Niemand zal je komen helpen, noch van de Catalaanse Communistische Partij, die zeker bestaat, noch van de Spaanse communisten of van de Communistische Internationale … En het belachelijkste van alles, wat jammer is: het is niet persoonlijk. Niet wat jou betreft of wat je vader betreft. En nog minder politiek. In het begin intrigeerde die zilveren revolver me. Later zou die me helpen mijn financiële problemen op te lossen. Het laat me volkomen koud of je communiste of missiezuster bent. Daarmee wil ik zeggen dat ik je niets kwaads toewens. Als je me niet helpt, gaan we allemaal het schip in. Allereerst ik, maar niet zoveel als jullie. Met jou aan mijn zijde zou ik makkelijker uit de penarie komen, op een snellere, schonere manier. Zonder jou lukt het me ook wel. Ik moet omzichtig te werk gaan, ik moet mensen met geld de mond snoeren; misschien zie ik me zelfs gedwongen ertussenuit te knijpen en een andere identiteit aan te nemen. Maar je kunt er vergif op innemen: dat lukt me. Het lukt ons soort mensen vroeg of laat altijd. Jullie daarentegen niet. Nooit. Je bent nog op tijd. Als je me helpt, doen we daar allemaal ons voordeel mee. Jullie kunnen teruggaan naar Barcelona, vrij en met veel geld op zak. Om een nieuw leven te beginnen of wat dan ook. Bovendien blijft alles onder ons. Je hebt mijn woord. Als je wilt, kun je bij de communisten blijven. Je kameraden zullen nooit te weten komen dat je een bourgeoisvarken hebt geholpen om andere bourgeoisvarkens te besodemieteren. Wat zeg je ervan?'

'Tibidabo.'

'Hè?'

'Tibi Dabo. De derde verzoeking. De duivel neemt Jezus mee boven op een heel hoge berg, toont hem alle rijken van de wereld en hun glorie en zegt tegen hem: "Dat alles geef ik je als je voor mij buigt en mij aanbidt. Je zult macht hebben. Je zult de heer van de wereld zijn. Verlaat je God, verlaat je missie, verlaat deze lijdensweg …"'

'Ben je verdomme soms een soort communistische non?'

'Mijn moeder. *Vade retro, Satanas.*'

'Alle gekheid op een stokje! Zijn jullie niet de grote pleitbezorgers van "het doel heiligt de middelen"? Het resultaat, daar draait het om. Oorzaken kunnen achteraf zelfs gewijzigd worden en aangepast aan het verkregen resultaat. Nou, bekijk het eens zo: als je mij rijk maakt, zijn er zeker een paar miljonairs, nette burgers, kapitalisten, uitzuigers minder … Het is een goed aanbod: twee voor de prijs van één. Denk erover na. Je kunt zelfs naar Parijs gaan om de generaal op eigen houtje te liquideren … Beter laat dan nooit, niet? Mij kan het niet schelen …'

'Naar Parijs?'

'Ja, hij heeft Spanje verlaten. Hij schijnt zich goed te amuseren: theaters, cabarets, restaurants … En nu genoeg gekletst. Ik wil …'

Hij zweeg. Het meisje was bewusteloos geraakt en was als een zak op de grond gevallen. Hij begon er echt genoeg van te krijgen. Met Segarra bracht hij haar opnieuw naar haar kamer en daar legden ze haar op bed. Hij maakte zich grotere zorgen dan hij liet blijken. Het verhaal van het onderhoud met de minister was gelogen. Niemand in de nieuwe regering zou ook maar een rooie cent geven voor een terroriste die een oud-dictator moest vermoorden. Op zak had hij een telegram van monsieur Randonné, met een ultimatum. Zijn tijd liep ook af.

'Ze is er slecht aan toe. Het lijkt wel een beginnende longontsteking …' zei Segarra.

'Dat weet ik, eikel. Dat ziet een blinde nog.'

'Een beetje respect, meneer Xernac.'

Het was de eerste keer dat de hond zich schrap zette en zijn tanden toonde. Een tiende van een seconde voelde hij duidelijk, levendig wat de opstand van de hond kon betekenen. Hij suste de boel: 'Je bent ook gevoelig, Feliu …'

Het gebruik van zijn doopnaam en zijn toon kalmeerden Segarra.

'Het kon niet uitblijven: hartje winter zoveel uren en zoveel dagen achtereen slecht eten en aan de voet van dat stomme kruis zitten moest wel gevolgen hebben. En nu ook weer al die dagen zonder ook maar een kruimel te eten …'

Hij had gelijk. Verrassend was eigenlijk dat het meisje niet eerder ziek was geworden. Zelfs als ze erin zou toestemmen hem te helpen, zou hij nog veel werk hebben om haar zover op te lappen dat hij iets aan haar had. Hij had er zijn buik van vol. Het probleem was, dacht hij ietwat melancholisch, dat Berta Panatis koppig en mystiek was. En doordat ze ziek was stond ze nog verder van de realiteit af. Nu was ze aan het ijlen.

'Ik stop om beter het concert van de schitteringen te kunnen horen,' zei ze.

Hoewel het in de kamer bloedheet was, rilde het meisje. Hij dekte haar toe. Hij had overduidelijk het gevoel dat hij iets had verloren, maar hij wist niet wat. Voor hij wegging pakte hij haar handen en bekeek haar handpalmen. Hij ademde rustig; eventjes had hij het idee dat hij stigma's had gezien.

Berta Panatis sliep bijna vierentwintig uur. Ook die nacht stond hij 's ochtends weer heel vroeg op en keek uit het raam. Het was net of hij dat deed omdat ze stervende was. Hij dwaalde door het lege huis en dacht aan zijn vrouw en zijn kinderen, die in Extremadura waren, meer dan duizend kilometer ver weg – wat een gebrek aan subtiliteit, dezelfde afstand als naar Parijs – en het was of ze niet bestonden. Of erger nog: alsof ze nooit bestaan hadden. Diezelfde nacht ging hij naar zijn werkkamer, en met het materiaal over vader en dochter Panatis voor ogen voelde hij een steek in zijn hart, zoals een slecht genezen litteken. Als in een andere wereld, tijdens die slapeloze nacht, was hij bang. Van alles en van niets: dat hij zich een belangrijke zaak niet herinnerde, dat hij niet deed wat hij moest doen uit angst dat Segarra op een dag helemaal zou doordraaien en hem bij het krieken van de dag zou kelen. Waarom niet? Mensen gingen uiteindelijk altijd over tot verraad. Hij ook. Mensen die hem omringden en hem trouw verschuldigd waren. Het zou gebeuren: Segarra, Carlota … Iedereen werd uiteindelijk een verrader. Dat was zeker, en dat wist hij. Je kon alleen maar gissen wanneer. Dat was een van de voordelen van ouder worden: je ging het normaal vinden dat iedereen een prijs had. En had je dat eenmaal geaccepteerd, dan was je daar blij over, want het verraad was al niet meer zo belangrijk, een zekerheid in een wereld op drift die onzeker en onveilig was …

Tijdens die slapeloze uren, lang als een reis naar Las Hurdes, kwam hij in de gastenkamer. Daar lag die zak botten in doodsstrijd, slapend en ijlend. Hij daalde naar de kelder af. De man met de dode hand snurkte met open mond. Zijn huis was net een hotel met vreemde mensen.

Halverwege de ochtend dwongen ze Berta Panatis een beetje bouillon te drinken. Segarra kneep haar neus dicht en als het meisje ademhaalde, stopte hij er een lepel in. Het meeste liep erlangs, maar iets was beter dan niets. In haar zwakte was het meisje woedend. Ze kon niet voorkomen dat ze een beetje voedsel binnenkreeg. Op een gegeven moment, toen Xernac zag dat ze wakker genoeg was, zei hij haar: 'Basta. Mijn tijd en mijn geduld raken op. Ik vraag je voor de laatste keer om met mij samen te werken. Als je nee zegt, draag jij de verantwoordelijkheid. Je vader zal sterven als een dolle hond als hij ziet hoe zijn dochter verkracht en gemarteld wordt. En in de wetenschap dat zijn dochter hem, toen ze kon, niet alleen niet heeft gered, maar ook nog eens heeft gedood. Berta Panatis, heb je begrepen wat ik je net heb voorgesteld?'

'Ja.'

'Besef je goed in welke situatie je verkeert?'

'Ja.'

'Je krijgt een uur om een besluit te nemen.'

Epiloog

16 maart 1930

'Als ik opruk, volg me dan. Als ik terugwijk, dood me dan. Als ze me doden, wreek me dan … Dit zijn de woorden van Mussolini, die met zijn kale hoofd en vlammende ogen …'

Het waren een paar vellen papier, in een klein handschrift en dicht beschreven, die door het schokken van de trein lastig te lezen waren. Ze vouwde ze dubbel en stopte ze met krantenknipsels over de aanslag op de Duce in de map. Die borg ze in haar handtas. De trein schokte weer. Het was een lange reis. Het werd donker.

Met de trein naar Parijs. Ze zat in haar eentje in haar coupé. Achter het raam gleed de wereld langs, open, onbereikbaar. Ze zat op een met granaatrood fluweel bekleed bankje. Franse boerderijen, mestgeuren van Frans vee, Franse koeien die in de regen graasden, Franse witte rookpluimen van fabrieken en ijzersmelterijen, Franse rivieren, in de verte grijsachtige Franse heuvels, Franse dorpen, dorpjes en stations … Het had de hele middag geregend. Ze keek naar de hemel en ze zag een zwart, tragisch panorama van onheil, van een vermoeden van rampspoed, van donder en bliksem in al zijn pracht. Het goot gewoon. Tegen de avond was het opgehouden. Ze ondersteunde haar kin met haar hand en leunde met haar elleboog op de vensterbank. Ze keek naar buiten, en herinnerde zich het wonder dat zich 's morgens had voorgedaan, voor de regen: ze had het gordijntje van een Franse trein opengeschoven, en zag ineens een paar tellen lang niets, geen materie. Ze zag de passerende telegraafpalen niet, met nu eens strakke, dan weer slappe kabels. Ze zag de maand maart. Kon dat eigenlijk? Maar die had ze wel gezien. Ze had een maand gezien. Het leek er echt op dat de winter wilde wijken. Maar door de koele lucht die van het balkon binnenkwam, was het net of de lente maar geen vaste voet aan de grond kon krijgen. Na de regen verliep de avond vreemd zoel, en de trein naderde langzaam Parijs. Ze had de hele dag gereisd – een dag vol van stationschefs met verloren, vage blik, verplicht om de treinen te laten passeren of tegen te houden, terwijl ze met hun gedachten elders zaten, ver weg. Ze was langs grote en kleine Franse stations gekomen. Sommige waren verloren, desolaat, onherbergzamer dan een gevangenis die op het punt stond te worden afgebroken. Hoewel haar coupé dicht was, kon ze de stank van hout en metaal van de wagons ruiken. En de pisgeur die van de rails opsteeg, vermengd met die koude, zoute, zware uitwaseming van roestig ijzer. Het was aangenaam weer – er brak bijna een nieuw jaargetijde aan. Op de velden van het Franse Centraal Massief hing de lente in de lucht. Het leven herbegon op een subtiele, verhulde manier, maar met de niet te stuiten beslistheid van wat vast en zeker tarwe zou worden, alfalfa, fruitbomen, die het rationalistische Frankrijk zouden doorbreken. Ze zag veel bomen die ze niet kende, die onvolgroeid waren. Ze wist niet waarom. Ze stonden net in bloei, maar niet allemaal. De ondergaande zon die avond geselde ze en haalde er talloze vonken uit – het noodde tot mijmeren. De strakke wijngaarden leken minder scheef dankzij de betovering van de invallende duisternis. Ze zag een ruitertroep op onrustige paarden. Het waren er zo'n vijftien tot twintig. Misschien gingen ze naar huis terug en waren de dieren onrustig omdat ze de stal roken. De ruiters waren mannen en vrouwen, allen passend gekleed. Ineens gaf een meisje haar paard de sporen en galoppeerde een paar tellen lang parallel aan de trein om te zien of ze daarvan kon winnen. Ze glimlachte en stak bij wijze van groet haar hand op. Ze was een ervaren amazone. Ineens verloor ze snelheid, en de trein liet haar achter zich – in Biribil werden paarden gefokt om ze op te eten.

Ze haalde de brief voor Violet Gibson uit haar handtas. Die

wilde ze haar overhandigen. In Parijs zou ze overstappen op de trein naar Calais. Dan het veer, en op naar Ierland. Ze rommelde in haar handtas. Ze voelde er een flinke stapel bankbiljetten, en zei tot zichzelf: 'Alles welwillend ter beschikking gesteld door meneer Joaquim Xernac.'

> *Beste Violet, in mij voel ik je aanwezigheid, als een zuster. Ik begrijp innig die heilige, innerlijke woede, die tegelijkertijd koud, kalm en berekenend is. Je verklaarde dat je Italië had gekozen om het te redden van twee van zijn grootste blaaskaken en zwendelaars: paus Pius XI en Mussolini. Het maakte jou niet uit. Je had de een of de ander kunnen doden. Niets persoonlijks. Net als ik. Het doelwit maakte niet uit, belangrijk was de daad, de buitengewone daad …*

Ze had zowel de brief voor mevrouw Gibson als de map met de knipsels en aantekeningen over de aanslag op Mussolini uit de Bullóhoeve meegenomen. Stiekem, natuurlijk.

Ze was er met de Chevrolet heen gereden. Dus nogmaals met de bedoeling zich te laten zien. 'Als ze naar huis is teruggekeerd, mag ze me zien en horen aankomen,' zei ze tot zichzelf. Voor de Bullóhoeve stond een bestelwagen met allerlei onbekenden eromheen. Ze parkeerde en liep naar het huis. Op dat moment kwam een agent van de Guardia Civil uit Ripoll naar buiten. Ze kende hem van gezicht. Ze vroeg hem wat er aan de hand was, en de man gaf nors en zonder haar aan te kijken met een hoofdknik aan dat ze naar binnen kon gaan. Ze ging naar binnen. Na zoveel heimelijke bezoeken binnen en buiten was die ruimte zo bekend dat ze zich ervoor schaamde. Aan de eetkamertafel zat Josep Caminal, stil, met nieuw borstelig stekeltjeshaar. Hij volgde met zijn vingers de lijnen van het schaakbord dat in het hout was gekerfd, alsof dat op dat moment het belangrijkste op de wereld was. In de deuropening van Berta's slaapkamer stond een onbewogen Segarra. Het enige wat ze kon doen was er zonder adem te halen binnengaan, voor de commandant langs. Carlota lichtte het laken op, bekeek het lichaam en dekte het weer toe. Als het aan haar lag, had ze het onbedekt gelaten. Uit respect. Je hoeft niet zo snel de laatste rest menselijkheid, het gezicht, uit te wissen. Ze haalde haar schouders op en ging de kamer uit. Segarra wees met zijn vinger naar de slaapkamer ernaast. Ze ging naar binnen. Op de grond lag de zilveren revolver, op bed een tweede met een laken bedekte bult. Ze onthulde het gezicht. Meneer Panatis had een schotwond aan zijn hoofd. De kogel was pal door zijn rechterslaap naar binnen gegaan en had zijn hoofd via zijn linkerslaap weer verlaten.

'Het meisje was ondervoed en is waarschijnlijk aan een infectie gestorven. De vader heeft dat niet kunnen verkroppen en heeft zelfmoord gepleegd,' zei Segarra achter haar.

Naast hem knikte de agent uit Ripoll met een formulier in zijn hand van ja. Ze liep tussen hen beiden door en zei met nauwelijks verholen minachting: 'Onmogelijk.'

Ze ging naar buiten. Het was een mooie dag, maar wel heel koud. Segarra kwam achter haar aan. Hij greep haar arm beet om haar tegen te houden en bestudeerde haar met zijn roofvogelblik: 'Wat hebt u gezegd?' vroeg hij haar vreemd onzeker.

'Dat het niet waar is, dat het niet is gegaan zoals u beweert.'

Ze rukte zich los en liep naar de houtopslag. Ze leunde ertegenaan. Als ze roken lekker had gevonden, had ze gerookt. Ze voelde zich machtig omdat ze de waarheid kende. En die vertelde ze Segarra recht in zijn gezicht.

'Meneer Panatis heeft geen zelfmoord gepleegd. Het kogelgat zit in zijn rechterslaap. Zijn linkerhand was zijn goede hand.'

Ze deed het voor. Met haar hand maakte ze het karakteristieke gebaar van iemand die een revolver nabootst en probeerde daarmee van de andere kant te schieten: mogelijk, maar moeilijk en daarom onwaarschijnlijk. Met name om zo'n mooi gat te maken.

Segarra dacht even na. Hij keek naar het huis en zei: 'Ik kan beter opschrijven: "Ziek meisje doodt haar vader en laat zichzelf daarna doodgaan." Het is duidelijk. Ik ga de agenten vertellen dat ze het verslag moeten bijwerken.'

Ze wist dat ook dat gelogen was en voelde zich intens tevreden. Ze herinnerde zich de zwarte handschoen in Xernacs huis.

Toen meneer Panatis eenmaal dood was, hadden ze niet eens de moeite genomen hem die weer aan te doen. Met dat handje leek hij naakt, de arme man ...

Ze glimlachte en vergaf het Berta Panatis dat ze zichzelf had laten doodgaan. Ze vergaf het haar, want ze was haar iets verschuldigd. Daarom was ze die ochtend naar de Bullóhoeve gegaan. De houtopslag rook naar vochtig, zacht hout dat met dauw bedekt was. Ze ging het huis weer binnen. Josep Caminal zat nog steeds stil aan tafel, met zijn hoofd in zijn handen. Hij kon het maar niet geloven. In Berta's slaapkamer was niemand. Ze ging er weer binnen. Alles lag op zijn plaats, inclusief de dode. De laatste keer dat ze in dat huis was geweest, was er niets. Iemand had dus willen doen voorkomen dat Berta was weggegaan. En nu wilde iemand doen voorkomen of het tegendeel het geval was. Ze trok de ladekast open. Alles lag er. Ze zag een map en pakte die. Ze knoopte het touwtje los en bekeek de inhoud. Aantekeningen in Berta's handschrift, en krantenknipsels. Ze knoopte de map weer dicht en stopte hem tussen haar kleren. Ze liep de eetkamer in net op het moment dat Segarra op haar af kwam. Ze liepen tegen elkaar aan. Hij duwde haar weg. Met haar blik volgde de vrouw de talloze alledaagse voorwerpen die door de fysieke verdwijning van hun eigenaren buiten gevecht waren gesteld. Daar was de lege kooi van de parkiet. Waar was hij? Naast de open haard lag een stapel kranten. Op het aanrechtblad in de keuken stond een aardewerken kom met een handvol pijnboompitten. Die waren er ook niet toen zij er was geweest. Iemand had ze daar neergezet. Er ontbrak iets, maar ze kon er niet op komen wat. Ze hoorde een motor. Er kwam een andere auto aan. Een verpleegkundige en een arts kwamen binnen. De agent zei tegen de arts: 'Het meisje was heel ziek. Toen ze voelde dat ze ging sterven, heeft ze haar vader vermoord. Daarna heeft ze haar uur afgewacht ... Iedereen in het dorp zegt dat het rare snuiters waren ...'

'Iedereen?'

'Oké, dat zegt Segarra, de commandant van de burgerwacht, die het dorp goed kent. De rechter komt zo meteen ...'

Ze begonnen te kletsen over forensisch-medische kwesties:

het vrijgeven van het lijk door justitie en dat soort dingen. Niemand had ook maar de minste belangstelling voor de stomme opmerking van de politieman van daarnet. Een absurd geval van oorzaak-gevolg, en daardoor weinig waarschijnlijk.

Vanuit de eetkamer was op de slaapkamervloer de zilveren revolver te zien. En het rechterhandje van meneer Panatis buiten de vormeloze bult onder het laken. De dode hand – hij was al eerder dood, dus dubbel dood – maakte zonder handschoen een schaamteloze indruk. Op de grond stonden een hamer en een beitel perfect naast elkaar tegen de muur op god mag weten wie te wachten. De arts certificeerde alles wat moest worden gecertificeerd. Niemand lette op Josep Caminal. Tegen haar zeiden ze ook niets.

Iedereen ging naar buiten om op de rechter te wachten. In een mum van tijd was het huis leeg. Alleen de twee bulten die met lakens waren bedekt, Caminal en zij bleven achter. Hij stond op, en verward en angstig omdat hij het maar niet kon geloven, zei hij schaapachtig: 'Ze ligt er heel natuurlijk bij, rustig.'

Hij zei niets over haar vader, zijn vriend. Niet dat hij hem buiten beschouwing wilde laten, maar twee doden waren er simpelweg te veel. Josep Caminal deed het stukje bij beetje.

Er kwam nog een auto. De deel van de Bullóhoeve begon te lijken op de parkeerplaats bij een tent op een feestdag. Het waren de rechter uit Ripoll en de sergeant van de Guardia Civil. Beide mannen bezochten de twee slaapkamers in minder dan een minuut. Ze gingen zonder groeten naar buiten. Ze stelde zich voor hoe ze de gezichten onthulden en weer toedekten. Ze ging in de stoel zitten, en ze voelde de map in haar buik prikken. Die smeris van de Guardia Civil mocht de revolver nu wél van de grond oprapen. Hij opende de trommel, bekeek die en sloot hem weer. De vrouw vroeg hem hoeveel kogels er waren. De man bekeek haar van top tot teen, alsof hij wilde zeggen: wat is dat voor stomme vraag?

'Vijf, natuurlijk, allemaal van zilver. De ontbrekende kogel heeft die arme drommel gedood. Hij sliep zeker ...'

Hier was een gelukkig mens, voor wie alles klopte. Vijf plus één waren zes kogels. Haar optelsom kwam op hetzelfde uit, maar de combinatie was anders: vier plus twee was ook zes. In feite was het meer.

Twee mannen die buiten wachtten kwamen met een brancard binnen. Het leken wel vrachtrijders. Misschien waren het doodgravers. Ze namen eerst haar lichaam mee, dat zo lompe, bewegingloze, vaste blok, dat bestond uit levenloos organisch materiaal onder een laken. Daarna kwamen ze terug en namen de vader mee. Bij de deur, voor de ingang, stonden twee snotneuzen, degene met de schubbenhuid en winterbulten aan zijn oren, en de kleinere, met de witte dunne huid. Ze hadden het erop gewaagd weer naar de Bullóhoeve te gaan en waren op het tumult gestuit. Ze waren opgewonden. Ze zagen meneer Panatis' rechterhand van de brancard bungelen. Terwijl de oudste zich aan een oor krabde, vroeg hij aan de voorste brancardier of die hand de dode hand was. De man wist niet wat de jongen bedoelde, en was bovendien van mening dat iemand van die leeftijd onvoldoende in huis had om smakeloze grappen te maken. Hij duwde hem dan ook heel professioneel met zijn been opzij en liep door naar de bestelwagen. De kinderen gingen er springend en zingend achteraan. De brancardiers verjoegen hen alsof ze vliegen waren, maar slaagden daar niet in. Toen ook dat lichaam in het voertuig lag en de deur dicht was, werden de kinderen ineens doodstil. Binnen snapte een onbeweeglijke Caminal nog steeds niets van die ramp.

'Wist u het?' vroeg hij haar.

'Nee.'

'Waarom bent u dan gekomen?'

'Werk. Ik moest een telegram afleveren. En u?'

'Segarra heeft me gedwongen. Hij wilde dat ik getuige was … Waarvan getuige? Van de wegen die iemand begaat voor hij zijn plek vindt om te sterven? Hebt u niet de indruk dat het leven net een uitstapje is? We wandelen, we vermaken ons hier en daar een beetje, we blijven een poosje op een plek die ons bevalt, en op die plek dromen en beminnen we een paar minuten lang, en krijgen kinderen. En we hebben de illusie dat de route die we nemen toevallig is. En dat is gelogen: als automaten met een constant ritme brengen onze voeten ons direct naar het einde.

Hoeveel omwegen we onderweg ook maken, aan het uitstapje komt een eind. En als we het einde zien, stoppen en achteromkijken, beseffen we verrast dat het begin binnen handbereik ligt ...'

Ze wilde niet ook nog aan zijn angst toevoegen dat als het uitstapje ten einde loopt een windvlaag moeiteloos al onze sporen, alle aanwijzingen van onze oude dromen meeneemt. En dan rest alleen rust.

Het was tijd om te gaan. Voor ze naar buiten ging, keek ze om; het viel haar op dat die vreemde advertentie ontbrak. Ze vond hem onder een stoel. Ze bevestigde hem weer aan de muur. Ineens keek dokter Freire haar met zijn doordringende ogen aan, alsof hij tegen haar wilde zeggen: 'Had me maar op de grond laten liggen. Iedereen gaat ervandoor en laat mij hier hangen: de doden, jij ...'

Ze zei Caminal gedag, maar die hoorde haar niet eens. Ze liet hem van streek en onrustig achter. De laatste tijd ging het niet goed met hem. Ze hadden hem kaalgeschoren, ze hadden hem wonderolie laten drinken, ze hadden hem met pek en veren ingesmeerd. Ze hadden ook de ruiten van zijn etablissement ingegooid en hij was nog steeds niet opnieuw open. En nu dit ...

'Carlota!'

'Ja?'

'Ze heeft bij mijn voordeur het houten schaakspel achtergelaten dat haar vader had gesneden. Denkt u dat ze me daarmee iets wilde zeggen?'

Wie weet wat de mensen willen zeggen en hoe ze het willen zeggen en wanneer ze het willen zeggen ... Zijzelf was naar de Bullóhoeve gegaan om haar excuses aan te bieden.

Onderweg terug naar het postagentschap wist ze dat het uur had geslagen. Haar uur ...

Een trein midden in de nacht in Frankrijk. Een lichtflits doorkliefde de duisternis. Ze ging naar de restauratiewagen. Die was leeg, want de Fransen hadden al gegeten. De chef zag haar en keek enigszins gepikeerd naar de grote ronde klok die aan een van de zijwanden van de wagon hing. Het was vijf minuten voor acht. Om acht uur sloot de keuken. Pech. Ze ging zitten, ze draaide zich om en riep: '*Garçon!*'

En dat terwijl ze wist dat hij niet zomaar een kelner was, maar een chef. Maar dat verdiende hij omdat hij zo onbeschoft was.

Ze at met smaak. Bij het dessert las ze weer een fragment uit de brief voor Violet Gibson. Die hoefde ze niet te schenden. Hij was open:

> *Excentriciteit is niet hetzelfde als gekte, maar kan er toch toe dienen om mensen als u de kans te geven hun hoge idealen van zuiverheid en rechtvaardigheid te verwezenlijken. Zelfs Mussolini haalde in zijn jeugd als revolutionair socialist, in 1911 en 1912, allerlei excentrieks uit: hij zette zijn leven op het spel, zat in de gevangenis, riep de Italianen op te deserteren en te saboteren. Kunnen we hem ervan beschuldigen dat hij gek is? Wie zou er durven beweren dat die voormalige revolutionair, nu Duce van Italië, mentaal gezonder is dan u?*

De trein schokte weer en ze morste een beetje rode wijn op het tafelkleed. Ze zag hoe de vlek zich in concentrische cirkels uitbreidde. De maître bekeek haar afkeurend. Alsof zij schuld had en niet de trein. Ze was trots op zichzelf.

Ze had er een maand over gedaan om alles voor te bereiden. Ze besloot ertoe op de dag dat ze merkte dat haar Chevrolet was verdwenen. Xernac had hem afgepakt en verkocht. Toen ze hem liet weten dat ze er een punt achter zette, geloofde de oude man het niet, maar hij leek tegelijkertijd opgelucht. De daad zelf was makkelijk. Hij lag in bed te dommelen, met zijn rug naar haar toe. Met de marmeren presse-papier die ze in haar handtas had meegebracht, gaf ze hem een klap op zijn hoofd. Net genoeg om hem bewusteloos te slaan. Ze bond hem met handen en voeten vast aan het hoofd- en voeteneinde. Hij leek een grote X, zoals zijn goudbroodjes, zoals zijn naam, zoals Sint-Andreas aan het kruis. Ze wachtte rustig tot hij weer bijkwam. Toen hij zijn ogen opende, had hij aanvankelijk niet door wat er aan de hand was.

Daarna werd hij boos, schreeuwde, trok aan de koorden. Het maakte niet uit. Er was niemand. Niemand zou hem horen. Xernac deed alles wat je kunt verwachten van iemand die wakker wordt en merkt dat hij naakt aan een bed is vastgebonden met zijn armen en benen wijd. Hij was een man van in de zeventig, en Carlota wachtte eenvoudigweg tot hij moe werd van het tegenspartelen en schreeuwen. Daarna liet ze hem het pakje zien dat ze dagen eerder uit Argentinië had ontvangen.

'Weet je wat hierin zit, Quimet? Een heel handig apparaatje dat Argentijnse veehouders gebruiken. Ze castreren er kalveren mee.'

Ze pakte het uit, opende het en haalde er een klem en een rubberen ring uit. Ze liet het hem zien, en deed de werking van het apparaatje gedetailleerd uit de doeken.

'Eerst stop je deze harde rubberen ring in het uiteinde van de klempoten. Daarna druk je op het handvat om de ring zo ver mogelijk te openen. Als de opening groot genoeg is, pak je de kloten van het kalf en haalt ze door de ring. Als de twee kloten eenmaal de ring zijn gepasseerd, trek je de klem terug en sluit de rubberen ring automatisch om de bovenkant van de balzak. Het is hetzelfde effect als wanneer je een touwtje om de kloten doet en een stevige knoop maakt. De elastieken ring oefent zo'n grote druk uit dat hij de bloedtoevoer naar de testikels en het scrotum afknelt. Het proces van verschrompeling en afsterving duurt een paar uur. De veehouders zeggen dat de pijn in het begin immens is, maar dat hij later langzaam afneemt en helemaal verdwijnt. Op dat moment zijn de testikels volkomen afgestorven en kun je ze pijnloos en zonder bloedverlies rustig samen met de balzak afknippen, onder de rubberen ring; die je moet laten zitten tot de wond volkomen is genezen. Volgens de gebruiksaanwijzing is het een makkelijke, goedkope methode, waardoor zelfs mensen met weinig ervaring castraties kunnen uitvoeren met een minimaal risico vee te verliezen. Het spreekt vanzelf dat wat bij kalveren werkt ook bij mannen functioneert ...'

Ze deed de ring aan de klem, zette kracht en probeerde de klem zover mogelijk te openen. Ze stelde vast dat bijna haar hele vuist in die rubberen ring paste. Nadat Xernac sprakeloos had toegezien, begon hij opnieuw te spartelen en te schreeuwen. Hij balkte als een ezel. Hij riep dat ze gek was. Dat had ze al voorzien. Ze voelde zich niet aangesproken.

Op een zakdoek deed ze een flinke scheut chloroform, die ze in een flesje in haar handtas had. Ze ging schrijlings boven op Xernac zitten en duwde uit alle macht de zakdoek op zijn mond en neus. Hij verzette zich, maar kon niet van haar winnen. Hij verloor onmiddellijk het bewustzijn. Nu hij niet meer tegenspartelde, nam ze de klem, opende de rubberen ring, pakte voor het laatst Xernacs kloten beet en haalde ze door de opening. Ze trok de klem met een kort gebaar terug en de ring sloot zo strak als ze zelf niet voor mogelijk had gehouden. Vrijwel meteen begonnen de geworgde testikels paars te worden. Xernac zou net op tijd bijkomen om van pijn te sterven.

De trein passeerde een grote stad. Ze ging terug naar haar coupé. Haar couchette stond klaar. Ze zou inslapen, en als ze wakker werd, zou ze in Parijs zijn …

Het was afgelopen kerst gebeurd. Met de drukte van al die mensen in het postagentschap was ze vergeten aan de centrale meer formulieren te vragen. Ze was in de achterwinkel aan het rommelen om te kijken of ze misschien toch nog een pak vond – wat onwaarschijnlijk was – toen ze de envelop ontdekte, een doodgewone, onder een stapel postalmanakken. Precies op de plek waar ze hem maanden eerder had neergelegd. Ze had hem uit haar geheugen gewist. Ze hield de stapel almanakken omhoog en zag hem daar, geplet; hij bevatte het telegram dat ze niet aan zijn ontvanger had willen overhandigen. Maandenlang wist ze dat die envelop daar lag, maar tegelijkertijd deed ze alsof hij er niet was. Maar toen ze hem opnieuw zag, pakte ze hem en nam hem mee. Ze las de inhoud opnieuw. EINDE VAN HET BAL OM ZEVEN UUR. STOP.

Op de dag dat ze hem ontving had ze hem maar hoeven lezen om te weten dat dat het langverwachte telegram was. De stompzinnigheid van het huidige schrijfsel beantwoordde aan die van het schrijfsel van zes jaar geleden: ‘Het bal begint’ et cetera. Ze werd er vooral boos om. Vanaf het begin was ze ervan overtuigd geweest dat het telegram nooit zou komen. Ze schaamde zich over haar hele lijf, vanaf het puntje van haar grote teen tot aan het allerlaatste haartje op haar hoofd. Aanvankelijk wist ze niet wat ze ermee aan moest. Enerzijds wilde ze iedereen laten weten dat de bewoonster van de Bullóhoeve niet gek was. Dat ze iedereen zes jaar lang bij de neus had genomen. 'Het bal eindigt.' Ze wist niet wat dat wilde zeggen, maar het betekende waarschijnlijk dat Berta Panatis wegging – de verdwijning van die andere buitenstaander in Biribil. Het speet haar dat ze zich had vergist. En ze bedacht dat ze het op een van die dagen had moeten weten waarop het meisje fietsend en hijgend aankwam. En van haar rijdende fiets af sprong. En gedecideerd het postagentschap binnenkwam. Ze had het aan haar manier van doen moeten zien. Ze had het moeten zien, want er waren zoveel signalen die op enig moment de waarheid vertelden. Berta en zij waren buitenstaanders. Ze had zich niets gelegen moeten laten liggen aan de speculaties van de dorpelingen, en ze had zich duidelijk aan haar kant moeten scharen. Je moet echt goed je ogen en oren openhouden om te zien en te horen wat er echt toe doet. Maar in plaats daarvan had ze het telegram in een envelop gestopt, die onder een stapel postalmanakken gestoken en hem daar vergeten. Waarom hield de herinnering die verre van haar, en confronteerde die haar er ineens weer mee toen ze in de achterwinkel zogenaamd op zoek was naar formulieren? Ze geloofde dat het moment was aangebroken om hem te bestellen. Toch talmde ze nog dagenlang. Daarom ging ze naar de Bullóhoeve, hoewel ze wist dat ze het huis waarschijnlijk leeg zou aantreffen, evenals de laatste keer dat ze erheen was gegaan.

Ze vergiste zich opnieuw.

Toen ze de lichamen en de lakens had gezien, en de dubbel dode hand van meneer Panatis had zien bungelen, begon ze het zichzelf te vergeven. Ten eerste omdat, gesteld dat ze het telegram wel correct had bezorgd, dat niets zou hebben veranderd aan Berta Panatis' band met dat bericht. Ze had hoe dan ook bijna zes jaar gewacht, van alles en iedereen verlaten, en had de hoop bijna opgegeven. In de tweede plaats, omdat Berta Panatis dat telegram zes jaar lang voor zich had gehouden en het niet met haar had willen delen. En dat was niet eerlijk.

Het is moeilijk om in een trein in slaap te vallen, ook al heb je een eersteklascoupé. In de coupé naast de hare maakte een stelletje hardop in het Frans ruzie. Maar zij viel toch in slaap. Ze droomde dat ze Berta Panatis door talloze dorpen en steden achtervolgde. Maar ze haalde haar nooit in, hoewel ze haar vaak vlak op de hielen zat. Berta reed op haar fiets en zij in haar schitterende Chevrolet. Maar Berta Panatis was haar altijd een paar meter voor, een paar woorden voor, een paar blikken voor, een paar gedachten voor, een paar wilde appeltjes voor. En toen merkte ze dat ze eigenlijk niet wilde dat ze bleef staan, want in werkelijkheid verlangde ze ernaar haar altijd te blijven achtervolgen ...

Ze werd wakker van licht dat door het raam binnenviel. Ze keek op haar horloge: over anderhalf uur in Parijs. Daarna naar Ierland. En na Ierland zou ze wel zien. Waarschijnlijk zou ze naar Montpellier gaan om monsieur Randonné op te zoeken. Dat was een heel boeiende man. Hij had onlangs contact met haar opgenomen om met haar Xernacs toekomst te bespreken ...

Ze voelde dezelfde opwinding als jaren geleden, toen ze voor het eerst in Biribil kwam. Het was de langste reis die ze ooit had gemaakt. Maar het was vooral de kans om kilometers en kilometers te plaatsen tussen haar en haar geboorteplaats Alfalac, die ze hartgrondig verfoeide. Na al die tijd herinnerde ze zich nog dat nieuwe gevoel, het vermoeden dat het leven en zij dezelfde richting uit gingen, niet in tegengestelde richtingen. Het hele traject naar Ripoll hield ze haar gloednieuwe hoed op, goedkoop in Igualada gekocht, want hij was al twee of drie jaar uit de mode: van stro met bladguirlandes. Ze had ook een andere strohoed gekocht, donker met witte en blauwe veren, die ze in haar hutkoffer had. Ze ging naar Biribil, blij met haar nieuwe hoeden, met haar gloednieuwe echtgenoot, in dat treintje dat haar een beetje aan een poppenhuis deed denken. Ze had er wel willen blijven wonen! Ze was echt opgewonden. En ze kwam uitgelaten op haar bestemming aan, intens tevreden, van plan haar nieuwe leven te beginnen …

Zoals nu.

Ze gluurde door het raam en zag een Franse pachtboer met alpinopet. Hij dreef een os voor zich uit. Hij leidde hem met zachte stokslagen. De trein passeerde hem op een paar honderd meter. De man bleef staan en keek naar de trein. Hij bekeek ook haar met minachting. Waarschijnlijk omdat de mensen in de treinen altijd passeerden, en hij bleef. Altijd. Met zijn os.

Dankbetuigingen

Ik wil Clara Truñó, Isidor Cònsul en Anna Soler-Pont bedanken voor hun betrokkenheid bij deze roman. Hun suggesties waren ter zake kundig en bemoedigend.

Ook Max Baulenas, Laureà Solano en Eric Coulaud ben ik dank verschuldigd. De eerste voor zijn inmiddels onontbeerlijke onderbrekingen van het creatieve proces; de tweede, kenner van wegen in de Ripollès, omdat hij me heeft geholpen aan te voelen wanneer de bergen je vriend of vijand kunnen zijn; en de derde, adoptief Parijzenaar, voor de welwillende wijze waarop hij een klein deel van zijn indrukwekkende kennis van het Catalaanse anarchosyndicalisme met mij heeft gedeeld.